Sempre Você

Título original
FOREVER WITH YOU
Book3 in the Fixed Trilogy

Este livro é uma obra de ficção. Nomes, personagens, lugares
e incidentes são produtos da imaginação do autor ou foram usados
de forma fictícia. Qualquer semelhança com acontecimentos reais
ou localidades ou pessoas, vivas ou não, é mera coincidência.

Copyright © 2013, 2014 *by* Laurelin Paige

Todos os direitos reservados incluindo o de reprodução
no todo ou em parte sob qualquer forma.

Edição brasileira publicada mediante acordo com
D4EO Literary Agency – www.d4eoliteraryagency.com

FÁBRICA231
O selo de entretenimento da Editora Rocco Ltda.

Direitos para a língua portuguesa reservados
com exclusividade para o Brasil à
EDITORA ROCCO LTDA.
Av. Presidente Wilson, 231 – 8º andar
20030-021 – Rio de Janeiro – RJ
Tel.: (21) 3525-2000 – Fax: (21) 3525-2001
rocco@rocco.com.br / www.rocco.com.br

Printed in Brazil / Impresso no Brasil

Tradução de: JÚLIO DE ANDRADE FILHO

Preparação de originais: Ana Issa

CIP-Brasil. Catalogação na fonte.
Sindicato Nacional dos Editores de Livros, RJ.

P161s	Paige, Laurelin
	Sempre você / Laurelin Paige; tradução de Júlio de Andrade Filho. – 1ª ed. – Rio de Janeiro: Fábrica231, 2015.
	(Fixed; 3)
	Tradução de: Forever with you
	ISBN 978-85-68432-23-5
	1. Ficção norte-americana. I. Andrade Filho, Júlio de. II. Título. III. Série.
15-21362	CDD-813
	CDU-821.111(73)-3

LAURELIN PAIGE

Trilogia Fixed – Livro 3

FÁBRICA231

1

Respirei fundo e olhei para a porta do apartamento 312. Ainda não tinha decidido se eu queria ou não ir mais longe. Na verdade, eu não conseguia me lembrar do momento em que decidira vir até aqui. Mas aqui estava eu, o coração batendo e as mãos suando, avaliando os prós e contras de levantar meu punho e bater na madeira da porta.

Deus, por que eu estava tão nervosa assim?

Talvez se respirasse fundo algumas vezes isso me acalmasse. Fiz isso várias vezes – inspirando e expirando, inspirando e expirando – e olhei em volta. O corredor longo e vazio. Quadros de arte abstrata em molduras douradas cobriam as paredes. Embora o edifício fosse bonito e ficasse num bairro bom da cidade, o carpete era velho e surrado. Pétalas de rosa estavam espalhadas pelo chão em frente a uma porta mais adiante. Devem ter sido deixadas ali por alguém em um gesto romântico.

Que delicado.

No lado contrário de onde eu estava, o elevador se abriu. Olhei e vi um casal caminhando na direção oposta. O homem, vestido com um belo terno, mantinha sua mão nas costas da mulher. O cabelo loiro dela estava preso em um coque perfeito. Mesmo vistos por trás, eles eram bonitos de se olhar. Era óbvio que estavam apaixonados.

Engraçado como eu estava vendo romance em todos os lugares. Talvez fosse o meu estado de espírito, não sei.

Voltei-me para a porta à minha frente. Era simples e comum, mas algo nela parecia ameaçador.

Bem, seria bom acabar com isso de uma vez.

Eu puxei minha bolsa para mais acima no meu ombro e bati.

Quase um minuto se passou e ninguém respondeu. Encostei o meu ouvido contra a porta e escutei. Estava quieto, em silêncio. Talvez eu tivesse o número errado do apartamento. Chequei a palma da minha mão, onde tinha rabiscado o endereço em caneta vermelha, mas estava tudo borrado pelo meu suor.

Não tinha importância. Na verdade eu sabia que estava no lugar certo.

– Experimente a campainha – disse um homem no fundo do corredor.

– A campainha? – perguntei, mas ele já tinha entrado em seu próprio apartamento.

Eu não tinha notado uma campainha, mas mesmo assim procurei na parede e no batente da porta. Lá encontrei um botão circular, bem pequeno. Estranho, eu não tinha visto isso antes. De qualquer maneira, ergui um dedo trêmulo e apertei-a.

Um latido alto rasgou o ar, e eu quase pulei para fora dos meus sapatos, meu coração batendo no peito. Eu normalmente não tinha medo de cães, mas estava tão ansiosa nesse momento que qualquer coisa parecia ser o suficiente para me assustar. Ouvi movimento lá dentro do apartamento e uma voz falando com firmeza com o animal. Segundos depois, a porta se abriu.

Stacy estava na porta de entrada, com o rosto mais hospitaleiro do que normalmente ela mostrava para mim. Seu sorriso excessivamente brilhante me enviou um frio que desceu pela espinha. Ela estava vestida casualmente com uma camiseta e jeans desbotado. Não era o traje com que eu estava acostumada a vê-la quando trabalhava na butique de Mirabelle. Ela estava descalça e os dedos dos pés estavam pintados com um esmalte rosa pálido. Stacy parecia relaxada. Confortável.

Eu me sentia exatamente o oposto.

Seu sorriso se alargou.

– Então você veio, afinal!

– É... A-acho que sim...

Stacy não se moveu do lugar para me deixar entrar, então fiquei ali onde estava, meio sem jeito, jogando meu peso de um pé para o outro. Será que ela ouvia os meus joelhos batendo? Eu tinha certeza de que devia ter ouvido...

– Ah, desculpe! Entre. – Ela se afastou para o lado e me deixou passar.

Eu dei um passo hesitante para dentro, olhando seu apartamento. Era bonito. Não tão bonito quanto o apartamento de Hudson – o *nosso* apartamento –, mas muito mais agradável do que o estúdio em que eu costumava morar na avenida Lexington. O espaço era estéril e frio, e completamente imaculado, exceto pela mesa da cozinha à minha esquerda. Que estava coberta por pilhas e pilhas de papéis, me lembrando dos armários do escritório de David no The Sky Launch.

– Por aqui.

Stacy fez um gesto indicando um sofá em sua sala de estar. Era um gêmeo do sofá de couro marrom do escritório de Hudson, com braços enormes. Eu gostei tanto do design que tinha encomendado um similar, mais barato, para o escritório da boate. Hudson e eu tínhamos batizado aquele sofá certa noite, na verdade, com uma rodada quente de sexo. A versão de Stacy não era daquela mais barata, e do jeito que ela parecia puritana, duvidava que o tivesse batizado com o que quer que fosse.

O estranho era que a gente tivesse um gosto tão similar...

Estranho mesmo era eu estar na casa de Stacy descobrindo do que ela gostava. Por que eu estava lá, afinal? O nó apertado nas minhas entranhas me avisou que esta fora uma decisão errada. Eu deveria ir embora.

Exceto que eu não conseguia. Algo me mantinha lá com uma força intensa. Como se meus sapatos fossem de metal e o chão feito de um superímã. Claro que eu sabia que era tudo coisa da minha cabeça. Que conseguiria fisicamente sair por aquela porta a qualquer hora que quisesse. No entanto, fiquei lá, embora soubesse que aquilo não era de fato a melhor coisa a ser feita.

Endireitei os ombros, esperando que isso me fizesse sentir mais confiante, e me sentei. Só que afundei no sofá mais do que esperava, meus joelhos apontando para cima, mais altos do que as minhas coxas. Eu parecia, e me sentia, ridícula demais. Isso que dava querer ser autoconfiante.

– Sinto muito – desculpou-se Stacy. – As molas estão quebradas. Mude de posição para o lado e você vai achar um lugar melhor.

Meio sem jeito, eu me levantei daquele buraco e fui mais para a ponta do sofá, sentando-me lentamente e testando a firmeza. Felizmente, as molas estavam de fato intactas por ali. Minha elegância, por outro lado, não estava.

Stacy se acomodou na poltrona ao meu lado. Um grande gato cinzento se esfregou contra a perna dela, sibilando na minha direção. O jeito inamistoso do gato me fez lembrar daquele latido, pouco antes. Olhei ao redor, mas não encontrei nenhum sinal de um cão. Stacy devia tê-lo trancado em outro quarto. Era estranho que ela tivesse estes dois animais em um apartamento tão pequeno. E nunca a imaginei como sendo uma pessoa amante dos animais.

Mas eu nunca a imaginei usando jeans e uma camiseta, também. Era toda essa coisa inesperada que me deixava assim tão tensa, disse a mim mesma. Nada mais do que isso.

– Quer alguma coisa? – perguntou Stacy. – Água? Chá gelado?

– Não, obrigada. – Cruzei as pernas. – Na verdade, eu estou com meu horário apertado. Você se importa se nós acabarmos logo com isso? – Era mentira. Eu não tinha que ir a lugar algum. E não tinha sequer um motorista me esperando. Eu viera de metrô em vez de pedir a Jordan para me trazer. Jordan se reportava a Hudson e eu não queria que ele soubesse dessa visita.

– Sim. Claro.

Ela se levantou e foi até a televisão. Notei que seu computador estava conectado a ela, e quando ela ligou o aparelho, o desktop apareceu na grande tela plana.

Como tinha ficado sem uma perna para se esfregar, o gato cinzento veio até a minha.

Que ótimo. Agora eu estava com pelos cinza por toda a minha calça preta. Como iria explicar isso para Hudson? Talvez eu pudesse trocar de roupa antes que ele percebesse.

Stacy conversava enquanto vasculhava os arquivos em seu computador.

– Honestamente, eu não tinha certeza de que você viria. Você não parecia muito interessada antes. Fiquei surpresa ao receber a sua mensagem de texto.

– Sim, eu mesma não tinha certeza de que viria... Acho que a curiosidade venceu. – Talvez por causa do bicho se esfregando na minha perna, não consegui parar de pensar sobre o antigo ditado que dizia "A curiosidade matou o gato".

Que merda, o que eu estava fazendo? Era tarde demais para mudar de ideia sobre isso?

Não seria tarde demais até que ela realmente começasse a passar o vídeo. Mas eu não poderia desistir agora, poderia? Porque então nunca mais seria capaz de parar de pensar que segredos Stacy mantinha sobre Hudson.

Talvez eu devesse ter perguntado a ele sobre isso, em vez de aparecer aqui, assim...

– Bem, eu deixei o vídeo preparado para o caso de você aparecer. Só tenho que carregar o arquivo. Espere um pouco. Ele está aqui, em algum lugar.

Sei lá, para mim pareceram horas até que Stacy pesquisasse as pastas em seu computador. Cada segundo que passava me dava mais agonia. Pensamentos sobre que tipo de coisa poderia estar naquele filme ficavam cutucando do fundo da minha mente, pensamentos sobre Hudson me traindo de todos os jeitos. Tentei afastar as imagens para longe, mas elas se agarravam, me beliscando, implorando pela minha atenção.

E já tinha roído metade das minhas unhas quando finalmente consegui aliviar a tensão.

– Talvez você possa me dizer o que há nesse vídeo enquanto esperamos.

– Ah, não! Eu não poderia fazer isso. – Stacy me deu outro sorriso caloroso. – Você não acreditaria até que visse com seus próprios olhos. Isso mudará tudo o que sabe sobre Hudson. Ele é um mentiroso, entende?

Aquela garota nunca tinha sorrido tanto quanto hoje. Era como se sentisse prazer com o meu desconforto. Como se estivesse encantada em destruir a minha relação com Hudson.

– Ele não é um mentiroso. Eu confio nele. – Eu é que tinha mentido para Hudson. Meu homem não tinha feito nada diferente do que provar tudo o que dissera para mim, muitas e muitas vezes.

– Tudo bem, você vai ver...

A segurança de Stacy enviou arrepios à minha pele. Não havia nenhuma maneira dela estar certa. Eu conhecia Hudson. Ele não tinha segredos para mim.

– Ah! Encontrei! – disse ela em uma voz cantante. – Você tem certeza de que não quer nada antes de eu começar? Água? Chá gelado?

Eu cerrei os dentes, o nó na minha barriga apertando mais a cada segundo que passava.

– Eu já disse, não, obrigada.

– Pipoca. – Ela riu. – Eu sempre gosto de comer pipoca enquanto fico assistindo à TV. Pipoca e M&M.

– Olha, Stacy, isso não é entretenimento para mim. Você diz que tem algo que vai me fazer sentir de forma diferente em relação a Hudson. Por acaso acha que estou ansiosa pra assistir a seja lá o que for?

Isso era ridículo. O que eu estava fazendo aqui, vendo esse filme pelas costas de Hudson? Eu deveria estar falando com ele, lhe perguntando sobre esse vídeo estúpido em vez de vir aqui, escondida, para assistir a isso. Eu nem mesmo sabia se podia confiar naquela mulher que estava na minha frente. Talvez essa coisa toda de vídeo fosse um truque.

Levantei-me para sair.

— Eu não deveria estar aqui. Preciso ir embora. — E me encaminhei para a porta.

— Não! Espere! Já vai passar.

Mais uma vez, a curiosidade levou a melhor. Virei-me para a TV. A tela estava escura, mas havia uma voz abafada ao fundo. Pouco a pouco, a voz se tornou mais clara. Era Hudson falando:

— Eu quero você, princesa. Farei o que for preciso para que isso aconteça. Tudo o que tiver que fazer, eu farei. Tudo o que tiver que dizer, eu direi. Eu tenho que ter você em minha vida.

A tela ainda estava escura, mas eu reconheci as palavras. Ele tinha dito isso para mim certa vez. Na boate.

— Que piada de mau gosto é essa?

— Tenha um pouco de paciência. — E Stacy deu uma risadinha.

A tela começou a clarear e a imagem entrou em foco. Hudson estava em uma cama de costas para a câmera, completamente nu. Olhei para Stacy, furiosa porque essa mulher tinha visto o meu namorado sem roupa, mas as palavras seguintes de Hudson me chamaram de volta para ele.

— Tudo o que eu tiver que fazer, princesa. Eu tenho que ter você em minha vida.

Eram palavras familiares, mas eu nunca tinha visto esta cena antes. E não conhecia aquela cama e nem aquele quarto. Espera, eu não estava lá quando isso tinha sido filmado. Balancei minha cabeça — não, não, não. Aquelas palavras eram minhas palavras. Princesa era o meu apelido. Com quem ele estava compartilhando minhas palavras?

A câmera começou a se mover, dando *zoom* em torno de Hudson. Prendi a respiração, esperando para ver com quem ele estava falando, mas sem querer a confirmação.

Porém, com o zoom da câmera mais perto, o foco se turvou. Tanto que era impossível entender o que estava acontecendo ou enxergar quem estava na tela. Era como olhar através de um para-brisa sujo ou uma lente de contato nublada. Pisquei várias vezes, na esperança de limpar aquele borrão, na esperança de clarear a imagem. Eu estava desesperada para ver o que estava acontecendo, desesperada para ver quem estava lá. Mesmo que eu não quisesse, sentia-me compelida a ficar assistindo.

Aproximei-me da TV e bati com a mão do lado, tentando fazer a imagem se limpar.

– Me mostre, porra! – gritei para a tela. – Me mostre o que você está escondendo!

Bati na televisão mais uma vez, e outra e outra, minha mão ficou vermelha dos golpes, minha respiração entrecortada pelo esforço. Eu tinha que ver, tinha que saber quem era. Meu instinto me disse a verdade – o vídeo tinha as respostas. Aquilo que eu precisava ver, aquilo que estava destinada a ver estava naquela tela. Por trás daquele borrão estava o que eu mais temia, meus medos mais profundos, meus medos mais sombrios... A coisa que poderia estragar tudo.

A única coisa que poderia me separar de Hudson para sempre.

2

Acordei em pânico, encharcada de suor no rosto, o coração acelerado. Eu sabia que aquilo era um sonho, mas a sensação que deixara fora muito viva e intensa. Como eu era idiota. Aquilo não era real.

Mas não foi o vídeo do sonho que tinha me deixado em pânico, foi o pensamento do que poderia conter o vídeo de Stacy na vida real. Ela disse que era algum tipo de evidência sobre Hudson e Celia. Eu tinha apagado essa ideia no início da noite, mas talvez não tivesse sido uma boa ideia, porque agora vinha penetrando em meus pensamentos subconscientes.

Olhei para Hudson dormindo ao meu lado. Normalmente a gente ficava em constante contato enquanto dormia. O calor dele, que estava me faltando, tinha exacerbado aquelas sensações horríveis que ainda se agarravam a mim depois do meu pesadelo. Não querendo perturbar meu amor, eu ignorei a vontade de me aconchegar a ele e, em vez disso, saí da cama, vesti meu robe e me dirigi ao banheiro.

Jogando água fria no meu rosto, respirei fundo e tentei me acalmar. Eu nunca tinha sido propensa a ter pesadelos. Mesmo quando meus pais morreram, meus sonhos tinham permanecido calmos e tranquilos. Minha mente obsessiva já trabalhava bastante enquanto estava acordada. As horas de sono não eram usadas para tentar resolver os meus problemas.

Mas, atualmente, eu não estava tão obsessiva como fora no passado. Só que havia ainda problemas a serem trabalhados. Sim, eu era feliz e apaixonada. Mas a semana passada tinha sido dolorosa e estressante, com Hudson no Japão e nosso relacionamento no limbo. Eu havia guardado alguns segredos e não tinha certeza de que ele algum dia pudesse me perdoar completamente. E Hudson tinha me traído de seu jeito, tirando David da gerência do The Sky Launch pelas minhas costas. Então, o pior, ele não tinha me defendido. Tinha decidido ouvir as mentiras da sua amiga de infância, que estava jogando seu próprio jogo, onde eu era o peão.

Eu sabia que nosso amor era capaz de sobrepujar o peso desses erros. Ele provou que também sabia disso, quando chegou à boate no começo da noite, surpreendendo-me com a sua declaração de compromisso com nosso relacionamento. Embora ele ainda não tivesse dito as três palavras que eu desejava ouvir, já não *precisava* mais delas. Eu sentia o seu amor em cada fibra do meu ser. Senti isso quando Hudson fez amor comigo na pista de dança com tanto cuidado e atenção que seu gesto falou mais alto. Nós estávamos juntos para o longo prazo, pelos bons e maus momentos, isso agora estava evidente, e tal conhecimento deveria me liberar da ansiedade.

O problema é que nós ainda não tínhamos resolvido todas as nossas questões com relação à confiança, e isso me deixava nervosa. Além disso, havia aquele tal vídeo que a Stacy afirmava possuir. O que esse vídeo mostrava? E eu, queria mesmo vê-lo? Não poderia simplesmente ser um truque? Ou ele realmente era importante?

Eram perguntas que me incomodavam e me deixavam inquieta e insegura. Foi isso que me deixou obcecada enquanto dormia.

Não é nada, eu disse a mim mesma. Não vai afetar em nada com Hudson.

Mas o mal-estar que me envolvia dizia uma coisa diferente.

– O que há de errado?

Hudson me assustou, mas o ritmo das batidas do meu coração, já acelerado, mal registrou o choque. Olhei por cima do meu ombro para ele, que estava em pé na porta do banheiro. Ele parecia como sempre, sexy e reservado ao mesmo tempo. A visão de seu corpo nu me fez prender a respiração por um instante, como sempre acontecia. Mesmo quando os pensamentos de saltar sobre aquele corpo não estivessem em minha mente. Mordi o lábio enquanto o meu olhar viajava para baixo de seu corpo. Bem, talvez os pensamentos sobre saltar nele não estivessem tão longe assim, como eu tinha presumido.

Hudson veio por trás de mim, seus olhos cinzentos sondando os meus, no espelho.

– Você está bem?

Passou pela minha mente mentir, mas eu não iria mais fazer isso. Eu tinha conseguido uma segunda chance com este homem, e se nós pretendíamos fazer com que as coisas entre nós funcionassem, então seria melhor que eu dividisse minhas preocupações com ele.

Teria que falar com ele sobre o vídeo de Stacy.

E eu falaria. Mas precisava de alguns minutos para me recompor.

– Eu só tive um pesadelo, e agora não consigo dormir.

A testa dele franziu em preocupação.

– Quer falar sobre isso?

Eu balancei minha cabeça. Então mudei de ideia.

– Sim. Mas, mais tarde.

– Hum. – Hudson passou os braços em volta da minha cintura e beijou minha cabeça. – Que tal se eu preparar um banho quente para você nesse meio-tempo?

– Isso seria bárbaro...

Ele me soltou e foi fazer o que propusera. Encostei-me na parede do boxe enquanto Hudson se inclinava sobre a grande banheira e ligava as torneiras. Era impossível não admirar seu corpo firme, não querer lamber os músculos de seu abdômen, morder a curva rija de sua bunda.

Ele olhou para mim.

– Estou notando pensamentos sacanas nublando esses olhos castanhos.

Meus lábios se curvaram no que eu esperava que fosse um sorriso sugestivo.

– Você vai se juntar a mim?

– Nos pensamentos sacanas ou na banheira?

Dei um tapa em seu traseiro delicioso.

– Na banheira.

– Pretendo acompanhá-la nos dois.

Eram três horas da manhã de um dia de semana. O cara tinha que trabalhar logo cedo. E ainda estava com *jet lag* depois de uma semana no Oriente. Mas ele não hesitou em cuidar de mim. Ele sempre estava lá quando eu precisava. Mesmo quando o chutara para longe, para o Japão, Hudson garantiu que alguém cuidasse de mim, enviando sua irmã para me checar, telefonando ao porteiro para me entregar mensagens. Será que algum dia eu iria deixar de ficar surpresa com toda essa atenção?

A resposta era: não, nunca.

Tirei o roupão e o pendurei em um gancho da parede, me deliciando com o desejo no olhar de Hudson enquanto eu estava nua diante dele. Coloquei um dedo do pé para testar o calor. A água estava perfeita, quase quente demais, do jeito que eu gostava. Entrei na banheira e me inclinei para frente, para que Hudson pudesse deslizar atrás de mim. Ocorreu-me que nunca tínhamos tomado banho de banheira juntos. Era estranha essa sensação, a gente já passara por tanta coisa e ainda havia muito que precisávamos experimentar. Foi um pensamento reconfortante – perceber que ainda estávamos apenas no começo, que nós poderíamos esperar fazer muito mais.

Quando Hudson se acomodou, inclinei-me para trás e me apoiei em seu peito.

Ele esfregou o nariz ao longo da minha bochecha.

– Isso é bom.

– A temperatura está perfeita. – Meus músculos já estavam se soltando no calor, a tensão do meu sonho se aliviando.

– Eu queria abraçar você. – A voz de Hudson era suave, como se suas palavras fossem difíceis de pronunciar. – Eu senti falta disso.

Deus, eu senti falta também. Essa era uma das razões pelas quais me sentia tão desconfortável, porque ainda estava me recuperando do tempo em que estivemos separados. Minha mente ainda estava processando o fato de que eu quase tinha perdido tudo...

Eu quase tinha perdido tudo.

E era certamente por causa disso que estava tão preocupada com a suposta evidência de Stacy. As questões que permaneceram não resolvidas entre nós não ajudavam em nada a minha ansiedade. Ainda tínhamos tantas coisas deixadas de lado e não explicitadas.

Ficamos os dois mergulhados em silêncio naquela água por longos e confortáveis minutos. Quando a água começou a esfriar, Hudson pegou um vidro da prateleira embutida atrás da banheira de mármore. Ele derramou um pouco de sabão líquido, com meu novo perfume favorito, flor de cerejeira, na mão, e passou na pele dos meus braços, massageando. Depois de terminar os braços, ele me levou para frente para continuar o tratamento em minhas costas. Então me puxou contra ele e dobrou minhas pernas para que pudesse alcançar qualquer parte do meu corpo.

Por último, os dedos ficaram espalhados ao longo da minha barriga e de meu peito. Hudson passou um tempo delicioso em meus seios, apertando com a pressão certa até que meus mamilos se animaram. Ele mordiscou minha orelha e uma mão começou a descer para minhas regiões mais baixas. O espessamento de seu pênis contra minhas costas me disse exatamente o que meu homem estava pensando.

Mas primeiro havia algumas coisas a dizer. Eu não acreditava que houvesse algo preocupante o suficiente que pudesse destruir o nosso potencial futuro juntos, mas pensava que poderia ser grande o bastante para que as coisas fossem ditas.

Virei-me para encará-lo, a água espirrando com o meu movimento brusco. Segurei suas mãos nas minhas para mantê-las ocupadas, e comecei.

– Temos algumas coisas para resolver.

Seus olhos ficaram presos em meus seios, quando ele levantou uma sobrancelha.

– Ah, é, temos?

– Sim. – Baixei minha cabeça para pegar o seu olhar. – Quem é que vai dirigir a sua boate?

Seu sorriso era travesso.

– Você.

Eu sorri, mas não concordei. Também não discordei. Ele alegou que desejava que eu assumisse o The Sky Launch, mas eu estava convencida de que isso era apenas uma desculpa para se livrar de David Lindt. Hudson conseguira concretizar parte de seu plano, porque David estaria se mudando em pouco mais de uma semana para assumir uma das boates de Hudson em Atlantic City. Eu tinha ficado chateada, mas, assim que a ideia se acomodou em minha mente, percebi que tinha sido o movimento certo da parte de Hudson. Trabalhar todos os dias com o meu ex não era exatamente uma boa ideia. Eu não gostaria que Hudson trabalhasse com uma de suas ex-namoradas, afinal.

Mas isso não significava estar pronta para tocar a boate sozinha.

Eu também não estava muito disposta a dar a função a outra pessoa.

Talvez isso tivesse que ser analisado em uma hora em que o pênis de Hudson não estivesse pressionando a minha vagina. Seu pênis poderia me fazer dizer sim a qualquer coisa.

Com os dedos ainda presos aos meus, Hudson começou a me seduzir com os lábios, inclinando-se para pegar o meu seio em sua boca.

Suspirei de prazer, meu corpo se rendendo a ele. Minha cabeça, no entanto, ainda estava embrulhada em detalhes.

– E o que vai acontecer com Celia?

Seus lábios deixaram meu peito.

– Sério? Você quer falar sobre Celia agora?

– Eu nunca *quero* falar sobre ela. Mas preciso saber que ela não é mais uma ameaça para mim. – Engoli o caroço inesperado que se formou na minha garganta. – Para nós. – Eu não tinha percebido o quanto ainda estava assustada sobre sua possível influência na minha relação com Hudson.

– Ei. – Hudson segurou meu rosto em suas mãos em concha. – Ela não é uma ameaça. Celia não tem nenhuma prova sólida de suas reivindicações, e não vai registrar nenhuma queixa. E mesmo que faça isso, estarei aqui com você. Você sabe disso.

Balancei a cabeça debilmente.

– Mas e daqui pra frente?

– Simples. Nós não a vemos mais. Não falamos com ela. Nós não respondemos seus e-mails.

– *Nós* não a vemos mais? – Claro que *eu* não iria vê-la, eu odiava aquela cadela. Mas o que dizer de Hudson?

– Sim, *nós*. Eu não tenho espaço na minha vida para quem está contra nós.

Outra onda de tensão quase me submergiu.

– Sua mãe também é contra nós.

Eu estava forçando a minha sorte. Sophia Pierce, aquele monstro tanto para seu filho quanto para mim, provavelmente seria sempre um obstáculo na vida de Hudson. E eu jamais pediria que ele a cortasse... Embora não gostasse de Sophia, reconhecia a importância da família.

– Eu sei – Hudson suspirou, com as mãos se afastando de meu rosto. – Pelo menos ela não tentou nos sabotar. Se ela tentar fazer isso, tudo estará acabado. Você é a única mulher que importa.

– Obrigada. – Beijei-o suavemente. – Mas eu espero que não chegue a esse ponto. Seria bom acreditar que um dia a reconciliação seja possível.

Fazia apenas alguns dias desde que eu tinha me reconciliado com o meu irmão Brian. Isso tinha aliviado um nó constante na minha barriga do qual, até então, eu não tomara conhecimento. O mesmo cenário não parecia provável entre Hudson e a mãe, mas afinal, quem sabe o que aconteceria no dia de amanhã?

Meus pensamentos viajaram de volta para Celia, suas razões para fazer aquilo tudo comigo ainda eram uma incógnita.

– Mas por que ela fez isso, Hudson? Por que Celia é contra nós?

– Não é contra *nós*. É contra mim. – A mandíbula dele se apertou. – Ela está com raiva de mim.

– Ainda? Pelo que você fez todos esses anos atrás?

Meu coração deu uma pontada por causa de seu óbvio tormento. Hudson não estava orgulhoso de seu passado. E como ele poderia seguir em frente quando esse passado sempre voltava para assombrá-lo?

Mas então, a raiva tomou conta.

– Eu não me importo com o que você fez com ela. Celia é uma vadia. Foi horroroso, terrível e horrível fazer o que ela fez. Especialmente quando afirmava ser sua amiga. Ela ainda está apaixonada por você? É esse o problema dessa cadela?

Hudson baixou os olhos.

– Se ela pensa que me ama, me magoar não é o jeito certo de conquistar o meu afeto.

– Bem, ela certamente age como uma amante ciumenta.

– Sem razão nenhuma. – Dizendo isso, passou a mão na minha bochecha. – Celia e eu nunca tivemos nada juntos. Nada. Exceto... – Sua voz se suavizou. – Exceto o que eu a fiz acreditar que sentia por ela.

– Ela sabia que não era verdade. – Eu odiava que isso ainda o atormentasse. – E isso foi há séculos. Se ela está tentando trazer você de volta, parece que já fez isso ao dormir com seu pai e criar essa armadilha, obrigando-o a afirmar que era o pai do bebê em vez de Jack. Por que você não me contou nada sobre isso, afinal de contas?

– Eu deveria ter contado. – O tom dele estava cheio de remorso.

– Sim, deveria.

Isso teria deixado tudo mais claro para mim, sobre seu relacionamento com ambos, Celia e seu pai. E isso tinha sido mais uma coisa que ficara como um muro entre nós, embora a maioria dos segredos que nos mantivera distantes tivesse sido de minha parte. Era disso que eu me arrependia.

Hudson soltou suas mãos das minhas e as esfregou para baixo em minhas costelas.

– Não achei que esse segredo fosse meu, para ficar falando por aí.

– Tudo bem, é justo. – Eu tremi enquanto os dedos dele apertavam a pele de meus quadris. Ele estava ficando inquieto, querendo mais, me querendo. O tempo de conversar estava chegando ao fim. Eu tinha que pular logo para o centro das minhas preocupações. – Mas algumas coisas têm que mudar entre nós. Temos de ser capazes de compartilhar essas coisas um com o outro. Você poderia ter, pelo menos, me dito que tinha boas razões para não confiar nela, razões pelas quais *eu* não deveria confiar nela.

– E você poderia ter honrado os meus desejos quando eu disse para *não ir vê-la.*

– Sim, poderia. – Deixei escapar um suspiro. – Nós dois temos que mudar. Temos que colocar tudo na mesa, Hudson, tanto quanto possível. Sabemos agora que estamos juntos, nas coisas boas e nas coisas ruins, certo? Temos que confiar um no outro, mais do que qualquer coisa. Não podemos ter medo dos nossos segredos e do nosso passado. Nós dois. Honestidade, portas abertas, transparência.

Ele arqueou uma sobrancelha.

– Nudez?

Sim, eu estava perdendo meu homem.

– Você é um pervertido.

– Concordo. – Ele se inclinou para frente novamente e lambeu uma gota de água do meu mamilo. – Sempre que você estiver envolvida, eu serei um pervertido.

Sorri. O que era difícil, considerando o jeito como a língua dele no meu peito me deixava louca.

– Hudson, pare. Estou falando sério.

– Eu sei. – Dizendo isso, Hudson encostou-se à banheira. – E eu concordo com tudo o que você disse. Precisamos ser honestos.

– Ótimo. – Levantei minha mão para detê-lo antes que ele retomasse a sua sedução. – Espere um pouco. Tenho mais uma coisa.

– Tudo bem, o quê?

Hudson estava ficando impaciente, mas tentando não demonstrar. Eu quase decidi deixar o resto da nossa conversa para mais tarde. Mas a lembrança de meu pesadelo e aquele pressentimento gelado que permanecia no meu peito me empurraram para frente. – O que aconteceu entre você e Stacy?

– Stacy? – Ele parecia confuso. – Aquela Stacy de Mirabelle?

– Sim.

– Nada – respondeu, perplexo com a minha pergunta. – O que você quer dizer? Se eu a namorei? Eu a levei para um evento de caridade um ano atrás. Mas, depois disso, nada.

– E não dormi com ela – acrescentou, antes que eu tivesse que perguntar.

Isso foi reconfortante. Mas essa não era a razão pela qual Stacy me preocupava.

– Existe alguma razão pela qual ela quisesse se vingar de você? Ou uma razão para desconfiar de você?

Hudson balançou a cabeça lentamente.

– Não saberia dizer...

– Ela não foi uma de suas vítimas do passado?

– Vítimas? – Seus olhos se estreitaram. – É assim que você chama as pessoas com quem... brinquei?

Eu me encolhi.

– Talvez essa não seja a melhor escolha de palavras.

– Não, não. Provavelmente foi a melhor escolha. Isso não significa que seja agradável de ouvir.

– Sinto muito.

O rosto dele ficou sombrio.

– Não sinta. É o meu passado. E tenho que viver com isso. Por que você está perguntando?

Respirei fundo. Finalmente, nós estávamos colocando tudo na mesa e o que eu ia dizer fazia parte.

– É que, na última vez em que estivemos na loja da Mirabelle, Stacy me disse que tinha algum tipo de vídeo. Um vídeo que mostrava uma coisa ou outra sobre você e Celia. Ela não estava com o vídeo naquele dia, então eu lhe dei o meu número de telefone para que pudesse entrar em contato comigo mais tarde.

– Isso foi na última vez que estivemos juntos na Mira?

– Sim. Ela me encurralou, enquanto você estava procurando sapatos para mim. Você sabe do que ela está falando? – Estudei o rosto dele, tentando pegar qualquer coisa que Hudson pudesse estar escondendo.

– Não faço ideia. – Ou ele era muito bom ator ou realmente não tinha ideia. Eu nunca o tinha visto tão perplexo. – Ela não lhe disse sobre o que era esse vídeo?

– Não. Só que tinha um vídeo e que iria me mostrar porque eu não podia confiar em você. – Mordi o lábio. – E ela me mandou uma mensagem de novo esta noite. Ou em algum dia na semana passada, quando estava sem telefone, e só vi a mensagem hoje à noite.

Eu esperava que ele perguntasse por que eu não tinha contado isso mais cedo, mas não o fez.

– O que a mensagem dizia?

– Que o vídeo era muito grande para enviar por telefone, mas para eu entrar em contato se quisesse vê-lo.

Ele considerou.

– E você quer?

– Não. – Mas eu meio que queria. – Sim. – Mas na verdade, não... – Eu não sei. O que acha, devo assistir?

– Bem. – Ele esfregou as mãos para cima em meus braços. – Você sabe que Celia não é alguém confiável. E não há nada que Stacy poderia ter sobre mim que você ainda não saiba. Você sabe mais sobre os meus segredos e meu passado do que qualquer outra pessoa. Você me conhece, Alayna.

– Sim, conheço.

– Então, a menos que não confie em mim...

– Eu confio em você. Se você diz que não há nada com que eu deva me preocupar...

Os olhos dele estavam travados nos meus.

– Não há.

Fiz uma pausa. No instante em que eu dissesse as próximas palavras, não poderia segurá-las de volta. Eu teria que tirar o vídeo da minha cabeça e seguir em frente. Isso ia contra todas as minhas tendências obsessivas. E poderia fazer isso?

Bem, sim, eu acreditava que poderia. Por Hudson. Sorri.

– Então eu não preciso assistir...

Era mais fácil dizer isso do que eu teria imaginado. E estava falando sério. Não precisava de provas de outras pessoas para saber quem era Hudson, ou o que ele significava para mim.

Foi incrível notar como estava me sentindo melhor depois de ter esse assunto do vídeo longe de esmagar o meu peito. Essa história já não era mais um peso, embora ainda houvesse algum nervosismo persistente que provavelmente só precisaria de tempo para destilar.

Hudson se inclinou e beijou meu queixo.

– Obrigado.

– Por quê, exatamente?

– Por ser aberta comigo. – Dizendo isso, inclinou a cabeça. – Você não tinha que me falar sobre essa coisa do vídeo, mas, no entanto, falou...

– Estou falando sério sobre ser mais aberta e honesta.

– Percebi. E estou falando sério sobre isso também. A única maneira de seguirmos em frente é decidir que estamos comprometidos um com o outro, antes de tudo. – Seus olhos subiram para encontrar os meus. – Não estamos?

Eram apenas duas palavrinhas curtas, mas o peso da pergunta era enorme, mais pesado do que quando ele me pediu para ser sua namorada ou para me mudar para sua casa. No entanto, foi com facilidade e certeza que respondi.

— Eu estou.

— Eu também.

Ele capturou minha boca com a sua, sugando de leve o meu lábio inferior antes de sua língua entrar na minha boca, retorcendo-se com a minha em uma dança erótica de preliminares. Eu joguei minhas mãos ao redor de seu pescoço, me puxando para mais perto dele. Seu pênis engrossou entre nós dois e minha boceta apertou em expectativa, querendo e precisando dele, tanto quanto o beijo dele disse que Hudson precisava de mim.

Sem soltar minha boca, Hudson moveu uma mão para o meu seio. Ele era um especialista nesse tipo de manipulação, fazendo tudo da maneira que eu precisava, seu toque nunca gentil demais, sempre com a quantidade certa de aspereza. Eu gemi contra seus lábios enquanto ele apertava meu seio, me deixando louca. Estava tão concentrada em sua atenção no meu seio que nem percebi a outra mão descendo, até que seu polegar estava esfregando o meu clitóris. Dei um salto por causa da sensação deliciosa, meus joelhos se apertando contra o quadril de Hudson. Eu já estava sentindo o desejo se construindo em meu baixo ventre, a vontade de gozar se formando rapidamente, muito rapidamente.

Já estava em cima dele, desejando adiar meu gozo até que estivéssemos juntos, por isso empurrei sua mão para fora de mim. Os olhos de Hudson fecharam-se ligeiramente quando fechei meu aperto em torno de sua ereção espessa. Acariciei seu pau uma vez antes de mudar meu peso para frente, para os meus joelhos. Posicionando-me sobre ele, deslizei para baixo, envolvendo todo o seu comprimento duro, gemendo enquanto ele me preenchia.

Sentei-me em cima dele, ficando parada por vários segundos enquanto o meu corpo se ajustava ao seu tamanho, minhas paredes se expandindo para dar espaço para ele. Porra, ele era gostoso. Desse jeito, sem fazer qualquer movimento, Hudson parecia ter sido feito do meu tamanho, como se aquele pau tivesse sido esculpido exatamente para caber dentro da minha boceta, e só nela. Estremeci com os pensamentos eróticos e a sensação celestial dele dentro de mim se intensificou.

Ele mudou de posição, sua impaciência mais evidente.

Então, eu me mexi, como se o cavalgasse. Lentamente no início, em seguida, mais determinada. Minhas mãos apoiadas contra seus ombros, me empurrando com a força que sabia que Hudson desejava, com a força que eu desejava. Não demorou muito para que suas mãos se enrolassem na minha bunda, aumentando o meu movimento. E então, ele me segurou e me deteve logo acima do quadril, empurrando para cima e para frente em um padrão circular, penetrando-me com movimentos longos e deliberados.

– Você sempre tem que assumir o controle? – perguntei, sem fôlego. Não que me importasse. Eu gostava de estar na outra ponta de seu controle.

Seus lábios se curvaram.

– Se você quer que nós dois gozemos juntos, então sim.

Eu ri, o movimento fazendo com que meu homem me preenchesse, e isso me levou à beira da loucura. Quando fui capaz de falar de novo, perguntei:

– E quem é que não iria gozar se eu ficasse no controle?

– Você.

Os dedos dele se apertaram em meu quadril e, como se para provar o que tinha dito, ele enfiou mais profundamente em mim, roçando o ponto, aquele ponto, que sempre me deixava louca, que só ele conseguia encontrar todas as vezes, sem falhar.

Meu orgasmo veio de repente, me tomando de surpresa. Engoli em seco, cravando minhas unhas na pele de Hudson enquanto cavalgava aquela onda de êxtase que varria todos os meus nervos, derrubando as minhas pernas e nublando a minha visão.

O ritmo de Hudson não diminuiu enquanto eu me dobrava em cima dele.

Ele continuou a enfiar em direção ao seu próprio clímax, procurando esse objetivo ainda intangível. E então, cruzou a linha de chegada, esfregando-se contra o meu clitóris enquanto se derramava em mim, provocando outro tremor no meu corpo já desfalecido.

Enquanto ele se acomodava, beijou o meu pescoço, o meu queixo, e, finalmente, voltou para os meus lábios, onde permaneceu, me adorando com a boca até que nossas batidas de coração voltassem a um ritmo mais normal.

Então, afastou-se e procurou meus olhos. A testa franzida.

– Alayna. – Hudson embalou meu rosto. – O que foi, princesa?

Demorou um instante para que pudesse entender sua pergunta. Então eu percebi que lágrimas escorriam pelo meu rosto. E então, tornaram-se mais do que lágrimas. Soluços incontroláveis irromperam como se um grande poço de tristeza tivesse sido liberado.

Envergonhada e incapaz de explicar o meu desabafo, eu o empurrei para longe e saí da banheira.

– Alayna, fale comigo. – Hudson estava atrás de mim, enrolando uma toalha em volta do meu corpo enquanto ele molhava todo o chão.

Neguei com a cabeça e corri para o quarto.

Hudson tinha me seguido. Ele agarrou meu braço e me virou para ele. – Fale comigo. O que está acontecendo?

Meu corpo se dobrou com a angústia. Não era uma nova dor, mas uma que tinha estado comigo há mais de uma semana. Eu só não tinha expressado totalmente essa dor, não para Hudson, nem para mim.

– Você. Realmente. Me machucou – consegui falar. As palavras eram quebradas e saíam com dificuldade por entre os soluços.

– Agora?

– Não. – Engoli em seco e tentei me acalmar o suficiente para poder falar. – Você realmente me magoou. Com Celia. Quando acreditou nela. Em vez de mim. – A dor era tão crua, tão vívida. Mesmo tendo feito as pazes e ficado juntos, os resquícios da traição ainda se agarravam em mim. Eu tentara seguir em frente antes que a cicatriz tivesse sido formada, e agora, de forma inesperada, a ferida reabria.

– Ah, Alayna. – Hudson me puxou para o seu peito. – Me diga. Me conte tudo. Eu preciso ouvir isso.

– Dói, Hudson. Dói muito. – Minha respiração estava irregular. – Mesmo que você esteja aqui. Agora. E nós estejamos juntos. Há um buraco. – Minhas frases eram curtas e quebradas. – Um buraco fundo, muito profundo.

Seu corpo ficou tenso em torno de mim e eu senti o grau com que ele compartilhava do meu sofrimento.

– Eu sinto muito. Sinto muito. Se eu pudesse voltar atrás, se pudesse mudar a maneira como eu reagi... Eu teria agido de forma diferente.

– Eu sei. Eu sei, de verdade. Mas você não escolheu agir de forma diferente. E *não pode* mudar o que fez.

Minha voz ficou mais dura quando a dor de dentro de mim veio à tona. Como se eu estivesse vomitando. Uma vez que comecei, não havia como parar, e o processo era desconfortável e sufocante.

Eu me afastei dele, ainda em seus braços, mas já não enterrada em seu corpo.

– Você nunca vai poder mudar o que foi feito.

– Não. Não posso – disse Hudson, e empurrou meu cabelo molhado dos meus ombros.

– E isso muda as coisas. Muda a mim...

Ele fez uma pausa, a preocupação se formando em seu rosto.

– Como?

– Me deixa vulnerável. Exposta. – De repente, percebi que ele não estava usando nada. E isso combinava... Porque, mesmo estando enrolada em uma toalha, eu nunca tinha me sentido mais nua na frente dele. – E você sabe agora. Que pode me machucar. – Engasguei quando as minhas lágrimas retornaram. – Você pode me machucar muito.

– Alayna. – Hudson me puxou de volta para ele, sua voz cheia de emoção. – Minha princesa menina. Eu nunca mais quero machucá-la novamente. Será que você vai ser capaz de... me perdoar?

Assenti com a cabeça, incapaz de responder verbalmente. Sim, eu poderia perdoá-lo. Eu já tinha feito isso. Mas perdoá-lo não mudava o fato de que doía muito. Não mudava o fato de que ainda muita cura seria necessária...

Hudson me balançou em seus braços, enquanto eu chorava, beijando minha cabeça e pedindo desculpas intermitentemente. Depois de um tempo, ele me pegou no colo e me levou para a cama. E enrolou-se comigo, me apertando contra ele.

Quando finalmente terminei com as lágrimas, me sentei contra a cabeceira da cama com um soluço.

– Hã... Eu não sei de onde veio isso.

Ele se sentou ao meu lado, enxugando minhas bochechas.

– Você precisava deixar sair. Eu entendo.

– Você entende?

– Claro. – E colocou um braço em volta de mim. – Está tudo bem para você eu ficar aqui?

– Sim! Por favor, não vá embora. – Eu o agarrei, com medo de que se levantasse.

– Ficarei aqui pelo tempo que quiser que eu fique.

– Ótimo... – Relaxei, deixando que meu coração voltasse a bater em um ritmo normal. – Tudo isso... – Fiz um gesto distraído, me referindo à minha cena de choradeira – Isso foi só...

– Um processo de cura?

– Sim. Catártico. O último passo de tudo o que aconteceu antes. Eu acho que consegui enterrar algumas coisas. – Estava me sentindo limpa, por dentro e por fora. Por isso sorri ao traçar os lábios de Hudson com o meu dedo.

– Eu admiro o seu otimismo, mas essas dores antigas costumam se mostrar ao longo do tempo, mesmo quando a vida está indo bem. – Ele pegou meu dedo em sua mão. – Tenho certeza de que nós dois vamos nos sentir assim de vez em quando.

Deixei escapar um longo suspiro. Eu não suportava a ideia de ter machucado Hudson também. Isso quase me doía tanto quanto a sua traição.

– Não fique pensando nisso o tempo todo. – A voz dele era suave. – Nós temos o futuro para compensar as feridas que causamos um ao outro.

Foi nesse momento que me senti pronta para dedicar minha vida a fazer as pazes entre nós. Eu estava realmente pensando em nós, tipo para sempre? Bem, pelo menos a longo prazo.

Torci meus lábios com o pensamento.

– Este é um novo começo para nós, não é?

Ele se inclinou para esfregar o meu nariz com o dele.

– Não. Isto é melhor do que o começo. Isto é o que acontece em seguida.

– Gostei dessa.

Hudson se inclinou e me beijou, docemente e sofregamente, com promessas de todas as outras coisas que iriam acontecer em seguida. Como se não houvesse nada no mundo a fazer a não ser me inundar com amor.

3

Hudson telefonou ao escritório na manhã seguinte, decidindo trabalhar em casa. Eu já tinha feito arranjos para ficar fora da boate durante os próximos dias, então não me preocupei em ir ao trabalho também. Nós passamos o tempo na biblioteca, cada um de nós trabalhando em nossos próprios projetos, sem falar muito, o que foi bom. Exausto ainda por causa do fuso horário e de não ter dormido direito, Hudson estava de mau humor. Mesmo irritado daquele jeito, eu estava feliz com sua presença. Era reconfortante só estar com ele.

Saí do apartamento apenas para fazer depilação e para assistir a minha terapia de grupo naquela noite. Quando voltei, Hudson estava desmaiado na nossa cama. Eu o deixei dormir.

Antes de me juntar a ele, corri um pouco na esteira e mandei uma mensagem de texto para Stacy. "Obrigada, mas não, obrigada", dizia a minha mensagem. Eu, provavelmente, não teria a necessidade de responder, afinal das contas, mas achei que isso daria um fim àquela questão. Dormi silenciosamente a noite inteira.

No dia seguinte era feriado – o Quatro de Julho. Hudson me surpreendeu ao me levar para o *brunch* no Loeb Boathouse, no Central Park. Depois disso, nós andamos pelo parque, de mãos dadas, e curtindo a companhia um do outro. Estávamos nos sentindo bem, era gostoso estar com ele. Era calmo.

No entanto, havia uma fragilidade tangível entre nós. Estávamos cautelosos um com o outro, meio que tratando um ao outro com luvas de pelica. A fadiga persistente de Hudson não melhorava nem um pouco a situação.

Mais tarde, quando estávamos nos preparando para a queima de fogos da noite, Hudson veio por trás de mim, enquanto eu me arrumava em frente ao espelho do quarto. Ele passou os braços em volta da minha cintura e beijou ao longo do meu decote.

– Nós estivemos nos evitando o dia inteiro – disse ele em meu ouvido. – Eu estou avisando agora que isso acabou, cansei. É hora de começar a tratá-la como você é: minha.

Minha respiração suspendeu bruscamente.

– E sim, isso significa que vou comer você mais tarde. Muito.

Então assim, meio que de repente, a nossa hesitação tinha acabado. E eu precisava de uma troca de calcinha.

Com exceção de alguns toques ocasionais e carícias, Hudson manteve as mãos quietas durante nosso percurso até o passeio de barco para ver o espetáculo de fogos. Tive a sensação de que o contato mínimo era uma atitude proposital. Ele estava construindo a antecipação de nosso encontro mais tarde.

E, Deus, isso funcionou.

O clima entre nós estava carregado. Sua promessa sexual permaneceu em meus pensamentos, me transformando em um barril de pólvora à espera de uma faísca que iria me fazer explodir em chamas. Hudson, por outro lado, parecia completamente indiferente, como se não tivesse sido ele a dizer aquelas palavras quentes apenas uma hora antes.

Era no fim da tarde, o sol começava a se pôr quando chegamos ao cais para embarcar. Hudson não esperou por Jordan para abrir a porta do carro. Ele deu um passo para fora do Maybach e pegou minha mão para me ajudar a sair. Meu homem estava lindo em sua calça bege e paletó escuro. Tinha deixado a gravata de lado, permitindo que sua camisa branca desabotoada mostrasse a parte superior do peito. O vento soprava através do rio que compartilhava seu nome, bagunçando o cabelo de Hudson em um caos sexy. Como sempre, ele me tirou o fôlego.

Mas aquele momento foi de curta duração. Câmeras clicando e as pessoas gritando o nome de Hudson interromperam esse meu devaneio. Tendo estado em apenas um outro evento com ele no qual a mídia estava presente, eu não estava muito acostumada com toda essa atenção.

Mas Hudson estava.

Como aconteceu na última vez, quando fui com ele no tal evento beneficente de sua mãe, Hudson preparou um show particular, puxando-me a seu lado para posar para as câmeras. Ele ignorou muitas das perguntas bem educadamente, só respondendo algumas com um simples *sim* ou *não*.

– *É verdade que você comprou de volta a sua antiga empresa, a Plexis?*

– *Sim.*

– *Você está planejando dividir a empresa?*

– *Não.*

– *Esta é a sua atual namorada? Alayna Withers, não é?*

– *Sim.*

– *E quanto a Celia Werner?*

Esta foi uma das perguntas que Hudson não respondeu. A única pista evidente de que ele havia escutado a pergunta foi uma rápida contração de seu olho. O homem tinha feito do estoicismo uma ciência.

Mas eu, não. A menção do nome de Celia me provocou um arrepio na espinha. Não era só a mãe dele que achava que Celia e o filho deveriam ficar juntos. Até mesmo a imprensa tinha pensado que eles eram mais do que simples amigos. Hudson, como não se importava com o que as pessoas pensavam ou diziam sobre ele, não se preocupou em corrigir essa suposição.

Percebi, então, que a mídia nunca iria deixá-la de fora de nossas vidas. Eles sempre perguntariam sobre aquela mulher, ela sempre seria ligada a Hudson nos tabloides. Eu teria que me acostumar com isso, se planejava ficar ao lado dele por muito tempo. E eu planejava exatamente isso.

Mas só porque estava sendo obrigada a conviver com esse assunto não significava que eu não poderia revidar.

Forçando um sorriso, fiz algo que surpreendeu até a mim, falei com as pessoas em volta:

– Você não acha que é uma grosseria perguntar isso quando estou aqui? – Fiz uma pausa, mas não deixei que a repórter pudesse falar e continuei: – Ele está comigo agora. E trazer o assunto de outra mulher neste momento é algo de um completo mau gosto. Se ficar agitando uma fofoca é a única maneira pela qual você é capaz de escrever uma matéria decente, fico muito triste por você. Não se preocupe em refutar. Temos uma festa para participar.

Os olhos de Hudson se arregalaram.

– Vocês ouviram a dama.

Ele pegou minha mão e me puxou junto em direção ao cais onde o *Magnolia*, um iate de setenta metros, esperava por nós.

Eu apertei sua mão.

– Isso não foi tão ruim. – Eu precisava de sua confiança. Precisava saber que não o tinha irritado.

– Foi terrível na maior parte – sibilou ele em resposta.

Imediatamente, me senti culpada por minha explosão.

– Desculpe, eu não deveria ter dito nada. Sinto muito.

– Por quê? Você foi a única razão pela qual isso não foi totalmente terrível.

– Bem, então. – Meu sorriso se alargou. – Talvez eu devesse falar com a imprensa com mais frequência.

– Não force a barra.

O sorriso de Hudson foi breve e ele rapidamente voltou ao seu humor sombrio. Depois do nosso dia tão agradável, tinha a esperança de que seu mau humor tivesse acabado. Não era o caso. Mas era compreensível. Lidar com a imprensa e ter de assistir a um grande evento social não eram coisas que ele gostava de fazer para passar o tempo.

Eu, por outro lado, não me importava em ter que ir a festas. Embora tivesse ficado satisfeita em assistir ao show na TV do nosso quarto. Ou pular essa parte completamente em favor de outras atividades.

– Não entendo, por que estamos indo, se você odeia tanto essas coisas?

Ele fez uma pausa, diminuindo o passo.

– Boa pergunta. Não vamos.

– Hudson...

Eu o cutuquei. Agora que eu tinha me arrumado toda, poderia muito bem continuar com a noite do jeito planejado. Além disso, mesmo que ele não quisesse estar lá, sentia que Hudson não abandonaria o cruzeiro de fogos de artifício tão facilmente assim.

Ele suspirou e me deixou puxá-lo na direção do barco.

– Estou aqui porque as Indústrias Pierce patrocinam este evento. Eu tenho que estar. Se não fizer isso, vai refletir negativamente sobre a corporação.

Fiz uma careta exagerada.

– Pobre Hudson Alexander Pierce. Nasceu com tantas responsabilidades e obrigações. Ah, e dinheiro e oportunidades...

Ele olhou para mim, uma sobrancelha levantada.

– Sério?

– Um pouco, sim. Se você estiver querendo erguer uma espécie de muro das lamentações, meu caro, estou fora.

Francamente, eu estava cansada daquele humor irritado. Eu queria a companhia do Hudson divertido naquela noite.

Os cantos de sua boca relaxaram ligeiramente.

– Eu não estou erguendo nada disso. É impossível para qualquer um sentir pena de mim quando você está ao meu lado. – Ele me puxou para mais perto e assim o seu braço pôde circundar minha cintura.

– Sim, é por isso que as pessoas invejam você...

Esse comentário me trouxe um sorriso de resposta.

– Bem, se não for, deveria.

No final da doca, um homem vestido em roupas de marinheiro estava esperando ao lado da prancha que levava ao iate.

– Boa-noite, sr. Pierce. Estamos prontos para zarpar assim que o senhor ordenar.

Hudson assentiu.

– Então, vamos lá.

Hudson me colocou à sua frente, mas eu ouvi o homem, que deduzi ser o capitão, sussurrando algo para Hudson atrás de mim.

Pisei fora da prancha para o convés do barco, e em seguida, olhei para trás para ver que a expressão de Hudson tinha ficado sombria.

– Eu prefiro não fazer uma cena – disse ele, a voz baixa. – Mas faça com que a tripulação esteja atenta para qualquer problema.

– Sim, senhor.

Hudson subiu a bordo, colocando a mão nas minhas costas quando me alcançou.

– Está tudo bem?

– Tudo bem. – Seu tom era seco.

Droga. Fosse o que fosse que o capitão tivesse dito a ele, parecia ter desfeito o progresso que eu tinha conseguido ao livrar Hudson de seu mau humor.

Eu sabia, por experiência própria, que pressionar para que ele falasse sobre o assunto só iria deixá-lo mais irritado. Mas não consegui me conter:

– Hudson, honestidade e transparência... Lembra-se?

Ele olhou para mim por três sólidos segundos antes de seus traços suavizarem.

– Não é nada. Uma pessoa que não foi convidada chegou. Isso é tudo.

De repente, me senti culpada por forçá-lo.

Mesmo em uma noite de feriado, quando deveria estar se divertindo, ele não conseguia relaxar. Tinha sempre que cuidar de alguma coisa, tomar conta de alguém. Não me admira que esses eventos fossem mesmo um pé no saco...

Decidindo tentar dar a Hudson a melhor noite possível, deixei de lado o assunto do convidado não convidado, mesmo que estivesse louca para saber os detalhes. A última coisa que Hudson precisava agora era de que eu o ficasse atormentando.

Em vez disso, trabalhei novamente para torná-lo mais amigável. Inclinei para ele e sussurrei:

– A propósito, eu queria dizer que me depilei ontem.

Uma vez que ele já estava dormindo quando cheguei em casa, não tive oportunidade de lhe mostrar. O que foi provavelmente o melhor, já que a recomendação era para esperar vinte e quatro horas depois da depilação para ter relações sexuais.

– Depilou? – respondeu Hudson muito alto, com a testa franzida em confusão. Então ele entendeu. – Ah! – Imediatamente sua expressão se iluminou com o interesse.

Atrás de nós, um membro da tripulação que estava ajudando o capitão a puxar a prancha para dentro do iate olhou para cima, obviamente também entendendo o significado.

Hudson olhou para o homem, e me levou ainda mais para dentro do convés com ele.

– Me conte mais. – Desta vez seu volume da voz foi apropriadamente mais baixo.

– Eu estou falando depilada. Tipo... Tudo. Nua. – Normalmente, eu mantinha uma linha fina, mas esta era a primeira vez desde que estava com Hudson que tinha limpado tudo.

Os olhos de Hudson se estreitaram, enquanto ele se recompunha.

– Diga-me uma coisa, você está tentando fazer desta a noite mais desconfortável da minha vida?

– Eu estava tentando lhe dar alguma coisa em que pensar no fim da noite, Senhor Irritado.

– Estou mais para Senhor Teso, agora.

Eu ri.

– Isso vai ser um problema?

– Para você, sim. – Ele me puxou contra ele, para que eu pudesse sentir sua ereção contra a minha barriga. – Vai ser uma longa noite. No momento em que eu finalmente conseguir me colocar dentro de você, vou ter que ficar lá um tempão. E não espere que eu vá ser gentil e educadinho.

Uau, tudo bem.

– Ninguém está reclamando aqui.

– Você é uma boa menina. – Ele olhou ansiosamente os meus lábios, mas não me beijou. Finalmente, disse: – Eu vou tentar melhorar meu humor.

– Vamos. Quanto mais cedo a socialização acabar, mais cedo poderei enterrar meu rosto entre suas coxas.

Hudson me levou escada acima para o convés principal. Eu nunca tinha estado em um iate antes, mas tinha certeza de que este era mais luxuoso do que a maioria. Olhei para o lado do iate e contei quatro pavimentos, além do pequeno deque por onde entramos. A mobília era simples, mas de bom gosto. De bom gosto surpreendente, na verdade. Pelo menos naquilo que pude ver. A maior parte dela estava coberta por corpos. Dezenas e dezenas de corpos. Havia pelo menos quarenta pessoas já em modo de festa neste deque. Acima de mim, mais pessoas se apoiavam nos corrimãos do pavimento superior. E nós nem tínhamos chegado ao interior...

Segui Hudson através da multidão de pessoas e para dentro de um grande salão. Esta área estava ainda mais cheia que os deques.

– Quantas pessoas estão aqui? – perguntei.

Ele acenou para um garçom do outro lado do salão, que imediatamente veio em nossa direção.

– Foram duzentos convidados. E cada um poderia trazer um acompanhante. Nós só trazemos essa quantidade de pessoas para o show anual de fogos de artifício da Macy's. Há catorze camarotes, então nós nunca viajamos realmente com tanta gente em volta.

Hudson pegou duas taças de champanhe da bandeja do garçom e entregou uma para mim. Então, tocou sua taça na minha antes de tomar um gole.

– Com exceção de algumas poucas pessoas importantes, seremos os únicos a dormir aqui esta noite.

– Espero que a gente não durma por muito tempo... – A pele nua entre as minhas coxas estava doendo para receber a atenção que havia sido prometida.

– Você vai pagar por sua provocação mais tarde.

Foi nesse momento que o iate lançou-se suavemente para dentro do rio. Agarrei o braço de Hudson para me ajustar ao movimento, enquanto a multidão irrompia em aplausos. O lugar era o caos total. Definitivamente não era o tipo usual de lugar que meu namorado gostasse. Não era à toa que ele estava tão ansioso.

Abrimos nosso caminho pela grande escadaria que levava ao nível superior, parando de vez em quando para que Hudson pudesse cumprimentar um convidado. Ele me apresentou a todos eles, por vezes como sua namorada, outras vezes como a gerente de promoções de sua boate. Imaginei que ele estava escolhendo o meu status dependendo de como isso iria me beneficiar e à minha carreira. Sempre cuidando de mim.

O próximo salão em que entramos se parecia mais com uma grande sala de estar. Um bar em formato de meia-lua cobria uma parede, e uma abundância de sofás e poltronas ocupava o espaço. A TV de tela plana gigante enfeitava outra parede. Estava ligada na cerimônia de pré-show de fogos, mas ninguém parecia estar prestando atenção. Este salão também estava lotado, mas ouvi meu nome ser chamado através do zumbido de conversa.

Eu me virei em direção ao lugar de onde vinha a voz e encontrei a irmã de Hudson sentada em um sofá no canto. Ela ficou em pé quando nos aproximamos, e me inclinei para abraçar a mulher baixinha que eu tinha aprendido a amar tanto quanto a seu irmão. Era incrível como ela conseguia abraçar tão apertado com sua barriga de grávida entre nós.

Quando ela me soltou, avaliei seu vestido de grávida azul-escuro.

– Mira, você está linda!

– Ugh, obrigada. Eu me sinto como uma baleia. – Mira chegou-se a Hudson para lhe dar um abraço, que ele tolerou. – Olá, irmão. Fico feliz em vê-lo de volta aos Estados Unidos, mas você estragou todo o meu incrível planejamento.

Antes de Hudson aparecer no The Sky Launch, na noite de domingo, eu tinha planejado voar para o Japão e surpreendê-lo. Mira tinha me ajudado a tomar todas as providências.

– Não que eu esteja reclamando – disse ela antes que Hudson pudesse responder. – Você fez bem. Estou orgulhosa de você.

Hudson encarou sua irmã mais nova. Ele não era o tipo de cara capaz de aceitar elogios. E Mira era do tipo que espalhava elogios de qualquer maneira.

Decidi resgatar o pobre Hudson antes que Mira pudesse continuar.

– E o Adam, ele abandonou você? – Olhei em volta procurando seu marido.

– Que nada, ele está procurando algo não alcoólico para eu beber. É uma coisa surpreendentemente difícil.

– Ah, sei.

Ele provavelmente estava se escondendo da multidão. Adam era outro membro da família bastante antissocial. Pelo menos Hudson sabia como fingir.

Mira sentou-se no sofá, apontando o lugar ao lado dela.

– Vem, sente-se aqui. Como é que você conseguiu sair da boate em pleno feriado?

Dei de ombros enquanto me acomodava ao lado dela.

– Estou dormindo com o proprietário.

– Claro... – Ela balançou a cabeça como se estivesse frustrada consigo mesma. – Eu sou uma idiota! Além disso, você deveria estar no Japão. Óbvio que arranjou as coisas para ter seus turnos cobertos.

– Sim. David e outro gerente estão cobrindo os próximos dias. – Eu deveria me sentir culpada por mencionar David. Mas não me senti assim. Na verdade, por algum motivo, decidi cutucar Hudson. – Mas não vou poder mais contar com David depois desta semana.

Hudson fez uma careta para mim.

– Por quê? – perguntou Mira.

Coloquei a taça vazia na mesinha ao meu lado.

– Hudson o transferiu para o Adora, em Atlantic City.

Mira olhou de mim para seu irmão.

– Hum... Parece que há uma história aí.

Hudson empoleirou-se no braço do sofá.

– Na verdade, você poderá contar com ele por mais duas semanas. Pedi que ele ficasse um pouco mais enquanto procuramos o substituto dele.

Bem, isso era novidade. Uma boa novidade. Isso me daria mais tempo para descobrir o meu papel no negócio.

O rosto de Mira contorceu-se em confusão.

– Procurar por um substituto? Ponha a Laynie, é claro. Dããã.

– Hum...

Bem, fora eu a tocar no assunto, então deveria estar preparada para ser o centro da discussão. É claro que eu queria aquela posição, e a cada dia que passava me sentia mais e mais confortável com a ideia. Mas eu ainda não estava pronta para assumir o compromisso de maneira formal.

Mira deve ter lido a complexidade da situação na minha expressão.

– Outra história aí, estou supondo.

– Sim. Melhor a gente parar por aqui. – Dei um tapinha no joelho de Hudson. – O cara já está irritado. *Jet lag* e tudo mais.

– Entendi. Você está linda, por sinal. Esse não é um dos meus, pelo que vejo... – E apertou os lábios.

– Ops. – Praticamente todo o meu guarda-roupa atual era da butique de Mirabelle, mas querendo ser patriota, eu tinha escolhido um vestido vermelho simples do meu guarda-roupa da boate, com um decote atrás que deixava minhas costas praticamente nuas.

Mira sorriu.

– Você virá para a reinauguração, certo?

Só muito recentemente soube que ela estava remodelando a loja. E não tinha ideia de que um evento estaria ligado à reabertura. Mas essa era a borboleta social Mirabelle. É claro que haveria um evento.

– Claro. Quando é?

– Você não disse a ela? – Mira estendeu a mão para golpear Hudson.

– Cara, eu apaguei isso de minha mente...

– Hudson, você é um idiota! – Para mim, ela disse: – Vinte e dois. É um sábado.

– Bem, terei que arrumar alguém para fechar a boate na noite anterior, mas isso não deve ser um problema. – Eu já estava pensando em termos de ser a responsável pelo The Sky Launch. A quem estava tentando enganar? Já tinha decidido totalmente que o emprego era meu.

– Ah! – Os olhos de Mira se arregalaram. – Você vai ser uma das minhas modelos? Por favor, diga que sim. Por favor, por favor, por favor.

– Hum, tem certeza? – Era quase impossível dizer não para essa mulher, mas bancar a modelo não era algo em que eu tivesse qualquer interesse. Vestir roupas bonitas, por outro lado... – O que isso implica? Tipo, eu tenho que andar em uma passarela e coisas assim?

– Não seja boba. Eu não remodelei a loja tanto assim... Tudo bem, tem uma passarela bem pequena, mas não tipo semana de moda. É quase nada. Estou apenas mostrando alguns dos meus *looks* favoritos para criar alguma publicidade. Então, eu só preciso de você lá, linda em uma de minhas roupas, enquanto as pessoas tiram fotos.

Exceto pela parte das fotos, parecia fabuloso.

– Tudo bem. Estou dentro.

– Bárbaro! Você pode ir algum dia para fazer os ajustes na roupa? Tipo na próxima segunda-feira? Por volta da uma da tarde?

Minha agenda só dependia de mim, e eu não teria nenhum compromisso definido já que tinha planejado estar no exterior. Mas ir à Mira significava uma boa chance de eu me encontrar com Stacy. Ela não tinha respondido a minha mensagem de texto, mas o que isso de fato importava?

– Por que você está hesitando? – Mira parecia ofendida.

– Desculpe. Eu estava percorrendo a minha agenda na cabeça. Sim. Eu posso estar lá nesse dia. – O que Stacy poderia fazer, afinal? Me forçar a assistir ao tal vídeo? Isso era ridículo.

– Eba!

Mira fechou os punhos e socou o ar, como se tivesse feito um gol.

Ao meu lado, pude sentir que Hudson estava tenso. Então uma voz familiar disse:

– Ah, então aqui é onde está a festa.

– Jack! – Fiquei em pé para dar um abraço no pai de Hudson, cuidando para não bater nas bebidas que ele segurava, uma em cada mão. – Eu não sabia que você estaria aqui.

– Ele não foi convidado – grunhiu Hudson.

Aha! O tal sujeito não convidado de mais cedo. Como se Jack fosse causar uma cena. Era mais provável que Hudson perturbasse a paz. Ele parecia bem descontente ao ver o seu pai a bordo do iate.

Jack apenas sorriu para o desagrado de Hudson, com os olhos brilhando como muitas vezes acontecia quando ele estava prestes a ser do contra.

– Eu sou um Pierce. Meu convite é permanente.

Inclinando-se para mim, Jack disse:

– Hudson não está falando comigo.

A última vez que Jack e Hudson se viram foi no dia em que Jack admitiu ser o pai do bebê de Celia. Esse tinha sido um segredo que Hudson estava determinado a esconder de sua mãe. E não ficou nem um pouco contente que Jack tivesse dado com a língua nos dentes.

– Ah, imagino que não. – E então pensei naquela mulher horrível... – Sophia está com você?

Jack coçou a sua têmpora.

– Ela não está falando comigo também.

– Bem feito.

As palavras de Mira eram mais atrevidas do que críticas. Ela não tinha como ser uma pessoa explosiva.

Jack acenou com a cabeça em direção a sua filha.

– Ainda preciso descobrir o que eu tenho que fazer para que essa daí também pare de falar comigo...

– Papai!

Ele piscou para Mira.

– Estou brincando, chuchu. Você é a luz da minha vida, e sabe disso. Tome, eu trouxe um daiquiri virgem.

Mira pigarreou, mas tomou a bebida da mão estendida de seu pai.

– Não estou feliz com você ultimamente, e sabe disso.

Jack suspirou.

– Eu sei. Chandler está fazendo companhia a sua mãe hoje à noite, então ela não está sozinha. Você é uma menina muito gentil de se preocupar com ela. Vou procurar fazer as pazes com você algum dia.

– Não é comigo que você tem que fazer as pazes – disse Mira baixinho.

Não ouvindo, ou decididamente ignorando sua filha, Jack voltou sua atenção para mim.

– E você, como está?

– Estou bem. E estou contente em ver você. Eu queria agradecer. Por ser o meu apoio quando tudo começou a desabar. – Jack tinha sido uma das poucas pessoas a ficar do meu lado quando Celia me acusara de assediá-la. Trazendo isso à tona, agora, pude sentir aquela pequena pontada de traição. Hudson estava certo, não era tão fácil esquecer esse tipo de dor.

– Não foi nada, Laynie. Eu sabia muito bem com quem estávamos lidando. E pensei que os outros aqui soubessem também. – Ele não se preocupou em olhar para Hudson, mas suas palavras acertaram o alvo da mesma forma.

Eu não tinha a intenção de que a conversa fosse nessa direção. Apesar da dor que me provocara, Hudson tinha razões válidas para pensar que as acusações de Celia poderiam ser verdade.

– Para ser justa, você não me conhece tão bem como outros aqui me conhecem. Mas, de qualquer forma, obrigada. – Eu peguei a mão de Jack na minha e apertei.

– Alayna... – avisou Hudson.

Soltei a mão de Jack e me virei para olhar para o meu homem, que agora estava em pé. Sua postura era de apreensão, mesmo com as mãos enfiadas casualmente no bolso da calça. Sua mandíbula flexionou e seus olhos escureceram com um aviso. Era surpreendentemente delicioso.

– Ciúme não fica bem em você, filho.

Eu discordei. O ciúme *ficava* bem em Hudson. Muito bem mesmo.

Um grunhido baixo veio do fundo de sua garganta.

Jack inclinou a cabeça.

– Ele acabou de rosnar?

Embora Jack não fosse uma concorrência para Hudson, eu entendia seus motivos para se sentir assim. Não valia a pena tentar convencê-lo do contrário.

– Obviamente, eu adoraria conversar mais, Jack, mas não me parece que seria uma boa ideia.

Jack tomou um gole da bebida clara em sua mão enquanto olhava seu filho mais uma vez.

– Não, não parece. – Mais uma vez, ele se dirigiu a mim, a mão livre pousada no meu ombro. – Estou feliz que você ainda esteja aqui. Na vida de meu filho, quero dizer. Mesmo que ele seja um idiota teimoso que me culpa por todos os erros na minha relação com a mãe dele.

– Você está dizendo que não é sua culpa? – Hudson desafiou.

O rosto de Jack se iluminou.

– Ele está falando comigo!

Hudson enxugou a testa.

– Ah, meu Deus.

– Como eu dizia, estou feliz que você esteja com ele, Laynie. Hudson precisa de você mais do que provavelmente percebe. E não há nenhuma dúvida de que ele reconhece o seu valor. Esse menino tem sentimentos verdadeiros por você. – Seus olhos se desviaram para Hudson. – Olha. Ele está corando.

– E está mesmo! – exclamou Mira entusiasmada. Ela era uma romântica incurável e nunca fingiu ser o contrário.

– Não estou. – Mas o protesto de Hudson só escureceu o vermelho em suas bochechas.

Jack riu.

– Está vendo? Seu amor por você está escrito em todo o seu rosto.

Hudson se adiantou e colocou o braço em volta da minha cintura possessivamente.

– Quer parar de apalpar a minha namorada?

Jack revirou os olhos, mas tirou a mão do meu ombro.

Toda a cena foi divertida, para não mencionar que foi um grande tesão. Eu não me importava nem um pouco quando Hudson ficava todo macho alfa comigo. Na verdade, eu podia até mesmo provocar isso nele.

– Eu vou ter que lhe contar como sou imensamente grata, quando nos encontrarmos algum dia.

– Não, não, não. Isso não vai mesmo acontecer – esbravejou Hudson.

Jack riu.

– Olha, você o está irritando de propósito. Você é uma mulher perversa, Alayna Withers. – Ele nos examinou, como se avaliando ambos de cima a baixo e entendendo o que significávamos um para o outro. – Perfeito.

– É isso. Pronto, acabamos por hoje. – Hudson me afastou para longe de sua família.

– Falamos depois – gritei por cima do meu ombro.

– Segunda! – Mira lembrou atrás de mim.

Sim, segunda-feira. Na butique. Com Stacy.

Um nó se formou na minha barriga. Um pensamento passou pela minha cabeça, sem permissão. O que estaria naquele vídeo? Havia, na verdade, alguma coisa com a qual eu devesse estar preocupada?

Eu não iria assistir ao vídeo, fosse o que fosse que existisse. Já tinha dito que não precisava fazer isso.

Mas ainda pensava sobre isso... Não tinha como evitar. Eu era apenas humana, afinal.

4

Hudson me escoltou para fora do deque e deixei que os pensamentos do vídeo flutuassem para longe com a brisa do mar. Eu me virei para ele e o surpreendi com um beijo profundo.

– O que foi isso? – perguntou ele quando eu tomei ar.

– Nenhuma razão em especial. – Exceto que eu precisava. Ele parecia precisar também. – Você sabe que não há nenhuma razão para ter ciúmes de mim e de seu pai, certo?

– Aham. – Hudson soltou meus braços e pegou minha mão, me levando até o convés.

– Seu pai é atraente. Eu não vou negar isso.

– Isso não está ajudando.

Ele estava na minha frente e não podia ver o meu sorriso. Eu só estava brincando com ele, mas meu namorado precisava saber que eu nunca o trairia com Jack.

– Não há nada entre nós. Não existe a menor química. E se você um dia deixar de me querer, eu nunca o retaliaria assim. Eu não sou Celia.

Hudson se virou para mim.

– Eu sei que você não é Celia. Você não acha que sei disso, porra?

Essa reação explosiva me pegou desprevenida.

– Eu... não queria...

Ele me puxou de volta para seus braços, me segurando com força.

– E nunca mais fale dessa coisa de eu não querer mais você. Nunca mais. Não existe a mínima possibilidade de isso acontecer um dia.

Passei meus braços em torno dele, chocada com o tom desesperado de sua voz.

– Tudo bem. Não falo mais.

Ele beijou minha testa.

– Obrigado. – E ficou me segurando assim por um longo momento, antes de relaxar o controle. – Os fogos de artifício já vão começar. Tenho um lugar reservado para nós na proa.

– Na proa? – Eu não entendia muito bem essa linguagem de marinheiro.

– Na frente do iate. Nós vamos ter uma excelente vista. – Seus olhos estavam vagando pelo meu corpo, e eu me perguntei se ele estava falando sobre a visão que teríamos do céu.

– Legal. – Deixei os meus próprios olhos se deliciarem no corpo perfeito dele antes de desviar meu olhar lascivo. – Eu preciso usar o banheiro antes do show começar. Encontro você lá?

Hudson enfiou a mão no bolso e tirou uma chave.

– Use o do nosso camarote. Não há filas. Número três. É lá dentro. – Ele acenou com a cabeça em direção a uma entrada nos fundos do iate. – Ah, e quando você voltar, gostaria que não estivesse usando calcinha.

Sorri quando peguei a chave dele.

– Fechado, H.

Eu sabia do que se tratava. Ele se sentiu ameaçado por seu pai e pela conversa de um dia não estarmos mais juntos. Ter-me à sua disposição e do jeito que ele queria era outra maneira para que se sentisse tranquilo. Como os homens são bobos com suas inseguranças. Como é que não tinha percebido ainda que eu pertencia inteiramente a ele?

Levou apenas alguns minutos para encontrar o nosso camarote. Era lindo e grande como o resto do iate, e tão grande quanto nosso quarto na cidade. Não me demorei, ansiosa para voltar para o espetáculo de fogos e, mais importante, para voltar para junto de Hudson. Usei o banheiro, deixando minha calcinha pendurada do lado da banheira, e voltei para o convés justo quando o céu se iluminou com a primeira explosão de luz.

Hudson estava esperando por mim na frente, quero dizer, na proa do iate. Ele havia arrumado um lugar na grade entre duas pequenas mesas onde os convidados da festa poderiam colocar os copos vazios. Embora ainda houvesse pessoas em todos os lugares, isso nos dava um pouco de privacidade, já que não seríamos pressionados pelos corpos das pessoas contra nós, como estava acontecendo no restante do iate.

Não que eu me importasse com um corpo pressionado contra o meu. Desde que fosse o de Hudson.

Os olhos dele brilharam quando me viu. Eu devolvi a chave do camarote, que ele colocou no bolso, e então estendeu a mão para a minha.

– Venha aqui. – Dizendo isso, me puxou para a frente dele.

Esperei que seus braços circundassem meu corpo, mas em vez disso Hudson agarrou minha bunda através do meu vestido, apertando minhas nádegas. Uma brisa soprou sobre o rio e a sensação do ar contra minha boceta nua, e mais a massagem de Hudson no meu traseiro, me deixaram mais que excitada.

— Bom — sussurrou ele. — Você me obedeceu.

Ah, então o aperto em minha bunda era simplesmente uma checagem para ver se eu estava de calcinha. Fosse qual fosse a razão, tudo bem, eu aceitava isso.

Hudson apoiou a perna no corrimão inferior e continuou acariciando meu traseiro enquanto, lá em cima, o céu se iluminava novamente e novamente. Os fogos de artifício provocavam aplausos na multidão, abafando o som da música estridente que vinha do interior do iate. Eu nunca tinha estado tão perto do espetáculo anual de fogos da Macy's, e estava hipnotizada. Eles vinham explodir sobre o rio a partir de pelo menos sete barcaças diferentes, transformando simultaneamente a escuridão em uma explosão mágica de cores.

As coisas ficaram ainda mais mágicas quando os braços de Hudson me envolveram. E então sua mão abriu caminho para debaixo da minha saia, passando pelo tecido em volta da minha cintura, flertando com a pele acima do meu osso púbico.

Eu estava exposta à noite. Embora a perna apoiada de Hudson cobrisse a vista de um de nossos lados, a multidão do outro lado só tinha que virar a cabeça, deixando de observar o céu para nos olhar, e veria tudo.

Eu inalei o ar bruscamente.

— O que você está fazendo?

— Soltando fogos de artifício. — Sua boca estava no meu ouvido, que estava meio surdo por causa dos foguetes no céu.

Foda-se, eu não me importava com quem podia ver, porque estava excitada.

Meus olhos ardiam por causa do brilho das luzes acima de mim, incendiando meus nervos excitados pelo toque de Hudson, minhas entranhas faiscavam com a necessidade.

— Abra as pernas... — ordenou ele.

Obedeci, colocando meu pé esquerdo sobre o corrimão inferior, espelhando sua postura. Isso deu mais privacidade, bloqueando a vista do outro lado de nós dois. No entanto, não seria preciso ser um gênio para descobrir o que ele estava fazendo comigo – tudo o que a pessoa teria que fazer seria prestar atenção.

Com acesso total, Hudson acariciou minha boceta, esfregando gentilmente a área recém-exposta.

– Desde que me contou que tinha se depilado, estive só pensando em tocar em você. – Sua respiração no meu pescoço enviava um arrepio na espinha.

Então, seus dedos deslizaram entre meus lábios, encontrando o centro sensível, e pensei que poderia explodir, explodir como os fogos de artifício acima de mim. Pousando o dedo no meu clitóris, Hudson começou a circular com a pressão certa de um especialista.

– Princesa, eu não conseguiria manter minhas mãos longe de você, mesmo que tentasse. Você já está tão molhadinha.

– Hudson.

Não era apenas uma palavra, era mais um grito, de verdade. Mais alto do que eu pretendia, atraindo o olhar de um casal não muito longe de nós.

Hudson congelou a mão.

– Se quiser gozar, Alayna, você tem que me prometer que fará isso em silêncio.

– Tudo bem. – *Qualquer coisa*. Qualquer coisa para fazê-lo continuar me tocando.

Ele começou seu movimento de novo, o polegar dançando sobre o meu clitóris enquanto os outros dedos iam mais para baixo.

– Você sabe o que isso me provoca, ver você se derreter desse jeito? – falou, o toque, agora, em espiral ao redor de minha vagina.
– Sabe?

Como ele achava que eu poderia falar, desse jeito?

– Não – consegui pronunciar, em um suspiro ofegante.

– Isso me deixa louco pra caralho.

Hudson enfiou dois dedos. Pelo menos, parecia que eram dois dedos. Era difícil saber com segurança. Tudo o que eu sabia com certeza era que era uma delícia.

Ele mergulhou de novo enquanto seu polegar voltou a girar sobre o meu clitóris. Rodando e mergulhando, ele me fodeu com a mão, ali mesmo, ao ar livre, enquanto a multidão em torno de nós olhava para cima em um transe patriótico.

Foi. Um. Tesão.

E a tensão estava se construindo, pois senti o aperto no meu ventre.

Então os lábios dele se moveram no meu ouvido novamente.

– Às vezes é a única coisa em que penso. Levar você até seu limite. Assistir a você gozar... É a coisa mais linda que existe.

Eu estava perto. Tão perto. Prestes a explodir. Eu me inclinei para trás contra ele, esfregando sua ereção com a minha bunda. E me senti incrível. Sexy. Pegando fogo. Pequenos grunhidos estavam se formando no fundo da minha garganta.

– Morda sua mão para abafar os gritos, se você precisar.

Eu queria desafiá-lo e dizer: "ah, você tem tanta certeza de que vou gritar!", mas então ele dobrou os dedos e acariciou aquele ponto particularmente sensível. Um gemido escapou de meus lábios.

– Mão – ordenou Hudson.

Bem na hora, levei minha mão para a boca, mordendo meu dedo, enquanto gozava. Meu orgasmo explodiu através de mim, como uma erupção, ao mesmo tempo em que uma sequência espetacular de fogos de artifício estourava. Eu não poderia dizer que partes que eu estava vendo eram dos fogos e quais eram provocadas por Hudson. Foi glorioso.

Mas eu não estava nem perto de estar saciada.

Eu queria mais. Queria Hudson.

Virei-me para ele, beijando-o com frenesi. Minha mão esfregava seu pênis através de sua calça. Ele estava tão duro. Ele me queria tanto quanto eu o queria. Mais, talvez.

O show de fogos de artifício não tinha acabado. Eu não me importava.

– Me leve para a cama – exigi, contra seus lábios.

Foi a vez de Hudson começar a gemer. Eu engoli o som com um beijo molhado, lambendo sua boca com golpes profundos. Deus, ele tinha um gosto delicioso. Não me cansava dele, não tinha o suficiente desse homem, e estava pronta para transar com ele ali mesmo, no deque.

De alguma forma, Hudson encontrou forças para desembaraçar-se do meu abraço.

– Mulher. – Seus olhos estavam quase negros de desejo. Então ele se virou em direção à entrada para os camarotes, me puxando atrás dele.

A multidão aplaudiu naquele mesmo momento. Aos fogos de artifício, é claro, mas isso me fez olhar para cima.

Foi quando a vi.

No deque superior, olhando para mim, estava Celia Werner. Minha mente voltou-se para o meu sonho e o terror que acompanhava esse sonho espalhou-se dentro de mim. Os olhos dela encontraram os meus, e penetraram através de mim, e de repente entendi a expressão "olho gordo"... Dava para sentir a raiva emitida a partir de seu olhar frio. Hudson tinha dito que era dele que

Celia tinha raiva, e talvez ela tivesse mesmo raiva dele. Mas Celia me odiava. Isso estava evidente em toda a sua postura.

Um arrepio percorreu minha espinha, quando, mais uma vez, percebi que ela sempre estaria lá. Ela sempre seria ameaçadora, pairando na periferia de minha vida com Hudson.

A percepção disso só alimentou a minha necessidade de que Hudson estivesse dentro de mim.

Empurrei Hudson para frente, determinada a recuperar o clima que existia um momento antes, e me lembrar de que quem estava com ele era eu, não ela. Ele era meu. Só meu.

Logo que entramos no corredor que levava aos camarotes, já estávamos nos beijando novamente. Ele me empurrou contra a parede, com as mãos sob o meu vestido acariciando minha bunda nua. Desesperada para fazer a sua virilha e a minha se encontrarem, enrolei minha perna ao redor de sua coxa. Hudson relaxou a pressão para que eu pudesse saltar para cima e enrolar as pernas em volta de sua cintura. Ele chupou e lambeu ao longo do meu pescoço enquanto me carregava para o camarote. Lá, ele me apoiou contra a parede para que pudesse trabalhar com a chave e a fechadura, praguejando enquanto fazia isso, até que finalmente fomos para dentro com a porta trancando-se atrás de nós.

Ofegantes, ambos explodimos em uma risada. O comportamento sério de Hudson fazia com que esse tipo de explosão fosse uma coisa rara, e eu me deliciava ao som dessa diversão desenfreada.

Até que nossos olhos se encontraram.

Em seguida, nossos lábios se tocaram mais uma vez.

Comigo ainda enrolada em torno dele, Hudson se sentou – melhor dizendo, *caiu* – na cama. Eu não hesitei, desci até o chão de joelhos para tentar abrir o cinto da calça dele. Depois de chutar os sapatos para longe, Hudson levantou o quadril para que eu pudesse puxar a calça e cueca para baixo.

Assim que seu pênis saltou livre, meus olhos grudaram nele. Minha vontade era lambê-lo, pegá-lo com minha boca, senti-lo me preenchendo, contraindo-se em mim. Mas ainda havia roupas no caminho, e eu precisava estar nua. Precisava *dele*, mas nua.

Levantei meus braços para que Hudson pudesse puxar o vestido sobre minha cabeça. Como a roupa tinha um enorme decote nas costas, não permitia que eu usasse sutiã. Graças a Deus. Menos um item a ser removido. Enquanto ele buscava desabotoar a camisa, fechei minhas mãos em torno de seu pênis. Uau, era de aço. Eu só tive tempo para acariciá-lo um par de vezes antes que Hudson estivesse me puxando para a cama.

Os dois, nus, apertamos nossos corpos um contra o outro com uma necessidade desesperada de estar pele a pele, em todos os lugares quanto possível. Nossas mãos explorando como se fosse a primeira vez, como se nunca pudéssemos ter essa chance novamente, de acariciar e tocar enquanto nos beijávamos com paixão febril. Os dedos de Hudson finalmente se moveram para minhas regiões mais baixas, onde eu precisava mais dele.

Hudson deslizou pelas minhas dobras molhadas uma vez antes de parar abruptamente.

– Vire-se e se ajoelhe em cima do meu rosto. Eu tenho que lamber você.

Estava tremendo enquanto me ajustava nessa posição. Hudson já tinha feito sexo oral em mim muitas vezes antes, mas nunca comigo pairando sobre ele de uma maneira tão devassa. Era sujo, vil e tão, tão sexy...

Quando estava inclinada sobre o rosto, ele colocou as mãos nas minhas coxas e afastou meus joelhos para mais longe, de modo que minha boceta ficasse meia polegada acima de sua boca. Eu estava me contorcendo antes mesmo que sua língua me tocasse. E Hudson demorou antes de fazer isso, soprando em meu clitóris primeiro, enviando deliciosas faíscas através dos meus membros.

Olhei para baixo, para aquela visão erótica dele entre as minhas pernas e vi como ele enterrou o nariz em meus lábios e inalou.

– Você tem um cheiro tão bom – gemeu.

Puta. Merda. Eu quase gozei ali mesmo.

Então, *finalmente*, sua língua passeou por meu clitóris já excitado. Meu corpo balançou e eu gritei, minhas unhas cravando em seus quadris.

Incrível... Totalmente incrível.

Como isso poderia ser sempre tão incrível desse jeito?

Enquanto eu lutava para me segurar, para não ir rápido demais, vi seu pênis se contrair abaixo de mim. Não havia dúvida de que eu tinha que ter aquele pau em minha boca. Imediatamente. Segurei minhas mãos ao redor da base de seu pênis e deslizei sua coroa pelos meus lábios como se estivesse chupando um picolé. A diferença era que Hudson era muito mais gostoso.

Todo o seu corpo se mexeu debaixo de mim, suas mãos nas minhas coxas se apertaram.

– Porra, sim! Chupe.

Isso era o que eu mais amava sobre chupar Hudson, era o momento em que podia exercer poder sobre ele. Era sempre eu a cair sob seus feitiços. Adorava o jeito como ele me moldava, manipulando meu corpo, fazendo-me dobrar à sua vontade, eu *ansiava* por isso. Mas quando tinha seu pau na minha boca, finalmente entendia por que Hudson gostava tanto de estar no controle. Era muito inebriante ser aquela que fazia a outra pessoa se dobrar e se contorcer. Obrigando-o a sucumbir diante de mim.

E enquanto balançava sobre ele, Hudson continuou a chupar minha boceta. O êxtase colidiu com a minha intenção de dar ao homem tudo o que ele estava sempre dando para mim. Minhas entranhas se apertaram e eu me senti muito perto de gozar. Mas me segurei, concentrando-me nele. O pau ficou mais grosso quando aumentei o meu ritmo. Minha mão livre correu para cima e para baixo dentro de sua coxa, e depois foi segurar suas bolas. Ele gemeu e foi nesse instante que soube que Hudson estava tão perto de gozar quanto eu. Era uma batalha, quem iria chegar lá em primeiro lugar? E quem seria o vencedor? Aquele que gozasse ou o que não gozasse?

Eu considerei minha vitória quando ele me empurrou.

– Isso é demais. Vire-se. Preciso comer você.

Girei para fazer o que ele mandou. Dobrei meus joelhos, plantei os pés na cama, e abri minhas pernas quando Hudson veio em minha direção. Mas, em vez de cobrir-me com o seu corpo, ele ficou de joelhos, me levantou por baixo da minha bunda e fez com que eu ficasse como num arco. Uma mão se moveu para me apoiar em minha coxa. A outra veio esfregar meu clitóris ainda pulsando.

E que vista. Eu tinha o ponto de vista perfeito para ver seu pau batendo contra minha boceta nua.

– Estou muito excitado agora, Alayna... Vai ser difícil.

Ele estava pedindo a minha permissão. Louco, porque eu confiava nele implicitamente com o meu corpo. Confiava nele com todo o meu ser.

Meus olhos encontraram os dele.

– Por favor.

Hudson gemeu. Então, mergulhou profundo e forte, assim como havia prometido.

Gritei, enrugando os lençóis. Eu já estava em meu limite, e no minuto em que o pau entrou na minha boceta, meu orgasmo tomou conta de mim.

Hudson não estava aliviando. Enquanto eu me apertava em torno de seu pênis, ele enfiava em mim com fúria obstinada, mais e mais. Suas coxas batiam contra a minha, o som me deixando louca, provocando outro clímax dentro de mim. Hudson começou a conversar comigo, uma conversa louca sobre sexo que eu mal conseguia entender no meio daquela minha neblina. Cada palavra pontuada enquanto ele empurrava cada vez mais fundo dentro de mim.

– Você é. Tão. Gostosa. E. Me. Faz. Gozar. Tanto...

E então nós dois estávamos gozando. Tão forte. Hudson empurrou para dentro de mim com um longo gemido. Meus olhos estavam grudados nele, e vi quando seu tronco ficou firme enquanto o quadril batia na minha pélvis. Então, a minha própria visão ficou turva, nublada com a intensidade da minha liberação. Seu nome estava na minha língua, junto com um palavrão e uma oração, enquanto me rendia às convulsões que pediam para me dominar.

Ah, Deus.

Parecia que haviam se passado anos antes de eu me recuperar o suficiente para falar ou pensar. Quando consegui, Hudson já havia caído na cama ao meu lado. Ele estava igualmente afetado, eu sabia. Se não estivesse, estaria me segurando agora. Em vez disso, nós ficamos lado a lado, os nossos ombros eram as únicas partes de nossos corpos que estavam se tocando, mas o sentimento de conexão era palpável.

Respirei fundo e falei:

– Isso foi incrível. – Incrível não era o termo exato. Na verdade, não havia palavras para definir o que tinha acabado de acontecer. Olhei para o maravilhoso amante ao meu lado. – Sério. Como é que o sexo com você fica cada vez melhor e melhor?

Hudson não hesitou em sua resposta.

– Nós aprendemos a confiar um no outro.

– Então é isso?

Significava demais que ele confiasse em mim depois das coisas que eu tinha feito. Se fosse analisar, eu não merecia isso. Mas sabia que nunca iria traí-lo novamente. Eu tinha avançado para além disso.

– Sim. É. – Dizendo isso, Hudson virou a cabeça para mim, seus olhos se estreitaram. – Eu machuquei você?

– Só do melhor jeito... – Hudson tinha sido mais rude do que o habitual. Mas amei cada segundo, mesmo que me sentisse, agora, meio sensível. – Eu não tinha ideia de que você gostava tanto de uma boceta depilada.

Ele sorriu, levantando o ombro como se isso não fosse importante.

– Eu nunca realmente me importei. É de você que eu gosto. Raspada, cabeluda, de qualquer jeito.

Sorri.

– Eu nunca estive cabeluda com você.

Esse nunca tinha sido meu estilo. Mas se fosse o que Hudson queria...

– Mas poderia, e eu ficaria com tesão. – Seus olhos escureceram e pude ver que Hudson estava imaginando como seria. – Ah, agora estou duro de novo.

– Você está brincando comigo?

– Não, não estou. – E acenou com a cabeça para baixo em direção ao seu pênis.

Eu tive que olhar. Com certeza, estava duro.

– Você é um garanhão.

– Talvez.

Exceto que ele sempre disse que era eu que o deixava com tesão, ninguém mais.

Poderia ser verdade? Poderia realmente ser apenas eu que o transformava assim, em um amante ganancioso e insaciável?

Bem, era verdade para mim. Até conhecer esse homem, o sexo tinha sido divertido, mas isso era tudo. Às vezes, podia até começar uma obsessão doentia. Mas os meus vícios e obsessões nunca tinham sido sobre o físico. Com Hudson não era exatamente sobre o sexo, também. Era mais sobre o desejo de estar o mais próxima possível dele. E, porque ele era Hudson e se comunicava melhor com o seu corpo, ficar próxima assim sempre envolvia ficar nua...

Hudson nunca deixou ninguém entrar antes. Talvez o sexo realmente tivesse sido apenas um esporte no passado. Com a gente, o esporte era a fala.

O que podia ter algo a ver com o fato de ainda termos tanta dificuldade em falar um com o outro.

Estávamos trabalhando nisso. Então trouxe o assunto que eu sabia que nenhum de nós queria abordar.

– Eu vi Celia.

Hudson gemeu.

– E agora estou mole.

Meus olhos foram para baixo.

– Não, não está.

– Parece que deveria estar. Qual é... Celia?

– Desculpe. Achei que você deveria saber.

– Suponho que deveria. – Suspirou. – E ela incomodou você?

– Não. Eu não falei com ela. Foi quando nós estávamos vindo para cá. Acho que ela estava observando. No convés acima de nós. Quando... você sabe.

Não entendia isso. Como eu poderia ser capaz de fazer coisas completamente indecentes com o homem e ainda ficar tão envergonhada a ponto de mencioná-las abertamente?

– Quando fiz você gozar na minha mão? – Deixei que Hudson falasse tudo, sem rodeios.

Isso foi bastante excitante, na verdade.

– Exato, nessa ocasião.

– Espero que ela tenha gostado do show. – Sua expressão era orgulhosa.

Como eu havia dito antes, esse cara era totalmente garanhão.

Eu ia começar a provocá-lo de volta, mas então percebi que Hudson não tinha ficado surpreso com a presença dela.

– Não era sobre Jack que você estava se referindo quando falou do convidado indesejado, não é? Era Celia. Como ela chegou aqui?

Hudson passou as duas mãos pelos cabelos.

– Ela veio com um dos caras do meu departamento de publicidade. Ele sempre foi interessado nela e Celia nunca lhe deu uma chance. Tenho certeza de que ela usou essa queda dele simplesmente para conseguir vir a bordo esta noite.

Era óbvio que Hudson não queria falar sobre isso, mas como estava com essa abertura, avancei mais um pouco.

– Por que ela queria tanto estar aqui?

– Talvez quisesse ver se ainda estávamos juntos. Não sei. Você conhece mais sobre esse tipo de obsessão do que eu. – Ele não falou tal coisa para me magoar. Era um comentário honesto. Eu conhecia, sim, sobre esse tipo de obsessão. Muito bem.

Procurei me lembrar das razões pelas quais eu tinha sido atraída para os homens que tinha perseguido.

– De alguma forma, sua atenção a validava. Fazia Celia se sentir viva.

Senti o meu tom ficar pesado com todos esses anos de tristeza. Recordar essas emoções do meu passado não era uma coisa tão agradável.

Hudson estreitou os olhos, tentando me ler.

– Você acha que estou sendo muito cruel com ela, cortando-a da minha vida?

– Não. – Mas se estivesse certa, se ela realmente se sentia sobre Hudson do jeito que eu suspeitava que se sentia... Então entendi a devastação pela qual ela devia estar passando por causa dessa rejeição. – Isso faz de mim uma pessoa de merda?

– Não.

Bem, não importava se Hudson estava certo ou errado, eu não sabia, mas aceitei a sua absolvição, sem grandes discussões. Além disso, só porque entendi como ela poderia estar se sentindo não significava que eu poderia suavizar o golpe, de qualquer forma. Mesmo se tivesse tido Hudson, ela nunca realmente achou que o tivesse. Eu mesma nunca acreditei que os homens que estavam comigo estivessem realmente ali. Acreditar que Hudson realmente se importava comigo tinha exigido uma forte dose de cura da minha parte. E esses eram passos que Celia teria que dar sozinha.

Mas se Celia estivesse obcecada por Hudson da mesma maneira que eu costumava estar...

Estremeci ao pensar nos extremos a que ela poderia chegar a fim de conquistá-lo. E expressei a preocupação persistente que estava me perturbando.

– Essa mulher nunca vai estar fora de nossas vidas, não é? Ela sempre vai tentar nos destruir.

Hudson rolou para o lado para me encarar.

– Isso não tem importância. – E fechou as mãos no meu rosto, alinhando seus olhos com os meus. – Você pertence a mim, princesa. Você pertence *a* mim. E não vou deixar que nada se interponha entre nós. Não vou deixar nada machucar você. Especialmente ela.

O cara não conseguia falar *eu amo você*, mas de alguma forma sabia como fazer declarações que atingissem o fundo de meu coração. E aqueles olhos – eram olhos que confirmavam cada palavra que dizia. Eu não tinha dúvida de que ele iria lutar por mim, lutar por nós. Coisa que não tinha feito antes. Mas agora a história era diferente. O calor se espalhou do meu peito para todo o meu corpo e eu me sentia perigosamente perto de chorar.

Mas não queria ficar emotiva. Eu queria dizer a ele como me sentia da maneira que esse homem entendia melhor. Com o meu corpo. E dei um sorriso sugestivo.

– Agora *eu é que estou* excitada novamente.

A mandíbula de Hudson relaxou e ele me puxou para mais perto. Inclinou o corpo até que sua boca estivesse a meio centímetro da minha.

– Então, podemos parar de falar sobre ela?

Ele cheirava a sexo e champanhe e Hudson, e meu desejo inflamou-se instantaneamente.

– Sim, vamos parar de falar. Ponto final.

Então Hudson me cobriu com seu corpo, me provocando com movimentos de sua língua ao longo da minha mandíbula. No meu pescoço, mordiscou e chupou, provavelmente deixando a marca de um chupão. Tudo bem. Perfeito, na verdade. Ele podia me marcar de qualquer maneira que quisesse. Eu era dele. E queria ser *conhecida* como sendo dele.

Arqueei minhas costas e apertei os meus seios contra o seu peito.

Deus, eu amava a sensação de sua pele contra a minha. Meus quadris se contorciam debaixo dele, pedindo-lhe para parar de provocar e ir em frente, agora!

Hudson levantou a cabeça para encontrar os meus olhos.

– Pare de me apressar – repreendeu-me.

Ele sempre foi muito consciente sobre variar as maneiras como fazíamos amor. Na última vez tinha sido áspero e furioso. Desta vez seria lento e doce. Como sempre, era ele que decidia como faríamos.

Eu não preferia um determinado jeito em detrimento de outro. Não importava se a gente fizesse amor depressa ou se demorasse a noite toda. O que importava era estarmos transando, de qualquer jeito que fosse.

Em seu próprio ritmo, Hudson me levou para onde eu queria e precisava ir. Amando-me totalmente com o seu corpo. Amando-me completamente, e sem palavras. Amando-me simplesmente.

E, enquanto nós nos revirávamos em nossa intoxicação causada pelo interlúdio apaixonado, eu dizia a mim mesma: *Desta vez. Esta vez foi a melhor de todas.*

5

O iate atracou enquanto nós estávamos perdidos um no outro em nossa cabine. A multidão bêbada se dispersou e o *Magnolia* ficou em silêncio, como se fôssemos os únicos habitantes na face da Terra. Envolvida nos braços de Hudson e com o balanço suave da água batendo no casco do iate, dormi melhor do que tinha dormido em anos. Imaginei que ele também, caso o humor de meu namorado fosse a medida disso. Seu fuso horário atrasado parecia ter sido finalmente compensado. Ah, o poder de muito sexo e uma boa noite de sono.

Saímos antes do amanhecer, silenciosamente. Jordan estava esperando no Maybach quando chegamos ao alto do calçadão. Desta vez não havia repórteres, nem o piscar de lâmpadas de flash, éramos apenas nós dois e nosso motorista, enquanto Hudson e eu entrávamos na parte traseira do carro.

Quando estávamos em movimento, me aproximei de Hudson, ou tão perto quanto o cinto de segurança permitia. Como o humor dele tinha melhorado, achei que fosse hora de falar sobre o futuro.

– Eu estive pensando sobre quem vai gerenciar o The Sky Launch.
– Você.

Minha cabeça estava apoiada debaixo do seu queixo, mas eu podia ouvir o sorriso em sua voz.

Eu ri.

– Sem pressão, por favor.

– Sim, com pressão. Montes e montes de pressão. – Ele desceu a mão pelo meu cabelo. – Eu quero que você gerencie a boate. E você sabe que sempre quis que fizesse isso. Já lhe contei várias vezes.

Endireitei o corpo para olhá-lo.

– Eu sei. E é exatamente sobre isso que estive pensando.

– Vá em frente.

– Eu quero fazer isso. Eu quero. E acho que tenho as ideias e o conhecimento de marketing para fazer o trabalho.

– Também acho.

Tinha recebido o meu MBA um pouco mais de um mês atrás. Eu nunca estive no comando de um negócio inteiro sozinha. Hudson estava sendo excessivamente otimista sobre as minhas qualificações, especialmente depois de me informar que pretendia ter muito pouco a ver com as operações do dia a dia.

– Eu adoro que você tenha tanta confiança em mim, H., mas ainda me falta experiência profissional. Que era o que eu pretendia aprender com David.

Hudson revirou os olhos, um gesto estranho em um rosto tão solene.

– David teria segurado seu desenvolvimento. Você tem mais talento em seu dedo mindinho do que...

Eu o cortei colocando meu dedo em seus lábios.

– Pare com isso. Sua percepção das minhas habilidades está contaminada.

Ele beijou a ponta do meu dedo antes de cobrir minha mão com a sua e apoiá-la no colo.

– Não está, não...

– Tudo bem.

Não fazia sentido ficar discutindo esse assunto. Fora em parte isso o que nos deixara empacados desde que ele falara sobre essa ideia pela primeira vez. Ele acreditava que eu podia fazer isso mais do que eu mesma, o que era algo cativante e fortalecedor, mas, ao mesmo tempo, esmagador.

Ainda assim, essa fé de Hudson em mim me desgastava.

– Eu quero dirigir essa boate. E estou lhe dizendo que sim, que vou dirigi-la...

Os olhos dele iluminaram.

– Sim?

– Mas com uma condição.

– Que eu também lhe dê o meu corpo e alma? Se você insiste...

Eu sorri, mas ignorei seu xaveco.

– Eu quero contratar outro gerente em tempo integral para compartilhar a minha carga. Alguém com a experiência que ainda não tenho.

Hudson considerou o pedido.

– Não vejo problema com isso. Mas ainda quero que você seja a peça-chave. E, claro, ainda vou lhe dar meu corpo e alma.

– Tudo bem. Isso é o que eu quero. – E me corrigi antes que ele pudesse virar minhas palavras contra mim. – Quero dizer, eu quero ser a peça-chave.

– Você não quer meu corpo e alma?

Hudson distorceu minhas palavras, de qualquer maneira. Claro que ele faria isso.

– Cale a boca – eu o repreendi. – Já tenho isso.

– Tem razão, tem mesmo... – Hudson apertou mais o braço ao redor da minha cintura e me deu um beijo na testa. – Vá em frente e coloque um anúncio hoje. A não ser que você já tenha alguém em mente?

– Aí é que está.

Era difícil, para mim, pedir esse tipo de coisa. Eu tinha sido tão insistente sobre fazer o meu trabalho sem Hudson interferir, mas agora eu precisava dele.

– O quê?

Afastei-me um pouco. Era muito estranho estar em seus braços ao discutir negócios. Uma situação muito parecida com alguma forma de nepotismo.

– Bem, não há ninguém qualificado na boate. Ninguém que saiba mais do que eu. E se eu colocar um anúncio e começar a receber currículos... Bem, não acho que vá encontrar o tipo de pessoa que estou procurando. Especialmente não tão rapidamente quanto preciso. Mas talvez você, com suas conexões e tudo...

– Você quer que eu encontre alguém?

Mordi o lábio.

– Sim.

– Feito.

– Eu nem sequer lhe disse que tipo de pessoa estou procurando.

Hudson suspirou.

– Então me diga.

Isso foi difícil para ele também. Uma situação que eu reconhecia. Hudson queria assumir que sabia o que era melhor para mim. Talvez ele soubesse, mesmo. Mas se eu seria sua peça-chave, então tinha que ter algum controle.

– Estou pensando em alguém que tenha uma história de gestão de uma boate ou um restaurante. Alguém com um currículo. Alguém que saiba os números certos do que deveriam ser receitas e despesas e que possa lidar com o pessoal. Eu gostaria de fazer a maior parte do marketing e ficar nos bastidores, enquanto esse gerente ficasse trabalhando mais nas operações do dia a dia. Ou operações da noite a noite, acho que é a melhor maneira de colocar. Você seria capaz de encontrar alguém assim?

– Quando gostaria que essa pessoa começasse?

– Imediatamente. Dessa forma, David poderia ajudar com o treinamento.

– Como eu disse antes, feito.

– Sério?

Eu esperava mais uma resposta do tipo *tudo-bem-vou-ver-o-que-consigo*. Hudson era um cara poderoso, mas parte de sua eficácia vinha de não fazer promessas que não pudesse cumprir.

– Sim, sério. Eu já tenho alguém em mente. Vou ver se arranjo uma conversa com você.

Pronto, lá estava. Eu tinha conseguido. Tinha concordado em tocar a casa noturna e isso era o que estava acontecendo, do jeito que eu queria que acontecesse.

– Perfeito.

Hudson fez o contorno de minha bochecha com o dedo.

– Você sabe que tudo o que tem a fazer é pedir, e é seu.

Uma súbita onda de ansiedade rolou pela minha barriga. Virei-me para encarar a parte de trás da cabeça de Jordan.

– Na verdade, não sei, e honestamente, isso meio que me deixa desconfortável.

Hudson pôs a mão no meu pescoço.

– Por quê?

Havia muitas razões. Mas explicitei o que era mais óbvio.

– Eu não quero ser a gerente rameira que só consegue as coisas porque está dando para o proprietário.

Meus olhos ainda estavam nas costas de Jordan. Ele era tão bom em seu trabalho, nem sequer encolheu os ombros com minha linguagem grosseira.

Hudson, ao contrário, preferia que a conversa permanecesse apenas entre nós. Ele se inclinou para sussurrar no meu ouvido.

– Primeiro de tudo, eu adoro que você esteja transando com o proprietário. Por favor, não pare de fazer isso. Em segundo lugar, não é por isso que você consegue as coisas. Você consegue porque é qualificada. Se tivesse aparecido para as entrevistas após o simpósio, teria visto as pessoas brigando para contratá-la. Mas em terceiro lugar, e o mais importante, você consegue coisas de mim por ser a minha outra metade. Tudo o que é meu é seu. Minhas conexões, meu dinheiro, minha influência, metade disso tudo é seu.

Eu tremi. Embora adorasse essa sensação – ansiasse por ela, de fato –, isso também fazia disparar os meus botões de pânico. Aquelas eram exatamente as palavras que poderiam me fazer pensar em coisas que não deveria pensar. Que eu era mais importante do que era. Que estávamos mais próximos do que estávamos. Essas palavras eram gatilhos para mim, e embora estivesse saudável com Hudson, isso tinha acontecido após um grande empenho de minha parte.

Mas como eu queria me deixar levar completamente por sua declaração...

Engoli em seco.

– Eu não sei como responder a isso.

Hudson esfregou o nariz contra minha orelha.

– Você não está pronta para isso, eu sei. Mas precisava lhe dizer. Quanto à sua resposta, que tal dizer que vai gerenciar a nossa casa noturna?

– Vou gerenciar a sua casa noturna.

– Como?

Percebi meu erro imediatamente. Engraçado, quão fortemente eu queria me corrigir. Virei-me para encontrar seus olhos.

– Vou gerenciar *a nossa* casa noturna.

– Agora me beije porque você faz de mim um homem muito feliz.

Hudson não tinha que me pedir duas vezes. Ele nem sequer realmente tinha que me pedir uma vez, porque seus lábios estavam cobrindo os meus quando abri minha boca para concordar. Sua língua deslizou imediatamente, e ele me beijou intensamente até que o carro parou na frente de nosso edifício.

Relutantemente, eu me libertei de seu abraço.

– Obrigada, Hudson.

Pela chance de gerenciar a boate, por me ajudar a ser bem-sucedida fazendo isso, por me amar da melhor maneira que você sabe, e por ter me encontrado, em primeiro lugar.

Ele afastou meu cabelo do meu ombro.

– Não. Obrigado a você.

Passei o resto do dia na boate. Depois que percebi que não viajaria para o Japão, combinei de me encontrar com Aaron Trent para discutir um plano de publicidade. Nosso encontro seria às 13:30 e as preparações para a reunião me tomaram toda a manhã. Jogar-me no trabalho foi algo energizante. Eu amava o marketing e adorava organizar essas campanhas. Pela primeira vez, desde que fui informada de que David estava saindo, eu me senti muito bem sobre o futuro do The Sky Launch e sobre a minha parte nisso.

Por causa de toda a minha preparação, e porque Aaron Trent tinha a melhor equipe de publicidade da cidade, a nossa reunião correu bem e terminamos mais cedo do que eu esperava. Era pouco mais de três da tarde quando nossa reunião acabou. De repente, me sentindo exausta, eu me enrolei no sofá no escritório de David para me acalmar.

– Bela reunião – disse David, quando entrou no escritório. – Estou chateado porque não vou chegar a ver o fruto de todo o seu trabalho de hoje.

– Não se preocupe. Eu vou mantê-lo atualizado.

Estiquei meus braços por cima da cabeça. Com as coisas que Hudson tinha me feito na noite anterior, não era de admirar que me sentisse tão cansada e dolorida. A lembrança daquilo tudo trouxe um sorriso aos meus lábios.

– O que há com você hoje?

Olhei para cima para ver David empoleirado no braço mais distante do sofá, com os olhos presos em mim.

– O que você quer dizer? – perguntei.

Sua testa ficou franzida.

– Eu não sei se posso explicar. Você está diferente hoje. Mais incandescente, como se isso fosse possível...

Pensei por um momento. Eu sempre fui apaixonada pelo meu trabalho, mas a decisão de hoje de manhã tinha me estimulado com um vigor renovado.

– Bem, eu disse para Hudson esta manhã que vou assumir o seu lugar quando você for embora.

Ele sorriu.

– Finalmente! Agora eu posso realmente me sentir bem em sair.

– Mais ou menos... Você está animado sobre o Adora desde que Hudson lhe deu o emprego.

– Principalmente porque eu achava que Pierce estava para me despedir. A promoção foi uma agradável surpresa.

Meu sorriso desapareceu. Eu tinha me convencido de que David estava ansioso para sair do The Sky. Isso tornara mais fácil aceitar quando ele fora empurrado para fora dali por causa do meu namorado ciumento. Embora preferisse continuar com a ilusão, sabia que a verdade era mais importante.

Mudei o meu corpo de posição no sofá para encarar David.

– Então você só concordou em ir para o Adora porque achou que ia ser demitido daqui se você não fosse?

– Vamos lá, Laynie. Vamos ser honestos um com o outro. Pierce não ia me deixar ficar aqui.

As palavras de David eram uma verdade, e não tive a chance de lutar do jeito que eu gostaria para que ele ficasse. Se ele não quisesse sair, se realmente quisesse ficar no The Sky Launch, eu voltaria para Hudson e brigaria por isso.

– Mas se ele deixasse... se esse não fosse o problema... você ainda assim teria aceitado? Ou teria ficado aqui?

David respirou fundo.

– Não tenho certeza, para ser honesto. Adora é o pináculo das casas noturnas. Eu nunca teria uma oportunidade como essa por minha conta. E acho que vou fazer um bom trabalho lá. Há toda uma equipe de gerentes com quem irei me juntar. Vou ter flexibilidade e apoio, coisa que nunca tive antes. É tipo meu emprego dos sonhos.

Eu relaxei um pouco.

David se acomodou melhor no braço do sofá.

– Mas é difícil deixar as coisas que você ama. A mudança significa deixar a minha casa e os meus amigos para trás. Este lugar... – Ele encontrou meus olhos. – Você.

– David...

Eu sabia que ele gostava de mim, mas agora estava se referindo a uma coisa maior. Caramba, isso estava mais perto de até onde Hudson poderia chegar. Era quase dizer "eu amo você". E eu não queria ouvir.

Mas ele ignorou meu aviso.

– Não ria, mas eu costumava ter essa fantasia de que nós, um dia, iríamos tocar este lugar juntos.

Não pude deixar de sorrir com isso.

– Eu costumava ter essa mesma fantasia.

Pensava que iríamos nos casar e ser esta dupla muito legal que dirigia a boate mais quente da cidade. Esse sonho desapareceu quando conheci Hudson.

– Sério?

– Sim, verdade.

Imediatamente, me arrependi da confissão. A expressão de David disse que minha confissão significava mais do que eu pretendia.

Estiquei as pernas, de forma a não ficar mais de frente para o homem.

– Quero dizer, sério. Este lugar precisa de dois gerentes. Foi uma bobagem você ficar dirigindo tudo sozinho por tanto tempo.

– Eu não estava realmente sozinho. A equipe tem um monte de bons assistentes de gerência.

Eu sorri.

– Isso não é a mesma coisa. O que é preciso é gente comprometida em tempo integral. Por isso pedi a Hudson, hoje, que encontrasse um parceiro para mim. – Olhei para o meu colo. – Eu não quero fazer isso sozinha.

David chegou mais perto. Ele levantou meu queixo com o dedo.

– Basta falar e eu fico.

– Não posso pedir que faça isso, David. – Minha voz era praticamente um sussurro.

– Pode, sim.

– Não, eu não posso. E você sabe por quê.

Ele baixou a mão para seu colo.

– Eu sei. Mas, em resposta à sua pergunta anterior, se não fosse por Pierce, eu nunca sairia daqui. Você pode disfarçar, ou interpretar isso da maneira que quiser, mas você sabe do que estou falando.

– Eu... eu... hum. – Mordi o lábio. David tinha sido um grande amigo quando eu tinha muito poucos. E por um tempo, tinha sido mais do que isso. Eu estava com o coração partido por ele estar saindo. Mas de nenhuma maneira retornei os sentimentos que ele parecia estar declarando.

– Você não tem que responder. Eu entendo. Você está com ele. – David nem mesmo disse o nome de Hudson.

– Estou com ele. Completamente.

– E se não estivesse...

David tinha me dito antes que estaria sempre ali se eu decidisse que as coisas com Hudson não dessem certo. Foi uma coisa ridícula para se prometer. Especialmente porque já tinha terminado com ele, e mesmo sem Hudson, eu não cairia de volta nesse relacionamento.

Mas não tinha coragem de ser tão contundente sobre isso na cara dele. David já estava indo embora. Eu não precisava machucá-lo ainda mais. Então, em vez disso, ficamos sentados em um silêncio constrangedor por alguns segundos, enquanto eu debatia o que eu poderia dizer para dar um adeus de forma suave...

Felizmente, fui salva pelo toque do meu celular. Eu corri para pegá-lo na mesa lateral, sem sequer olhar de quem era a chamada.

– Laynie! – A voz de Mira borbulhou no fone. – Você está ocupada? Está podendo falar?

Levantei-me e me distanciei um pouco de David.

– É claro que posso. O que está acontecendo?

– Eu estava me perguntando se poderia pedir um favor.

– Além de ser uma modelo em seu evento?

Isso era só provocação. Eu faria praticamente qualquer coisa por essa moça. Ela me acolheu em sua família antes mesmo que Hudson. Eu devia a ela.

– Um favor diferente. Sabe, ando meio carente nesses dias, não é?

– Que tal eu me abster de responder até que você me diga qual é o favor? – Distraidamente, passeava pela sala enquanto conversávamos.

– É justo. Papai quer almoçar comigo amanhã. E realmente não quero ficar sozinha com aquele cara de bunda. E eu adoraria vê-la. Assim, o que você acha de se juntar a nós?

– Eu adoraria! – Pensar em Jack colocou um sorriso no meu rosto. Não havia nenhuma maneira pela qual Hudson pudesse aprovar um encontro entre mim e Jack, mas o que ele poderia dizer se estivesse com Mira? Eu seria honesta sobre isso, iria lhe contar hoje e tudo ficaria bem. – Mas por que você não quer ficar sozinha com ele?

– Ele está tentando compensar toda aquela coisa que fez com Celia. Só que não entende que não é comigo que precisa fazer as pazes. Realmente, não dou a mínima para o que ele fez ou deixou de fazer ou devesse ter feito. Só quero que ele e a minha mãe cresçam e ajam como adultos, nem que fosse por meio segundo. Quer dizer, isso não seria bom?

Sophia e Jack crescerem?

– Continue sonhando.

– Eu sei, eu sei. De qualquer forma, estaremos na Perry Street à uma hora. Vou ligar e acrescentar seu nome à reserva. E... Uau!... Você transformou algo terrível em algo por que estou esperando ansiosamente!

– Estou ansiosa para vê-la, também.

Desliguei e guardei o telefone no meu sutiã, e, quando olhei, vi David trabalhando em sua mesa. Ou melhor, fingindo trabalhar. Ele manteve o olhar esgueirando para mim e me perguntei se ele queria dizer alguma coisa a mais do que já tinha dito. Esperava que não...

Em vez de esperar para descobrir, anunciei que tinha algumas coisas para fazer. Não eram coisas urgentes, mas depois de sua declaração, o escritório estava sufocante.

Saí para o calor do verão e puxei os meus óculos de sol da bolsa. Em função daqueles últimos eventos, não tive a chance de chamar Jordan para me dar uma carona. As coisas que eu queria fazer eram próximas, de qualquer maneira. Poderia caminhar tranquilamente até todos os lugares que planejava ir. Além disso, era um belo dia e era bom estar ao ar fresco.

Não notei que estava sendo seguida até quase chegar ao primeiro lugar que precisava ir, uma gráfica a poucos quarteirões de distância de Columbus Circle. Talvez eu estivesse muito preocupada com os pensamentos sobre David e a boate. E os pensamentos em Hudson, sempre Hudson. Caso contrário, tenho certeza de que a teria visto antes. Quando finalmente a notei, eu soube imediatamente que não era uma coincidência ela estar caminhando pela Eighth ao mesmo tempo que eu. Eu também sabia que ela queria ser vista. Afinal, fui uma perseguidora experiente. Com um pouco de esforço, não seria difícil passar despercebida.

E Celia não estava tentando permanecer escondida.

Ela parou de andar quando parei. E voltou a andar quando voltei. Mas, durante todo o tempo, os olhos dela estavam me perfurando. Meu coração batia furiosamente, mas permaneci calma, mantendo um ritmo equilibrado em minhas passadas. Quando entrei na gráfica, felizmente Celia não fez a mesma coisa. Mas ficou em frente à janela da loja, para que eu pudesse ver que ela estava lá.

Celia não tinha feito nada para mim, não tinha falado comigo, mas sua presença estava me envolvendo em um cobertor de medo. Eu sabia, sem dúvida, que estava fazendo uma declaração – *estou aqui. Eu vejo você. Você não pode escapar*. Era isso que Paul Kresh sentia a cada vez, quando eu o seguia por todo lado durante semanas? Era uma sensação horrível e o arrependimento pelos meus atos do passado nunca foi tão pesado.

Havia uma fila no balcão, então fui capaz de levar alguns minutos para me recompor antes de chegar a minha vez no caixa. Meus pensamentos se fixaram nos motivos de Celia. Talvez ela quisesse falar comigo. Mas ela poderia tem mandado uma mensagem de texto ou um e-mail. E se queria mesmo conversar, então por que não se aproximava de mim?

Não, ela tinha uma intenção diferente com essa perseguição. Primeiro no barco, agora aqui, será que algum dia iria me deixar em paz? Isto era mais um truque que Celia inventava para jogar contra mim mais tarde? Ou será que ela simplesmente queria me assustar?

Se me amedrontar era seu objetivo, tinha conseguido. Mas, ao contrário da última vez que ela me ferrou, eu estava preparada. Agora ela não tinha mais a minha confiança. Depois de enviar uma mensagem dizendo para Jordan onde eu estava e lhe pedindo para vir me buscar, usei meu celular para tirar uma foto dela, eu queria uma prova. Ela me viu tirar a foto, eu tinha certeza, mas não pareceu preocupada e nem foi embora. Em seguida, liguei para o escritório de Hudson.

– Ele está em uma reunião – informou-me Trish, sua secretária. – Eu avisarei que a senhora ligou assim que ele terminar.

Isso não era bom. Eu sabia que Hudson ia querer ser interrompido por causa disso, mas Trish nunca o faria por iniciativa própria. Torcendo para que ele verificasse o seu telefone celular, eu mandei-lhe uma mensagem de texto. *"Estou a caminho de seu escritório. Eu preciso falar com você."*

Sentia-me mais calma quando chegou a minha vez no caixa. Peguei o material que havia mandado imprimir, respirei fundo e saí da loja. Estava apavorada de sair com Celia tão perto da entrada, mas eu não iria deixá-la perceber isso. Felizmente, assim que coloquei minha mão na porta para abri-la, Jordan parou o carro no meio-fio. Celia foi embora num ritmo acelerado calçada abaixo. Se tudo o que precisou para que ela se afastasse foi a presença de Jordan, eu nunca mais iria a lugar algum sem ele.

Deslizei para dentro do carro antes de Jordan ter a chance de sair e abrir a porta para mim.

– Lá na frente, na calçada – disse eu, apontando para as costas de Celia. – Você a viu?

Ela estava andando rápido e eu queria que alguém a visse antes que desaparecesse no meio da multidão de Nova York.

Jordan foi rápido e tinha uma boa vista.

– Estou vendo. Ela estava seguindo você? – Jordan não parecia estar surpreso.

– Sim. Como você sabe?

– Eu a vi esta manhã, quando lhe deixei na porta da boate, mas não tinha certeza de que era ela. Precisamos contar ao sr. Pierce.

– Eu pretendo fazer isso agora mesmo. Você pode me levar ao escritório?

Ele respondeu com um aceno.

Sentei-me e afivelei o cinto de segurança quando o carro entrou no meio do tráfego. Celia ainda estava à vista e eu a vi quando chegamos mais perto. Ela parou de andar quando passamos, e mesmo que não pudesse me ver através dos vidros escuros, ela sorriu e acenou.

Era uma coisa boa eu ser uma pacifista, porque senão eu teria começado a planejar seu assassinato.

6

Hudson não tinha respondido ao meu texto até o momento em que cheguei ao *lobby* do prédio, então mandei outra mensagem. "Estou entrando no elevador. Estarei em seu escritório em dois minutos."

Eu ainda não tinha recebido uma resposta quando pisei em seu andar, mas murmurei para Trish, como se Hudson sempre estivesse disponível para mim.

Do jeito que ele normalmente falava, estava sempre disponível para mim.

– Me desculpe – Trish me chamou. – O sr. Pierce ainda está em reunião.

– Ele sabe que eu estou indo – respondi por cima do meu ombro.

A porta se abriu antes de eu sequer tocar na maçaneta. Hudson ficou lá parado, a preocupação gravada em sua testa.

– Está tudo bem, Patricia. – E me introduziu na sala.

Assim que a porta se fechou atrás de mim, ele colocou as mãos em volta do meu rosto e procurou meus olhos.

– Recebi sua mensagem. O que há de errado? Você está ferida?

– Não, não estou ferida. – Eu estava tremendo, e agora, na frente de Hudson, tinha vontade de chorar.

– Alayna, o que é?

Peguei meu telefone e comecei a procurar pela foto de Celia.

– Preciso mostrar uma coisa. Posso...

Um farfalhar atrás de nós me chamou a atenção. Olhei por cima do ombro de Hudson e vi uma mulher em pé perto da sua mesa. Seu cabelo castanho estava amarrado frouxamente na nuca, a cor acentuada pelo creme claro de seu terninho.

Minhas costas se endireitaram, com sinos de aviso soando na minha cabeça.

– Ah, eu sinto muito. Não percebi que você não estava sozinho.

Hudson colocou a mão nas minhas costas e fez um gesto em direção a sua convidada.

– Alayna, você se lembra de Norma, é claro.

– Sim, eu me lembro. Norma Anders. Nós nos conhecemos no evento do Jardim Botânico.

O mesmo nó de ciúme que senti ao conhecê-la estava formado agora. Ou melhor, a presença dela apertou o nó que estava na minha barriga durante a última meia hora.

Norma tinha um óbvio interesse em Hudson. Isso me incomodava. Ela trabalhava com ele diariamente, tocava nele casualmente, usava seu primeiro nome – coisa que Hudson raramente deixava as pessoas fazerem, particularmente não seus funcionários. E aqui estava a mulher, sozinha com o chefe em seu escritório no final do dia. E ele tinha ignorado as minhas mensagens de texto.

– Nós nos conhecemos lá, isso mesmo. – Norma me olhou, me avaliando. Quando nos encontramos antes, naquele dia, ela mal me deu uma segunda olhada. Estava muito concentrada em meu homem. – É bom vê-la novamente, Alayna. – Seu tom de voz seco dizia o contrário.

Sua próxima frase foi dirigida a Hudson.

– Se vocês dois precisam conversar sozinhos, nós podemos sair.

Nós? Meus olhos percorreram a sala e notei outra mulher sentada na outra poltrona de frente para a mesa de Hudson.

Ah, ele não estava sozinho com Norma. Uma onda de alívio percorreu meu corpo, seguida por uma onda de culpa. Eu estava sendo ridícula e paranoica. Os acontecimentos do dia tinham me deixado fora de equilíbrio. Hudson estava simplesmente em uma reunião com duas de suas funcionárias. Não havia nada de encontros secretos no meio do dia, nem nada inapropriado.

Ainda assim, o nó persistia. Eu estava ansiosa para falar com Hudson sobre Celia, mas percebi que isso teria que esperar. Enfiei meu telefone de volta no sutiã.

– Não, não. Peço desculpas por entrar assim. Não queria interromper.

Hudson me arrastou em direção à sua mesa.

– Na verdade, Alayna, você apareceu aqui na hora certa. – Acenou com a cabeça para a mulher ainda sentada e ela se levantou. – Esta é a irmã de Norma, Gwen. Ela é uma das gerentes da Eighty-Eighth Floor.

– Ah.

Não era uma funcionária, então. O Eighty-Eighth Floor era uma boate popular no Village, de propriedade de um empresário rival.

Demorou um segundo a mais do que deveria para que eu encaixasse as coisas no lugar.

– Ah!

Forcei-me a pegar no tranco e me aproximei de Gwen, a minha mão estendida em sua direção.

– Alayna Withers – e me apresentei enquanto ela me cumprimentava.

Seu aperto era firme. Um bom primeiro sinal de uma possível gerente.

– Prazer em conhecê-la.

A garota tinha um bom sorriso também. Dentes bonitos, e não muito glamorosa. Suas feições eram muito semelhantes às da Norma, com a diferença de que Gwen tinha traços mais leves. Seu tom de pele era mais pálido, com os cabelos entre o loiro-escuro e o castanho-claro, dependendo da iluminação. Seus olhos eram cinza-azulados. Ela era bonita como Scarlett Johansson, o tipo de mulher bonita que algumas pessoas podem ignorar e que deixa outras excessivamente impressionadas.

Eu me perguntei qual tipo de pessoa era Hudson neste caso.

Rapidamente me repreendi por meu pensamento. O que havia de errado comigo, afinal? Tinha sido um comportamento típico meu esse de ser desnecessariamente ciumenta com namorados no passado, mas nunca tinha sido assim com Hudson.

Hudson chegou mais perto de mim para uma apresentação mais adequada.

– Atualmente Alayna é a gerente de promoções do The Sky Launch, mas, como eu disse a vocês, ela vai se tornar a gerente geral assim que o atual gerente sair.

– Hudson me disse que você está procurando um gerente de operações – Gwen se dirigiu a mim com completa confiança. Foi estimulante, considerando a habilidade de sua irmã para esquecer que eu existia.

Confirmei com a cabeça.

– Isso é algo em que você talvez possa estar interessada?

– Com certeza.

Uma gerente assistente que trabalhou no Eighty-Eighth Floor. Com todas as informações privilegiadas que teria, além da experiência... Eu tinha que admitir, Hudson tinha feito um bom trabalho.

E ele sabia disso. Embora seu rosto permanecesse com o ar eficiente de sempre, seus olhos brilhavam com o orgulho de um trabalho bem-feito.

– Ela tem todas as qualificações que acredito que você esteja procurando, Alayna. Talvez você queira marcar uma entrevista e confirmar isso por si mesma?

– Sim. Com certeza.

Puxei o meu telefone. Quando eu o abri, a foto de Celia estava lá, pronta para ser mostrada a Hudson. Eu congelei com a visão e outro calafrio percorreu meu corpo.

– Alayna? – Hudson chamou suavemente.

– Desculpe. Dia difícil. Estou um pouco nervosa. – Passei os olhos pela minha agenda para o dia seguinte. Eu tinha planejado almoçar com Mira e Jack, mas minha noite estava livre. – Você poderia vir ao Sky Launch amanhã à noite? Eu acho que chamar isso de uma entrevista é um pouco formal. Eu poderia lhe mostrar o lugar e poderíamos conversar depois.

– Parece perfeito. Estou de folga amanhã, então seria ótimo.

Passou pela minha cabeça que eu deveria perguntar por que ela queria sair do Eighty-Eighth Floor, mas isso poderia esperar até que me encontrasse com Gwen novamente, no dia seguinte. Minha ansiedade estava me matando e tudo que eu queria era terminar essa conversa e ficar com Hudson só para mim. E não pelas razões pelas quais eu geralmente o queria sozinho...

– Ótimo. Você pode passar às oito horas. – Coloquei a informação no meu calendário. – Você poderá ver a boate funcionando.

– Eu estarei lá.

– Viu só, Norma? – Hudson piscou para sua funcionária. – As crianças não precisaram de nós, afinal. Elas organizaram tudo por conta própria.

O toque brincalhão de Hudson com Norma alimentou minha angústia. Por que ela havia sido convidada para essa reunião, afinal? Só porque Gwen era a sua irmã, Norma não precisaria ser incluída. E como Hudson sabia que Norma tinha uma irmã que trabalhava em uma casa noturna? Será que Norma e Hudson eram mais próximos do que ele tinha me levado a acreditar?

No auge do meu transtorno obsessivo, sofri muito de paranoia. Claro, ela voltava de vez em quando, mas não de forma significativa desde que eu tinha conhecido Hudson. Mas... Eu estava sendo paranoica agora ou minhas perguntas eram válidas? E se fosse só paranoia, por que essa droga estava voltando agora?

Óbvio, eram Celia e as merdas de seus jogos mentais me afetando. Tinha que ser isso. Eu não poderia me permitir escorregar para trás por causa dela. Caso contrário, ela iria ganhar e eu não podia deixar isso acontecer. Eu tinha que me recompor e tomar pé das coisas.

Afastei-me um pouco enquanto Hudson levava as irmãs Anders para fora de seu escritório. Mentalmente, tentei me acalmar, respirando profundamente e me lembrando de me comunicar, em vez de tirar conclusões precipitadas. Talvez eu precisasse marcar outra sessão de terapia de grupo no final da semana. Qualquer coisa servia para acabar com o meu pânico crescente.

Quando ficamos sozinhos, não consegui me segurar por mais tempo.

– Por que exatamente Norma estava aqui? – Acrescentei um sorriso e um tom de voz mais leve para que a pergunta não saísse muito agressiva, mas como ela poderia soar se não como uma acusação?

Hudson trancou a porta antes de se virar para mim.

– Ela arranjou para que Gwen se encontrasse comigo. Eu não a conhecia e Norma quis vir junto para nos apresentar. Por que a pergunta?

– Só por curiosidade. – Escorei o corpo contra sua mesa, precisando do apoio. – Como você sabia que Gwen trabalhava na Eighty-Eighth?

Ele se aproximou de mim em vários passos rápidos.

– Norma me contou.

– Apenas em uma conversa casual. Entre um patrão e seu empregado?

Eu cruzei os braços na minha frente. Não era a melhor pose para mostrar que eu estava indiferente.

Hudson colocou as mãos em meus cotovelos.

– Alayna, você está agindo estranhamente com estes ciúmes. Embora seja sempre excitante perceber isso, tenho a sensação de que é um sintoma de algo mais. O que está acontecendo?

Dei de ombros, não querendo entrar na questão de Celia até que tivesse esclarecido a questão Norma.

– Parece estranho que você saiba desses detalhes pessoais sobre um empregado quando você tem centenas, milhares, de pessoas que trabalham para você.

– Centenas de milhares de pessoas.

Eu nem sequer abri um sorriso com essa resposta.

– Isso é ainda mais estranho, então.

Hudson me soltou e colocou as mãos nos bolsos.

– O que exatamente você está me perguntando, Alayna?

Eu já me odiava. A pessoa que estava aqui de frente para o homem que eu amava não era a pessoa que eu queria ser. Minha vontade não era de ficar perguntando, me preocupando ou sendo paranoica.

Mas as minhas entranhas estavam se retorcendo e se agitando e as palavras saíram da minha boca como um jato de vômito.

– Estou perguntando porque você sabe detalhes pessoais sobre a família de Norma Anders.

– Você está perguntando que tipo de relacionamento eu tenho com Norma. A resposta é: estritamente profissional.

– Você já a beijou?

Minha voz tremeu e eu tinha a sensação de que se descruzasse os braços, minhas mãos estariam tremendo também. Minha mente já estava se enchendo com imagens deles dois juntos. Era uma loucura que eu fosse capaz de evocar cenas detalhadas deles fazendo amor. A única coisa que poderia, quem sabe, deter esse dilúvio da imaginação seria sua garantia de que isso nunca acontecera. Mesmo assim, havia uma boa chance de que as imagens permanecessem.

– Eu não tenho o hábito de beijar as pessoas com quem trabalho.

Ele me beijara quando eu trabalhava para ele.

– Sim ou não, por favor?

– Não, Alayna. Eu nunca a beijei. Eu nunca transei com ela. Eu nunca qualquer coisa com ela.

Seu tom de voz era suave, mas enfático.

Devolvi a ele a mesma expressão indiferente, mesmo que estivesse sentindo uma bagunça irracional por dentro.

Minha compostura aparente o incitou a falar. Ou ele percebeu que eu estava a um passo de desmoronar bem ali. Hudson passou a mão pelo cabelo.

— Uma vez que ela está no financeiro, Norma realizou a transação quando comprei o The Sky Launch, por isso ela sabia que eu tinha essa casa noturna. No outro dia, ela perguntou se havia algum cargo de gestão disponível lá. Eu disse que não, mas respondi que iria manter Gwen na minha lista se aparecesse. Eu não queria lhe contar sobre ela porque estava preocupado, imaginei que, se você soubesse, iria tomar isso como uma razão para não ser a gerente. É simples assim.

— Isso faz sentido.

E a maneira um pouco manipulativa que ele escondeu esse assunto de mim era algo totalmente típico de Hudson. No meu coração, eu sabia que ele estava dizendo a verdade, mas a minha mente estava a mil por hora.

Então, em qual dos dois eu teria que acreditar? Meu coração ou mente?

Hudson fixou-se em meus olhos e manteve o olhar por alguns segundos.

— Não há nada com ela, Alayna. Eu estou com você. Sempre. Certo?

Meu coração. Eu acreditava no meu coração. *Sempre*.

Este era Hudson. Ele me amava, mesmo que teimosamente não conseguisse dizer as palavras que eu queria ouvir. Eu confiava nele. O que ele já tinha feito que me dissesse o contrário?

Balancei a cabeça, com vergonha de mim mesma.

— Sinto muito. Estou agindo como uma idiota.

Hudson me puxou em um abraço. Finalmente, me senti calma.

Eu respirei o seu cheiro, de sabonete e de loção pós-barba, que me preenchia como um bálsamo. Não havia nenhum outro lugar no mundo onde eu gostaria de estar que não fosse em seus braços.

Ele correu as mãos para cima e para baixo nas minhas costas e beijou minha têmpora.

– Eu sei que você não estaria assim, se algo não tivesse acontecido. E você chegou aqui chateada. O que está acontecendo, princesa?

Agarrei-me a ele, minhas mãos cavando sua jaqueta. Agora que ele estava me segurando, não queria deixá-lo ir. Este era o lugar onde sempre me sentia segura.

– Alayna, fale comigo.

Virei a cabeça para que as minhas palavras não fossem abafadas em sua roupa.

– É a Celia.

Hudson me empurrou um pouco para olhar em meu rosto. Seus olhos estavam arregalados de preocupação.

– O que ela fez?

– Ela está me seguindo.

Suas sobrancelhas ficaram franzidas.

– O que quer dizer, *ela está seguindo você?*

– Seguindo... Aparecendo onde estou e indo aonde quer que eu vá. Me seguindo em todos os lugares.

Mostrei a foto no meu telefone e expliquei como tinha visto Celia me seguindo enquanto fui fazer as minhas coisas, e acrescentei que Jordan a tinha visto naquela manhã, também. Além disso, ela estava no barco na noite anterior.

Eu temia que ele dissesse que eu estava exagerando, que ele não fosse acreditar em mim, como tinha feito há um tempo... Eu tinha uma foto dela, mas o que isso provava, afinal? Será que ele iria pensar que seria eu a seguir a megera?

Mas a sua resposta naquele momento compensou minhas dúvidas.

— Mas que vaca! – Hudson se afastou de mim e passou a mão pelo cabelo. – Eu juro por Deus, se ela fizer alguma coisa com você...

Lágrimas saltaram aos meus olhos, metade de medo, metade de alívio porque ele estava ao meu lado.

— O que ela quer de nós? De mim?

Hudson deu a volta para o outro lado da mesa.

— Isso não importa. Ela não pode fazer isso. Vou ligar para o meu advogado. Vamos conseguir uma ordem de restrição. – Antes que eu pudesse impedir, Hudson apertou a tecla do interfone. – Patricia, ponha Gordon Hayes ao telefone.

— Sim, sr. Pierce.

Eu balancei minha cabeça e afundei numa das poltronas.

— Não é tão simples assim.

— Não interessa se é simples ou não. Vou conseguir uma ordem de restrição contra essa mulher.

Eu nunca o tinha visto tão exaltado desse jeito. Sua indiferença calma e profissional desaparecera e em seu lugar estava um homem apaixonado e selvagem.

Desta vez, era eu a voz da razão.

— Hudson, você não pode conseguir uma ordem de restrição por eu simplesmente estar sendo seguida. Ela manteve alguma distância, não se aproximou, não me ameaçou ou fez qualquer bobagem nos lugares onde parei. Não temos nada contra ela.

Os olhos dele estavam presos no telefone, como se pudesse fazê-lo tocar só de ficar olhando.

— Isso é ridículo. Ela colocou medo em você. Posso ver isso em seu rosto.

– Sim, ela me assustou. Mas não há nada que você possa fazer sobre isso. – Mais uma vez, eu me lembrei de que tinha feito a mesma coisa com outras pessoas. Paul Kresh tinha apresentado uma ordem de restrição contra mim. Essa foi a primeira que recebi. Ele não foi a primeira pessoa que eu tinha perseguido. – Acredite em mim. Estou bem versada na arte de aterrorizar alguém sem provocar o envolvimento da polícia.

– Não fale assim. – O tom de Hudson ecoou a dor que eu sentia.

– É a verdade. Eu costumava fazer isso com as pessoas, Hudson! É horrível. Como pude ser tão horrível assim para outras pessoas? – As lágrimas que estavam apenas esperando cair irromperam.

Hudson correu para mim e me puxou da poltrona para seus braços.

– Calma agora, Alayna. – E acariciou meu cabelo enquanto eu chorava em seu ombro. – Isto não é a mesma coisa. Você estava à procura de amor. As ações de Celia são bastante diferentes.

Eu o empurrei. Ainda que quisesse e precisasse de seu abraço, não senti que merecesse.

– São mesmo diferentes? Ela não está fazendo isso porque quer o seu amor? Qual é a diferença então?

Ele suspirou e se sentou na ponta da mesa.

– Não acho que seja isso. Celia pretende me manter infeliz. Ela sabe que machucar você me destruiria. Isso é a sua vingança pelo meu passado. Por isso acho que não tem nada a ver com o seu.

Enxuguei as lágrimas do meu rosto. Merda, Celia tinha ferrado conosco com tanta facilidade... Aqui estávamos nós, lamentando nosso passado, nos odiando, desfazendo anos de progresso. *Vaca!* Hudson estava certo...

Sentei-me de novo e encostei minha cabeça contra o encosto da poltrona.

– Eu realmente não me importo por que ela está fazendo isso. Celia vai continuar a fazer porque está vencendo. Você está se diminuindo, e eu estou numa merda só. Estou paranoica e ansiosa, e tenho medo de estar voltando ao meu antigo eu.

Minha voz falhou quando um novo conjunto de lágrimas ameaçou rolar pelo rosto.

Hudson veio se ajoelhar diante de mim. Ele colocou as mãos em meus braços como se quisesse me chacoalhar e colocar bom senso em mim.

– Não está, não. Você tem razões válidas para se sentir assim hoje. Ela está tirando seu equilíbrio, mas você vai conseguir se controlar. Você é mais forte do que Celia.

Limpei meus olhos com as costas da mão.

– Eu sou forte com você.

– E eu não vou abandoná-la. Eu estou aqui. Estamos nisso juntos. Está me ouvindo?

Assenti com a cabeça fracamente.

O telefone tocou. Hudson levantou-se e estendeu a mão sobre a mesa para acionar o interfone.

– Conseguiu falar com ele?

– Não. – A voz de Trish encheu a sala. – Sinto muito, mas o sr. Hayes foi para casa. Já são mais de cinco horas.

Hudson olhou para o relógio.

– Merda – murmurou. Fez uma pausa e suspeitei que estivesse pensando em chamar seu advogado pelo celular. – Quero o advogado ao telefone no primeiro minuto de amanhã.

– Sim, senhor. Qualquer outra coisa antes de eu sair?

– Não. Obrigado, Patricia. – Ele desligou o interfone e voltou a me encarar. Ficou me estudando por longos segundos. – Ela não vai ganhar, Alayna. Você se manteve firme na frente dela, não é?

– Sim. – Não havia nenhuma maneira no mundo de eu deixar aquela vadia ver o que tinha feito comigo.

Hudson sorriu com orgulho.

– É claro que sim. Você é incrível. Mais forte do que jamais pensou que fosse.

Eu não me sentia incrível. Mas sua certeza me fortaleceu.

Hudson se encostou à mesa, com uma expressão vidrada no rosto. Reconheci seu olhar calculista, o mesmo que ele demonstrava quando estava pensando em um grande negócio.

– Celia não tem ideia se ela atingiu seu alvo ou não. Isso nos coloca em vantagem.

Eu odiava interromper o que ele estava planejando, mas não conseguia parar de pensar no que borbulhava em minha mente.

– E se ela não parar a perseguição?

Os olhos dele voltaram ao foco.

– Jordan é ex-militar. Operações Especiais. Ele pode protegê-la. Mas, no futuro, não poderá ir a nenhum lugar sem ele. Prometa-me isso.

– Hoje em dia, raramente vou a lugar algum sem ele. Hoje foi uma exceção.

– Só me prometa. – Seu tom era insistente.

– Eu prometo.

Eu sabia que Jordan era mais do que um motorista, mas não sabia os detalhes de seu currículo a fundo. E saber de seu passado não foi o que me levou a aceitá-lo, eu concordaria com qualquer um que pudesse me proteger, só para garantir que não ficaria sozinha com Celia novamente.

– Ótimo. Também vou contratar outro guarda-costas para quando Jordan não estiver disponível. Eu sei que você não queria um, mas...

Eu o interrompi.

– Vou aceitar.

Hudson demonstrou um agradecimento.

– Também vou mandar alguém para verificar as câmeras de segurança da boate e se certificar de que são suficientes. A nossa cobertura já é monitorada. E vou falar com o meu advogado.

Interrompi novamente.

– Ele não pode fazer nada.

– Mas vou conversar com ele de qualquer maneira. Eu quero saber os nossos direitos. Se eu tiver que colocar dinheiro nessa situação, farei isso.

Deixei escapar uma risada. Eu nunca tinha ouvido Hudson falar tão abertamente assim sobre o que a sua riqueza podia comprar. Era um conceito estranho para mim, que as soluções para os problemas poderiam simplesmente ser compradas. Era por isso que sempre temia que outra pessoa seria mais adequada para Hudson do que eu. Alguém como a loira sobre a qual estávamos discutindo nesse momento.

– Celia tem dinheiro, também.

Hudson balançou a cabeça com desdém.

– O dinheiro só é bom nas mãos certas. Eu não tenho nenhuma dúvida de que o meu poder se estende para além dela e da família Werner.

Concordei, assenti com a cabeça e levei a junta do meu dedo indicador à boca, afundando os dentes na pele. Era isso ou soltava o grito que vinha crescendo dentro de mim nos últimos minutos.

Embora Hudson estivesse se apresentando com a atitude de maior responsabilidade que eu precisava naquela hora, ele não podia fazer as promessas que desejava que fizesse.

Mas ele leu a minha angústia.

– Alayna, eu vou cuidar disso.

– Eu sei...

Depois de se inclinar para frente e puxar minha mão da boca, Hudson entrelaçou seus dedos nos meus.

– Mas...?

– Ela nunca vai estar fora de nossas vidas, não é?

Mesmo que Celia estivesse em seu melhor comportamento, ela ainda estaria lá. Sua vida estava muito entrelaçada com a de Hudson e de sua família. Eu não conseguia imaginar nenhum cenário sem que ela estivesse como uma presença constante.

Hudson esfregou o polegar suavemente pela minha pele.

– Vai... Vou pensar em alguma coisa. Você confia em mim?

– Sim. – *Com todo o meu coração.*

– Então, acredite em mim, vou cuidar dela. – Ele apertou minha mão mais uma vez antes de soltá-la. – Enquanto isso, fique com Jordan. Nada de passeios pela rua, e nada de cooper, pelo menos por um tempo.

Correr era uma das minhas maneiras favoritas para me acalmar. Era uma necessidade básica para a minha saúde mental. A esteira funcionava, claro, mas não era a mesma coisa que estar lá fora com o sol batendo no rosto e a brisa soprando em meu corpo suado.

– Vou pedir a Jordan para correr comigo. Tenho certeza de que ele não vai se importar. Eu sei que ele está em boa forma, e sendo das Operações Especiais, deve correr com frequência.

– Não. Não é legal. Ele pode não estar em seu melhor quando está se exercitando fisicamente.

– Eu não sei – murmurei. – Você está no seu melhor quando está se exercitando fisicamente.

– Que porra é essa?

– Nada. Eu só não quero viver em uma prisão. – Estava odiando ter que desistir de uma das minhas únicas fontes de relaxamento por causa de Celia.

– Alayna, por favor. – Os olhos de Hudson eram suaves, mas determinados. – Aceite, até eu conseguir bolar um plano melhor.

Espere! O que eu estava pensando? Hudson era o meu verdadeiro tranquilizador. Eu poderia desistir de tudo mais, se eu o tivesse.

– Tudo bem. Lógico. Vou fazer as minhas corridas na esteira. Por enquanto.

– Venha aqui. – Hudson me puxou para fora da poltrona, para dentro de seus braços. – Eu só quero ver você segura. Eu não poderia suportar se alguma coisa lhe acontecesse.

Eu me aninhei em seu pescoço, respirando seu perfume e suas palavras calorosas, esperando que elas me envolvessem na calma por que tanto ansiava.

Mas assim que comecei a relaxar, um novo pensamento assustador abriu caminho para frente da minha mente. E permiti-me fazer a pior das perguntas:

– Você acha mesmo que Celia seria capaz de fazer algo além de apenas me assustar?

Eu tinha sugerido mais cedo que ela talvez pudesse, mas não tinha certeza se realmente acreditava nisso. Afinal, até agora, a mulher não tinha feito nada mais do que me perseguir. Nada que me ferisse para valer, pelo menos.

Hudson me apertou mais forte e enterrou o rosto no meu cabelo.

– Eu não sei o que ela faria. E não estou disposto a descobrir.

O tom em sua voz, juntamente com sua incerteza, causou outro pico na minha pressão arterial.

– Hudson, estou com medo.

Ele me empurrou para longe o suficiente para poder segurar meu rosto em suas mãos, e fundiu o seu olhar com o meu.

– Eu não estou, Alayna. Nem um pouco.

Era uma volta completa a partir de sua última declaração, e suspeitei que essas palavras de agora fossem apenas para meu benefício, imaginei que ele estivesse mais preocupado do que vinha deixando transparecer. Hudson não conseguia me enganar.

Mas foi bom ouvi-lo tentar.

– Confie em mim. – Ele deu um beijo na ponta do meu nariz. – Vou cuidar disso. – Beijou o lado da minha boca. – Vou cuidar de você.

Hudson lambeu ao longo do canto dos meus lábios. Quando abri minha boca, ele penetrou, me hipnotizando com movimentos sensuais ao longo dos meus dentes e da minha língua. Beijou-me lenta e profundamente e com cuidadosa atenção. Com seus lábios, ele fez a coisa que suas palavras tinham deixado de fazer, me fez sentir melhor. Ou me distraiu, pelo menos. De qualquer maneira, Hudson me deu o que eu precisava.

Na verdade, precisava de mais.

Eu me empurrei até ele, levantando os meus seios ao encontro de seu peito.

Hudson sorriu contra a minha boca. Em seguida, finalizou o beijo com um selinho final sobre meus lábios e se afastou.

Meus dedos se fecharam em seu paletó, puxando-o de volta para mim.

– Não pare. Eu preciso de você.

Pressionei meu corpo contra o dele, o meu desejo crescendo com intensa urgência.

– Alayna...

Seus olhos viajaram para o telefone sobre a mesa atrás dele. Ele queria fazer telefonemas, colocar as coisas em movimento. Era o que ele precisava fazer para se sentir melhor. Para se sentir seguro. Eu sabia disso.

Mas o que eu precisava para me sentir segura era muito mais simples. Mais tangível. Mais ao meu alcance.

– Eu preciso de você, Hudson. – Mudei a minha mão de lugar para acariciar o volume em sua calça. – Por favor. Por favor, torne tudo melhor.

– Droga, Alayna – rosnou ele. – Você está deixando tudo mais difícil para mim, preciso fazer o que deveria estar sendo feito.

Continuei esfregando sua virilha.

– Estou tentando deixar a coisa mais... dura. – Droga, eu nunca tive que implorar, mas se ele queria assim, então o faria. – Hudson... Por favor!

– Porra! – Em um movimento rápido, Hudson me virou para que a mesa ficasse pressionada contra a minha bunda. Ele se inclinou e, com os braços esticados, colocou de lado os arquivos que estavam em cima. Então ele me levantou para que eu me sentasse na borda da superfície de mogno. – Tire sua calcinha – ordenou, enquanto abria a fivela do cinto.

Não foi preciso me pedir duas vezes. Hudson colocou o pênis para fora no momento em que baixei minha calcinha e a chutei para o chão. Eu assisti enquanto ele acariciava a si mesmo, o pau ficando mais espesso a cada movimento.

Corri minhas mãos ao longo de seu peito e me contorci, abrindo minhas pernas. Eu ansiava tê-lo se movendo dentro de mim, tudo doía com uma intensidade que eu não podia me lembrar de ter sentido antes. Estava desesperada. Frenética.

– Hudson... – Não conseguia parar de suplicar. – Eu preciso...

Ele me cortou.

– Eu sei do que você precisa. Confie em mim que vou lhe dar.

Com uma mão ainda enrolada em torno de seu pênis, ele colocou a outra mão entre minhas dobras e rodou o polegar.

Eu gemi e inclinei meus quadris para aumentar a pressão.

Hudson encostou a testa na minha.

– Você está tão ansiosa, princesa. Vai doer se você não me deixar prepará-la primeiro. – Ele deslizou seu dedo ao longo de meus lábios e depois voltou a dançar em meu clitóris.

– Eu não ligo se isso doer. – Doía *não* tê-lo dentro de mim. Puxei sua gravata. – Venha!

Hudson falou um palavrão sussurrado. Em seguida, se deixou ir. Enredando os dedos no meu cabelo, ele me puxou na direção de seus lábios.

– Já é muito difícil me controlar quando estou perto de você. Mas se dá sua permissão, então é bom saber que você vai ser muito fodida.

Eu queria responder com um *Graças a Deus* a isso, mas sua boca tinha reivindicado a minha com uma paixão frenética, e falar não era mais uma opção. Ao mesmo tempo, Hudson dirigiu seu pau para dentro de mim com um profundo golpe. Gritei com o prazer e dor que senti. Eu estava molhada, mas ele estava certo, não estava tão pronta como poderia estar.

Não tinha importância. Eu o amava dentro de mim e meu canal logo se abriu para deixar que cada uma de suas curtas estocadas esfregasse as paredes. Gemi em sua boca a cada golpe. Ah. Ah!

Ainda assim, não era suficiente. Enrolei minhas pernas em volta de sua cintura e me bati contra ele, encontrando suas estocadas. Fechei os olhos. Eu estava excitada e louca com a necessidade de gozar, que sabia que aconteceria se pudesse chegar lá.

Ele soltou o lábio que estava chupando.

– Alayna. Devagar.

– Não. Posso. Quero você. – Eu nem conseguia falar as sentenças completas.

– Eu sei. Eu sei o que lhe dar. – Hudson mordiscou minha mandíbula. – Mas se não me deixar cuidar de você, não vai chegar aonde você quer ir.

– Preciso ir... – corrigi. E não dava para ir mais devagar. Eu estava enlouquecida.

Hudson bufou o meu nome em frustração. Envolvendo um punhado de cabelo em torno de seus dedos, ele puxou minha cabeça para trás até que engasguei. Seus golpes desaceleraram para uma pulsação mais regular.

– Ouça. Você está ouvindo?

Assenti com a cabeça.

– Olhe para mim.

Eu abri minhas pálpebras e encontrei seu olhar. Imediatamente, seus olhos cinzentos me acalmaram.

– Você precisa me deixar tomar conta, Alayna. Precisa confiar em mim. Eu vou cuidar de você. – Ele não estava falando mais sobre chegarmos a um orgasmo. Estava falando sobre muito mais. – Tudo bem?

Eu confiava nele. Implicitamente. Já tinha lhe dito isso vezes sem conta.

Mas, mesmo com as minhas declarações frequentes, ainda estava me recuperando de seu recente abandono e a dor permanecia pairando sobre mim. Dizer que eu confiava nele era mais fácil do que realmente me deixar abandonar em uma atitude de confiança.

Hudson estava me pedindo para fazer isso agora.

E eu não iria desapontá-lo.

– Tudo bem – respondi.

– Ótimo. Agora, vamos fazer isso. – Com uma das mãos ainda puxando meu cabelo, ele desceu a outra para meu clitóris, onde esfregou o dedo em círculos de uma forma muito experiente. – Segure-se na mesa.

Mudei minhas mãos de lugar para agarrar a borda da mesa. Ele acelerou o ritmo de suas estocadas, sua ponta batendo naquele lugar dentro de mim, enquanto seu polegar massageava do lado de fora. A sensação concentrada naquela área começou a aumentar rapidamente. Logo, senti um aperto no meu ventre e minhas pernas começaram a formigar.

E Hudson estava sentindo isso também.

– Ah, Alayna. Sua boceta é tão deliciosa. Tão apertada. Você me deixa muito duro. E vou gozar muito...

Ele acelerou o ritmo novamente e o som de nossos corpos batendo e suas palavras durante o sexo me faziam ficar mais louca a cada instante.

Quando eu estava prestes a chegar ao orgasmo, ele levantou meu quadril e me penetrou com golpes rápidos que nos levaram ao orgasmo ao mesmo tempo, com um gemido compartilhado. Ele se esfregou em mim durante vários segundos, derramando tudo o que tinha, meus próprios fluidos misturando-se com os dele.

— Melhor? – perguntou antes de eu voltar a respirar normalmente.

— Sim. Muito. – Mas mesmo quando ainda estava me deliciando com os efeitos de meu clímax, reconheci que tinha acabado de fazer a coisa que sempre o acusei de fazer, usar o sexo para resolver um problema. – Eu, hum, eu sinto muito por...

— Shh. – Hudson colocou um dedo sobre meus lábios e sorriu. – É bom estar do lado oposto de vez em quando.

— Bem, obrigada.

Beijei o dedo dele, em seguida, prendi as mãos em volta de seu pescoço.

— Sempre que você precisar, fico feliz em foder para longe as suas aflições.

Eu ri. Depois de me limpar e colocar minha calcinha de volta, eu o deixei sozinho, para que Hudson pudesse realizar as tarefas que ele considerava necessárias para nossa proteção.

Celia não estava à vista quando entrei na parte de trás do Maybach, mas eu tremia, ainda sentindo os olhos dela em mim desde a última vez que tinha estado no carro. Hudson acreditava que poderia nos livrar dela, e eu tinha total confiança nele.

Mas como eu amava aquele homem mais do que já amara alguém, era totalmente plausível que a minha fé fosse tendenciosa.

7

Em vez de voltar para a boate, decidi tirar a noite de folga. Além disso, Hudson e eu tínhamos planejado um pouco antes, naquela manhã, estar em casa cedo para jantarmos juntos. E mesmo que os novos acontecimentos da tarde fossem mantê-lo mais tempo no trabalho, eu não queria desperdiçar os esforços do cozinheiro.

Na cobertura, coloquei nossas bandejas na bancada aquecida e me sentei à mesa da sala de jantar mordiscando minha salada, enquanto tentava me concentrar em um novo livro. Eu tinha escolhido *O amante de lady Chatterley,* de D.H. Lawrence, na esperança de que ele ajudasse a me concentrar nos aspectos amorosos e sexuais da minha vida, e não no medo que Celia tinha instilado em mim.

Mas a leitura exigia mais atenção do que eu era capaz de dedicar à tarefa naquele momento. Desistindo, joguei o livro sobre a mesa. Um cartão branco apareceu por entre as páginas na parte inferior do volume. Não o tinha visto antes. Quando atirei o livro, o cartão deve ter se soltado de onde ele estava preso lá dentro. Folheei o livro até a página marcada por ele e, em seguida, virei o cartão para ver se o outro lado também estava em branco.

Não estava. E o nome na parte de trás quase me fez derrubar o cartão.

Com uma mão no peito, tentei respirar para fazer o meu ataque de pânico diminuir. Hudson havia encomendado os livros à Celia e sua empresa de decoração de interiores, então era natural que ela fosse deixar seu cartão de visitas entre as páginas.

Exceto que os livros eram novos. E a página que o cartão marcava tinha uma citação destacada em amarelo: "Ela estava sempre esperando, isso parecia ser o seu ponto forte."

Celia fora quem marcara essa citação? E ela marcara isso para mim ou para Hudson? E, independentemente de seu alvo, o que ela quisera dizer com isso?

– Bom livro?

Eu pulei, com o susto da voz de Hudson atrás de mim. Eu estava muito absorvida no livro e na marca de Celia dentro dele para ouvi-lo entrar.

Ele se inclinou para beijar meu pescoço.

– Desculpe, eu não tive a intenção de assustar você.

– Não é isso. Veja. – Mostrei o cartão e segurei o livro para ele. – Eu encontrei este cartão de visita neste livro, é um dos que você me comprou. E esta citação está marcada.

Eu senti o corpo de Hudson esquentar com a raiva. Ele amassou o cartão na mão e o atirou pela sala.

– Filha da puta!

– O que significa isso?

– Quem vai saber? – Respirou fundo e acalmou sua fúria. – Sabe de uma coisa? Nem pense mais nisso. Isso é o que ela quer. Ela quer mexer com você. – Hudson pegou o livro de minha mão e o levou com ele para a cozinha. – Você já comeu?

– Eu esperei por você. Está quente. – Sentei-me em silêncio até que ele voltou com os nossos pratos. – Você pegou a chave dela, certo?

Hudson colocou nossos pratos na mesa.

– Ela não deixou isso no seu livro agora. Deve ter sido antes. Quando ela veio entregar as caixas. – E desapareceu novamente na cozinha.

Isso não tinha sido uma resposta à minha pergunta e sua hesitação me deixou nervosa. Eu esperei até que ele voltasse, desta vez com uma garrafa de vinho.

– Hudson... As chaves?

– Sim. Eu tirei as chaves dela. – Ele encheu um copo para mim e, em seguida, um para si mesmo. O seu já estava na metade antes de eu sequer tomar um gole. – Um dia depois que ela fez a entrega.

Ele não tinha me contado que a tinha visto então. Mas eu também tinha me encontrado com Celia muitas vezes sem dizer a ele, assim achei que era justo.

Em vez de me deter sobre o porquê de ele nunca ter mencionado isso, fiquei pensando sobre as outras coisas que Hudson tinha dito, que Celia devia ter colocado isso nos livros antes de eles terem sido entregues. Havia centenas de livros. Como tinha acontecido de eu encontrar justamente aquele com a nota? A menos que houvesse mais.

– Pode haver notas secretas e mensagens em todos os livros.

Hudson tomou outro gole de vinho.

– Eu vou substituir todos eles.

– Você não precisa fazer isso. – Na verdade, eu já estava planejando vasculhá-los. Curiosidade era bem o meu nome do meio, afinal.

Hudson tornou a encher o copo.

– Eu vou fazer isso, de qualquer maneira.

Ele já tinha tomado sua decisão, e quando fazia isso, não havia como discutir.

Olhei para o relógio no meu telefone. Eram mais de oito horas.

– Você chegou em casa tarde. Isso quer dizer que já tem algumas ideias sobre como lidar com ela?

Hudson não olhou para mim quando comeu um bocado de seu peixe.

– Eu tenho algo em andamento... – respondeu, depois que tinha engolido. – Mas prefiro não falar sobre isso, se você não se importa.

– Hum, sim, eu me importo. Isso me afeta e eu quero saber o que está acontecendo.

Se ele pensava que faria tudo por conta própria, estava muito enganado.

– Você sabe o que precisa saber. Eu contratei seguranças, as novas câmeras serão instaladas na casa noturna amanhã, e tenho algumas ideias preliminares para tentar fazer Celia perder o interesse em seu jogo. – Todo o seu comportamento era desdenhoso.

E o meu comportamento mostrava que eu estava ficando furiosa.

– São ideias que não pretende compartilhar?

– Não, não pretendo.

Coloquei meu garfo no prato, com um pouco mais de força do que pretendia. Ou talvez exatamente com a força que pretendia.

– Hudson, transparência, honestidade... Lembra-se? Você está escondendo algo de mim? É algo ilegal?

– Não. E não. E você disse que confiava em mim. – Ele levantou uma sobrancelha. – Lembra?

– Eu confio em você. Mas nós deveríamos estar juntos nessa e isso não é estar junto. Isso é me manter no escuro, enquanto vai brincar de super-herói. Bem, suponho que esteja brincando de super-herói, porque eu realmente não sei.

Hudson suspirou e fechou os olhos. Quando os abriu de novo, olhou-me diretamente nos olhos.

– Estamos juntos nessa, Alayna. E eu vou contar. Só não agora. – Ele cobriu minha mão com a sua. – Eu prefiro passar a minha noite com você. Sozinhos.

Não tinha me ocorrido que ele precisava de um descanso do assunto. Era assim que Hudson lidava com as coisas, internamente e sozinho. Ambos precisávamos aprender a resolver as coisas como um casal. Mas ele disse que me contaria mais tarde. Talvez hoje à noite ele pudesse abrir mão desse problema, também.

Virei a palma da mão para cima para prender meus dedos nos dele.

– Tudo bem. Chega de conversa sobre Celia.

Trocamos sorrisos. Então Hudson soltou a minha mão para continuar a sua refeição.

Ficamos em silêncio por vários minutos. Hudson terminou a maior parte de seu prato, enquanto eu mexia minha comida sem muita vontade, porque perdera meu apetite há muito tempo. Eu poderia concordar em não falar sobre Celia, tudo bem, mas isso não significava que poderia parar de pensar nela. Essa mulher entrara fundo em nosso relacionamento. Será que ela sabia que consumia nossos pensamentos? Que o nosso tempo juntos, agora, era tão entrelaçado com ela que estávamos praticamente em um *ménage à trois*?

Hudson rodou seu vinho no copo e ficou me olhando.

– Agora você está quieta.

Eu ri.

– Não sei mais sobre o que falar...

Ele passou a mão pelo rosto e eu sabia que ele estava tendo os mesmos pensamentos que eu, sobre como nós não conseguíamos nem mesmo fazer uma simples refeição sem a presença de Celia junto. Hudson abriu a boca para dizer alguma coisa e, por um momento, pensei que iria em frente...

Mas, então, seu rosto mudou e ele ficou decidido.

– Bem, vamos ver. Eu sei como foi hoje. O que há na sua agenda para amanhã? Você vai entrevistar Gwenyth, certo?

– Gwenyth é o nome dela? Hum... – Essa foi a primeira vez que eu ouvi seu primeiro nome completo. E isso me incomodou. Hudson não era de usar apelidos.

– O que isso quer dizer?

– Nada. – Provavelmente, eu estava fazendo uma tempestade num copo d´água. Mas eu não pude evitar de comentar. – Ouvi você chamá-la de Gwen.

Ele deu de ombros.

– É por esse apelido que ela atende, então...

– Você nunca chama as pessoas pelos seus apelidos. – Já estava mostrando minha irritação.

E Hudson também.

– Você está sugerindo que significa alguma coisa especial eu usar o apelido dela?

– Não. – Por que isso me incomodava tanto? – Eu não sei. – Era Celia. O clima tinha sido criado e agora, mesmo que ambos estivéssemos tentando mudar isso, estávamos brigando.

Foi a minha vez de suspirar.

– Eu só estou tensa. Sinto muito.

– Eu sei. Eu também estou. – Hudson tomou outro gole de vinho. – Eu não sei por que a chamo de Gwen. Quando a conheci, foi por esse nome. Acho que está no meu cérebro agora.

– Você não precisa se explicar.

Mas eu estava feliz que ele tivesse explicado.

Tomei um gole de vinho, tentando me concentrar em algo que não fosse irritar nenhum de nós dois. Ele perguntou sobre a minha agenda para o dia seguinte... *Porra*. Lembrei-me de algo que precisava falar. Mas definitivamente não ia ser uma conversa agradável. Poderia muito bem acabar com a noite...

– Sobre amanhã... – comecei timidamente. – Eu tenho planos sobre os quais deveria falar com você.

– É melhor você não estar planejando uma corrida no Central Park. O seu novo guarda-costas vai impedir no ato. – O tom de voz era leve, mas seus olhos diziam que ele estava falando sério.

– Eu disse que não iria correr lá fora. Confie em mim, *isso* funciona nos dois sentidos, como sabe. Vou ter a oportunidade de conhecer esse guarda-costas? Ele também é bonitão, mas não disponível, porque é gay?

Hudson sorriu.

– Isso não é nem um pouco engraçado.

Eu bati no joelho dele de brincadeira por baixo da mesa.

– Claro que é engraçado, olha a sua cara.

– Vou apresentá-lo no seu turno de amanhã. Ele não é gay. E eu confio em você, por isso não estou preocupado se o cara é bonitão ou não.

– Bom garoto.

– Agora, o que você precisa me dizer? – Hudson provou o risoto e fixou sua atenção em mim.

Fiz uma pausa, odiando ter que destruir o clima mais leve.

– Eu vou, hum, almoçar com Mira amanhã. E Jack.

Hudson congelou, deixando o garfo no ar.

– O que você disse?

O olhar em seu rosto me disse que ele tinha ouvido muito bem. Mas decidi jogar junto, tentando parecer mais confiante na segunda vez.

– Amanhã vou almoçar com sua irmã e seu pai.

– Nem a pau que vai... – Seus olhos brilhavam com fúria.

Sua reação não foi uma surpresa, mas lutei para não entrar imediatamente na defensiva.

– Estou supondo que é a parte com o Jack que o está chateando, e não a parte com Mira.

Sua mandíbula se contraiu.

– Eu não estou chateado com nada disso, porque você não vai almoçar com meu pai.

Com toda leveza que fui capaz de reunir, retruquei:

– Não tenho bem certeza se você pode me dizer o que eu devo ou não fazer.

– Ah, sim, eu posso.

Resmunguei, passando minhas mãos pelo meu cabelo.

– Hudson, isso é ridículo. Eu já lhe disse antes, não sou Celia. Eu não vou dormir com o seu pai, mesmo se ele vier para cima de mim. O que ele não vai fazer, porque sua irmã mais nova vai estar presente.

Hudson limpou a boca com um guardanapo e o jogou no prato.

– Por que você precisa passar um tempo com ele?

– Eu não *preciso*. E nem pretendia fazer isso. Mira não queria ficar sozinha com ele e então me ofereci para ser um amortecedor.

– Ela não precisa de um amortecedor. Cancele esse encontro e tome um café com ela mais tarde. Apenas com Mira.

Considerei a sugestão por cerca de meio segundo. Então, abandonei a ideia e comecei a ficar com raiva.

– Eu não quero cancelar. Eu quero almoçar com Mira. E Jack. Eu gosto dele. Não é porque estou a fim dele, mas porque ele é seu pai. Não tenho mais um pai e a ligação com Jack me faz sentir bem. – Minha voz falhou, mas continuei. – Talvez ele não seja um substituto à altura, mas é a coisa mais próxima que eu tenho disso. Além do mais, conhecer Jack me ajuda a me sentir mais próxima de você. Enquanto você esconder as coisas de mim, H, preciso de todo o acesso a você que conseguir obter.

– Alayna...

Imediatamente me senti mal.

– Essa última parte foi desnecessária. Sinto muito.

Hudson empurrou sua cadeira para longe da mesa. Então, estendeu a mão e me puxou para o seu colo.

Isso foi melhor. A tensão que pairava densamente no ar entre nós começou a se dissipar.

Ele passou a mão para cima e para baixo no meu braço.

– Não estou escondendo as coisas de você, Alayna. Realmente, não estou. Eu só quero uma noite sem... ela.

– Eu sei... – respondi, enterrando-me mais fundo em seu peito.

– E, por favor, não use o meu pai para se aproximar de mim. Ele não é o caminho para o meu coração.

– Onde está o caminho para o seu coração?

Com um dedo, ele levantou meu queixo para encontrar seus olhos.

– Você não sabe? Você foi quem o pavimentou.

Segurei as lágrimas, não querendo estragar aquele momento com choro.

– Não pense que vou cancelar o meu almoço só porque você está sendo um fofo.

Ele riu.

– Não se preocupe. Não vou pensar... Almoce com ele, se é isso que você quer. Pelo menos eu sei que estará a salvo de Celia com ele por perto. Eles não são mais amigos, como sabe... E eu não iria negar-lhe algo que a faz se sentir bem.

Querendo manter aquele clima mais leve, optei por responder de brincadeira.

– Não é o seu direito me negar nada, de qualquer maneira.

Ele fingiu suspirar.

– Eu odeio isso.

Uma onda de emoção varreu meu corpo. Deus, este homem... Ele parou todo o seu mundo para olhar por mim, para cuidar de mim, e agora aceitava a minha decisão de me encontrar com seu pai, uma decisão que deveria estar rasgando-o por dentro. Talvez ele não fosse o cara perfeito, mas estava muito próximo disso.

Passei meus braços ao redor de seu pescoço e o segurei com força.

– Eu amo você.

– E é por isso que vou deixar você ganhar esta discussão.

Eu me afastei para encontrar seus olhos, a minha sobrancelha levantada.

– *Deixar?*

– Por favor, me faça essa vontade...

– Que tal isso... – Mudei minha posição, assim pude ficar montada nele. – Que tal deixarmos de conversa e começarmos uma atividade onde ambos podemos ganhar?

– Podemos ganhar duas vezes?

– Querido, podemos ganhar três vezes, se você estiver a fim.

A protuberância crescendo abaixo de mim me disse o que ele estava pensando antes mesmo dele responder.

– Agora isso me parece uma boa ideia.

Mira bateu nos lábios franzidos com um dedo cuja unha estava bem-feita.

– Eu só não entendo por que Hudson não quis lhe contar o que está planejando. Não faz sentido.

Quando me encontrei com Mira para o almoço no dia seguinte, não tinha a intenção de contar a ela sobre a perseguição de Celia, mas as palavras jorraram no momento em que eu a vi. Se Jack estivesse presente, sabia que não teria compartilhado tanto, mas seu atraso me estimulou a contar tudo, inclusive a resistência de Hudson quando eu lhe perguntei sobre suas ideias para lidar com aquela vaca. Ele tinha me dado uma razão válida para não me passar mais informações, mas isso continuava a me perturbar.

Talvez estivesse sendo injusta.

– Pode ser que Hudson realmente não quisesse mais falar sobre isso. Só que, não sei, parecia muito evasivo... – Abri um pacote de uma coisa cor-de-rosa e pus no meu chá gelado, mexendo.

Mira franziu o cenho.

– Você está com medo de que ele esteja escondendo algo de você de propósito?

– Não. – Mas não tinha certeza. – Eu não sei.

Ela balançou a cabeça, negando, seu cabelo balançando contra os ombros com o movimento.

– Também não sei. Sinto muito.

Seu pedido de desculpas me pegou de surpresa.

– Por que você está se desculpando? Não tem nenhum motivo para isso.

– Ele é meu irmão. – Quando Mira percebeu que isso não explicava absolutamente nada, continuou: – Eu sinto que eu deveria entendê-lo melhor, mas não entendo.

– Ninguém o entende. – Será que ninguém nunca o entenderia? Às vezes, eu achava que talvez pudesse, mas, na verdade, será que eu poderia?

– As senhoras estão prontas para pedir? – A pergunta do garçom levou meus olhos de volta para o cardápio, que eu tinha colocado de lado. Ainda não decidira que prato eu pediria, estando mais ocupada em conversar com Mira.

O garçom percebeu minha hesitação.

– Ou vocês preferem esperar por seu outro convidado?

Mira olhou para mim. Ela já sabia o que queria para o almoço.

– Vamos esperar.

– Muito bem.

O garçom nos deixou para atender suas outras mesas.

Peguei meu cardápio e esquadrinhei os itens de almoço. Mas minha mente ainda estava na conversa. Baixei o cardápio e me inclinei para Mira.

– Sabe o que é? Tenho medo de que a verdadeira razão pela qual Hudson não me contou o que planejou é porque ele não tenha nada planejado.

– E ele simplesmente não admitiria isso?

– Não. – Hudson jamais me deixaria pensar que ele não tem o controle completo sobre a situação. – Ele quer que eu me sinta segura.

Mira sorriu.

– Claro que ele quer. – Nunca houve qualquer dúvida de que a garota tinha fé em seu irmão. – Laynie, ele vai vir com algo.

Eu sei disso. E seja o que for, ele vai fazer um bom trabalho. Hudson está muito comprometido e vai fazer o que tiver que ser feito para resolver o problema. Sei que é uma comparação horrível, mas veja como ele esteve dedicado a manter o segredo de Celia. Tudo para protegê-la.

– Ele não estava protegendo Celia. – Jack sentou-se na cadeira entre mim e Mira. – Desculpe o atraso. Trânsito. Eu não sabia que você iria se juntar a nós, Laynie. Que surpresa agradável!

Mira falou antes que eu pudesse dar minha própria saudação.

– Você está sugerindo que Hudson estava protegendo você? Porque isso me dá enjoos.

E passou-lhe o cardápio sem nem olhar para Jack.

– Ah, eu sei o que vou pedir – disse ele, colocando o cardápio para o lado, sem dar a entender que tinha percebido a hostilidade de Mira. – Ele estava protegendo sua mãe. Ele não queria que ela sofresse com a minha infidelidade.

Mira olhou para mim.

– Ainda assim, é uma comparação válida, Hudson vai fazer muito mais por você do que ele faria por mamãe. – Mais uma vez, antes que eu tivesse a chance de falar, ela se voltou para o pai. – E você diz isso como se fosse irracional pensar que ela sofreria com isso.

– É irracional achar que ela se importe. – Jack sacudiu seus ombros, provavelmente tentando aliviar a tensão.

A mandíbula de Mira se apertou, da mesma forma que a de seu irmão apertava quando ficava irritado.

– Graças a Deus ele não herdou crueldade de você.

– Não, ele herdou isso de Sophia.

Os olhos dela se arregalaram. Inclinando-se para frente, Mira sussurrou asperamente:

– Será que você pode parar?

Meus olhos pulavam de um para o outro, enquanto eles se atacavam. Que ideia eu bancar o amortecedor entre esses dois. Hudson tinha razão, Mira definitivamente não precisava de um.

Jack apoiou as palmas das mãos sobre a mesa e se virou para a filha.

– Mirabelle, eu não sou insensível e nem cruel. Você acha que foi crueldade minha trair sua mãe. Sim. Foi. E ainda é. Eu não sou perfeito.

Os olhos de Mira estavam cheios de lágrimas e, de repente, reconheci que sua raiva era dor, na verdade.

– Mas você tem que entender, querida, que Sophia também é culpada. Ela não é uma mulher fácil de se amar.

Mira enxugou uma lágrima perdida que desceu pelo rosto.

– E você a ama, papai?

Jack estendeu a mão para pegar a mão de Mira.

– Sim. Eu a amo. Claro que a amo.

– E você diz isso para ela?

– Todos os dias.

Mira sorriu. Mas foi um sorriso breve. Ela retirou a mão da dele.

– As ações falam mais alto do que as palavras, você sabe disso.

Eu tinha estado em silêncio até agora, deixando que pai e filha dissessem as coisas que precisavam ser ditas, enquanto ficava sentada ali como uma voyeur. Mas não pude deixar passar esse último comentário sem reagir.

– Às vezes.

Jack e Mira olharam para mim como se tivessem acabado de se lembrar de que eu estava lá.

Ou talvez eles quisessem alguns esclarecimentos. Eu não estava a fim de mudar a conversa para algo do tipo Hudson-não-disse-que-me-ama, então simplesmente expliquei:

– Às vezes, seria bom ter as duas coisas.

O retorno do garçom me salvou de ter que dizer mais. Como todos já sabiam o que queriam pedir, pedi por último, uma salada do chef.

– E posso pedir um Manhattan? – Jack perguntou antes que o garçom saísse.

– Para o almoço, pai? Sério?

– Ei, não sou eu quem tem problemas com a bebida.

Eu me preparei para a reação de Mira. Geralmente, ninguém falava sobre o alcoolismo de Sophia. Eu não tinha certeza se Mira reconhecia o problema ou se estava em negação.

Seus olhos escuros nem sequer pestanejaram.

– Mas você certamente facilita. – Aparentemente, ela não estava em negação. – Você não pode simplesmente tomar um chá? Ou água?

– Ah, pelo amor de Deus. Sua mãe não está nem mesmo aqui. – O olho de Jack tremeu, outro traço que Hudson demonstrava quando estava chateado. – É muito tentador para você, minha querida? Porque não me parece que você tocou sua água. Tenho certeza de que preferia beber algo mais forte.

Mira cruzou os braços sobre a barriga e bufou.

– Eu não me importo com o que você bebe. Não estou com sede. Estou guardando lugar para o meu prato.

Finalmente, houve uma pausa em suas discussões e procurei então outro tópico para conversarmos, mas antes que eu pudesse pensar em um, Jack tomou a frente.

– Agora, o que é isso sobre Celia e Hudson?

Eu me encolhi com o som de seus nomes juntos. Como se fossem um casal.

Os olhos de Mira se iluminaram.

– Posso contar a ele?

– Ah, meu Deus, não.

Embora ele nunca tivesse dito isso claramente, eu tinha a sensação de que Hudson preferia manter seu pai fora de sua vida privada.

Mira não tinha tais barreiras.

– Vou contar a ele.

Sem esperar por meu consentimento, Mira contou uma versão condensada da história que contara a ela, sobre Celia estar me seguindo, as notas nos livros, Hudson tentando formular um plano.

Quando terminou, percebi que estava corando. Toda a atenção focada em mim era uma coisa embaraçosa.

– Não é realmente grande coisa. Eu acho que exagerei ao trazer esse assunto à baila.

– Não, você não exagerou!

Jack encontrou meus olhos, sua expressão tensa.

– Mira tem razão. Celia não é uma ameaça para não se levar a sério.

– Está vendo aquele cara ali? – Apontei para um homem sentado sozinho, a algumas mesas de distância. – Ele é meu novo guarda-costas. Acredite em mim, não estamos deixando de levar isso a sério. – Lembrar-me dessa nova adição à minha vida renovou a minha ansiedade sobre a situação.

– Bom. Hudson está atento. Isso me faz sentir melhor.

A preocupação de Jack não estava ajudando.

– Por quê?

Ele pareceu surpreso com a pergunta.

– Eu me preocupo com você, Laynie.

Endureci as costas, com medo de onde sua declaração estava indo. Se Jack percebeu, isso não o impediu de continuar.

– Você é parte da família agora. Você é uma parte importante da vida de Hudson e ele – e eu – ficaríamos arrasados se algo acontecesse com você.

– Obrigada, Jack. Realmente aprecio sua preocupação. – É claro que o seu afeto era inocente. Eu me critiquei por, momentaneamente, pensar de outra forma. E suas palavras eram um bálsamo inesperado. – Eu me preocupo com você também. – Corri meus olhos para Mira. – Com todos vocês. – Talvez não com Sophia, mas isso não precisava ser dito em voz alta.

Eu engoli o nó de emoção na garganta e continuei:

– O que eu quis dizer, no entanto, é por que Celia preocupa você? Por que ela se importa tanto em me magoar? Ela age como uma amante ciumenta. Ela e Hudson ficaram juntos?

– De jeito nenhum – disse Mira, ao mesmo tempo em que Jack completou:

– Eles nunca estiveram juntos.

– Mas Hudson é tão reservado. Ele pode não ter contado a nenhum de vocês. Vocês não podem saber disso com certeza.

– Eu sei com certeza. Hudson nunca esteve com ela, de maneira alguma. – Não foi essa a primeira vez que Mira deu sua opinião sobre o assunto.

Jack concordou.

– Ele está com raiva de Celia desde que ela me seduziu.

Mira fez uma careta.

– *Seduziu você?* Como se você não fizesse parte disso.

– Sim, eu fiz parte disso. – Jack sorriu maliciosamente. – Mas há muitos poucos homens que recusariam uma mulher nua em seu quarto, não importa o seu estado civil.

– Ah, eu não sei. Não é algo insólito. – Paul Kresh veio à minha mente. Eu fiquei nua em seu escritório uma vez. Tudo o que me valeu foi uma prisão.

O garçom entregou a bebida de Jack. Mira revirou os olhos, mas não fez mais comentários sobre aquela escolha.

Quando o garçom saiu, ela perguntou:

– Se Hudson ficou tão revoltado assim com Celia, por que eles se mantiveram amigos?

Essa pergunta de Mira era uma que eu tinha me feito muitas vezes ao longo das últimas semanas. Nunca me ocorreu que Jack pudesse ser o único com a resposta.

Ele tomou um gole de sua bebida e recostou-se na cadeira.

– Hudson se culpa por quem ela é agora. Ele sente uma espécie de responsabilidade por Celia.

A testa de Mira torceu-se em confusão.

– Eu não entendo. Por que meu irmão seria responsável por quem é ela?

Aparentemente, Mira não sabia sobre a verdadeira história de Celia e Hudson, como ele a manipulara para fazê-la se apaixonar por ele e, em seguida, dormiu com sua melhor amiga. Foi essa traição que a tinha levado a dormir com Jack. Como uma espécie de vingança.

Jack encontrou meus olhos, confirmando que ele sabia mais do que sua filha.

– É uma história longa e complicada. Se você quiser saber mais sobre isso, vai ter que perguntar a Hudson. Ou a Celia.

– Tudo bem, isso não vai acontecer.

Usando a colher, Mira pescou um cubo de gelo de seu copo de água ainda cheio e o enfiou na boca. Surpreendentemente, ela não insistiu em saber mais sobre a "história longa e complicada".

Embora ouvir Jack falar sobre as coisas fosse interessante, minha pergunta ainda continuava sem resposta, e isso estava me perturbando.

– Tudo bem, eles eram amigos, ele a apoiou e nunca esteve a fim dela... Celia sabe disso... Mas então, por que está atrás de nós?

Jack suspirou.

– Não faço ideia. É provavelmente mais um dos seus jogos. Ela gosta muito disso, você sabe. E é muito boa em jogar. Celia é uma mulher calculista e conspiradora e detesta perder...

– Ótimo. – Esfreguei minha mão na testa, tentando aliviar a dor de cabeça que se aproximava rapidamente. – Como diabos você conseguiu ficar fora do alcance dela?

– Deixei que Celia pensasse que tinha ganhado.

As nossas refeições chegaram, e a conversa ficou mais leve, girando em torno do bebê de Mira, de sua decisão em não saber se estava esperando um menino ou uma menina e sobre as cores que estava planejando para o quarto dele. Apesar da tensão anterior entre ela e Jack, os dois se acomodaram num clima mais cordial, e eu me vi mais relaxada do que tinha estado em dias. O almoço com eles dois era justamente do que eu precisava.

Quando terminamos, Mira pediu *crème brûlée* de sobremesa e café. Ficamos saboreando as sobremesas e curtindo a companhia um do outro. Finalmente, Mira afastou seu prato.

– Deus, estou satisfeita. E tenho que ir ao banheiro. De novo.

Eu tinha ido com ela na primeira vez, mas agora escolhi ficar para trás, ansiosa para trocar algumas palavras em particular com Jack. Essa provavelmente seria a minha única oportunidade, afinal de contas.

Quando Mira estava fora do alcance da minha voz, virei-me para ele:

— Jack, eu tenho uma pergunta pessoal para você, se não se importa.

— São quinze centímetros e meio. Mas não é o tamanho que importa, é o que você faz com ele. — O senso de humor sujo de Hudson, obviamente, vinha de seu pai.

Revirei os olhos.

— Estou falando sério.

Ele olhou para mim como se estivesse preparando uma réplica, mas talvez o brilho no meu rosto o tenha feito mudar de ideia.

— Tudo bem. Manda.

— Sophia me disse uma vez que Hudson era um sociopata. Você acredita nisso também? — Fui contundente demais, talvez, mas eu sabia que Mira estaria de volta em breve; não tinha certeza se Jack seria honesto em suas respostas com a filha por perto.

— Sophia ainda está falando essa besteira? — Jack balançou a cabeça, a expressão no rosto era uma combinação de desgosto e cansaço. — *Um único* psiquiatra sugeriu isso, *uma* vez, um punhado de anos atrás. Hudson nunca foi clinicamente diagnosticado como tal, e não, eu não acredito nisso. Esse rapaz se importa, sim. Muito. Ele só não se vê sempre capaz de expressar o que sente. A culpa é da Sophia, também.

Deixei escapar um suspiro que não sabia estar segurando. Não importava a resposta de Jack, porque eu já sabia o que Hudson era e o que não era. Mas ouvir os detalhes sobre as alegações de Sophia, e saber que o pai dele não concordava, foi um alívio.

Mas as palavras de Jack trouxeram outra questão, que me havia atormentado desde o momento em que conheci a mãe de Hudson.

— Por que você culpa Sophia pelo fato de Hudson não saber expressar seus sentimentos? Eu não acho que você se referia apenas aos problemas com bebida. O que ela fez com ele?

– Bem, se vou lhe explicar isso, então você vai perceber que eu sou o culpado também.

– Eu posso lidar com isso.

– Mas e eu, posso? – Jack pensou por um momento. Então suspirou. – Sophia nem sempre foi dura como ela é agora. Quando nos casamos, ela era refinada e séria, mas podia ser divertida, também. Mas então comecei a construir as Indústrias Pierce. Eu não tinha dinheiro como a família de Sophia. Seus pais estavam convencidos de que ela se casara com alguém de um nível inferior, socialmente falando. Mas eu queria provar que eles estavam errados, provar que eu poderia ser o homem com quem Sophia deveria ter se casado.

– E você fez isso.

Ainda que Hudson tivesse levado as Indústrias Pierce às alturas, fora Jack que construíra uma base sólida.

– Sim, fiz. E Sophia queria isso também. Mas ela não esperava que fosse tão difícil ser a esposa de um homem que era casado com o seu trabalho. E decidiu que eu a estava traindo muito antes de que realmente tivesse feito isso.

Seus olhos estavam nublados de tristeza, ou talvez de arrependimento.

– Não estar por perto, esse foi o meu erro. Sua solidão a levou a beber. E o álcool a tornou mais fechada. Por isso, a minha vida se tornou um círculo vicioso, eu não estava em casa por causa do trabalho e quando estava em casa, preferia não estar, porque a minha esposa era uma cadela insensível. Eu me joguei ainda mais no trabalho só para evitá-la.

Escondi meu sorriso. Se eu tivesse que viver com Sophia, teria feito a mesma coisa.

Lendo minha mente, Jack piscou, mas seu tom sombrio permaneceu.

— Finalmente, ela percebeu que a única pessoa pela qual eu ia para casa era Hudson. Ele era meu filho. Meu primogênito. Eu tinha tempo para ele sempre que podia. — Os olhos de Jack brilharam com um amor que só existia entre um pai e seu filho.

Isso fez o meu coração disparar, porque senti que realmente amava esse homem que amava tanto o meu homem.

Jack girou o dedo ao redor da borda de sua xícara de café.

— Sophia usou meu filho para me atingir. Ela o balançava na minha frente para chamar minha atenção e o arrancava de mim tão rapidamente quanto possível. Hudson sempre foi um garoto esperto. Ele aprendeu muito cedo que sua mãe o usava como isca. Pobre rapaz, foi pego no meio de tantos jogos manipulativos. Não foi à toa que ele se tornou bom em todos eles.

Meu peito doía, imaginando Hudson como um garotinho, apenas querendo ser amado por seus pais, em vez de ser usado como um peão.

— Foi a mesma coisa com Mira?

— Não. Hudson já havia se tornado o rival de Sophia quando Mira veio. Às vezes acho que ele brigava com a mãe apenas para manter sua irmã longe do foco da mãe. — Essa ideia parecia deixar Jack orgulhoso. — Agora, isso lhe parece a atitude de um sociopata?

— Não. Não parece. Mas eu já sabia disso. Hudson tem muito amor nele. — Ou eu estava apenas me enganando? Se ele realmente me amava, por que não podia me dizer isso?

Eu senti uma presença se aproximando atrás de mim, e me virei, esperando ver Mira.

— O que diabos você está fazendo aqui com ela?

Não era a filha de Jack.

Era sua esposa.

8

Os dedos de Sophia agarraram a parte de trás da minha cadeira.

– Celia não foi suficiente? Agora você tem que roubar mais esta de Hudson? – Sua voz era muito alta e as pessoas próximas já estavam começando a murmurar.

O rosto de Jack disse que ele estava tão surpreso pela presença de sua esposa quanto eu.

– Sophia. O que você está fazendo aqui?

– Espionando você, *obviasmente*. – Ela quis dizer "obviamente", mas suas palavras estavam arrastadas e difíceis de entender. Eu nunca tinha visto Sophia desse jeito, tão intoxicada.

– Você está bêbada.

– Isso é *irrevelante*. Irreverente. – Sophia caiu no assento vazio de Mira. – Isso não importa.

– E como você adivinhou o lugar onde me procurar?

Sophia sorriu.

– Mira. Ela me disse que estaria almoçando com você. Eu decidi vir para ver a mentira. Para ver as mentiras. Para ouvir as suas mentiras sobre mim desta vez. Agora, a coisa toda é uma mentira. Agora, você está usando sua filha para cobrir as suas traições, é isso?

– Mãe?

Desta vez, a pessoa atrás de mim era quem eu estava esperando.

Sophia pegou a mão de sua filha com as suas.

– Mira! Olha quem eu encontrei com seu pai agora. A nova garota do Hudson.

Mira olhou em volta para as pessoas que estavam olhando, enquanto acariciava a mão de sua mãe.

– Mamãe, papai não está com Alayna. Ele está comigo. Eu disse que estaria aqui. Fui eu a pessoa que convidou Alayna. – Ela falava com Sophia como se a mãe fosse uma criança.

As lembranças de ajudar o meu próprio pai bêbado emergiram até a superfície da minha mente. As situações públicas eram as piores. Em casa, meu pai poderia gritar, chorar e fazer papel de bobo à vontade. Nós o deixávamos fazer sua bagunça e o limpávamos depois. Quando havia outras pessoas ao redor, nós tínhamos que ser responsáveis e esperar que ele não se humilhasse completamente.

A expressão no rosto de Mira disse que ela estava esperando exatamente a mesma coisa.

– Você convidou essa puta?

Tarde demais, Sophia já tinha passado do nível da vergonha. Embora seus ataques contra mim já fizessem parte da rotina.

– Sim, convidei. Mas não convidei você. Por que você está aqui? – Mira esperou apenas um segundo antes de continuar. – Não importa. Mãe, você está bêbada. Precisamos levá-la para casa. Como chegou até aqui, de táxi?

– Não.

– Como chegou aqui? – Mira sinalizou para o garçom para trazer a nossa conta. Era admirável como tomava a liderança. Imaginei que era um papel com o qual já estava acostumada.

– Frank... – Sophia fez uma pausa, como para se certificar de que era a resposta certa. – Sim, Frank está lá fora em algum lugar.

– Eu vou ligar para ele. – Jack já estava puxando o seu telefone.

Mira se abaixou até sua mãe para falar:

– Vou levá-la para a calçada, tudo bem?

Jack ficou em pé.

– Não, Mira. Deixe. Frank? – ele falou em seu celular. – Sophia e eu estamos prontos para ir para casa. Certo. Vamos esperar lá fora.

Depois guardou o celular e foi ajudar Sophia a ficar em pé.

– Você veio dirigindo, papai? – As palavras de Mira eram banais, do cotidiano, mas seus olhos estavam cheios de carinho.

– Sim, meu carro está com o manobrista.

Sophia caiu contra Jack. Ela estava desmaiando.

Mira bateu suavemente no rosto de sua mãe.

– Mãe, você está quase lá. Aguente até chegar no carro. – Quando Sophia abriu os olhos, Mira disse a Jack. – Eu peguei um táxi. Então, posso levar seu carro até em casa.

Ele enfiou a mão no bolso e tirou um comprovante do manobrista.

– Obrigado, boneca.

Mira pegou o papel e assentiu. Em seguida, desabou em sua cadeira.

Eu vi quando Jack levou Sophia para fora do restaurante. Havia amor na maneira gentil como a segurava, na forma como ele a apoiou na caminhada até lá fora.

Quando me virei para Mira, descobri que ela estava chorando.

– Não ligue para mim. – A garota abanou o próprio rosto, como se o vento pudesse afastar as lágrimas. – Choro por qualquer coisa nesses dias...

– Eu acho que isso foi uma coisa válida para se chorar.

Ajeitei-me na cadeira. Não que estivesse desconfortável com a emoção de Mira, mas eu queria saber como acalmá-la. O melhor que pude fazer foi colocar a mão em seu joelho.

– Por quê? Eu já deveria estar acostumada com isso, não deveria?

Eu não disse nada. Porque sabia que ela não queria uma resposta, queria alguém para ouvir. Quanto a mim, eu nunca tinha me acostumado a isso. Mas Mira era mais velha do que eu quando meu pai morreu. Provavelmente estaria acostumada com isso, nesta altura.

Mira olhou em direção à entrada do restaurante. Mesmo que seus pais já estivessem longe, eu sabia que ela os estava imaginando lá.

– Só fico pensando, essa vai ser a avó do meu bebê. Será que eu quero expor meu filho a esse tipo de coisa?

Deus, isso era uma coisa que eu nunca tinha pensado. Se Hudson e eu tivéssemos uma criança...

Balancei a cabeça para afastar o pensamento.

– Não posso imaginar como deve ser. Sei como é difícil ter um pai alcoólatra, eu vivi isso, é constrangedor. Ela já foi para a reabilitação?

– Não. – Mira riu, como se fosse algum tipo de piada interna. – Mamãe não aceita nem mesmo falar sobre isso.

– Você a forçou a falar sobre isso? Como uma intervenção? Não estou dizendo que uma intervenção seja divertida, ou fácil, mas isso pode dar certo. Já vi isso acontecer, em primeira mão, para falar a verdade.

– Com o seu pai?

– Não. Ninguém nunca fez uma intervenção com ele. O que lamento profundamente. Imagino se as coisas não seriam diferentes se...

Quantas vezes me perguntei se minha mãe poderia ter mudado alguma coisa? Se seu chefe, seus amigos, Brian, eu e nossa mãe falássemos com ele e exigíssemos mudanças... Isso poderia ter salvado a vida dele? Salvado a vida da minha mãe?

Eu nunca saberia a resposta.

– Bem, seja como for... Isso é passado. Mas eu estava falando de mim. – Limpei minha garganta, surpresa por estar compartilhando algo tão pessoal com alguém que eu admirava. – Eu sofri uma intervenção.

– O quê? Quando? Por beber? – Minha confissão pareceu chocar tanto que Mira parou de chorar.

– Por obsessão nos relacionamentos, na verdade. Eu não tinha muitas pessoas na minha vida para cuidar de mim na época, mas fui parar na delegacia e...

– Espere um minuto... Por *obsessão*?

Vi minhas mãos se retorcendo no meu colo.

– Por perseguir pessoas. – Olhei para cima, e vi Mira de boca aberta. – Eu sei. É embaraçoso. – Engoli minha humilhação e me concentrei no objetivo, que era compartilhar minha história. – Bem, meu irmão e um grupo de amigos que eu tinha na época, todos me abandonaram porque eu era uma merda total para todos eles. Então, um dia eles me sentaram e me convenceram a procurar ajuda. Honestamente, eu só fui porque, se não concordasse, teria ficado um tempo na prisão. Mas ver todos reunidos assim, sabendo que as pessoas se importavam comigo e com o que eu estava fazendo, e com o que tinha acontecido comigo... Bem, isso significou muito.

Mira levou a mão à boca.

– Alayna, eu não sabia. – Seus olhos ainda brilhavam com as lágrimas, mas eu podia ver outra coisa também, não era desgosto, como esperava, mas compaixão. – Você deu a entender que teve um passado complicado, mas... Eu não sabia.

– Claro que não. Por que você saberia?

– É, acho que não...

– Meu objetivo de lhe contar isso é que aprendi com toda a minha terapia, que a maioria dos vícios é realmente apenas um grito por amor. E a coisa louca é que, quanto mais você se vicia em alguma coisa, mais difícil é olhar para cima e ver todo o amor que existe ao seu redor. Para aquele que está de fora, pode ser difícil abrir a couraça protetora. Mas, às vezes, você mesmo pode romper a casca, enquanto estiver disposto a tentar.

Dava para ver as engrenagens girarem na cabeça de Mira, enquanto ela processava tudo aquilo que eu havia dito. Mas a garota não disse mais nada. E, em seguida, o garçom estava lá, dizendo que Jack tinha pagado nossa conta na saída, portanto nosso almoço tinha terminado.

– Segunda-feira para as provas das roupas? – perguntou Mira ao nos separarmos.

– Sim. Estou ansiosa por isso.

Peguei meu telefone, pronta para mandar uma mensagem de texto para pedir o carro, quando vi Jordan esperando por mim do outro lado do saguão da entrada. Com o meu guarda-costas a reboque, caminhei para falar com o meu motorista.

– Jordan, há algo de errado?

– Não exatamente, srta. Withers. Mas eu queria avisá-la de que a srta. Werner está lá fora. Ela esteve aqui durante todo o almoço.

– Que merda. – Que idiota eu fui de pensar que guarda-costas e familiares dos Pierce iriam me proteger de Celia. – O que ela está fazendo?

– Nada. Sentada em um banco na rua, só isso. Ela até acenou para mim.

– Sim, ela é uma perseguidora muito amigável, não é? – Mordi o lábio, pensando. – Você contou a Hudson?

– Eu mandei uma mensagem para ele, sim.

– Você poderia me levar até ele?

– Claro.

Talvez Hudson fosse partilhar seus planos sobre minha perseguidora agora. Eu só esperava que ele realmente tivesse algo em andamento.

Meu novo guarda-costas, Reynold – que era apenas levemente atraente – insistiu em vir comigo para o prédio das Indústrias Pierce. Como ele estivera comigo apenas uma manhã, eu ainda não tinha me acostumado a ter sempre uma sombra. Felizmente, Reynold era bom em seu trabalho. Ele me seguia discretamente e isso tornava fácil esquecer que ele estava mesmo por ali.

Reynold ficou no *lobby* enquanto peguei o elevador até o andar de Hudson. Assim que vi sua secretária, percebi que não tinha ligado ou mandado uma mensagem antes. Eu tinha a sensação de que minhas visitas não anunciadas a irritavam, mas Hudson nunca tinha reclamado, então sorri e fingi que minha presença não era um transtorno tão grande.

– Oi, Trish. Eu poderia enfiar a cabeça pela porta para conversar com Hudson por apenas um minuto?

Trish retribuiu meu sorriso.

– Sinto muito, srta. Withers, mas o sr. Pierce não voltou de seu encontro do almoço. – Ela parecia um pouco feliz demais para ser realmente um pedido de desculpas.

Olhei para o relógio na parede. Mais de duas horas. Ainda no almoço?

– Ah. Tudo bem. Obrigada.

Desapontada, apertei o botão de chamada do elevador para descer. Enquanto esperava, peguei meu celular e mandei uma mensagem para Hudson dizendo que estivera no escritório.

Eu tinha acabado de apertar o botão de enviar quando as portas do elevador se abriram. Ali estava Hudson. Com Norma Anders.

Imediatamente fiquei tensa. Eles eram as únicas duas pessoas no elevador... Teria sido com ela que Hudson tinha ficado até tão tarde no almoço?

– Alayna. Eu não esperava vê-la aqui. – Hudson não parecia abalado por minha presença, pelo menos.

– Eu quase me desencontrei de você.

– Ainda bem que isso não aconteceu. Venha comigo para o meu escritório. – Ele começou a me levar em direção à porta. Então parou. – Norma...

Ela o interrompeu:

– Eu vou enviar um e-mail para você.

Hudson assentiu.

– Certo. Obrigado.

Norma foi corredor abaixo, imaginei que para sua própria sala. Eu não tinha percebido até então que essa mulher dividia o mesmo andar com ele. Nunca tinha pensado nisso, realmente, mas agora que descobrira, me incomodava saber que trabalhavam tão próximos.

Assim que a porta se fechou atrás de nós, Hudson pôs as mãos nos meus braços.

– Por que você está aqui? Aconteceu alguma coisa?

A razão original pela qual eu tinha vindo não parecia ser nada, comparada à como eu me sentira ao vê-lo com Norma. Meu sangue estava fervendo e meu estômago estava apertado.

– Não sei, aconteceu alguma coisa? – Acusações ciumentas sempre foram um dos meus pontos fortes.

Hudson se afastou um pouco, a confusão em seu rosto.

– O que você quer dizer?

Passei meus braços ao redor de seu pescoço, esperando que o que eu tinha a dizer soasse menos rancoroso, já que estava em seus braços. Além disso, assim podia cheirá-lo, procurando por um perfume feminino.

– Deixe-me reformular a pergunta. Norma foi seu encontro para o almoço? – O único cheiro que senti era o cheiro de costume de Hudson, que sempre deixava meus feromônios em polvorosa.

– Sim, mais para almoço de negócios, mas, sim.

Eu esperava que a prova tivesse sido enganosa.

– Você almoçou com ela sozinho?

Hudson se afastou do meu abraço e me congelou com um olhar severo.

– Alayna, continue com isso tudo e vou ter que colocar você sobre meu joelho. Pena que eu sei o quanto você gosta disso. – Ele bateu no meu nariz com o dedo e se dirigiu para a mesa.

Sua atitude condescendente me deixou ainda mais enfurecida.

– Eu não gosto que você tenha almoçado com ela. Sozinho.

Ele olhou alguns papéis, a sua atenção, obviamente, em outro lugar.

– Bem, eu não gostei da pessoa com quem você almoçou, então estamos quites. – Antes que eu pudesse reagir, ele olhou para mim. – E não, não é por isso que almocei com ela. Era negócio.

Nós estamos trabalhando em um acordo e precisávamos afinar os detalhes.

Claro que era um almoço de negócios. Por acaso eu teria alguma razão no mundo para pensar o contrário?

Não tinha.

Ainda assim, não gostei.

Fui até o outro lado da mesa. As lembranças do nosso último encontro aqui me ajudaram a afastar as minhas emoções, me fazendo soar menos acusatória, mais casual.

– Você tem que fazer isso em um ambiente social?

O tom casual pareceu funcionar a meu favor. Os olhos de Hudson suavizaram, embora seu tom ainda fosse direto e distante.

– Eu escolhi um almoço de negócios com você em mente, Alayna. Você preferia que tivesse ficado no meu escritório com as portas fechadas e ninguém por perto?

Com as imagens das coisas que eu tinha feito com Hudson em seu escritório ainda na mente, a pergunta me deixou um pouco mal. Sentei-me em uma poltrona.

– Você não está ajudando.

Hudson sentou-se perto de mim.

– Você sabe que Norma é uma das minhas principais funcionárias. Meus negócios frequentemente me obrigam a interagir com ela. Em pessoa. Às vezes, estamos sozinhos.

A explicação de sua relação de trabalho com Norma fazia sentido. E também me parecia familiar. Decidi sugerir uma solução que já havia sido adotada por ele antes.

– Talvez você pudesse transferi-la.

– Por qual motivo?

– O mesmo motivo pelo qual você transferiu David. – Era a mesma coisa, afinal. Em sentido inverso.

Hudson beliscou o arco de seu nariz.

– Embora eu entenda sua comparação, não vou transferir Norma.

Fiquei em pé com um grito de frustração preso na garganta.

– Isso é realmente injusto, sabia? – Comecei a andar enquanto falava. – Eu não posso trabalhar com alguém em que você não confia, mas você pode trabalhar com alguém em que eu não confio? E já que você é o dono de tudo isso, foi capaz de apenas dar um jeito nas coisas com David, transferi-lo e, se ele se recusasse, iria demiti-lo. O que posso fazer, de meu lado? Nada. Eu sou impotente. – Parei de andar e balancei o dedo para ele. – Norma tem uma enorme queda por você, Hudson. Eu posso ver nos olhos dela que ela não teria medo de avançar.

Hudson mexeu o mouse e focou na tela de seu computador.

– Ela está muito consciente de que não retribuo seus sentimentos.

– Como é que ela...? – A única maneira de ela saber disso era se Hudson tivesse dito, e a única razão pela qual ele diria seria se... – Ela chegou junto, Hudson?

– Alayna, esta conversa não está indo a lugar nenhum. Tenho compromissos e...

– Hudson!

Com um suspiro profundo, ele se recostou na cadeira e encontrou meus olhos.

– Ela me disse um dia que gostaria que houvesse mais entre nós. Se isso conta como chegar junto, então sim, foi o que ela fez. Mas, como eu disse, não estou interessado. E ela sabe disso.

Cerrei os dentes para garantir que minhas próximas palavras não saíssem em um grito.

– Você pode me explicar como isso é diferente de eu trabalhar com David?

Ele piscou. Duas vezes.

– Não posso. Você está certa. Não é diferente.

– Mas isso é tudo que eu recebo? Você não vai mudar isso?

Não seria bem uma vitória se ele respondesse do jeito que suspeitava que ele faria.

– Eu não posso perder Norma. Ela é muito valiosa para minha empresa.

E isso era o que eu esperava que ele dissesse.

Debrucei-me sobre o encosto da poltrona. Não havia nada a dizer. Nada que eu pudesse dizer. Ele concordou com o meu argumento, mas não estava disposto a fazer qualquer coisa sobre isso. Agora estávamos num impasse. Nossos olhos se fixaram, um olhando para o outro, sem que ninguém tivesse a intenção de voltar atrás.

Depois de vários segundos, Hudson praguejou baixinho e desviou o olhar. Quando ele se voltou, perguntou:

– Você quer que David fique?

Meu coração girou no meu peito.

– Você deixaria que ele ficasse se eu disser que sim?

Seus olhos se apertaram.

– Se essa é a única maneira de fazer isso direito, então deixaria.

Um estremecimento de felicidade percorreu meu corpo.

Até que me lembrei de todas as razões pelas quais não seria uma boa ideia se David ficasse.

– Droga, Hudson. – Eu não podia acreditar que iria realmente dizer o que disse em seguida. – Não. Eu não quero mais que David fique. – Recusei-me a olhar para Hudson. – Não seria bom para ele. Ele é... Ele está apaixonado por mim.

– Eu sei.

Eu já sabia que Hudson sabia. Era eu que estava admitindo agora. Afastei-me da mesa e me joguei em seu sofá. Hudson veio e se sentou ao meu lado. Eu esfreguei minha mão em seu rosto.

– Obrigada pela oferta, no entanto. Sei que não foi fácil para você.

– Não. Não foi. – Hudson correu os dedos para cima e para baixo no meu braço me dando arrepios. – Mas valeria a pena, se fosse lhe deixar mais feliz.

Cara, ele havia evoluído muito nas últimas semanas. Precisava lhe dar crédito por isso.

Mas eu não, porque ainda não estava pronta para deixar o assunto Norma Anders de lado.

– Você já pensou que talvez não seja bom para Norma trabalhar com você também?

Hudson riu.

– Não. E tenho certeza de que não é.

Mudei de posição no sofá para encará-lo.

– Não dá para fazer alguma concessão aqui? – Peguei a mão dele, brincando com ela enquanto falava. – Por exemplo, deixar de ter reuniões a sós com ela? Existe mais alguém em sua equipe que poderia acompanhá-los no futuro?

Com a mão livre, ele afastou uma mecha de cabelo do meu rosto.

– No projeto em que estamos trabalhando no momento, não. Mas está quase pronto, e não espero que este nível de sigilo seja necessário no futuro.

Quer dizer, além de suas reuniões privadas, eles estavam compartilhando um segredo. Que grande merda.

– Em que projeto você está trabalhando?

– Nada em que você estaria interessada. – Antes que eu tivesse a chance de fazer uma carranca, ele se corrigiu. – Eu estou tentando comprar uma empresa de alguém que nunca a venderia se descobrisse que eu sou o comprador. Norma é a única pessoa em quem posso confiar para não vazar a informação.

– Tudo bem. – Eu odiava que não houvesse coisa alguma a se fazer sobre seu trabalho. *Odiava isso.* – Tudo bem – disse de novo, mais para mim do que para ele. – E quando esse negócio estiver fechado, você não vai precisar de reuniões privadas com ela?

– Não, não vou.

– Então será apenas em ambientes sociais, por favor. Com pessoas em volta. E saiba que ainda vou perguntar por ela. Tipo, o tempo todo. Porque não consigo deixar de me preocupar.

Hudson assentiu.

– Eu entendo.

Embora estivesse satisfeita porque nós dois tínhamos conseguido resolver nossa discussão de forma construtiva, a resolução ainda era uma pílula amarga para se engolir.

– Você sabe o quanto isso dói, você continuar tendo essa mulher como sua funcionária? – Apertei a mão dele com força, cravando as unhas nas costas de sua mão para acentuar meu nível de dor.

Hudson estreitou os olhos, tolerando minha agressão.

– Acredite em mim, eu sei.

– Tudo bem, então. Ainda bem que ficou tudo esclarecido. – Soltei a mão dele.

– Havia outra razão para você ter vindo aqui? – Ele esfregou as costas de sua mão. – Ou era Norma o motivo principal o tempo todo?

Ri quando recordei o ridículo do meu dia.

– Não. Eu vim porque só queria vê-lo. O almoço foi... interessante... E depois, Celia estava lá de novo.

Sua sobrancelha disparou para cima.

– Celia estava lá?

— Jordan disse que mandou uma mensagem para você.

Hudson procurou no bolso da calça e tirou seu telefone. Ele passou por algumas telas.

— Droga. Deixei meu telefone em modo silencioso. Eu não sabia. Ela não tentou alguma coisa?

— Não. Apenas me deixou saber que estava lá.

— Alayna. Eu sinto muito. — Hudson me puxou mais perto, para que eu ficasse meio no colo dele e passou os braços em volta de mim por trás.

Eu suspirei, me acomodando em seu calor.

Hudson beijou o topo da minha cabeça.

— Talvez você devesse ficar algum tempo fora. Eu poderia lhe mandar para fora da cidade. Gostaria de mais uma semana no meu spa?

Estiquei minha cabeça para ver se ele estava falando sério. Estava.

— Eu não posso sair agora. Não com tudo isso que está acontecendo na boate. E ela vai saber que me assustou. Não posso deixá-la ter essa vitória.

— Essa é uma resposta muito corajosa. Detesto saber que você está nessa posição. — Dizendo isso, Hudson apertou os braços em volta dos meus seios.

Foi então que me lembrei da minha outra razão para vir vê-lo.

— Você tem um plano para lidar com ela?

Ele ficou em silêncio por um instante.

— Conversei com meu advogado hoje — disse finalmente. — Como você disse, não há nada que possamos fazer legalmente. Mas estamos estudando algumas outras opções.

– Opções ilegais?

– Que tal me deixar cuidar desse assunto? Vou lhe informar assim que tudo estiver resolvido.

Estava sem energia naquele momento para pressioná-lo. Mas parecia mesmo que ele não tinha nada decidido ainda, e obrigá-lo a admitir isso seria injusto.

Então, abri mão da pressão.

– Você anda precisando de confiança demais, atualmente.

Ele colocou um leve beijo na minha testa.

– Demais? – Sua voz era tensa e seu corpo estava rígido, então era a vez dele de precisar de meu consolo.

Então, respondi:

– Não. Confio em você. – Embora às vezes a minha confiança fosse mais um processo em construção. Virei-me para beijar sua bochecha. – Eu sei que você vai cuidar de mim.

– Sempre. – Seus lábios encontraram os meus, assim que seu interfone tocou. Ele suspirou contra a minha boca. – Tenho certeza de que é Patricia avisando que o meu próximo compromisso está aqui.

Levantei-me e, então, ofereci a mão para ajudá-lo.

– Acho que meus planos de um boquete foram adiados, então.

Seus olhos escureceram.

– Talvez pudesse fazê-los esperar.

Rindo, eu bati em seu ombro.

– Cale a boca. Eu não tinha planos de um boquete. Afinal, tendo em vista todas as minhas concessões, acho que sou eu quem merece favores sexuais.

– Hoje à noite.

– Estou contando com isso, H. – Estiquei-me para lhe dar um beijinho de despedida nos lábios. – Enquanto isso, você deveria saber que eu o odeio um pouco.

– Mentira. Você me ama.

Dei de ombros.

– É a mesma coisa.

Hudson me acompanhou até a porta para receber seu próximo cliente, enquanto eu estava saindo. E cheguei perto do elevador, quando Trish me chamou.

Voltei para a mesa, me perguntando se ela queria me criticar por manter Hudson ocupado.

– Isto foi entregue para você enquanto estava na sala com o sr. Pierce. – E Trish me entregou um envelope branco, simples, com meu nome escrito em letra de imprensa do lado de fora.

Não me ocorreu que eu deveria ter dado o envelope para o meu guarda-costas até depois que o abri e encontrei o mesmo cartão de visitas que havia estado preso em meus livros em casa. *"Celia Werner, design de interiores, empresas e residências."*

O nó na minha barriga se apertou. Ela estava a pé quando eu a deixei no restaurante. Como ela poderia ter me seguido assim tão rapidamente? Ela simplesmente adivinhou que eu viria para cá? Por que Reynold não a tinha visto chegando no *lobby*?

– Quem lhe deu isso? – perguntei a Trish, consciente de que minha voz estava mais aguda do que seria considerado educado.

– Eu não sei. Um mensageiro. Não prestei atenção.

– Ela era loira, olhos azuis...

Trish me cortou.

– Foi um ele.

Isso explicava por que Reynold não tinha visto Celia, ela mandara alguém entregar. Quanto a saber que eu estava no escritório de Hudson, bem, não seria bem previsível que eu viesse para cá?

Fechei os olhos e respirei fundo. Tudo o que Celia tinha mandado era um de seus cartões de visitas idiotas. Isso não me machucou. Era para me assustar, isso era tudo. Era para me avisar que a vaca estava me vigiando. Que ela sabia como chegar até mim.

Resolvendo não deixá-la chegar até mim, abri meus olhos. Rapidamente rabisquei uma nota para Hudson no envelope branco e coloquei o cartão de volta dentro.

– Obrigada, Trish. Quando Hudson estiver livre, você pode dar isso a ele?

Minha vontade era invadir seu escritório e mostrar-lhe pessoalmente. Em seguida, convencê-lo de que nós dois deveríamos deixar tudo isso para trás e ir para o seu spa.

Mas isso seria fugir. E fugir nunca resolvia nada. Ou pelo menos, é o que todo mundo sempre diz.

9

Depois que saí do escritório de Hudson, decidi tentar esquecer minha tensão mergulhando no trabalho. Consegui fazer isso na maior parte da tarde, mas a ansiedade e o estresse do dia permaneceram sob a superfície. Eu tinha que estar na boate para atender Gwen às oito horas, e imaginei que seria uma longa noite. Eu ansiava por uma corrida ao ar livre, mas decidi, em vez disso, participar de uma sessão de terapia de grupo. Quinta-feira não era o dia em que eu costumava ir, mas havia uma sessão às seis da tarde, liderada por minha conselheira favorita. Eu poderia fazer uma refeição rápida, ir ao grupo, e estar de volta a tempo para trabalhar naquela noite.

Acomodei-me na minha enferrujada cadeira dobrável no porão da igreja da Unidade enquanto me concentrava em escutar os outros compartilharem suas experiências. A maioria dos frequentadores das quintas-feiras à noite era gente estranha para mim, e parecia que a maior parte de seus vícios não tinha a ver com o meu. Uma pessoa era uma viciada em compras, outra era viciada em mídias sociais. Havia um jogador também, um cara que estava tão consumido pela necessidade de comprar o mais recente videogame quanto pela necessidade de jogar nele. A única pessoa com quem senti ter alguma ligação era a garota viciada em sexo que eu havia visto em outras noites também. Eu a tinha ouvido falar e reconheci muitas de suas frustrações e medos, muitos iguais aos meus.

– Gostaria de compartilhar qualquer coisa, Laynie?

Eu fiquei mais do que um pouco surpresa quando a líder do grupo chamou meu nome. Os membros não eram obrigados a falar em toda reunião, ou melhor, nunca eram obrigados a falar se não se sentissem confortáveis, por isso achei estranho Lauren me chamar especificamente. Ela me conhecia, havia me aconselhado desde os primeiros dias da minha recuperação. E mesmo que ela não pudesse reconhecer nada pelo meu comportamento, o fato de eu ter aparecido nas reuniões duas vezes na mesma semana era um indicador de que eu deveria ter alguma coisa em mente.

Relatei a história habitual da minha doença e, em seguida, fiz uma pausa. Uma vez que eu não tinha planejado falar nada, não tinha certeza do que gostaria de dizer. Depois de um suspiro, comecei:

– Eu tive alguns gatilhos de estresse na minha vida recentemente, e estou aqui porque sinto como se isso estivesse me fazendo recair no meu vício.

Lauren assentiu, suas longas tranças balançando com o movimento.

– Muito concisa essa sua identificação de emoções, Laynie. Vamos primeiro falar sobre o tipo de estresse com que você está lidando. Há algo que você pode eliminar?

– Na verdade, não.

Eu achava que metade dos meus gatilhos seria removida se eu terminasse com Hudson, mas isso não era uma opção que estivesse disposta a considerar.

– E isso é perfeitamente compreensível. Às vezes, você não consegue eliminar os agentes de estresse. – Lauren virou-se para todo o grupo para falar, usando o meu exemplo como um momento de ensino. – Na maioria das vezes, você tem que lidar com eles. Ou então pode escolher lidar com eles, porque a recompensa é maior do que o impacto do estresse sobre você.

Cara, ela acertou em cheio.

– Sim. É isso mesmo.

– Então, quais são esses fatores estressantes?

– Hum. – Agora que pensava sobre isso, percebia que eu tinha um monte deles em cima de mim nas últimas semanas. – Recentemente, fui morar com o meu namorado. – Eu não acrescentei que a relação era ainda bastante nova.

Pelo menos não em voz alta. Internamente, marquei isso como outro fator pressionando o meu nível de ansiedade.

– Você tem uma nova situação de vida. – Era costume do líder do grupo reconhecer as informações compartilhadas. – Isso é um ajuste.

– Sim. E, além disso, recebi uma promoção enorme no meu trabalho.

A sala zumbia enquanto as pessoas me davam os parabéns.

– Parabéns – disse Lauren. – Mas sim, é mais um fator estressante.

– E o meu namorado... – Como era difícil falar sobre minha situação atual... Talvez porque eu mesma não estivesse muito segura de por que estava nela, em primeiro lugar. – Ele tem bagagem e estou tendo alguns problemas para lidar com isso.

Aqui Lauren tomou conhecimento.

– Que tipo de bagagem?

– Bem, a ex... – Celia não era realmente sua ex, mas era mais fácil chamá-la assim. – Ela decidiu, por qualquer razão que seja, que sua missão é destruir o nosso relacionamento. Ela está nos aterrorizando. Principalmente a mim, na verdade. Primeiro, ela me acusou de assediá-la, coisa que eu não fiz. – Olhei em volta para os outros membros do grupo. – Honestamente.

– Ei, ninguém está julgando você aqui – lembrou Lauren.

O que não era exatamente verdade, porque eu estava certamente me julgando. Admitir a próxima parte foi especialmente difícil. Eu estava prestes a reclamar sobre a mesma coisa da qual as pessoas geralmente se queixavam de mim. – E agora ela está me assediando, me seguindo e deixando recados.

– Ah, meu Deus! – exclamou a pessoa viciada em compras. – Você já foi à polícia?

Algumas outras pessoas murmuraram a mesma preocupação.

Eu balancei a cabeça. Negando, e interrompendo a conversa.

– Ela não fez nada que fosse passível de uma denúncia. – Neste momento, eu poderia começar a descrever o que era e o que não era passível de uma denúncia policial, mas não achei que fosse relevante.

– Esse tipo de assédio seria estressante para qualquer um. – Lauren se inclinou para mim, com os antebraços apoiados nas coxas. – Mas posso afirmar que talvez tenha sido mais difícil para você, porque trouxe de volta as emoções do seu passado...

– É claro que sim. Eu costumava fazer a mesma coisa com outras pessoas. É horrível. Faz eu me sentir horrível. – Tive medo de começar a chorar, mas, surpreendentemente, as lágrimas estavam ausentes. Talvez estivesse ficando mais forte ou me tornando mais reconciliada com a situação.

Com minhas emoções sob controle, senti-me capaz de aprofundar ainda mais a análise.

– Além disso, eu meio que sinto que mereço isso agora. Como se fosse o carma que eu deveria passar por toda a merda que fiz antes.

A viciada em sexo de cabelos ruivos abriu a boca.

– Você sabe que não é assim que a vida funciona, certo?

– Eu acho que sim. – Mas, porra, eu realmente não sabia de nada.

Lauren nos deixou ficar em silêncio por um momento. Ela acreditava nos momentos de silêncio para a reflexão. Eram muitas vezes as piores e as melhores partes da sessão.

Mordi meu lábio enquanto processava as informações e comentários.

– Falando sério, eu sei que há coisas que preciso trabalhar nessa área da autoestima. Estou anotando no diário. Estou fazendo alguma meditação, sim, sei que preciso fazer mais. Mas, realmente, essas não são as emoções que mais me preocupam.

– Tudo bem – admitiu Lauren. – Contanto que você reconheça que tem algum trabalho a fazer nessa área, nós podemos seguir em frente. Então você tem esses estressores que não podem ser eliminados, mas alguns deles são bons. E você diz que eles estão fazendo com que você reincida. Como assim?

Comecei a listar usando meus dedos.

– Estou agitada. Ansiosa. Paranoica. Acusatória...

– Parece comigo de TPM – disse a garota viciada em sexo.

– Sim, eu chamo isso de ser mulher. – Isso veio da compradora compulsiva.

Eu não conseguia decidir se elas estavam tentando invalidar ou corroborar os meus sentimentos. Como andava paranoica, assumi que fosse a primeira opção.

– Vocês estão dizendo que essas emoções são normais e que eu só preciso esfriar a cabeça e relaxar?

– Talvez... – disse a viciada em sexo.

– Não necessariamente. – Lauren bateu seus dedos juntos. – São emoções normais, sim, mas se estão afetando sua vida diária e seus relacionamentos, então será preciso lidar com elas.

– Elas não estão impactando... ainda. Mas só porque estou lutando contra elas. – Pelo menos, era o que eu estava tentando. – A paranoia é a pior, por ser infundada. Estou desconfiada de uma mulher que trabalha com o meu namorado. E eu não tenho nenhuma razão para ficar assim. Felizmente, ele gosta quando estou com ciúmes. – Falei essa última parte para a viciada em sexo, que piscou em apreço.

– Você gostaria de tentar algum remédio? – Lauren preferia ficar longe dos remédios, mas ela sempre oferecia como solução.

Odiei a zumbi entorpecida em que me transformei quando tomara medicação contra a ansiedade no passado.

– Não. Sem remédios. Eu prefiro lidar com isso sozinha.

– Bem, você sabe o que fazer.

– Sim, eu sei. Substituir comportamentos.

Embora dois dos meus comportamentos substitutos, corrida e leitura, tivessem sido comprometidos por causa de Celia.

Lauren apontou um dedo severo para mim.

– E a comunicação. Certifique-se de falar sobre todos os sentimentos que você está vivendo, não importa o quanto irracionais eles pareçam.

Tentei não revirar os olhos.

– É por isso que estou aqui.

Lauren sorriu de uma maneira que me fez pensar que ela entendera que eu me sentira tratada com condescendência.

– Estar aqui é um grande passo, Laynie. Não me entenda mal. Mas não somos apenas nós com quem você precisa conversar. Certifique-se de que você está se comunicando com o seu namorado também.

Comunicando-me com Hudson...

Deus, eu estava tentando. Nós dois estávamos tentando. Mas se eu realmente fosse até ele, se de verdade eu lhe contasse sobre toda a paranoia que havia dentro de mim, sobre o nó de medo que permanentemente ocupava minha barriga, ele ainda estaria interessado?

Como sempre fazia, Lauren abordou minhas preocupações não ditas.

– Eu sei, é assustador. Você está com medo de que outras pessoas não consigam lidar com seus pensamentos e seus sentimentos. E eu não posso prometer que possam. Mas isso é quem você é. Não vai sumir. Se você não pode compartilhar quem você é com as pessoas que a amam, então talvez essas pessoas não a amem de verdade.

Essa era a maior questão de todas, não? Será que Hudson realmente me amava? Ele me mostrava que sim, mas ainda não havia dito. E eu não perguntava. Talvez ainda existissem coisas a serem ditas por nós dois.

Gwen apareceu no The Sky Launch quinze minutos mais cedo, o que teria sido impressionante se eu não estivesse entrando na casa noturna no mesmo instante em que ela chegou. E por causa de tudo que havia em minha mente, não estava em meu normal. Felizmente David estava lá comigo para ajudar a preencher as lacunas enquanto caminhávamos pela boate falando sobre o papel que Gwen poderia ocupar.

Descobri que Gwen Anders conhecia o ramo. A cada momento ela fazia perguntas apropriadas e dava ideias inovadoras. Ela não falava bobagens, era entusiasta e com visão de futuro. Embora a maioria das coisas que dissera fossem corretas, inexplicavelmente ela me deixou irritada com algumas de suas sugestões. Talvez porque ela fosse forte. Talvez porque ela me desafiasse, ou talvez porque eu estivesse no limite em geral.

Após o passeio, Gwen nos ajudou a abrir a casa. Então caminhamos de volta para o escritório de David para resumir as discussões. Mais precisamente, meu escritório, uma vez que David estava saindo. Talvez o nosso escritório, se eu decidisse que Gwen seria a pessoa a me ajudar no The Sky Launch.

– Então – Gwen começou –, agora a casa está aberta das nove da noite às quatro horas, de terça a sábado? – Gwen e eu estávamos sentadas no sofá. David tinha puxado a cadeira para perto, criando uma atmosfera menos formal.

– Certo – David confirmou.

– Mas estamos nos preparando para expandir as horas, abrindo sete dias por semana. – Esse tinha sido um dos meus objetivos desde minha promoção para gerente assistente.

Gwen franziu o cenho.

– Essa não parece a melhor ideia no momento. Talvez mais pra frente. Mas atualmente não há tantos frequentadores, e a casa não fica cheia.

Eu tentei esconder minha carranca. Era revigorante que a moça fosse tão direta, mas estar atacando uma das minhas ideias tão descaradamente não caiu bem.

Aparentemente, Gwen não havia percebido minha reação. Ela continuou:

– Por que você iria ampliar suas horas? O primeiro passo é trazer mais pessoas para lotar a casa, em seguida, expandir.

David olhou hesitante para mim.

– Na verdade, esse é um bom argumento, Laynie.

Sim, *era* um bom argumento. Ainda assim, eu queria mesmo trabalhar com alguém que fosse sempre tão franco?

Era uma coisa que eu não tinha certeza.

– A expansão foi ideia sua, não foi? – Gwen finalmente soltou. Ela encolheu os ombros. – Mas mantenho a minha opinião.

Ela era boa. Muito boa.

– Gwen, tenho a sensação de que vamos ser amigas próximas ou grandes inimigas.

– Você quer este emprego, Gwen? Sugiro usar o ângulo de boas amigas e depois você pode virar uma pedra no sapato.

Foi legal David tentar suavizar a tensão. Ele nunca foi de criar conflito, era mais do tipo apaziguador.

– Ah, eu não sei. – Gwen cruzou suas longas pernas. – Alayna é uma mulher inteligente. Ela me parece o tipo que sabe o valor que há em manter seus inimigos por perto.

Apertei os olhos. A última vez que ouvira essa frase tinha sido de Celia. Mas mantê-la por perto não me beneficiara de maneira nenhuma. Claro, eu não tinha conhecimento de que ela era minha inimiga naquele momento e não tinha certeza se Gwen seria minha inimiga também. Eu só não sabia o suficiente sobre essa mulher ainda.

– Diga-me uma coisa, Gwen. – Coloquei meu cotovelo no braço do sofá e apoiei o queixo na mão. – Por que você quer sair do Eighty-Eighth Floor? – A pergunta passara pela minha cabeça antes, mas não tivera oportunidade de perguntar-lhe até agora. – Você parece ser uma parte integrante do sucesso da casa, e não que eu não goste da ideia de roubá-la deles, mas por que você os deixaria na mão?

– Às vezes, uma mulher só precisa de uma mudança de cenário. – Ela passou a mão sobre a perna, alisando a calça de seu terninho, deliberadamente concentrada.

– Eu não acredito. – Se ela podia ser intransigente, eu também podia.

– *Touché*. – Ela suspirou, e então encontrou meus olhos. – Razões pessoais. Perdoe-me por não ser mais explícita, mas realmente isso não tem nenhuma influência sobre o porquê eu deveria ou não ser contratada. Meu chefe no Eighty-Eighth Floor sabe que eu quero sair. Ele vai me dar uma boa carta de referência. Fora isso, prefiro não compartilhar mais nada.

As pessoas e os seus malditos segredos. Gostaria de saber se Hudson conhecia as razões de Gwen. E me perguntei se ele me diria se eu perguntasse.

Então, a paranoia surgiu sorrateiramente, e comecei a me perguntar se as razões que a fariam sair de onde estava hoje não eram as menos importantes. Se, de fato, o que importava saber eram os motivos que a levavam a querer trabalhar no The Sky Launch.

– Não é por causa de Hudson, é? Que você quer trabalhar aqui.

– Eu não tenho certeza do que você está perguntando. Se você quer saber se eu gostaria de trabalhar aqui porque esta casa noturna é a única na cidade de propriedade do poderoso homem de negócios Hudson Pierce, que também dirige o restaurante mais badalado da cidade, o Fierce, e a boate mais quente em Atlantic City, o Adora, então a resposta é sim. Eu quero trabalhar aqui porque

Hudson Pierce tem o poder necessário para fazer este lugar decolar de acordo com seu potencial. O The Sky Launch é um dos poucos lugares que poderia rivalizar com o Eighty-Eighth.

Claro que era por isso que ela gostaria de trabalhar aqui. Que outras razões haveria?

Eu me repreendi por pensar que a tal razão pessoal tinha a ver com Hudson. Confiança. Eu tinha que me lembrar da confiança.

Quando eu tirei uma mecha de cabelo que incomodava meu olho, tomei a minha decisão.

– Então, você está contratada. Não é porque você é minha amiga ou minha inimiga, mas porque você é exatamente o que preciso. Reservo-me o direito de julgá-la como pessoa no futuro.

Gwen sorriu levemente.

– É justo.

David se levantou e estendeu a mão. Gwen se levantou para recebê-la.

– Bem-vinda a bordo – disse ele. – Desculpe, eu não vou estar aqui para ver você chutar o traseiro de Laynie. De qualquer forma, eu acho que você vai sacudir as coisas por aqui.

– Ei, que história é essa? Também sei chutar traseiros! – Me levantei e coloquei minhas mãos nos quadris, fingindo indignação.

O olhar no rosto de Gwen disse que duvidava da minha declaração.

– Que cara é essa? Você não pode duvidar de mim. Você nem me conhece.

– Não, não conheço. – Ela estreitou os olhos. – Mas deve estar faltando algo aqui, ou você pensa que está faltando algo. Senão, não teria vindo me procurar.

Então seríamos inimigas, tudo bem.

– Eu só não quero fazer tudo sozinha, só isso. – Minha voz saiu fraca e me arrependi de estar me defendendo. Eu não devia nada a ela.

Para piorar a situação, Gwen mostrou que minhas palavras eram desnecessárias.

– Não há necessidade de explicações. Tudo o que eu preciso saber é quando começo.

– Você vai aceitar o cargo, então? – Eu já estava um pouco arrependida de minha decisão.

Gwen levantou uma sobrancelha.

– Você aceita que eu possa ser uma pessoa horrível de se trabalhar?

– Por alguma razão maluca sim, aceito. – Nós só teríamos que trabalhar juntas, afinal. Não precisaríamos ser amigas.

– Então, eu sou toda sua.

Desta vez, seu sorriso alcançou seus olhos.

– Fantástico.

Hudson estava dormindo quando cheguei em casa horas depois. Foi decepcionante, não só porque ele tinha me prometido favores sexuais, mas porque, após a terapia, eu estava ansiosa para me conectar com ele. Pensei em acordá-lo, mas uma parte de mim não podia deixar de sentir que ele poderia estar me evitando. Não havia nenhuma razão para acreditar nisso. Só que ele raramente ia para a cama sem mim e minhas inseguranças estavam em alerta máximo.

Em vez de dar crédito a minhas inseguranças, sentei-me na beira da cama, fechei os olhos e passei alguns mantras pela minha cabeça. A repetição me deixou mais calma, mas ansiava por mais. Pelo seu padrão de respiração, sabia que Hudson estava dormindo pesadamente. Ainda assim, eu estava ansiosa para iniciar a comunicação que Lauren tinha sugerido. Sem me preocupar em me despir, estiquei-me ao lado dele na cama e corri meus dedos pelo seu cabelo desgrenhado.

– Estou com medo, H.

Sua respiração não se alterou.

– Por causa de um monte de coisas. Pequenas coisas. Principalmente, estou preocupada com Celia, que eu não seja forte o suficiente para não deixá-la me atingir. Especialmente porque ela sempre foi a garota com quem você devia ficar. Na minha cabeça, ela é a pessoa que imagino a seu lado. Todo mundo imagina isso. Ela é perfeita para você, desde suas unhas bem cuidadas até sua educação com pedigree. E, de qualquer maneira, até o momento não tem ficha policial. – Sorri para mim mesma, fantasiando sobre Celia pressionar o suficiente para que, possivelmente, eu conseguisse uma ordem de restrição contra ela.

Claro, ela era uma Werner. Seu dinheiro e suas conexões nunca iriam deixar que isso acontecesse. Eu compartilhei esse medo com Hudson também.

Era tão simples lhe dizer essas coisas enquanto ele estava dormindo. Não porque fosse difícil falar com ele quando estava acordado, mas porque sua presença me dominava tão completamente que eu não sentia a necessidade de falar dessas coisas. Era quando estava longe dele que os meus pensamentos me torturavam mais.

– Eu acredito em nós, H. Mais do que qualquer coisa. E você? Você costumava me dizer que era incapaz de amar. Ainda acredita nisso? Ou você me ama tanto quanto eu acredito?

Hudson se enrolou em mim, mas parecia mais um movimento por reflexo, não algo consciente.

Quando ele se virou, seu telefone caiu no meu colo. Hudson devia ter pegado no sono com ele nas mãos. Talvez estivesse esperando a minha chamada? Eu mandei uma mensagem à meia-noite dizendo que chegaria tarde. Será que teria visto essa mensagem?

Curiosa, passei pela tela para desbloqueá-lo. Minha mensagem de texto estava marcada como não lida, ele devia ter adormecido antes disso.

Não é de admirar que não tenha respondido de volta.

Foi principalmente por acidente que apertei o botão de chamadas recentes. Pelo menos, eu disse a mim mesma que foi por acidente. Imediatamente, o nome na última ligação chamou minha atenção – *Norma Anders.* Eles conversaram por vinte e sete minutos, a chamada tendo se encerrado às 21:14.

Estendi a mão por cima de Hudson para colocar o telefone na mesa de cabeceira ao lado dele, e depois me encolhi em seus braços. Ele provavelmente falou com Norma sobre Gwen e seu novo cargo na boate, disse a mim mesma. Exceto que Gwen não tinha ido embora até as dez da noite. Ela não tinha feito nenhum telefonema e nem saído de perto de mim durante todo o tempo, portanto, Norma e Hudson não poderiam ter sabido que eu tinha oferecido o trabalho a Gwen no momento daquele telefonema.

E a única coisa que realmente não se encaixava na equação era por que Hudson ligara para Norma?

Eles trabalhavam juntos. Estavam discutindo negócios, é claro. Afinal, às nove horas da noite não era a hora em que normalmente os típicos homens de negócio conversavam com suas executivas financeiras? Por um telefone celular? De sua cama?

10

Acordei com a cabeça de Hudson entre as minhas coxas.

– Hum.

Sua respiração ao longo de minhas dobras dava calafrios na espinha. Olhei para ele através das pálpebras semicerradas, me perguntando como ele tinha conseguido me deixar quase nua sem ter me acordado.

Ele pegou o meu olhar.

– Você não me acordou na noite passada – disse ele, e me deu uma lambida entre as pernas. – E eu lhe devia. – Suas palavras eram roucas. Eu adorava ser a primeira com quem ele falava pela manhã, e que sua voz de quem acabou de acordar pertencesse a mim.

E amei o que estava fazendo com a língua naquele momento.

Tremi enquanto ele acariciava meu clitóris num movimento longo e aveludado.

Sua cabeça apareceu de repente.

– Ou você prefere que eu a deixe dormindo?

– Não! Não pare. – Eu o empurrei para que voltasse para onde estava e estiquei os braços acima da minha cabeça.

Hudson riu baixinho. Depois, atacou meu clitóris com determinação, chupando, lambendo e rodando com a língua, uma coisa de cada vez, excitando cada nervo do meu corpo. Minhas entranhas se apertaram, e um fio de umidade me molhou. Subjugada pelo prazer, me contorci debaixo dele, mas suas mãos agarraram minhas coxas, mantendo-me firme e ainda à sua mercê.

Minha respiração saía em suaves gemidos irregulares e, então, em um suspiro, quando sua língua se moveu mais para baixo, mergulhando em meu buraco.

– Ah, Hudson.

Minhas mãos voaram para seu cabelo. Embora eu jamais sonhasse controlar suas ações, afinal ele fazia um trabalho muito melhor do que o meu, eu amava tocá-lo, puxá-lo enquanto ele me comia com a língua e me deixava louca com o sexo oral.

Então sua boca estava no meu clitóris, lambendo e dançando ao longo de meus nervos intumescidos, com os dedos dentro de mim, esfregando ao longo da minha parede, me acariciando nos lugares certos.

– Goza, sim, agora mesmo.

Meus músculos das pernas se apertaram e meu ventre ficou tenso enquanto o prazer foi se construindo dentro de mim. A primeira onda de clímax me atingiu de forma inesperada, muito mais rápido do que eu desejava.

– Não é o suficiente – rosnou Hudson. – Eu preciso de você tremendo e fora de si.

Eu não ia discutir, porque era isso que eu queria.

Ele renovou seu ataque com paixão revigorada, acrescentando um terceiro dedo, esticando e me penetrando com estocadas habilidosas. Estendeu a outra mão para massagear meu peito por cima da roupa. Ansiava por senti-lo encostando sua pele na minha, mas não ousava interromper seu ritmo até que nos despíssemos completamente. Em vez disso, eu arqueei meu peito na palma da sua mão enquanto meu quadril se apertava contra seus movimentos experimentados.

Droga, lá estava eu nas alturas de novo. Minhas pernas tremiam, meus joelhos batiam contra a cabeça de Hudson enquanto eu tentava me segurar. Então, com um meio soluço, meio grito, meu orgasmo explodiu através de mim. Estrelas atravessaram minha visão e todo o meu corpo tremia enquanto gozava uma vez e outra vez pela mão de Hudson.

Ele continuou provocando e mexendo na minha boceta até que as últimas ondas de meu êxtase estremeceram em mim.

– De nada. – Hudson se levantou e saiu da cama antes que eu pudesse recuperar meus pensamentos.

Estiquei o braço atrás dele.

– Aonde você vai? Preciso retribuir o favor – gemi, embora meus membros estivessem frouxos e minha mente ainda estivesse na linha entre a consciência e o coma pós-orgasmo.

– Isso não fazia parte do acordo. E, além disso, por incrível que pareça, eu tenho uma reunião logo cedo. – Ele se inclinou e me beijou na testa. – A que horas você chegou ontem à noite?

– Lá pelas três horas – murmurei, ainda em uma névoa.

Hudson puxou as cobertas sobre mim.

– Volte a dormir, então. Desculpe-me por tê-la acordado.

– Não vou desculpar...

Devo ter cochilado porque Hudson já havia tomado banho quando finalmente me levantei e fui até o banheiro. Eu bocejei, comentando "que linda visão" quando passei por Hudson que se barbeava enrolado em uma toalha.

– Você dormiu vestida.

– Mas de alguma forma parece estar faltando a minha calcinha. – Mostrei-lhe a minha bunda rapidamente para lembrá-lo. – E sim, eu estava muito cansada ontem à noite para tirar a roupa.

Ele sorriu.

– Você deveria ter me acordado. Eu teria ajudado.

– Não, você estava dormindo tão tranquilamente que não quis incomodá-lo.

– Pode acreditar, não teria me incomodado. Me incomodo agora, porque não posso ter você do jeito que eu quero. – Seu olhar escuro encontrou o meu no espelho. – Eu pensei que você ia voltar a dormir.

– Eu vou. Natureza chamando. – E eu queria vê-lo. Seu telefonema para Norma me incomodava, e, em um esforço para seguir o conselho de Lauren, achei que deveria comunicar meus sentimentos sobre isso. Merda, mesmo sem o conselho de Lauren, eu ainda estava ansiosa para confrontá-lo.

Comecei a passar por ele, imaginando falar quando saísse do banheiro. Ou, melhor ainda, pelo menos quando ele estivesse vestido. A visão de seu corpo enrolado em uma toalha era uma total distração.

Mas Hudson estendeu seu braço e me pegou.

– Ei.

Jamais consegui resistir ao seu toque. E me encaixei em seus braços, inalando seu cheiro de recém-saído do banho.

Hudson baixou seu rosto para a minha cabeça.

– Eu senti sua falta.

Sorri contra seu peito.

– Eu também senti sua falta.

Senti falta de estar nos braços dele, de poder tocar e abraçar, senti falta de sentir como se estivéssemos completamente juntos e a salvo do mundo.

Meus dedos se arrastaram contra sua pele nua e eu senti a toalha se levantar entre nós.

– Cristo. – Hudson me afastou com um gemido relutante. – Eu quero, mas realmente não tenho tempo para ficar com você como se deve nesta manhã.

– Não fui eu quem me acordou... – suspirei, lembrando a delícia de bom-dia que recebi. – Não que eu esteja reclamando.

Hudson olhou para mim com os olhos nublados.

– Talvez eu possa me atrasar...

– Não, não. Você vai chegar na hora certa, como um bom homem de negócios. – Balancei o dedo para ele. – E que tal se, enquanto você se arruma, eu ficar junto e podemos conversar um pouco?

– Eu gostaria disso. Senti falta de falar com você também. – Hudson voltou seu foco para o espelho, aplicando creme no rosto ainda não barbeado. – Ah, eu recebi a nota que você deixou com o cartão de Celia. Meu advogado disse que deveríamos guardar tudo que encontrássemos. Como potencial evidência. Portanto, se você receber qualquer outra coisa, me avise.

– Pode deixar, vou avisar. – Sentei-me na borda da banheira e apoiei as mãos sobre a porcelana, nas laterais do meu corpo. – Não há nada que ele possa sugerir que façamos sobre isso, então?

– Não. Ainda não. – Seu tom foi mais grave do que imaginei. – Tem certeza que você não quer sair da cidade?

– Eu tenho certeza.

Mas eu pensei nisso por um segundo. Ir embora da cidade até que tinha seu apelo. Mas, ficar separada de Hudson era a última coisa que eu precisava no momento. Especialmente com todas aquelas mulheres de sua vida, que o que mais queriam é que eu estivesse longe.

Meus pensamentos pousaram novamente naquele nome que eu tinha visto em seu registro de chamadas.

– Ainda que eu aposte que Norma não se importaria se eu não estivesse por perto.

– Norma de novo? – Ele fez uma careta. – O que trouxe esse assunto de novo?

– Você vai rir. – Ou ia ficar puto da vida. Respirando fundo, deixei sair de uma vez. – Você dormiu com o seu telefone no colo e eu verifiquei para ver se você tinha lido minha mensagem de texto. Então... Ah, Deus, não me odeie.

– O que você fez? – Seu tom era curioso.

Baixei meu olhar para não ver a cara dele.

– Eu verifiquei as chamadas recentes. E vi que você falou com Norma.

Quando olhei para cima, descobri que ele estava sorrindo.

– Me deixe adivinhar, isso incomoda você?

A cara dele, de quem estava se divertindo com a situação, fez minha hesitação ir embora.

– Você ligou para ela depois das oito da noite. De sua cama.

Desta vez, ele riu.

– Venha aqui.

Eu não me mexi, furiosa com sua resposta.

Hudson se recompôs e se virou para mim.

– Alayna, venha aqui.

Suspirando, fui até ele.

– Eu disse que sempre iria perguntar sobre ela.

– Sim, você disse. – Hudson passou os braços em volta da minha cintura e apoiou sua testa contra a minha. – Foram negócios. Eu precisava conferir com ela alguns números para a reunião nesta manhã, os que ela tinha me enviado no início do dia não batiam.

– Foram negócios – eu repeti, relaxando. – Sempre negócios. Sempre a desculpa.

Perguntar a ele realmente não fazia diferença. Eu sabia o que ele diria. Mas essa coisa continuaria me perturbando, mesmo eu perguntando ou não. Acontece que falar sobre isso me dava a oportunidade de ouvir a história dele, um dos bônus de comunicação.

Coloquei minha cabeça para trás para ver o rosto dele e encontrei seu sorriso de volta.

– Por que você está sorrindo para mim?

– Porque eu adoro quando você está com ciúmes. – E circulou meu nariz com o dele. – Você sabe disso.

– Cale a boca. Eu odeio isso. E não acredito que você goste de me ver louca assim.

– Eu gosto de ver que você se importa.

Não sabia se devia rir ou ficar preocupada. Por que ele precisaria da minha confirmação?

– Eu amo você. Você sabe disso. – Isso já não tinha sido provado algumas vezes?

– Sim, eu sei. – Hudson apertou os braços a minha volta. – Seu ciúme me mostra que suas palavras são verdadeiras. É bom. Continue sendo ciumenta. Ou louca, se é assim que você quer chamá-lo.

– Você é tão estranho. – Eu me esquivei quando ele se inclinou para me beijar. – Você está querendo espalhar o creme de barbear em mim.

– Eu não me importo.

Desta vez, quando ele veio em minha direção, encontrei seus lábios. Ele me beijou com doçura e ternura, mas eu podia sentir que ele estava tentando se segurar, tentando não se deixar levar pela sua paixão enquanto tinha um horário a cumprir.

Mas eu não tinha nada agendado para agora, e gostava de beijá-lo. Coloquei minhas mãos em seu pescoço e puxei-o para mais perto, mais profundamente, mexendo minha língua, brincando com a dele.

Hudson teve que me afastar.

– Eu não posso mais ficar com você tão perto assim.

Ele me deu um tapa na bunda enquanto eu caminhava de volta para o meu lugar, na borda da banheira.

– Me desculpe por ter bisbilhotado. – Mas eu realmente não lamentava ter feito isso. Não mais. Tinha me rendido uma fabulosa sessão de amassos, por isso não me arrependia nem um pouco.

Hudson se voltou para o espelho.

– Não se desculpe. Você sabe que eu não tenho nenhum segredo. – Ele fez uma pausa. – Bem. – Manteve os olhos para baixo enquanto lavava a navalha. – Você sabe que eu não me importo se você bisbilhotar.

Meu estômago caiu, como se eu estivesse descendo num carrinho de uma montanha-russa.

– O que você quer dizer com isso? – Umedeci minha boca, que ficou subitamente seca. – Você tem segredos que não está me contando?

Sem olhar para cima, ele balançou a cabeça, negando.

– Claro que não – Hudson se virou para mim. – Eu simplesmente quis dizer que nunca podemos saber tudo sobre o outro. Podemos?

– Mas podemos tentar.

– Sim. Podemos tentar.

Ficamos alguns segundos num silêncio constrangedor, com ele encostado na bancada da pia e eu na beirada da banheira. Havia algo mais sob sua declaração. Algo sombrio e pesado. Eu me sentia ao mesmo tempo atraída e afastada por isso. Talvez Hudson estivesse se referindo aos detalhes das coisas que tinha feito para as pessoas em seu passado. Eu tinha ouvido algumas de suas histórias, e nenhuma delas era bonita. Nunca esperei que um dia ele partilhasse cada culpa do passado. Seria cruel querer que ele revivesse sua dor. Eu certamente não tinha contado todas as minhas indiscrições anteriores...

Mas e se houvesse algo mais... algo novo, algo presente. Haveria segredos que Hudson mantinha ocultos de mim, mesmo que fossem relevantes para nós?

Como eu poderia saber?

– Falando de Norma... – Hudson foi quem encerrou aquele momento de estranheza. – Como foi a sua entrevista com Gwenyth?

Falar de negócios era perfeito para fugir da preocupação que estava começando a criar uma tensão indesejada em nossa manhã agradável. E agarrei a oportunidade imediatamente.

– Eu ofereci a vaga e ela aceitou. Vai sair do Eighty-Eighth Floor sem aviso prévio. Eles sabiam que ela estava querendo sair, ao que parece, por isso vai trabalhar lá no seu último turno e estará no The Sky Launch hoje à noite.

Eu não tinha percebido o quanto estava animada por ter uma parceira até este momento. Uau. Ia ser a gerente geral do The Sky Launch. E não ia falhar, porque tinha uma boa equipe, Hudson, Gwen, e um punhado de outros ótimos assistentes. Por que não percebi isso antes?

– Parabéns! – Hudson viu meu entusiasmo. – Estou feliz por vocês terem se dado bem e acertado isso.

Lembrei-me da estranha interação que Gwen e eu tivemos na noite anterior.

– Eu não diria que nos demos bem exatamente. Acho que foi mais desafiarmo-nos uma à outra. Mas ela vai ser boa para o negócio. Você sabe por que ela queria sair do Eighty-Eighth tão rapidamente?

– Não sei. – Ele se virou para o espelho e limpou o creme de barbear restante de seu pescoço com uma toalha de rosto. – Perguntou a ela?

Eu mantive meus olhos baixos, traçando o padrão de azulejos do chão com o meu dedão do pé.

– Gwen disse que era pessoal. Achei que você podia saber mais. Por causa de Norma. – Seria ela a fonte de seu segredo?

– Se Norma sabe, ela não compartilhou comigo. – Ele colocou a toalha na bancada e se virou para mim. – Ou, se ela compartilhou, eu não estava prestando atenção.

Eu sorri, um tanto amolecida.

– Gosto de ouvir que você nem sempre presta atenção à Norma Anders. – Corri meu olhar sobre ele. Hudson estava tão gostoso. Achei que nunca poderia me cansar de ver aquele corpo delicioso. E ele era todo meu. Não era?

– Pare de olhar para mim desse jeito, ou eu definitivamente vou chegar atrasado.

Imediatamente, desejei que ele esquecesse sua reunião. Ele poderia ficar comigo, e me aquecer, me foder por boa parte do dia até o sol ficar alto no céu. Não poderia haver espaço para dúvidas, enquanto esse homem estivesse em meus braços.

Mas, infelizmente, não conseguiríamos viver nossas vidas na cama.

Com a força que não sabia que possuía, desviei meus olhos.

– Vista-se. Isso vai ajudar.

– Bom plano. – Com um sorriso malicioso, ele jogou a toalha para o lado.

Meus olhos ficaram grudados em seu traseiro nu, até que ele desapareceu em seu closet. Pura provocação.

Enquanto Hudson se vestia, eu me despia, trocando as roupas com que tinha dormido por uma camiseta de Hudson do cesto. Tinha o cheiro dele e eu precisava da sua presença junto a mim, até mesmo enquanto estivesse se preparando para sair.

Quando ele me encontrou de novo no quarto, estava usando um dos meus ternos favoritos, um Armani cinza-escuro que acentuava a cor de seus olhos. Ele parecia astuto. Extra-astuto. Sua reunião era obviamente importante.

– Você está bem.

Ele olhou para mim pelo espelho onde estava arrumando a gravata.

– Você acha?

– Aham. – Em um dos meus movimentos mais passivo-agressivos de todos, acrescentei: – Tenho certeza de que Norma vai concordar.

Mas, apesar de Hudson ser bom em jogos, ele só os jogava se estivesse no controle. Ele não disse uma palavra, nem confirmou que ela o veria, enquanto enchia os bolsos com o seu telefone e carteira de documentos e dinheiro.

Comunicação, lembrei-me. *Esta é quem eu sou. Eu preciso saber.*

– Ela vai estar lá, não vai?

Finalmente, Hudson se virou para mim.

– Vai. – Em três passos rápidos estava na cama, me puxando para que eu ficasse de joelhos. Ele envolveu sua mão ao redor da parte de trás do meu pescoço, forçando meus olhos para encontrar os dele. – E se ela vai achar que estou bem neste terno ou não, não é da minha conta. A única coisa que me importa é que você seja a mulher a me tirar dele mais tarde, esta noite.

Minha respiração ficou presa.

– Fechado.

Ele roçou o nariz no lado do meu.

– Você vai estar em casa para me despir desta vez?

Assenti com a cabeça.

– Eu prometo. – Naquele momento, não conseguia me lembrar de tudo o que estava na minha agenda para aquele dia, mas se houvesse um conflito, qualquer que fosse, eu iria reorganizá-la para estar em casa.

– Ótimo. – Ele respirou fundo e senti que estava em guerra consigo mesmo. – Eu tenho que ir. Essa reunião...

– Eu sei, eu sei. Você está atrasado.

Hudson fez uma pausa.

– Pode me dar um beijo de despedida?

Mudei de posição para lhe dar um beijinho, não querendo acender as chamas numa hora em que meu homem estava com pressa. Mas Hudson não iria se contentar com isso. Ele mergulhou entre meus lábios, fodendo minha boca com movimentos agressivos de sua língua, do jeito que havia comido minha boceta antes. Quando terminou, eu estava sem fôlego.

– Isso me parece algum tipo de promessa – ofeguei. – O que você tem na manga, sr. Pierce?

– Agora não posso entregar todos os meus segredos, posso? – Dizendo isso, beijou meu nariz. – Indo agora. Descanse um pouco. Você vai precisar...

Subi de volta para a cama com o gosto dele ainda em meus lábios, com o cheiro dele na roupa e o seu calor em meu coração.

Cheguei à boate por volta das 11 horas. Com David treinando Gwen na maioria dos turnos da noite, fiquei sozinha com o meu guarda-costas durante a maior parte da tarde. Isso tornou mais fácil ser produtiva, mas também era solitário. Se Jordan estivesse de plantão, eu pelo menos teria alguém com quem conversar. Mas era Reynold, e ele não era do tipo falador. Era uma bobagem esse homem ficar aqui enquanto eu estava no trabalho. Mas o dinheiro era de Hudson, se ele queria pagar o cara para sentar na porta do meu escritório e jogar Candy Crush no seu celular, então que assim fosse.

Por volta das quatro, decidi tomar um café nas proximidades. Reynold estava falando ao telefone nessa hora, então, em vez de incomodá-lo com os meus planos, deixei que pensasse que estava indo ao banheiro e saí pela porta dos fundos. Ao sair para a luz do dia, me lembrei do quanto eu amava o ar livre. Claro, preferia quando era mais cedo, antes que o calor e umidade tornassem tudo sufocante demais, e, se não fosse por minha perseguidora, definitivamente estaria ao ar fresco com muito mais frequência. *Droga, Celia.*

Pensando nela, senti uma gota de suor na parte de trás do meu pescoço. Talvez eu devesse ter trazido Reynold junto, afinal. O tráfego corria ao redor da praça próxima a mim. Um táxi estava em marcha lenta ao lado do meio-fio. Uma limusine parou atrás dele. Eu estava cercada por pessoas; então, por que, de repente, me sentia assim tão ansiosa?

Como se gerado pela minha ansiedade, senti um braço forte em volta da minha cintura, enquanto outro cobria minha boca, sufocando o meu grito. Eu estava sendo içada para dentro da parte de trás da limusine e para o colo de Hudson Pierce.

– Que porra é essa? – Sentei-me, com o coração batendo em um ritmo rápido. – Hudson! Puta merda, você me assustou!

– Onde está o seu guarda-costas? – questionou ele incisivamente. – Você na calçada sem ele, isso me assustou.

Fiz uma carranca.

– Aterrorizar-me não é o melhor jeito de provar seu ponto de vista.

– Não? – Ele sorriu, me puxando para seus braços.

Lutei, ainda furiosa com a sua brincadeira, mas eu não era páreo para ele. Hudson facilmente me conteve em seu peito. Além disso, no final das contas, gostei de estar em seus braços.

– O que você está fazendo aqui, afinal? – perguntei, aninhada a ele.

– Estou sequestrando você, obviamente. – Sua mão deslizou para cima e para baixo na minha perna nua, deixando arrepios por onde passava.

Passei meus braços em torno dele e sorri. Uma noite com Hudson era exatamente do que eu precisava.

– Impressionante, então você está me levando para jantar ou algo assim?

– Ou algo assim. – Com o cotovelo, ele cutucou o interfone. – Vamos – disse ele, e a limusine seguiu o tráfego.

A minha preocupação por deixar a boate sem ninguém sobrepujou minha preocupação habitual em andar sem cinto de segurança.

– Espere! Eu não fechei a boate e nem nada!

Hudson apertou sua mão na minha cintura, me segurando no lugar, e moveu um dedo até meus lábios para me calar.

– Eu estava conversando com Reynold quando saiu. Ele vai cuidar da segurança do edifício. Por que você estava se esgueirando para fora?

Eu coloquei a língua para fora e lambi o comprimento do seu dedo, sentindo um gosto salgado persistente em meus lábios. Ele o puxou para longe com um olhar severo. Parecia querer respostas, antes que estivesse disposto a brincar.

– Eu não estava me esgueirando. – Tudo bem, talvez estivesse. – Eu só estava dando um pulo no café ao lado. Não é grande coisa. – O vinco na testa informou-me que Hudson não estava de acordo com a minha avaliação da situação. – Tudo bem, não vou fazer isso de novo. – Me inclinei para cima e o beijei rapidamente nos lábios. – Então, a sério, aonde você está me levando?

Ele sorriu maliciosamente.

– Eu disse que queria você fora da cidade.

– O quê? – Entrei em parafuso, lutando contra o aperto da mão dele. – Não posso sair da cidade, H. Eu trabalho amanhã à noite. E não quero sair da cidade. Nós já conversamos sobre isso.

Hudson agarrou meus pulsos e os prendeu para baixo, como se temesse que eu fosse apertar o interfone e pedir ao motorista para parar. Era no que eu estava pensando, de fato.

– Acalme-se, princesa. – Ele levou minhas mãos à boca e deu um beijo em cada uma. – Simplesmente achei que um fim de semana poderia ser bom para nós dois.

– Nós dois?

Eu era totalmente contra a ideia de fugir, mas um fim de semana com Hudson era uma coisa completamente diferente. Linda. Romântica.

– Sim, nós dois. Eu iria mandar você para longe, caso me permitisse, mas ainda bem que não fez isso, porque eu não posso suportar ficar sem você. – Depois de dizer isso, circulou meu nariz com o dele antes de dar um beijo na ponta do meu. – Combinei com David e Gwen que cobrissem o The Sky amanhã. Estaremos de volta no domingo à noite.

– Eu sou a gerente geral agora, não posso simplesmente sair quando quiser. – Não havia qualquer reclamação em meu protesto, só estava apontando os fatos para que eu não me sentisse culpada.

Hudson não sentia essa culpa.

– Eu sou o dono. E sim, você pode.

– Eu sinto que deveria estar irritada com você sobre isso. – Sorri. – Mas não estou. Obrigada. Eu adoraria ficar com você em um fim de semana.

– Eu acho que você precisa disso, ou melhor, nós estamos precisando disso.

– Sim... Você nunca esteve mais certo. E isso não é pouca coisa, pois está sempre certo em muita coisa. Mas não deixe que isso suba a sua cabeça. – Me contorci entre seus braços, ansiosa para me acomodar no meu próprio lugar onde poderia apertar o cinto.

Então, me aconcheguei o mais perto dele quanto permitia o cinto de segurança.

– Para onde vamos? Vamos parar na cobertura para que eu possa pegar algumas roupas, ou você cuidou disso também? – Do jeito que eu conhecia Hudson, ele provavelmente já teria feito isso.

– Você vai ver quando chegarmos lá. – Dizendo isso, Hudson prendeu o seu próprio cinto de segurança, provavelmente para minha satisfação, e em seguida jogou o braço em volta do meu ombro. – E princesa – sussurrou em meu ouvido –, você não vai precisar de roupa.

– Acorde, princesa. Chegamos.

Devo ter caído no sono, inclinada contra o corpo de Hudson, porque a próxima coisa que senti foi que o carro tinha parado e ele gentilmente me cutucava.

Pisquei várias vezes, deixando meus olhos se ajustarem à luz.

– Onde estamos? – bocejei.

– Vamos lá para fora ver.

Ele me puxou para fora da limusine.

Estávamos em um chalé de madeira cercado por exuberante floresta verde. Uma linha de flores silvestres fazia fronteira com a passagem de cascalho, viam-se borboletas dançando nas flores desabrochando. O azul do céu estava claro e livre de poluição. Os pássaros cantavam e um par de esquilos corria até uma árvore próxima. Um pouco mais além da casa, eu podia ver um lago. A cena era tão remota que a limusine e o terno de Hudson estavam completamente fora de lugar. Aquele cenário satisfez completamente o anseio por ar livre que eu estava necessitando.

– Poconos? – perguntei. Ele assentiu com a cabeça, seus olhos olhando os meus, enquanto eu apreciava a beleza do lugar. Era perfeito. – É absolutamente lindo.

O rosto de Hudson relaxou em um sorriso. Ele se virou para o motorista da limusine, que estava retirando uma pequena mala do carro.

– Às sete da noite, no domingo.

– Sim, senhor.

Eu vi quando o motorista voltou para o carro e partiu, nos deixando sozinhos no lugar que eu estava chamando de paraíso. Hudson pegou a mala com uma das mãos e com a outra segurou a minha mão, me levando até a porta do chalé.

Fiz um gesto para a bagagem.

– Eu não preciso de roupas, mas você sim?

Ele riu.

– É o essencial. Para nós dois. Eu lhe asseguro, se você estiver nua, eu estarei também.

Na porta, Hudson tirou uma chave do bolso.

– Este chalé tem sido da nossa família há anos – explicou, antes que eu pudesse perguntar. – Nós temos um zelador que abre a casa uma vez por semana para arejar e ficar sem mofo. Fora isso, Adam e Mira são os únicos que vêm até aqui de vez em quando. Achei que era hora de começar a usar a propriedade.

– Como eu disse antes, H, foi bem pensado vir até aqui.

Ele abriu a porta e indicou com a mão para eu entrar primeiro. O interior era tão perfeito quanto o exterior. O projeto era rústico e acolhedor, nada típico da afetação habitual dos Pierce, que em geral preferiam espaços luxuosos. Eu podia ver por que não era um lugar que agradasse Sophia, ou mesmo Jack. A sala da frente tinha grandes sofás e poltronas de couro, duas colunas de madeira separando os ambientes, e uma lareira de pedra que vinha do chão até as janelas, perto do teto, que davam para o deque e para o lago mais adiante. Era um lugar tranquilo e de tirar o fôlego.

E estávamos sozinhos, não havia colegas de trabalho com suas paixões, nem guarda-costas, nem perseguidoras loucas. Completamente sozinhos.

Ouvi o clique da porta e Hudson apareceu atrás de mim. Eu senti então o crepitar da energia que sempre existiu entre nós.

Foi como um zumbido alto, como se alguém tivesse acabado de ligar um interruptor e toda a minha fadiga e minha ansiedade desaparecessem instantaneamente, substituídas por uma intensa necessidade dele.

Não fui só eu que senti isso. Em um movimento rápido, Hudson tinha me virado, uma mão na minha bunda, a outra presa em minhas costas, enquanto me beijava freneticamente. Sem piedade. Sua língua se enroscou com a minha, torcendo-se em uma dança que era nova, me consumindo. Ele me segurou enquanto se prendia em mim, me levando a algum lugar que eu não sabia para onde. O único lugar que eu queria estar era em seus braços, sua boca, nessa bolha congelada no espaço e no tempo, onde só havia nós dois.

Ah, eu estava perdida, os lábios de Hudson me mandaram, em espiral, para uma névoa de luxúria e desejo. Então suas mãos estavam sob meu vestido, puxando o tecido para cima, arrastando-o sobre minhas coxas até os meus seios, passando-o sobre a minha cabeça, até que fiquei livre da roupa. Ele jogou o vestido para o lado e me empurrou contra um dos pilares de madeira. Mais uma vez, prendeu minhas mãos, desta vez sobre a minha cabeça. Sua outra mão acariciou a pele do meu quadril. Ele saiu de meus lábios e desceu a boca para os meus seios. Então, beliscou através do meu sutiã, dando-me um choque elétrico. A madeira bruta contra as minhas costas, seus dentes mordendo minha carne sensível, tudo isso era uma mistura de sensações tão fortes que deixou meus nervos em alerta total.

Seus dedos seguiram ao longo da pele até a borda da minha calcinha, então deslizou a mão para dentro para encontrar meu clitóris já inchado e querendo mais. Sua mão deslizou mais baixo entre minhas pernas.

– Ah, você está tão molhadinha. Quero lamber tudo isso, mas também quero penetrar em você.

– Hudson. – Eu me contorcia contra a pilastra. – Eu preciso. Minhas mãos... – Já não conseguia mais falar sentenças completas. – Preciso tocar você. Preciso de você nu.

A boca dele voltou para a minha. Ele mordeu meu lábio inferior e me chupou. Em seguida, deixou meus braços livres.

– Tudo bem – respondeu.

Ele tirou o paletó enquanto eu começava com os botões de sua camisa. Minhas mãos trabalharam freneticamente, urgentemente. Fiz uma pausa.

Com um gemido, Hudson puxou a camisa para fora da calça, arrancando todos os botões restantes. Ele era impressionante. E um tesão. Minhas mãos voaram para seu peito. Pressionei minhas mãos ao longo do seu abdômen. Sua pele parecia fogo, a solidez da sua carne um contraste gritante com a suavidade da minha.

Enquanto explorei seu tronco, ele explorou o meu. Ele empurrou os bojos do meu sutiã para baixo e apertou meus seios com suas mãos grandes e fortes. Meus mamilos estavam ávidos por atenção. Uma esfregada de seus polegares amoleceu meus joelhos e minhas coxas se apertaram.

Com outro gemido, Hudson me soltou e deu um passo para trás.

– Porra, você é tão linda assim. Seus seios em pé para mim. Suas pernas implorando para eu me enfiar entre elas.

Aproximei-me dele, incapaz de suportar a ausência de seu calor.

Quando cheguei perto, no entanto, Hudson me surpreendeu ao me pegar, jogando-me por cima do ombro.

– É hora de uma mudança de cenário – disse ele.

Ele falava enquanto caminhávamos.

– Mini *tour*. A cozinha está lá. Ali fica o banheiro. E aqui está o quarto principal.

Estiquei o pescoço para espiar cada um dos cômodos enquanto passávamos, sem realmente me importar, porque estava mais curiosa quanto ao nosso destino. No quarto principal, ele me deixou cair sobre a cama.

– Embora eu pretenda marcar você em todos os cômodos desta casa, passaremos a maior parte de nosso tempo aqui.

Eu nem estava tentada a olhar ao redor do quarto. Sentei-me, apoiada em meus cotovelos atrás de mim, com os olhos fixados nele enquanto Hudson abria o cinto, tirando a calça. Seu pau duro e grosso sobressaía no topo de sua cueca. Minha boca se encheu de água enquanto eu esperava que ele o tirasse para fora.

Mas ele não fez isso. Não imediatamente.

– Vire-se – ordenou.

Eu rolei em cima de meu estômago, meu corpo obedecendo antes que meu cérebro pudesse registrar seu comando.

– Pra cima. Em suas mãos e joelhos.

Deus, quando ele era dominante eu ficava louca. Minhas pernas tremiam de antecipação enquanto eu ficava de joelhos, com a cabeça longe dele. Com as mãos ele agarrou meus quadris, me trouxe para a beira da cama e puxou minha calcinha para baixo até deixá-la em meus joelhos. Ele se inclinou sobre meu corpo e abriu meu sutiã. As alças caíram em torno de meus cotovelos. Deixei-o lá, não querendo me mexer, deliciando-me com a sensação de seu corpo pressionado contra o meu traseiro. Seu pênis cutucou a minha bunda nua, porque ele devia ter tirado a cueca enquanto eu me virava. Instintivamente, abri os meus joelhos, tanto quanto minha calcinha permitia.

Hudson apertou meus seios e colocou seu pênis entre as minhas pernas, esfregando o comprimento duro contra minha boceta. Eu gemi quando ele bateu contra o meu clitóris, cada estocada me deixando mais e mais louca de tesão. No entanto, ele não estava no lugar onde eu realmente o queria, ainda não.

– Hudson – eu estava meio implorando, meio gritando. – Por favor. Preciso de você.

Ele continuou se esfregando contra as minhas pregas.

– Eu sei, princesa. Eu sei o que você precisa.

E ainda assim, ele não me dava. Contorci-me contra seu pênis pulsando entre as pernas.

– Preciso de você. Dentro de mim.

– Diga isso de novo e vou fazer você esperar ainda mais.

– Por favor, Hudson.

Não consegui evitar. As palavras saíram sem minha permissão. Ele tirou seu pau de perto de mim.

– Eu disse para não pedir novamente. – E deu um tapa na minha bunda. Forte.

O desejo me encharcou. Ele me deu um tapa de novo, do outro lado da bunda, e eu gritei por causa do ardor agradável da palmada. Ele esfregou o vermelhão com movimentos circulares das mãos. Se ele me batesse novamente, eu gozaria ali mesmo.

Mas ele não fez isso, suas mãos se afastaram. Meu corpo estremeceu com a ausência do seu calor e do choque das palmadas e do desconforto de não saber o que iria acontecer em seguida.

Então, de repente, ele estava onde eu queria, dentro de mim – não com seu pau, mas com a língua. Gritei com a delícia que era isso. Eu olhei para baixo entre as minhas pernas e encontrei seu rosto lá, com a boca pairando sob a minha vagina enquanto mergulhava a língua dentro e fora com longas pinceladas aveludadas. Seus dedos surgiram para girar meu clitóris. Eu me contorci adorando o que esse homem estava fazendo comigo, e, ao mesmo tempo, desesperada para que ele me penetrasse com sua ereção.

O tormento me deixou louca. Também me fez gozar, forte e rápido, um grito ofegante escapando de meus lábios. Eu ainda estava gozando quando Hudson, *finalmente*, entrou em mim. Ele empurrou com um grunhido, enquanto me comia através do aperto do meu orgasmo.

– Ah, você é tão apertadinha...

Rapidamente, puxou o pau até a borda e mergulhou em mim novamente. Afrouxei tudo em volta do pau enquanto me acomodava. Ele prendeu os dedos nos meus quadris e penetrou em mim, puxando meu corpo inteiro para junto do dele a cada batida. Minhas mãos enrolaram a colcha, outro orgasmo já começando a se formar em minha barriga como uma tempestade.

Com um ritmo frenético, Hudson continuou a meter em mim.

– Eu. Não consigo. Ir. Mais fundo – Hudson resmungava uma palavra entre cada impulso. – Eu preciso entrar... Enfiar mais fundo.

Caralho, ele já estava tão no fundo, cada estocada impiedosa me batendo justo no lugar certo. Cada respiração era um gemido, minhas mãos e joelhos tremiam enquanto ele me batia com enormes choques de prazer.

Ele tirou novamente, até a ponta do pau, e fez uma pausa enquanto me virava sobre minhas costas. Empurrando meus joelhos de volta para a cama, ele se inclinou sobre mim e voltou a penetrar com um ritmo febril.

– Goze junto comigo, princesa. – Hudson não estava pedindo. Ele queria que eu obedecesse. – Estou quase chegando lá. Me diga que você está gozando comigo.

– Sim – ofeguei. – Sim. Sim.

– Ótimo – disse ele, e puxou a parte de baixo das minhas coxas, inclinando meus quadris para cima, penetrando em mim, duro e profundamente. Mais profundamente do que já tinha penetrado antes, e poderia jurar que ele nunca tinha estado tão dentro de mim. Meu orgasmo começou, borbulhando através de mim. – Espere, Alayna.

Arregalei meus olhos, ofegante e com respirações rasas, enquanto tentava segurar.

– Espere. Espere. Espere. – Sua ordem vinha acompanhando o ritmo de suas estocadas. – Espere. – Então. – Agora!

Com sua permissão, sucumbi à força que tinha se construído dentro de mim, deixando que ela me rasgasse com a velocidade de um relâmpago. Minha boceta apertava em torno de seu pênis, enquanto Hudson pressionava em mim com um longo e profundo golpe.

– Foodaaa! – Ele esticou a palavra, enquanto batia contra a minha pélvis, derramando ferozmente seu sêmen quente dentro da minha boceta.

Depois, caiu na cama ao meu lado, seu peito subindo e descendo em conjunto com o meu.

– Bem – disse ele depois de alguns minutos. – Isso foi...

Puta merda, pensei.

Hudson terminou a frase, roubando um dos meus outros termos favoritos.

– ... impressionante.

Passamos a noite no quarto, só saindo para fazer sanduíches com os suprimentos que o zelador tinha deixado antes de nós chegarmos. Fizemos amor até tarde da noite e acordamos com uma rodada de sexo na manhã também.

Embora estivéssemos no meio do nada, descobri que ainda tínhamos wi-fi. Era quase uma decepção, porque parte da beleza do lugar era justamente ser tão remoto. No entanto, foi bom porque dava para ouvir música. Depois de um café da manhã com iogurte e frutas frescas, conectei no Spotify pelo laptop de Hudson e acessei uma das minhas listas de favoritos. Nós descansamos nus no sofá, com a minha cabeça de um lado e a dele do outro, enquanto massageava meus pés.

Uma música de Phillip Phillips, "So Easy", começou a tocar. Cantarolei um pouco, às vezes cantando algumas das palavras.

Hudson me olhou com admiração.

– Você tem uma voz linda.

Corei. Foi engraçado perceber que eu nunca tinha cantado na frente dele. Ah, nós ainda tínhamos algumas "primeiras vezes"... Como eu já estava constrangida, admiti.

– Essa música me faz pensar em você.

Ele pareceu surpreso.

– Você tem uma música que a faz pensar em mim?

– Várias. Uma trilha sonora inteira. – Nós estávamos ouvindo a lista de reprodução que eu tinha chamado de *H*, óbvio.

– Hum. Eu não sabia disso. – Ele inclinou a cabeça e eu poderia dizer que ele estava tentando ouvir a letra da canção.

Eu cantava junto, ajudando-o a ouvir as partes importantes, ficando mais alto no coro onde Phillip cantava sobre como era fácil demais você se apaixonar.

Foi a vez de Hudson se envergonhar. Ele olhou para suas mãos trabalhando na sola do meu pé, com um pequeno sorriso brincando em seus lábios. A música terminou e ele se mudou para o meu outro pé.

– Que tal um banho?

Estiquei meus braços sobre minha cabeça e estiquei os dedos dos pés, observando a dor dos músculos que eu nem sabia que tinha.

– Sim. Definitivamente. – Um banho quente parecia ótimo. Mas eu não queria fazer um movimento para me levantar. Sem me mexer também parecia bom.

– Você tem planos específicos para o dia? Além do banho, claro.

Eu gemi quando seu polegar trabalhou o meu pé.

– Você me sequestrou e trouxe aqui para as montanhas. Então, parece que estou meio à sua mercê.

– Isso mesmo. Nesse caso, estava pensando que gostaria de passar o dia dentro de você, tanto quanto possível.

Sorri.

– Eu concordo totalmente com isso. Você planejou algo mais?

– Eu gostaria de levá-la para uma caminhada ao redor da propriedade. E talvez algumas compras de joias online. Acho que um novo colar ou brincos para o evento de Mira poderia ser uma boa ideia.

Em vez de discutir automaticamente sobre a ideia de um presente como eu costumava fazer, avaliei a sugestão.

– Isso pode ser legal. Eu não tenho nada muito chique e ando passando pelo espremedor recentemente. Talvez mereça algum tipo de presente. – Sorri timidamente.

– Alayna! – exclamou Hudson. – Eu nunca ouvi você se importar com esse tipo de coisa antes.

Olhei para as minhas mãos e encolhi os ombros, desejando não ter dito nada.

Hudson largou meus pés, se arrastou para o meu rosto e cobriu meu corpo com o dele.

– Estou muito satisfeito com isso. E muito excitado.

Bem, ele estava muito excitado. A nova posição tornou isso evidente.

– Por que agir como uma cadela gananciosa excita você?

– Porque adoro dar coisas a você. Isso é uma coisa em que sou bom. E gostaria de poder dar mais, mas você nunca parece interessada. – E passou os dedos pelo meu cabelo. – Então, o que você quiser, eu lhe dou. Uma maratona de compras? Uma semana em Nevis? Um carro?

Revirei os olhos e tentei empurrá-lo de cima de mim.

– Você está tirando sarro de mim agora.

Ele se manteve firme, tanto fisicamente como na conversa.

– Estou falando sério. Você quer que eu lhe compre uma empresa? Ou uma ilha?

– Pare com isso.

– Não. Não paro. – Dizendo isso, Hudson ergueu meu queixo para encontrar seus olhos. – Qualquer coisa que quiser, Alayna. É seu. E uma vez que você não parece saber, vou insistir ainda mais para ter certeza de que você tire proveito da minha riqueza.

Mais uma vez, tentei afastá-lo.

– Eu não quero ou preciso me aproveitar da sua riqueza.

– Agora, pare. – Ele ergueu a mão para acariciar meu rosto. – Eu sei que não. Você nunca fez isso. Mas já lhe disse antes que você me possui. Quer tire ou não proveito disso, eu lhe pertenço.

Comecei a protestar de novo, mas ele continuou.

– E, assim sendo, tudo o que tenho é seu. – Ele encontrou meus olhos com sinceridade. – Há contratos que podem garantir isso, como sabe.

Engoli em seco. Na verdade, eu sabia do tipo de contratos que ele estava falando... Propriedade conjunta... Aquelas eram dicas dos sinos de um casamento, coisa que não tinha ouvido antes. Petrificada e um bocado emocionada, decidi testar as águas:

– Isso que você está insinuando é algo bastante sério.

– Farei mais do simplesmente insinuar, se me permitir. – A voz dele era calma, mas com um tom de voz sincero.

Meu coração batia forte em meu peito. Ele não conseguia dizer eu amo você, mas podia me prometer a lua? Ele ficava intimidado quando eu expressava meus sentimentos através de uma canção, mas conseguia oferecer uma vida em conjunto?

Nós não estávamos prontos para isso. Eu não estava. Ele não estava preparado, mesmo que pensasse que sim.

– Eu acho que vou querer apenas uma bela joia, por agora – sussurrei.

Esperei ansiosamente por sua resposta, esperando que não tivesse ferido seus sentimentos.

Demorou um segundo, mas ele sorriu.

– Então ela é sua.

Querendo aliviar o clima um pouco mais, acrescentei:

– Além disso, mais alguns livros. E você falou sério sobre o carro?

Hudson balançou a cabeça em descrença.

– Você não vai querer um carro. Não gosta de dirigir.

Era verdade que eu não gostava de estar ao volante de um carro. Mas havia outros lugares onde dirigir podia ser bom.

– Não, eu gosto de dirigir. Você é que nunca me deixou.

Ele estreitou os olhos.

– Você não está mais falando de carros, não é?

– Não.

Cheguei a minha mão para baixo para envolver seu pau, que ainda estava meio despertado. Eu o acariciei, uma vez, duas vezes.

Hudson gemeu e me virou de modo que fiquei em cima dele.

– Que tal você dirigir agora?

Montei nele, me posicionei sobre seu pênis e deslizei para baixo.

– Bem, parece que já estou fazendo isso...

11

Voltamos para a cidade no domingo à noite, eu estava descansada e deliciosamente dolorida. E também estava mais animada do que nunca sobre o nosso relacionamento. Ainda assim, por mais ansiosa que estivesse em voltar para nossa casa e nossas vidas, uma tristeza acompanhava nossa chegada. Hudson e eu havíamos feito grandes progressos enquanto estávamos sozinhos. Será que poderíamos manter esses avanços de volta ao mundo real?

Meu medo era que a resposta fosse não. Especialmente quando, depois de deixar a mala no nosso quarto, Hudson foi direto para a biblioteca, para trabalhar. Eu estava dormindo quando ele foi para a cama, e não me acordou. Então era isso, nossas férias acabaram e estávamos de volta à nossa vida.

Na manhã seguinte, acordei antes que Hudson saísse para o trabalho.

Sentei-me contra a cabeceira da cama, observando, enquanto ele colocava o cinto.

– Estou contente por pegar você antes de ir.

Ele levantou uma sobrancelha.

– Você me pegou? Fiquei com a impressão de que eu peguei você.

Joguei um travesseiro nele.

– Eu quero dizer agora. Estou feliz que o peguei antes de sair.

Ele vestiu o paletó e se virou para me dar a sua total atenção.

– Por quê? Precisa falar comigo?

– Eu não preciso. Mas meus dias ficam melhores quando começam vendo você.

Seus lábios se moveram em um sorriso. Ele veio para a cama, colocando um joelho no colchão e me puxando para perto.

– Eu me sinto da mesma maneira. Completamente.

Passei meus braços em volta do seu pescoço e brinquei com seu cabelo na parte de trás da cabeça.

– Vamos tentar começar a manhã desta forma mais vezes, tudo bem? E quando formos para a cama, a mesma coisa.

Ele encostou a testa na minha.

– Eu não queria acordá-la, princesa.

– Nunca queremos acordar o outro. Vamos acabar com isso. Eu prefiro perder o sono que perder o que tenho com você. E, às vezes, sinto que com o nosso trabalho e o dia a dia, nos distanciamos um do outro. Este fim de semana me fez lembrar como é bom ser o centro do seu mundo.

A expressão de Hudson mudou.

– Você é sempre o centro do meu mundo.

Eu derreti. Será que ele sempre seria capaz de me fazer sentir tão bem assim? Minha sensação era a de que a resposta seria sim. Enquanto Hudson me falasse essas coisas. Enquanto eu estivesse disposta a ouvir.

– Bem, então a partir de hoje me acorde sempre para me falar essas coisas antes de ir trabalhar.

– Combinado. – Hudson capturou minha boca, beijando-me suavemente. – Você é o centro do meu mundo, princesa. Cada minuto de cada dia. Mesmo quando não estou com você. – Ele roçou seus lábios contra os meus. – *Você faz parecer tão fácil se apaixonar.*

Ele se lembrou da letra da canção que cantara para ele! Meu coração pulou dentro de meu peito e meus olhos ficaram embaçados. Apertei-o contra mim.

– Deus, eu amo você.

Ele ficou parado por um momento, pairando sobre mim com o olhar fixo no meu.

Uma onda de... *alguma coisa*... varreu meu corpo. Era impossível identificar a emoção exata nesse momento, e suspeitei que fosse uma combinação de um monte de coisas, melancolia e luxúria, amor e adoração.

E, ainda que houvesse coisas boas, havia uma firme pulsação de medo.

Hudson estreitou os olhos, me estudando.

– O que foi, princesa?

– Não sei. – Como eu poderia explicar esse sentimento injustificado de que a linda coisa que tínhamos estava à beira de se romper? Esfreguei minha mão em seu rosto. – Às vezes, quando você vai embora, eu fico me sentindo desequilibrada.

– Pode acreditar, princesa, o sentimento é mútuo.

Pensei em sua resposta por algum tempo, depois que ele se foi, imaginando o que ele quisera dizer. Talvez Hudson não tivesse percebido que minha afirmação não era exatamente um elogio.

Ou talvez eu provocasse nele a mesma sensação de desequilíbrio que ele me provocava.

Mira puxou o cós do vestido azul-floral que eu estava usando. Eu não conseguia me ver no espelho de onde estava, no provador, mas, pelo que pude notar, parecia muito lindo.

– Vire – exigiu ela.

Girei o corpo sem entusiasmo. Eu estava cansada de ficar virando toda hora, francamente. Eram quase três horas da tarde, e depois de provar dezenas de roupas, nós ainda não tínhamos encontrado a roupa perfeita para a sua reabertura. Apague isso. *Mira* não tinha encontrado a roupa perfeita. Eu, por outro lado, encontrara várias.

– Hum. – Ela me estudou com olhos apertados. – Eu amo este, mas não fica tão bom em você como pensei que ficaria.

Engoli o meu suspiro.

– Talvez eu não seja uma modelo muito boa.

De repente, tive uma tonelada de apreço por aquelas garotas que desfilavam nas passarelas para ganhar a vida. Eu adorava roupas, amava provar novas roupas, mas percebi que não estava gostando de ser picada, cutucada e examinada por uma especialista em moda mal-humorada.

Mira balançou a cabeça.

– Descobri o que é. Você é muito linda e esse vestido deixa você apagada.

Me deixava apagada? Essa era nova.

– Tem muito pano – continuou. – É como se eu estivesse tentando esconder sua beleza.

– Está bem.

– Tem que ser outra coisa. – Mira vasculhou na prateleira os vestidos que eu ainda podia provar, e que não eram muitos. – Todos estes têm o mesmo problema. Precisamos de um equilíbrio perfeito entre o vestido e você. Precisamos de um que mostre mais pele.

– Não faça isso, vou ficar com vergonha e Hudson vai matá-la. Ou a mim. Ou nós duas. – Hudson nunca ficava longe dos meus pensamentos quando eu estava na loja de Mira. Tínhamos feito um sexo incrível em um dos provadores, com minhas mãos pressionadas contra o espelho, seu pênis entrando dentro de mim por trás.

– Hudson pode morder minha bunda...

Mira me trouxe de volta à realidade. Rapidamente. Só que agora era eu quem estava pensando sobre Hudson morder minha bunda...

Mira tirou um vestido da prateleira, e ficou olhando.

– Você descobriu se Hudson tem algum plano para Celia?

– Infelizmente, eu acho que ele não tem. – Isso era o que o meu coração estava realmente me dizendo. Provavelmente foi por isso também que ele quis me levar para fora da cidade. – E você, viu que Celia estava lá no restaurante, na semana passada?

Mira olhou na minha direção.

– Ah meu Deus! Ela estava lá? Eu não a vi. Com mamãe e tudo, eu acho que fiquei distraída. Ela disse alguma coisa para você?

– Não.

Mira não se aprofundou no incidente com Sophia, por isso, tomei aquilo como um sinal de que realmente não queria falar sobre isso.

– Graças a Deus! – Virou-se para colocar o vestido de volta em seu lugar e começou a remexer nas roupas que eu já provara. – Não consigo acreditar que ela tenha tempo para se dedicar a isso. Quer dizer, ela não precisa do dinheiro, mas tem um emprego. Será que simplesmente ignora seus clientes?

Eu já havia perdido o meu emprego no passado, devido às minhas próprias obsessões. Mas, por essa vez, não quis me comparar. E decidi fazer uma abordagem mais leve.

– Eu não sei, certo? Talvez ela pague um assistente para fazer todo o seu trabalho.

Mira riu.

– Ou ela cancelou todos os seus projetos neste mês.

– E colocou uma placa em seu escritório que diz: *"Fechado por motivo de perseguição."*

Nós duas estávamos rindo agora. A piada me fez sentir bem. Quebrou uma espécie de tensão, quase que da mesma maneira como o sexo me fazia. Se eu não poderia passar o dia todo na cama, eu definitivamente deveria rir mais.

– Bem, pelo menos podemos encontrar o humor na situação. – Mira se moveu atrás de mim, aparentemente desistindo do cabideiro. – Mas não há nenhum humor nesse vestido horrível. Vamos tirá-la desses trapos.

Ela afrouxou os laços presos nas minhas costas, em seguida, começou a tirar os alfinetes que colocara para apertar o vestido em minha cintura.

Houve uma batida na porta do provador. Stacy entrou sem esperar por um convite.

– Aqui está o que você pediu.

E entregou um par de sapatos de salto vermelho-cereja para sua chefe.

Eu não tinha visto muito Stacy naquela tarde. Ela se manteve relativamente ocupada com outra cliente, mas assim que terminou, enfiou a cabeça no provador. Então, Mira a mandou em uma tarefa após a outra, pedindo um sutiã diferente, outra caixa de alfinetes, e assim por diante.

Mas mesmo vê-la esporadicamente foi o suficiente para enviar a minha mente de volta para o vídeo que ela se oferecera para me mostrar. Eu disse a Hudson que não precisava vê-lo, e não precisava mesmo, mas isso não me impedia de ficar um pouco curiosa. Tudo bem, mais do que um pouco.

Mira agitou os sapatos longe dos olhos.

– Estamos estragando uma oportunidade. Não está legal... – Seus olhos se iluminaram. – Você sabe o que pensei? Devemos tentar aquele Fürstenberg. O novo. O que você acha, Stacy?

Stacy inclinou a cabeça e me examinou, talvez tentando me imaginar no vestido que elas estavam falando.

– Ele ficaria ótimo com seu tom de pele. E o corte é feito para acentuar a linha do busto, o que combina com o tipo de corpo. Será que ainda está nos fundos?

– Sim.

Stacy se virou para sair.

– Não, espere. – Mira a deteve. – Eu o peguei para Misty experimentar e ela escolheu algo diferente. – Sua testa se enrugou. – Merda. Eu não sei onde ele está agora.

– Eu vou procurar – Stacy se ofereceu.

– Deixa que eu vou. Não espero que você descubra onde meu cérebro influenciado por hormônios o deixou. Você poderia ajudá-la a tirar esse?

Mira entregou a caixa de alfinetes para Stacy.

Talvez fosse minha imaginação, mas a expressão de Stacy não parecia muito satisfeita.

– Certamente. – E sua voz ficou tensa.

Mira não pareceu notar.

– Obrigada. Volto logo! – E acrescentou depressa: – Espero...

Stacy manteve a cabeça baixa enquanto se movia atrás de mim, como se estivesse deliberadamente evitando me olhar nos olhos. Ondas de hostilidade saíam de seu corpo. Ela tinha sido fria no passado, mas isso era diferente. Parecia mais irritada. Ela estava com raiva por eu ter me recusado a ver o vídeo dela? Como isso era mesquinho.

Fiquei me debatendo entre tentar quebrar a tensão ou não. Finalmente, decidi tentar.

– Você está animada com a festa de reabertura da loja?

– Claro. – Mais uma vez, a sua resposta foi sucinta.

E não tinha muito assunto para que eu estendesse a conversa.

– Eu imagino que isso vai trazer novos negócios. Vai precisar de mais ajuda?

– Provavelmente.

Sim, definitivamente ela estava com raiva. Senti o afrouxamento na cintura quando ela removeu os últimos alfinetes.

– Levante.

Eu levantei meus braços para Stacy puxar o vestido por cima da minha cabeça. Ela foi áspera quando fez isso, e quando o meu cabelo ficou preso, a garota murmurou um pedido de desculpas pouco convincente. Então ela se virou para pendurar a roupa no cabide.

Passei meus braços em volta de mim, me sentindo estranha só de calcinha e sutiã sem alças, na frente de uma mulher que eu mal conhecia. Uma mulher que, aparentemente, não estava muito feliz comigo ali.

Pensei em deixar as coisas para lá.

Mas deixar as coisas para lá nunca tinha sido um dos meus pontos fortes.

Stacy permaneceu de costas para mim enquanto trabalhava, então eu tive que falar com ela assim mesmo.

– Você está com raiva de mim? – Como a garota não disse nada, então esclareci. – Raiva por eu não querer ver o seu vídeo?

– Não seja ridícula – bufou em resposta. Então, depois de um segundo, acrescentou. – Não é por isso que estou com raiva.

– Mas você *está* com raiva? – *Eu sabia!* Minha paranoia nem sempre era injustificada. – Por quê?

– Sério? – Ela voou ao redor de seu corpo para me encarar. – Eu ofereci o vídeo como um gesto de gentileza de uma mulher para outra, afinal, imagina-se que uma mulher cuide da outra. Foi assim que aprendi, pelo menos...

Eu estava completamente perdida.

– Eu não tenho ideia...

Ela me cortou.

– Eu disse a você que Hudson não sabia que eu tinha. E mesmo assim você foi em frente e contou a ele sobre isso, de qualquer maneira. Isso foi só... Só muito baixo.

Minha cabeça girava.

– Espere, espere. Estou confusa.

– O que exatamente a deixa confusa sobre isso? Eu me arrisquei para ajudá-la e você praticamente traiu a minha confiança. – Ela se inclinou contra a parede do provador, lançando seu olhar para cima. – Eu não sei o que eu esperava. Ele é Hudson Pierce, afinal. Um cara que ganha toneladas de calcinhas da mulherada com apenas um olhar. – Sua cabeça disparou de volta para mim. – Ei, ele não enrolou você para que contasse a ele, não é?

– Não. Não, ele não me "enrolou". – As coisas estavam começando a fazer sentido, mas não o suficiente. Dei um passo em direção a ela. – Olha, eu sinto muito que...

– Não se preocupe.

Ela praticamente cuspiu em mim. Deus, essa menina estava furiosa.

– Por favor! – Levantei minha mão para cima para impedi-la de me parar ou me proteger de qualquer outro ataque. – Por favor, me deixe terminar.

Não sei por que esperei por sua permissão, mas ela me deu.

– Tudo bem.

– Me desculpe eu ter contado para Hudson e traído a sua confiança...

Honestamente, não me ocorreu que ela não quisesse que eu contasse a ele. Agora que pensei sobre isso, talvez não tivesse sido apropriado. – Eu não estava tentando machucar você... ou chatear de alguma forma. Estava apenas tentando ser honesta com o meu namorado. E não disse a ele do que se tratava, obviamente, porque não sabia. Eu perguntei se ele sabia o que você podia ter e ele disse que não tinha ideia. Fim da discussão.

Stacy começou a abrir a boca para dizer alguma coisa, mas eu falei antes dela.

– Espere, mais uma coisa... – *A coisa mais importante.* – Como *você* soube que eu contei a ele?

Ela ficou batendo o dedo contra sua coxa como se considerasse se valia a pena me dizer ou não.

– Ele me enviou um e-mail – respondeu depois de um tempo. – E me ligou, perguntando sobre isso.

– Enviou um e-mail...? – Hudson tinha enviado um e-mail a Stacy sobre o vídeo?

– E me ligou. Todos os dias, na semana passada.

A cor sumiu do meu rosto, e eu tive que sentar no banco do provador.

– Mas por que ele faria isso? O que ele disse?

– Seu e-mail disse que sabia que eu tinha um vídeo no qual ele aparecia, e ele queria falar comigo sobre isso. Ele mencionou um monte de coisas sobre privacidade e difamação e toda essa baboseira legal. Então ele pediu que o enviasse a ele. Suas mensagens de telefone diziam a mesma coisa.

– O que você disse?

– Eu realmente não falei com ele. Ele continuou ligando, no entanto, e finalmente enviei o vídeo na quinta-feira. Não havia realmente nenhuma razão para que ele não o tivesse. Ele sabe que eu vi o que está no vídeo, mesmo que ele não soubesse nada sobre a existência daquilo.

Se ela o enviou na quinta-feira, então Hudson tinha provavelmente visto o vídeo. Era isso a que ele se referira na outra manhã? Seus *segredos*?

– Então ele me mandou um e-mail hoje e me perguntou se poderíamos falar sobre o que ele precisa fazer a fim de garantir que o vídeo desaparecesse para sempre. – Sua voz estava espessa, com nojo. – Como se eu pudesse ser subornada.

– Eu não entendo. – Meus olhos pousaram no meu colo, minhas palavras eram mais para mim, não para Stacy. – Ele disse que não havia nada que você poderia ter que me interessasse. Ele não estava preocupado com isso. Por que ele...?

– Porque está mentindo para você, Alayna!

A declaração enfática de Stacy chamou a minha atenção de volta para ela.

– Isso era exatamente o que eu queria lhe mostrar sobre ele. Você não pode confiar em Hudson ou em qualquer coisa que ele diz. Ele vai enrolar você, vai fazer você pensar que está interessado, fazer você pensar que ele está disponível. Mas não está. Não sei que merda de jogo está jogando, mas ele é bom no que faz.

Um jogo. Era isso a coisa toda, será? Apenas um jogo... Stacy tinha sido uma de suas vítimas? Isso explicaria por que Hudson fora tão zeloso com o material.

Estava me sentindo mal.

Embora eu soubesse sobre as coisas que ele tinha feito com as pessoas no passado, isso não significava que estivesse confortável com esse assunto. Também não queria dizer que estivesse disposta a me encontrar cara a cara com as pessoas que ele tinha machucado.

E se isso não fosse toda a verdade, afinal? Se ele tivesse enganado Stacy, eu poderia lidar com isso. Não era uma nova informação.

Se fosse algo diferente...

Então fiz uma escolha. Uma da qual eu não sabia se iria, necessariamente, me orgulhar mais tarde, mas a única que, talvez, pudesse proteger minha sanidade.

– O que tem no vídeo, Stacy?

– Negativo. – Ela voltou para os cabides, se ocupando em endireitar as roupas. – Eu não vou jogar esse jogo. Você não queria vê-lo.

Eu ainda não tinha certeza de que queria vê-lo. Mas agora tinha que fazer isso.

– Eu estava errada. Não deveria ter... não sei... ter recusado tão rapidamente. Você tem que entender, eu estava tentando confiar nele... – Por que estava tentando explicar os detalhes de meu relacionamento com Hudson? Não importava mais os motivos pelos quais não quisera assistir ao tal do vídeo. O que importava é que tinha mudado de ideia.

Levantei-me e dei um passo em direção a ela.

– Olha, você queria me avisar sobre ele, queria que eu visse o filme por causa disso. Você não acha que preciso do aviso muito mais agora? De mulher para mulher. Por favor. – Eu estava desesperada, me agarrando a qualquer coisa que pudesse convencê-la. Fui manipuladora, talvez, mas estava aprendendo com os melhores.

O rosto de Stacy suavizou.

– Me dê seu e-mail e vou enviá-lo para você assim que chegar em casa.

– Obrigada. Obrigada.

Enfiei a mão na minha bolsa que estava no chão, onde eu guardava meus cartões de visita.

– Mas vou avisar. Vou destruir essa maldita coisa, como ele pediu e depois não me interessa mais. Qualquer coisa que você decidir sobre este cara, será por sua própria conta.

– É claro. – Encontrei o item que estava procurando e entreguei a Stacy. – Aqui está o meu cartão. O e-mail é o mesmo que uso no trabalho.

Ela pegou o cartão e o colocou no bolso.

– Obrigada, Stacy. E, mais uma vez, me desculpe. Se tiver alguma forma que eu possa compensar...

– Encontrei!

O retorno de Mira me interrompeu. Fiquei grata, na verdade. Quanto mais cedo ela tivesse um vestido escolhido para mim e seu evento, mais cedo eu estaria a caminho de casa. E Stacy iria embora daqui a pouco. Talvez seu vídeo estivesse na minha caixa de entrada quando eu acessasse meu laptop na cobertura.

Quando coloquei o vestido, posei e sorri, sucumbindo aos gritos de êxtase de Mira, "É esse!" Sentia-me confortável comigo mesma, como não me sentia há algum tempo. Lauren estava certa, algumas coisas sempre estariam em minha natureza. Precisar saber de tudo não dizia nada sobre os meus níveis de confiança ou desconfiança em relação a Hudson. Tratava-se apenas de mim e de minhas compulsões. As coisas com as quais eu podia e não podia viver.

E quando se tratava de segredos, eu sempre tinha que descobri-los, mais cedo ou mais tarde.

12

O percurso de volta para a cobertura foi o mais longo que já fiz. Saí do ateliê de Mira ao mesmo tempo em que Stacy. Uma vez mais, ela disse que me enviaria o arquivo por e-mail, e mais uma vez agradeci. Em seguida, ela se dirigiu para o metrô e eu escorreguei no banco de trás do Maybach. Minhas mãos estavam suadas quando prendi o cinto de segurança, mas meu coração também estava batendo com antecipação.

Não me escapou que eu estava reagindo como um viciado recebendo sua primeira dose após meses. E não era isso exatamente o que eu estava fazendo? A menina obsessivamente romântica prestes a entrar numa dose de espionagem compulsiva?

Estávamos só Jordan e eu no carro, Reynold tinha tirado a tarde de folga, e eu pretendia voltar para a boate depois das provas na loja de Mira. Mas sabia que ia ficar consumida com o vídeo no trabalho. E assistir àquilo em um local privado parecia ser a melhor jogada.

No entanto, às quatro horas de uma segunda-feira, em Nova York, é hora do rush. Sair de Greenwich Village e ir até Uptown foi um pesadelo. Eu me ocupei com a tentativa de descobrir como abrir o meu e-mail no celular, e por que raios não tinha tido essa ideia antes? Mas não conseguia me concentrar o suficiente sobre os passos para configurar o telefone.

Em vez disso, minha mente fervilhava de perguntas. Tantas perguntas além daquela principal: o que estava no vídeo? Por exemplo, primeiro, como Stacy tinha conseguido fazer um vídeo? Se ele havia sido feito com o telefone, ela não poderia enviá-lo por telefone? Será que Stacy andava carregando uma câmera de vídeo e então, de repente, surgira a chance de gravar esse... esse... *o que quer que fosse aquilo?* Por que ela achou que esse momento em particular era digno de preservação num filme?

O que levou à pergunta: o que acontecia no vídeo que fazia Hudson querer sua destruição? Isso era um grande problema, e a razão de eu, agora, querer uma cópia.

E depois, havia o comentário de Stacy sobre Hudson atrair pessoas. Ela disse isso como se ele a tivesse cortejado em algum momento. A questão é que Hudson tinha jurado que só havia estado com ela uma única vez. Foi esse detalhe que me intrigou mais. Porque mesmo que o vídeo provasse de alguma forma que seu relacionamento com Stacy tinha sido um de seus golpes, ele tinha mentido pelo menos sobre a extensão de sua interação com ela. Isso me perdoava de qualquer quebra de confiança que eu estivesse prestes a fazer, não é?

Eu não prometi que não iria ver o vídeo, justifiquei. Só disse a ele que não precisava assistir a ele. Bem, as coisas tinham mudado. E agora precisava. Nenhuma promessa quebrada, simplesmente um novo conjunto de circunstâncias surgira.

Foi assim que me convenci, de qualquer maneira.

Quando chegamos ao prédio, eu estava fora do carro antes que Jordan pudesse abrir a porta para mim.

– Lembre-se de ligar o alarme. – Ele me avisou.

Esse foi o acordo. Quando estivesse na cobertura sozinha, Jordan ou Reynold iriam esperar do lado de fora até que eu ligasse o sistema de segurança. Em seguida, eles receberiam uma mensagem de texto automática mostrando que estava tudo seguro e iriam embora. No momento, Celia era a menor das minhas preocupações, mas, em geral, era bom saber que estava protegida, e que ainda havia alguma privacidade em minha vida.

Uma vez lá dentro, liguei o alarme, corri para a biblioteca para pegar meu laptop e me sentei no sofá. Murmurei para mim mesma quando o meu e-mail pareceu demorar mais tempo do que o habitual para carregar, e então prendi a respiração enquanto clicava na minha caixa de entrada.

Lá estava ele. Minha única mensagem não lida. De "stacysbrighton".

Eu cliquei no e-mail para abrir.

Surgiu um curto parágrafo sobre o vídeo anexo. Ansiosa como estava, comecei o download e só depois voltei para lê-lo.

"Alayna, como eu disse, esse assunto para mim morreu. Leia ou jogue fora essas informações, como desejar. No caso de você querer saber as circunstâncias da filmagem, eu vou lhe contar: Hudson me pediu para encontrá-lo para tomar um café. Eu apareci e o encontrei assim. Liguei a câmera do meu telefone antes de ele me ver. Mais tarde, transferi o vídeo para o meu computador e arrumei um novo telefone, e foi por isso que não pude enviá-lo para você pelo celular. Enfim.

Aqui está.

Stacy"

Pelo menos ela respondera uma das minhas perguntas. Mas Hudson pedindo para encontrá-la para um café? Cada vez mais eu tinha certeza do que eu estava prestes a encontrar. – Hudson jogando com a assistente de sua irmã. Era de partir o coração. Por Hudson, por Stacy... E quanto a Mira? Fiquei imaginando o que ela sabia sobre tudo isso.

Meu computador mostrou uma mensagem de que o download estava completo. Minha mão parou acima do teclado por meio segundo, e pensei em não assistir. Uma vez que o visse, nunca mais poderia apagar de minha mente. E se fosse algo de que ele se envergonhasse? Era justo que eu visse o pior dele? E se Hudson descobrisse meus mais profundos e sombrios erros? Como me sentiria depois disso?

Mas ele já os tinha descoberto. Ele tinha me investigado pelas costas, antes mesmo de ter conversado comigo, tinha lido minha ficha policial, tinha feito uma pesquisa completa. E, no final, ainda estava comigo. Como isso era diferente?

Eu não saberia até assistir...

Meu dedo clicou para abrir o arquivo. Ampliei a imagem para tela cheia. Então me recostei e assisti.

O vídeo corria por um edifício enquanto se dirigia ao que importava. Era a parte de trás de uma cabeça. Não importava que eu só pudesse ver o cabelo e os ombros, eu sabia de quem era o cabelo. Conhecia a cor e a textura de cor. Eu até conhecia aquele paletó. Um Ralph Lauren azul-escuro. Não um dos meus favoritos, mas definitivamente familiar.

A cabeça de Hudson girou levemente de um lado e depois para o outro. Ele estava beijando alguém, dando um amasso numa mulher. Seu corpo escondia completamente a outra pessoa. Tudo que eu podia ver da mulher eram suas mãos pequenas em volta do seu pescoço.

O ciúme sacudiu meu corpo. Eu não conseguia evitar. Claro, isso foi antes de eu conhecê-lo, mas este era o meu homem, meu amor, beijando outra pessoa. Se Stacy tinha chegado para encontrá-lo, pensando que eles estavam prestes a sair, bem, isso explicava por que ela estava furiosa.

Então, o beijo terminou. E por um momento fiquei tensa.

Mas ele se afastou, e lá estava ela, o rosto corado, os lábios inchados do beijo, seu cabelo loiro enrolado num coque que era típico de seu estilo.

Senti o sangue sumir do meu rosto. Hudson e Celia. Eu tinha pensado sobre essa possibilidade antes, mas vê-los juntos, de verdade, era muito pior do que eu jamais poderia ter imaginado. Mas muito pior.

O vídeo continuou. Celia estendeu a mão para endireitar a gravata de Hudson. Ele afastou-a, virando-se mais plenamente para a câmera. Agora eu poderia concentrar-me em seu rosto. A expressão dele fez minhas entranhas se contorcerem, ele estava sorrindo, rindo quase. Algo que tinha feito tão pouco antes de me conhecer. Pelo menos, foi o que ele me fez acreditar. Foi essa expressão despreocupada e feliz que tornou impossível para mim justificar aquele beijo como uma coisa unilateral. Ambos tinham se beijado e apreciado isso.

Então, quando ela começou a se afastar, Hudson a puxou de volta para outro beijo. Mais lento, mais doce.

O vídeo terminou ali.

Felizmente. Porque se houvesse mais alguma coisa, eu iria vomitar. Só que essa ânsia não me impediu de ver o vídeo novamente.

Puxei minhas pernas até meu peito enquanto assistia àquele maldito vídeo. A cada segundo de seu beijo, meu peito ficava apertado, mais angustiado. Seria clichê dizer que o meu coração estava partido. Como se ele realmente pudesse se rasgar de dor e ainda permitir que uma pessoa vivesse. Que coisa mais banal.

Além disso, meu coração não se sentia assim. Parecia que havia uma tenaz. Apertando. Como se alguém tivesse arrancado o órgão do meu peito e apertado até secar.

Todas as vezes que perguntei, todas as vezes ele negou...

Mas e se tivesse sido uma farsa? Uma farsa em cima de Stacy? Minhas esperanças renasceram por um momento, enquanto raciocinava sobre esse cenário. Talvez o beijo não fosse real. Talvez tivessem sido Celia e Hudson jogando um jogo juntos. Ele nunca disse que havia envolvido Celia em seus jogos, mas sabendo que ela também era uma jogadora, não seria uma boa possibilidade?

Essa hipótese era um pouco melhor. Claro, eles ainda haviam se beijado, mas isso não significava que ele tivesse mentido para mim sobre seu relacionamento. Isso significaria que eles nunca realmente estiveram juntos.

Foi preciso a terceira vez vendo o vídeo antes de perceber a falha nessa teoria. Quando eu, finalmente, já tinha assistido o suficiente para ser capaz de capturar os detalhes e não apenas me concentrar no beijo. Hudson havia dito que seus esquemas tinham terminado por algum tempo antes de me conhecer. Que ele tinha feito terapia e voltado a ser normal, por assim dizer.

Mas a placa no edifício atrás deles era do simpósio Stern. Essa fora a noite da minha apresentação. A noite em que Hudson me viu pela primeira vez. A noite em que ele disse que sabia que eu era especial.

Na noite em que tudo começou para mim e Hudson, ele estava beijando Celia Werner.

Ou ele ainda estava tramando seus esquemas quando me conheceu, ou estava namorando aquela mulher. De qualquer maneira, ele mentira.

Por ter tido um pai alcoólico, eu tinha decidido nunca usar álcool para lidar com as minhas emoções. Meus vícios eram de uma natureza totalmente diferente. Mas as emoções em ebulição dentro de mim precisavam de um remédio mais forte. Fui para o bar da biblioteca e peguei um copo e uma garrafa de tequila.

– Aqui está você.

Quando Hudson chegou, quase uma hora depois, eu estava do lado de fora na varanda, olhando por cima do corrimão. Eu tinha a intenção de estar bêbada no momento em que ele chegasse em casa, e bebi quatro doses. Para mim, isso era o suficiente para me deixar debilitada.

Mas não tinha sido o suficiente para impedir a dor latejante em meu peito.

Olhei para ele por cima do meu ombro. Eu tinha preparado vários discursos, mas, ao vê-lo, todos eles sumiram.

– Eu não sabia que você estava em casa.

Virei-me de volta para a visão da rua. Era muito menos terrível do que olhar para o homem que me traíra.

– Estou. – Pelo canto do meu olho, o vi se movendo para o meu lado.

– Você não vem aqui fora muitas vezes.

Dei de ombros.

– Isso me assusta.

Eu estava fria com ele, o meu tom, todo o meu comportamento. Não havia como ele não perceber.

Timidamente, Hudson tentou descobrir o que havia.

– Você tem medo de altura?

– Na verdade, não. Estar caindo é o que me assusta. – Dei uma risadinha quando percebi a relação do medo com a sensação que eu estava experimentando no momento. – É realmente emocionante estar aqui. Em um lugar tão alto, se sentindo tão intocável, o vento forte vindo de baixo e batendo em você... Consigo entender por que tantas pessoas ficam intrigadas com a ideia de voar. O problema é que, não importa quão bom seja o voo, você sempre tem que descer, cedo ou tarde. E, muitas vezes, esse retorno é uma queda livre.

– Você está estranhamente poética nesta noite. – Sua testa franzida era evidente na voz.

– Estou? – Juntei minhas forças e me virei para olhar para ele. – Acho que sim.

Hudson sorriu e deu um passo em minha direção, com os braços esticados para me abraçar.

Dei um passo para trás, ou melhor, tropecei para trás.

Ele agarrou meu braço para me pegar. Meus olhos se voltaram para onde sua mão agarrou. Parecia que minha pele estava queimando sob seu toque, e não da maneira deliciosa que geralmente queimava, mas de uma maneira que me fez pensar se eu estaria marcada para a vida toda. Merda, ele tinha me tocado o corpo todo quando ficamos juntos. Então todo o meu corpo ficaria com cicatrizes?

Pelo menos meu interior ia combinar com meu exterior.

Hudson se inclinou para me ajudar a estabilizar. Ele cheirou, claro, e como não poderia sentir?

– Você andou bebendo?

Puxei meu braço.

– Isso é um problema?

– Claro que não. É só que você não costuma beber. Hum... está cheia de surpresas esta noite.

– Ah. Surpresas. É certamente um dia para isso.

– Então temos outras?

– Sim, temos. – Passei por ele para entrar.

Eu estava farta de conversa fiada. Havia coisas a serem ditas, e dizê-las ali fora não era a minha preferência.

Hudson me seguiu.

Esperei até que ouvi a porta se fechar atrás de mim, antes de me virar para encará-lo. Eu tinha planejado acertá-lo em cheio com a notícia de que tinha visto o tal vídeo. Mas essas não foram as palavras que saíram de minha boca.

– Hudson, por que você nunca disse que me ama?

– De onde é que isso veio? – Ele me olhou como se eu tivesse lhe dado um tapa. Considerando que era isso o que eu queria, até que foi um resultado agradável.

No entanto, essa não era a resposta que eu queria. Nem um pouco. E estava com álcool suficiente no meu organismo para continuar a perseguir a resposta que esperava.

– É uma pergunta válida.

– É mesmo? Meus métodos de expressão emocional não pareciam incomodá-la antes, então por que agora?

– Não me incomodavam? – Não conseguia acreditar. Será que ele não sabia realmente como eu estava desesperada para ouvi-lo dizer isso? – Isso sempre me incomodou. Eu tenho sido paciente, isso é tudo. Tenho permitido a você se acomodar em nosso relacionamento. Sei que é tudo novo para você, e isso é uma coisa que nunca me deixou esquecer. Mas é novo para mim também. Eu já mostrei todo o meu coração a você. E você não pode me dar uma coisa, ou essas três coisas, na verdade. Três pequenas palavras.

– Você sabe como me sinto sobre você. – Hudson se afastou de mim e foi em direção ao bar da sala de jantar.

Foi a minha vez de ir atrás dele.

– Mas por que você não pode dizer isso?

– Por que preciso? – Ele se serviu de uma dose de uísque. – Se você entender, não há sentido em ficar falando.

– Às vezes ajuda a ouvir.

– Ajuda o quê?

Ele estava tão controlado, tão educado, que isso me deixou mais furiosa. E levantei minha voz.

– Ajuda tudo! Ajuda a lidar com a insegurança. Com as dúvidas.

Ele colocou a garrafa sobre o balcão do bar e girou na minha direção.

– Do que você está duvidando? De nós? Do que nós temos? Eu lhe pedi para vir morar comigo. Mudei toda a minha vida para estar com você. O que há para duvidar?

– Suas razões. Seus motivos.

– Minhas razões para querer você comigo são: eu quero estar com você. O que mais você precisa saber? Você quer as palavras? Elas podem ser alteradas, manipuladas e mal interpretadas. Mas minhas ações, elas falam tudo o que você precisa saber.

Suas palavras eram como um calmante e, em outro momento, teriam me feito derreter. Havia muitas ações dele que confirmavam o que estava dizendo. Tantas que não dava tempo de listá-las todas no espaço de alguns segundos.

Mas havia outras ações, as que eram ambíguas e difíceis de interpretar. Reuniões durante o almoço com Norma Anders. Ter comprado a boate para mim antes mesmo de me conhecer. E ainda havia o vídeo.

Cruzei os braços, de repente fiquei com frio.

– Se eu for por suas ações, então o que eu sei agora é que fui enganada.

Ele tomou um gole de sua bebida, sua mandíbula mexeu o líquido ao redor de sua boca antes de engolir.

– Do que você está falando?

Endireitei minhas costas para o momento do confronto.

– Eu vi, Hudson. Eu assisti ao vídeo.

– Que víd...

Eu soquei meu punho sobre a mesa da sala de jantar.

– Nem tente fingir que não sabe a que vídeo estou me referindo, porque, depois de tudo o que passamos, eu não mereço evasivas!

Seus olhos estavam presos nos meus, então eu vi o breve choque de pânico no rosto de Hudson.

E então vi o momento em que ele retomou o controle.

– Tudo bem. Não vou lhe dar evasivas, então. – Ele limpou a boca com as costas da mão. – Onde você conseguiu isso? Stacy?

Onde foi que eu consegui?

– Será que isso importa?

– Acho que não. – Seu tom era franco.

Minhas entranhas deram um nó. Eu esperava uma negação imediata ou a garantia de que aquilo tudo não era o que parecia. Eu esperava respostas. Não isso. Não essa completa indiferença.

– Você estava beijando Celia.

– Eu vi o vídeo também.

– Você quer se explicar?

– Será que isso importa?

Hudson jogou as minhas próprias palavras de volta.

– Claro que sim! – Eu tinha perdido a compostura. Só ele poderia corrigir isso e o homem nem estava tentando!

Hudson voltou para o bar e encheu o copo novamente.

– Foi antes de conhecer você, Alayna. Eu não lhe pedi para explicar suas ações antes de nos conhecermos. Eu também não deveria ter que explicar as minhas.

Eu fiquei boquiaberta por um momento, enquanto ele engolia a bebida. De todas as respostas que eu imaginava que ele daria, dar pouca importância ao fato não era uma delas.

– Mas isto é diferente – finalmente consegui falar. – Porque você já ofereceu uma explicação. Você disse que nunca houve nada entre você e Celia.

– E não houve.

– E eu tenho que acreditar nisso depois de ver o que vi?

– As aparências enganam.

Sua voz era um ruído baixo. O único indicador de alguma emoção desde que eu trouxe o assunto do vídeo à baila.

Isso me instigou.

– Isso é tudo que você tem a dizer?

– Você me contou que não há nada entre você e David, no entanto, houve muitas vezes em que pareceu que havia...

– Só pareceu desse jeito porque você estava paranoico e com ciúmes.

Você nunca me viu beijando aquele homem. Acredite em mim, ver isso é pior do que você possa imaginar.

Hudson colocou os dedos na parte de trás de uma cadeira e se inclinou para mim.

— Tenho certeza que se eu olhar as antigas fitas de segurança, eu poderei ver exatamente isso.

Suas palavras eram frias, duras e rancorosas. Eram momentos como estes em que o dom de Hudson para manipular se mostrava. Era frustrante e injusto como ele se mostrava capaz de moldar uma situação a seu favor, mas eu entendi que isso era uma parte dele. Ele não estava tentando jogar comigo.

No entanto, saber disso não iria tornar as coisas mais fáceis.

— Sim. Uma vez eu estive com David. Eu já lhe contei isso.

— Depois que você deixou escapar, e eu percebi isso.

— Jesus! Será que eu vou ter que pagar por esse erro pra sempre? — Ele não respondeu, mas não lhe dei tempo. — Tudo bem, eu não queria revelar. Eu escondi essa coisa de você. Mas só porque não queria machucá-lo, e eu admiti isso quando você me confrontou. Mas essa situação de agora, você mentiu abertamente sobre isso, Hudson. Você me disse que não havia nada para ver no vídeo de Stacy. Você me disse que eu não precisava ir à procura dele.

— E você foi à procura dele, de qualquer maneira.

— Não. Eu não fui. Fiquei longe. Até que descobri que você estava deliberadamente tentando esconder isso de mim. Sim, Stacy me disse que você pediu o vídeo a ela. Eu deveria continuar confiando em você, então?

Hudson deu de ombros.

— Eu não sabia o que ela tinha. Pedi porque fiquei curioso. Não estava escondendo nada deliberadamente.

— Você estava deliberadamente escondendo a porra de um relacionamento com alguém que você jurou que nunca teve nada além de amizade! E mesmo agora que descobri que você e Celia estavam juntos, mesmo agora que eu tenho a prova, você ainda não pode admitir isso.

Meus olhos ardiam e minhas mãos tremiam por causa de uma onda de frustração que corria através de mim.

Hudson me perfurou com os olhos.

– Não vou admitir nada – sibilou. – Você não descobriu nada, Alayna.

– Então esclareça as coisas para mim. Diga-me o que eu não consigo entender. O que está acontecendo nesse vídeo?

– Nada – respondeu ele. – Nada está acontecendo.

– Hudson! – Minha voz ficou presa com um nó na garganta, mas eu continuei. – Você está beijando-a. Beijando-a profundamente. Apaixonadamente. Ah, sim, assisti àquilo várias vezes, eu poderia até encenar a coisa toda para você, agora, se você quiser.

Balançando a cabeça, ele se dirigiu para a sala de estar.

Mas continuei em seus calcanhares.

– Sem mencionar que você deveria se encontrar com Stacy logo em seguida. E não me escapou em que noite essa coisa toda aconteceu.

Ele se virou para mim.

– *Me encontrar com Stacy?* Foi isso que ela falou? O que mais ela disse?

Se ele podia reter as informações, então eu também podia.

– Isso realmente não tem qualquer relação com essa conversa.

– Bem, até onde me diz respeito, essa conversa acabou. – Ele se dirigiu para a biblioteca.

Fiquei atordoada por um segundo antes de segui-lo.

– Não acabou. Tenho perguntas e você me deu zero respostas.

– Eu não tenho respostas para lhe dar. Este assunto está encerrado.

Sua recusa me enfureceu, e ainda mais, isso me fez sentir impotente.

– Você está brincando comigo? Não vai falar sobre isso?

– Não estou brincando. – Ele se sentou a sua mesa, reforçando a sua recusa em continuar falando sobre o assunto.

– Hudson, isso não é justo. – Fui para o seu lado da mesa, não queria essa barreira física entre nós. – Nós combinamos que precisávamos ser honestos um com o outro, que precisávamos formar uma relação baseada na confiança. Nós concordamos em sermos abertos. Mas você está escondendo alguma coisa com essa história. Você mentiu! E não está falando sobre isso? Como é que vamos progredir em nosso relacionamento quando você está mantendo um segredo tão grande assim?

Ele voou de sua cadeira e agarrou meu braço com um apertão forte.

– Fiz alguma coisa para trair a sua confiança antes disso?

Fiquei tão surpresa com esse movimento que nem tentei me afastar.

– Você transferiu David pelas minhas costas...

Hudson me puxou para mais perto.

– Isso foi *por nós.* – Seus olhos se arregalaram quando enfatizou as duas últimas palavras. – Já fiz alguma coisa que tenha feito você pensar que não estava pensando em nossos melhores interesses? Fiz alguma coisa que fizesse você acreditar que eu não quero estar com você? Que eu não... – Sua voz falhou e ele engoliu antes de continuar: – Que não me importo com você... com toda a minha força?

Balancei a cabeça, incapaz de falar.

Ele relaxou seu aperto em mim, mas não me soltou.

– Tudo o que fiz desde que estamos juntos foi para você e para mim. Confie em mim quando digo que isso não é importante. – Com a mão livre, afastou meu cabelo do meu ombro. – Isso não nos afeta.

– Como isso pode não nos afetar? Essa foi a noite do simpósio Stern. A noite em que você disse que me viu pela primeira vez.

– Sim, foi a noite em que eu a vi pela primeira vez. – Sua voz estava mais suave. Mais calma quando espalmou meu pescoço. – Mas aquilo aconteceu antes. Separado. Você precisa esquecer.

Separado. Fixei-me nessa palavra, absorvendo-a, em busca de significado. Mas como poderia ser separado? Foi na mesma noite.

Olhar em seus olhos não me esclareceu nada. Tudo que vi foi ele pedindo e implorando para me esquecer desse vídeo.

Mas essa não era a pessoa que eu era. Ele me disse uma vez que sempre seria manipulador e dominador, mesmo quando não estivesse jogando. Essa era a pessoa que Hudson era.

Eu, de meu lado, sempre seria obsessiva. Eu sempre questionaria. Mesmo quando estivesse saudável. Pedir para me esquecer de uma coisa assim era como estar desafiando minha natureza.

Engoli em seco.

– E se eu não puder esquecer?

Sua expressão estava repleta de decepção.

– Então isso significa que você não confia em mim. – Ele me soltou, endireitando as costas. – E eu não sei como nós poderíamos continuar nossa relação sem confiança.

Meus joelhos estremeceram e coloquei minha mão sobre a mesa para me equilibrar.

– Você está me dizendo que eu tenho que escolher? Confiar em você sobre isso ou estamos acabados?

– Claro que não. – Faltava confiança em suas palavras. – Mas não há mais nada que eu possa dizer. Se você pode viver com isso ou não, é a uma escolha que você tem que fazer.

Passei meus dedos pelas minhas sobrancelhas e pelo meu rosto. A situação parecia tão surreal, era quase como se eu tivesse que ter certeza de que ainda estava lá fisicamente. Como a gente saíra de uma pergunta sobre o passado de Hudson para um ultimato sobre o nosso futuro?

E mesmo que eu pudesse viver de acordo com seus termos, que tipo de futuro poderíamos ter juntos?

Eu balancei minha cabeça.

– Isso é uma armadilha, Hudson. Como alguém poderia viver com isso? Como poderíamos avançar quando, para onde quer que eu me vire, há uma parede?

– Não há paredes. – Sua mandíbula tensionou e sua voz estava apertada. – Eu estou aqui com você. Compartilho tudo com você.

– Exceto seu passado.

– Exceto essa *coisa* no meu passado.

– Não. Há mais. – Minha garganta e meus olhos estavam queimando. – Não é apenas o vídeo, Hudson. São seus segredos, as coisas que você não pode dizer. Você não pode me dizer do que se tratou aquela noite. Você não pode me dizer o que sente por mim. Você não pode me dizer qual é a verdadeira natureza de seu relacionamento com Celia, com Norma, até mesmo com Sophia!

– Jesus Cristo, Alayna. Eu já lhe contei exatamente a verdadeira natureza dos meus relacionamentos e você... – ele apontou um dedo em sua mesa para dar ênfase – ... se recusa a acreditar no que eu disse.

– Porque há provas, sempre aparecendo, que me dizem o contrário. – Eu batia minha mão contra minha coxa cada vez que falava. – E se eu estiver perdendo alguma coisa, então talvez seja hora de parar de deixar de fora as coisas vitais.

Hudson fechou os olhos por alguns instantes. Então ele se aproximou de mim para agarrar meus braços.

– Nada do que não contei a você é vital para o nosso relacionamento. – Sua voz era baixa e sincera. – Não tem nada a ver com a gente.

Eu joguei meus braços para o ar.

– Tem sim! Tem tudo a ver com a gente.

Hudson passou por mim e foi para o outro lado de sua mesa, mas não foi longe. Ficou balançando em seus pés, de costas para mim, e senti que ele estava decidindo. Decidindo o quê, eu não sabia.

Fui atrás dele, até a distância de um braço. Eu poderia chegar a tocá-lo com minhas mãos, mas preferi mantê-las ao meu lado.

– Você não vê, Hudson? Eu quero saber tudo sobre você. Eu quero ser tudo com você. Como posso fazer isso se você não me deixar entrar?

– Eu a deixei entrar mais do que qualquer outro ser humano que conheço. Você sabe coisas sobre mim que nunca planejei compartilhar com ninguém – disse isso e virou a cabeça para me olhar. – Isso não vale alguma coisa?

– Sim, vale. – Estendi a mão para acariciar sua bochecha e ele se aproximou para me encarar. – Vale muito. Mas veja... – Deixei cair minha mão ao lado do corpo de novo. – É aí que não saímos do lugar. Você está me pedindo para desistir de quem eu sou, para que você mantenha seus segredos, e isso vai me destroçar. Eu não posso fazer isso. Não consigo funcionar desse jeito. Eu sou obcecada, Hudson. E nunca escondi isso de você. Tenho um histórico de obsessão sobre coisas que não eram válidas, mas desta vez, nada disso é invenção de minha cabeça. Há coisas reais que você está escondendo de mim, e não percebe como estou ficando louca com isso? Tudo o que você consertou em mim está desmoronando e não sei o que fazer. – Respirei profundamente. – E nem tenho certeza de que você se importa.

– Eu me importo, Alayna. – Dizendo isso, limpou uma lágrima do meu rosto, e engraçado, eu nem tinha notado que estava chorando. – Eu me preocupo mais do que posso suportar e vou fazer de tudo para deixar isso melhor.

Ele apoiou a mão atrás do meu pescoço e encostou a testa na minha.

Seria tão fácil, tão fácil deixar essas coisas de lado e deixá-lo me beijar, afastando minha dor e insegurança. Seus lábios nos meus poderiam apagar todas as trevas, poderiam aliviar qualquer dor. Até aquela tarde, eu acreditava nisso como algumas pessoas acreditavam em sua religião, acreditava que Hudson poderia me curar, sempre.

Só que, desta vez, ele era o problema.

E não seria o seu toque que me curaria. Seriam palavras. Palavras que ele não estava disposto a me dar.

– Então me diga o que eu preciso saber – sussurrei.

Ele se endireitou e deu um passo para longe de mim.

– Não. Não vou dizer.

Ele se virou, voltando para a sala de estar.

Mais uma vez, corri atrás.

– Vocês estavam juntos? Você transou com ela? Você transou com ela naquela noite? Na noite em que você me conheceu?

Hudson andou pela sala.

– Não. Não. Não. E não. Eu já lhe disse isso antes e se essas palavras não são suficientes, por que deveria acreditar que outras palavras seriam?

– Porque essas palavras não são as palavras que preciso. Não preciso de negações. Preciso de verdades. O que aconteceu, Hudson? O que ela é para você?

– Alayna, deixe estar.

– Não posso!

Ele parou de repente. Depois de um segundo, disse:

– Então, preciso ir embora.

– O que isso quer dizer? – Engoli em seco. – Deixar a cabeça esfriar?

Hudson negou.

– Isso significa que temos que ficar algum tempo separados.

– O quê? Não!

Pensei que meu coração tinha atingido o fundo do poço em outras ocasiões. Mas, aparentemente, havia um abismo enorme por onde ele poderia desabar, tão escuro que obliterou a minha noção anterior de escuridão. E o frio e a dor daquele lugar fizeram com que cada dor anterior fosse nada em comparação. A morte de meus pais, a minha viagem da loucura à sanidade, até mesmo a traição de Hudson quando ele não me escolheu entre mim e Celia, aquelas eram feridas menores ao lado dessa.

– É o melhor – disse ele, enquanto pegava o paletó atrás do sofá.

Parecia que eu precisava dizer algo, qualquer coisa, para fazê-lo ficar. Mas eu não conseguia descobrir o que era. Tudo o que conseguia ouvir eram as suas palavras se repetindo na minha cabeça, *"algum tempo separados"*. Por causa de quê? Por que eu precisava que Hudson fosse honesto comigo?

Aquilo não podia estar acontecendo.

– Você acaba de dizer que se importa comigo mais do que tudo na vida e agora quer terminar a nossa relação?

Hudson me olhou com os olhos cheios de tristeza.

– Não, não quero terminar nada, princesa. Basta ficarmos algum tempo separados. Tempo para descobrir como vamos lidar com isso.

Suas palavras foram compassivas e doces, mas não foram suficientes para apaziguar a minha mágoa e raiva.

– Você quer dizer tempo para eu me recompor.

– Nós dois, Alayna.

Enxuguei as lágrimas do meu rosto com as costas da mão.

– Eu não sei onde você busca suas definições, mas para mim isso se parece com terminar comigo.

– Se é assim que você quer chamar...

– Eu não quero chamar de nada. Não quero que isso aconteça!

– Espero que seja temporário.

Ele passou por mim, com cuidado para não me tocar. Então, pegou sua maleta no hall de entrada e apalpou os bolsos, aparentemente satisfeito por ter tudo o que precisava.

Ah, meu Deus. Ele realmente estava indo embora. Ele estava mesmo indo embora!

– Hudson!

Quando se virou para mim, corri para ele.

– Não vá. Por favor, não vá embora. – Agarrei-me nele.

Seu corpo permaneceu frio e impassível, os olhos longe de mim.

– Estou fazendo isso por você, Alayna. Por nós dois. – Suas palavras eram doces, embora ele ainda não olhasse para mim ou me tocasse. – Eu não posso suportar que a esteja magoando, e se perder você, isso vai me destruir. Mas existem algumas coisas que nunca poderei lhe contar. E agora estamos em um impasse, como você disse. Porque você diz que não pode continuar sem saber, e eu não posso continuar sem a sua confiança.

– Eu confio em você. E vou aprender a viver com isso, se tiver que ser assim. Vou descobrir uma forma. Só não posso perdê-lo!

Eu estava desesperada, fazendo promessas que, de maneira nenhuma, poderiam ser cumpridas.

Finalmente, Hudson conectou seus olhos com os meus.

– Você não vai me perder. Estamos simplesmente nos afastando. Talvez eu possa...

Ele parou de falar e me agarrei em qualquer que fosse a alternativa que poderia estar sendo oferecida.

– Talvez você possa... o quê?

Mas ele não tinha nada a oferecer.

– Eu não sei. Preciso de tempo.

Gentilmente, Hudson tirou os meus dedos de sua roupa e me empurrou.

– Mas para onde você vai? Esta é a sua casa.

– É a sua casa também. Eu vou ficar no *loft*.

Sem olhar para mim, ele deu um passo em direção ao elevador.

– Hudson! Não faça isso. Não me deixe.

Ele estendeu a mão, como se estivesse querendo me tocar, mas logo puxou a mão de volta.

– Isto não é para sempre, princesa. Mas não consigo ver você assim.

– Como o quê? Como uma louca?

Embora eu sempre temesse que Hudson não fosse capaz de suportar o meu pior, tinha de fato começado a pensar que ele ficaria comigo sempre. Como prometera tantas vezes.

Eu estava errada. Mais uma vez.

– Sim, sou louca. Esta é quem eu realmente sou, Hudson. Você viu agora. Aqui estou eu, exposta. Isso sempre mete medo nas pessoas e elas se afastam de mim, mas nunca pensei que iria assustá-lo. No entanto, aqui está você, se afastando, me largando. Não admira que você ache que não conseguirei lidar com seus segredos. Porque provavelmente acha que eu reagiria assim, como você está vendo agora. Mas não sou uma covarde, Hudson. Eu posso aguentar. Eu não vou fugir de você.

O rosto dele ensombreceu.

– Não estou fugindo de você, Alayna. Eu a estou salvando.

– De quê?

– De mim!

Ficamos em silêncio enquanto sua exclamação ecoava pelo hall do elevador. Então, ele apertou o botão para descer.

– Falo com você depois. Amanhã, talvez.

– Hudson!

– Eu... Eu não posso, Alayna.

Hudson entrou no elevador, seus olhos presos ao chão enquanto as portas se fechavam.

Então, ele se foi.

13

Depois que Hudson foi embora, chorei por tanto tempo e com tanta intensidade que fiquei com a sensação de que iria desmaiar de puro esgotamento. Mas não foi isso que aconteceu. Tentei proteger-me enrolando-me em mim mesma na cama, mas parecia grande demais. E por mais cobertores que eu colocasse por cima de mim, continuava sentindo frio. Por fim, decidi ir para a biblioteca, tomei mais alguns tragos de tequila para aquecer-me e coloquei um filme da minha coleção dos 100 melhores filmes da AFI. Escolhi assistir a *Titanic*. Afinal de contas, já que eu me sentia tão desconsolada, poderia me afogar de vez...

Antes que o barco afundasse, dormi no sofá. Despertei no dia seguinte com os olhos inchados e com enxaqueca. A primeira coisa que me veio à mente foi que eu precisava de cafeína. No entanto, não sentia o cheiro do café recém-feito na cobertura e foi então que eu me lembrei de que Hudson não estava ali. Todo dia, antes de sair para o trabalho, ele me fazia café. A ausência daquele simples detalhe ameaçou provocar uma nova sessão de lágrimas.

Pode ser que ele tenha telefonado.

Procurei o telefone e o encontrei enterrado no meio das almofadas. *Merda!* O aparelho estava sem bateria. Eu estava muito consumida pela tristeza para me lembrar de deixá-lo carregando durante a noite. Após conectá-lo ao carregador na tomada da biblioteca, preparei um café para mim e encontrei Ibuprofeno no armário do banheiro.

Depois tomei uma ducha, com a esperança de que a água quente aliviasse o inchaço dos olhos. Talvez até mesmo tenha desinchado, mas eu não me sentia melhor. Em seguida, envolvi-me numa toalha e fiquei olhando o espelho embaçado pelo vapor. Quem dera fosse tão simples assim, levantar a mão e limpar a condensação, para poder ver o homem que havia debaixo da neblina. Se ele me deixasse entrar, seria tão fácil. Quem sabe minha carícia pudesse conseguir finalmente que ele visse as coisas claramente.

Mas não era assim tão simples. No entanto, eu ainda podia esperar uma mensagem ou uma chamada perdida. Vesti-me e voltei para acomodar-me no sofá para ligar o telefone.

Nada.

Então, eu lhe enviei uma mensagem: "*Volte pra casa.*"

Como depois de cinco minutos não recebi nenhuma resposta, pensei em enviar-lhe outra mensagem. Ele estava no trabalho. Então, eu não deveria incomodá-lo. Mas era de se supor que eu fosse importante. Se eu ainda fosse importante, ele me responderia.

Debati-me sobre o que deveria fazer. No passado, enviar mensagens e os telefonemas obsessivos tinham sido minha maior debilidade. Durante o período de mais de um ano desde que começara a terapia, nem sequer me permitira ter um telefone. A tentação era grande demais. No auge da minha obsessão, eu podia encher a caixa de entrada do celular em uma hora. Paul Kresh teve que mudar de número depois que eu passei três dias seguidos, sem parar, enviando-lhe mensagens.

Com Hudson, eu considerava cuidadosamente cada mensagem que lhe enviava. Não lhe enviava todas que vinham à minha mente. Era difícil, mas eu tinha conseguido me controlar.

Nesse dia, queria mais que o controle fosse à merda.

Eu lhe enviei uma nova mensagem: "Agora você vai me evitar?"

Cinco minutos depois, eu lhe enviei outra mensagem: "O mínimo que você poderia fazer é falar comigo."

Enviei-lhe várias outras, com intervalo de três a cinco minutos cada uma.

"Você me disse que eu era tudo."

"Fale comigo."

"Não lhe perguntarei sobre isso se não quiser."

"Isto não é justo. Não devia ser eu que deveria estar irritada?"

Eu já estava a ponto de começar a escrever outra mensagem quando o telefone vibrou na minha mão ao receber uma mensagem. Era dele: "Não estou irritado. Não estou evitando você. Não sei o que dizer."

Que Hudson ficasse sem palavras era a maior loucura que tinha escutado nos últimos dias. Esse homem sempre sabia o que dizer, sempre sabia o que fazer. Se nossa separação fazia com que ele perdesse o controle dessa forma, por que estávamos separados?

Meus dedos mal conseguiam escrever uma resposta suficientemente rápida: "Não diga nada. Simplesmente volte pra casa."

"Não posso. Ainda não. Precisamos de um tempo."

Eu tinha esperado que, pela manhã, tudo se esclarecesse. Mas ainda continuava insegura sobre o que supostamente eu devia fazer com o tempo que ele tanto insistia que necessitávamos. "Não preciso de tempo. Eu preciso de você."

"Depois nos falamos."

"Você não está entendendo. Eu tenho que falar com você agora. Continuarei lhe enviando mensagens. Não consigo evitar."

"E eu pretendo ler todas, uma por uma."

Quase sorri com sua última mensagem. Depois de tantos anos que me ignoraram e me chamaram de louca, Hudson aceitava essa minha loucura.

Mas uma pequena e suave mensagem não era suficiente para acabar com a sensação de vazio no meu peito. Comecei a digitar outra mensagem.

Mas então me detive.

Que diabos eu estava fazendo? Não me importavam meus velhos hábitos nem o que era são ou o que não era. Por que estava indo atrás desse homem com tanto desespero, quando ele já havia deixado claro que isso não teria nenhum efeito? Além do mais, Hudson havia dito mais de uma vez que gostava de que eu ficasse obcecada por ele. Que assim ele se sentia amado.

Vá à merda!

Se Hudson queria sentir-se amado, podia vir para casa para dar um jeito em tudo isso. Sim, nós tínhamos passados turbulentos e pouca experiência com relacionamentos. Mesmo assim, cedo ou tarde teríamos que crescer e nos responsabilizar por nossos atos. Mais do que qualquer outra coisa no mundo, eu desejava fazer exatamente isso com Hudson. Mas se ele não estava preparado, não importava o quanto eu o amasse. Não poderia ser eu a única a lutar. Ele teria também que fazer o mesmo.

Em um dos momentos de maior fortaleza na minha vida adulta, deixei o telefone de lado e saí de perto.

Como não estava tão louca para acreditar que minha determinação duraria muito, decidi sair de casa. Precisava correr.

Telefonei para Jordan.

– Escute, você costuma correr, certo?

– O que foi que disse, srta. Withers?

– Você pertencia às Operações Especiais. Para isso deveria manter a forma, certo?

Isso já tinha me passado pela cabeça antes. Mas agora Hudson não estava ali. Então continuei:

– Imagino que isso deve fazer de você um bom corredor.

– Sim, suponho que sim.

– Ótimo. Bem, eu quero sair para correr e Hudson não me deixa sair sem guarda-costas. Estarei pronta em quinze minutos.

Ele hesitou por dois segundos.

– Estarei aí em dez, srta. Withers.

– Obrigada...

Foi surpreendentemente mais fácil do que eu esperava. Aproveitei para ver o que mais eu poderia conseguir.

– Por Deus, Jordan, chame-me de Laynie. Por favor, por favor, por favor. Sei que supõe que não deve fazer isso, mas para mim não me importam as estúpidas regras de Hudson. Estou num dia péssimo e seria bom ter um amigo. Embora você não seja realmente um amigo meu, finja sê-lo. Por favor.

– Já deveria me conhecer o suficiente para saber que não sou nada bom em fingir.

Ouvi um ruído no telefone, como se ele estivesse se arrumando enquanto falava comigo. E continuou:

– Contudo, sou um excelente corredor. Prepare-se para sofrer uma grande derrota, Laynie.

Quase sorri quando eu o vi na entrada principal do prédio. Aquilo era novo para mim, que a vida seguisse em frente de verdade em meio a minha angústia. Quem diria que isso seria possível?

Tal como ele havia me avisado, Jordan derrotou-me em nossa corrida. Os oito quilômetros que percorremos ao redor do Central Park nem sequer o tinham alterado, enquanto eu já estava quase precisando que me levassem para casa. O esgotamento físico fez-me sentir bem. Caía bem com meu ânimo deprimido. A injeção de adrenalina e endorfina não conseguiu me levantar muito, mas conseguiu me fazer sentir que estar viva era algo mais suportável.

De volta à cobertura, tomei um banho e me vesti. Depois fui consultar meu telefone. Verifiquei as mensagens em busca de outra de Hudson. Custou-me assumir a decepção de não encontrar nenhuma. Embora ele tivesse dito que não responderia, eu esperava que ele respondesse. Como pôde? Justo no dia anterior pela manhã, ele havia me dito que eu era o centro do seu mundo. Teria como saber se ele continuava pensando o mesmo?

Não me vinha nenhuma resposta. As provas não apontavam a meu favor e aquilo me doía muito.

Precisava de outra distração para evitar que eu contatasse Hudson, assim sendo, telefonei para Brian. Conversamos por mais de uma hora. Em nosso caso, um recorde. Depois telefonei para Liesl. As duas íamos trabalhar nessa noite, o que me dava uma desculpa perfeita para sair antes e fazer compras e jantar. Não que isso me apetecesse muito, mas eu poderia dissimular. E estar com Liesl me ajudaria a conter as lágrimas.

Já havia passado um dia inteiro quando Jordan nos deixou no The Sky Launch.

– Agora termina meu turno, Laynie – disse-me Jordan ao fechar a porta do carro depois que eu saí. – Reynold a estará esperando lá fora.

Sim, vi que Reynold esperava-me na porta de entrada dos empregados da boate.

Embora nunca tivesse feito isso antes, senti o desejo de abraçar Jordan.

– Obrigada – disse-lhe, com um nó na garganta. – Precisei de você e você estava lá.

Jordan me olhou com compaixão.

– Não deveria dizer-lhe isso, mas você já sabe... O sr. Pierce é um homem complicado.

– Sim. Sei disso, sim.

Nesse momento, não estava interessada que ninguém defendesse Hudson. Ainda assim, Jordan continuou:

– Entretanto, por mais complexa que seja a situação, é fácil ver o que ele sente por você.

Levantei o queixo com uma expressão desafiadora.

– É mesmo? – Isso era o que eu pensava, mas agora qualquer coisa era possível.

O chofer me deu uma batidinha no braço.

– Pode ser que para você não, mas para mim está muito claro. Rezo para que ele encontre um modo de demonstrar isso antes que você parta para sempre.

Fiquei olhando para Jordan enquanto ele entrava no carro e se distanciava.

Eu? Ir embora para sempre? Tinha sido Hudson que tinha ido embora. Tinha sido Hudson que não cumprira a promessa de estar ao meu lado em qualquer circunstância. Tinha sido Hudson que havia deixado vazar indiretas nada sutis sobre um futuro duradouro e, no entanto, nesse momento não estava ao meu lado.

Com uma terrível sensação de desassossego, temi que Jordan tivesse razão. Para mim, os sentimentos de Hudson *estavam* claros. Obviamente tinham desaparecido.

Mordi o lábio para conter o choro que esse último pensamento provocou.

Liesl me deu o braço e me levou para a porta.

– Ter guarda-costas é cansativo para você?

Foi maravilhoso mudar de assunto.

– O que eu quero dizer é que eu jamais ficaria farta desse Jordan. Ele é gostosão.

– E é gay.

– Já imaginava que sim. Mas quem sabe queira experimentar.

Ri.

– Não é nada provável.

Meu riso rapidamente se converteu em um olhar muito sério. Para mim era muito esquisito estar me divertindo quando eu me encontrava tão triste. E continuei:

– Normalmente não me importa ter um guarda-costas à minha volta, embora eu goste de ter independência. E a verdade é que não entendo por que preciso ter alguém aqui quando estou na boate. – Então surgiu uma ideia. – Falando nisso...

Alcançamos Reynold nesse momento.

– Olá, forasteiro – cumprimentei. – Quer saber de uma coisa? Esta noite você está livre.

Ele riu.

– Estou falando sério. Provavelmente, Hudson é o único com poder para lhe dar folga esta noite, mas a questão é que Hudson não está aqui. E eu ficarei a noite toda aqui dentro. Temos seguranças entre o pessoal da casa e alguns gorilas. Estarei bem.

Não sei por que para mim era tão importante que Reynold fosse embora, mas, de repente, foi isso que eu senti. Quem sabe fosse uma mostra de rebeldia. Se Hudson não estava disposto a transigir em nossa relação, eu tampouco. Ou pelo menos não do modo como tinha feito as coisas até então. Eu estava muito irritada. Não era essa uma das fases da separação?

Além do mais, estava me sentindo forte. Não precisava de ninguém que ficasse me seguindo. E Celia tinha sumido há vários dias. Talvez se entediara de seu jogo.

– Assim sendo, eu o vejo quando sair. Combinado?

Reynold parecia perplexo.

– Eh... Tudo bem. Bem... Então... Virei às três horas.

– Ótimo.

Minha vitória sobre Reynold me deixou animada. Antes, não sabia como iria suportar essa noite. Agora eu já pensava que realmente poderia. Não tinha esquecido minha dor – a maioria dos meus pensamentos centrava-se em Hudson – mas a tristeza era quase suportável.

O tempo passado com Liesl estava me ajudando. Ultimamente nós não nos víamos muito e por isso colocamos o papo em dia. Eu lhe contei sobre tudo o que tinha acontecido, incluindo a perseguição de Celia e o comportamento reservado de Hudson. Foi deprimente, mas também terapêutico.

– Talvez Hudson seja, na verdade, algo tipo um agente da CIA – comentou Liesl, enquanto passava pela caixa registradora – e Celia seja sua parceira. Quem sabe tenha abandonado sua missão ou tenha desertado, ou sei lá como eles chamam isso, e Celia esteja tentando voltar a recrutá-lo.

Suas ideias loucas me divertiam.

– Definitivamente, só pode ser isso.

Para ocupar seu lugar diante do caixa, empurrou-me com o quadril, afastando-me.

– Gostaria que você levasse essa conversa a sério. Sei que tenho razão.

Forcei um sorriso.

– Perdoe-me por ser... Como você chama a isto? Ah, sim, realista.

Liesl passou a mão por uma de suas mechas púrpura e riu.

– A realidade está altamente superestimada.

– Não é?

Depois disso, mergulhamos na agitação da noite. David tinha instruído Gwen na noite anterior, assim, esta era a primeira vez que, de verdade, eu a via em ação. E ela já havia trabalhado o suficiente para saber o que fazia. Observei como se encarregava do piso superior, controlando as trocas de pedidos e os clientes revoltosos sem hesitar. A garota era boa e eu não tinha como me sentir mais feliz pela decisão de contratá-la. Sobretudo agora que meu futuro no The Sky Launch estava no limbo.

Com um arrepio, engoli o soluço que estava se formando em minha garganta. Não podia pensar nisso. Não ali. Não naquele momento. Talvez do mesmo modo ilusório que tinha usado na época de Paul Kresh e David Lindt, concentrei-me em convencer-me de que Hudson e eu estávamos bem. Aquilo não era mais do que um problema passageiro. Tudo voltaria ao normal e levaríamos a vida adiante, nós dois juntos.

De certa forma, tinha sido mais fácil pensar assim no passado. Esperei que isso fosse mais uma amostra de minha atual saúde mental, do que uma mostra de minha ansiedade sobre Hudson.

A noite ainda estava começando, era apenas um pouco mais de 11 horas, quando vi Celia.

Eu acabava de descer para ver como estavam os garçons do piso principal. Estavam ocupados, mas não agoniados. Deslizei-me atrás do balcão onde Liesl estava trabalhando e dei uma espiada ao redor da boate sem procurar nada em particular, só para ter uma ideia geral de como a noite estava se desenvolvendo.

O centro da pista estava rodeado de muitos lugares para sentar. Normalmente se enchiam logo no início da noite. Eram as melhores mesas, porque estavam bem ao lado da pista de dança. Ela estava sentada sozinha a uma mesa, o que era incomum em um sábado à noite, e foi isso que atraiu minha atenção. Ninguém se sentava sozinho no The Sky Launch.

No entanto, lá estava Celia... Sozinha, usando jeans bem justo e uma camiseta de alcinhas também bem justa. Essa vestimenta não era o seu habitual, tendo em vista seu aspecto de certinha e formal, e acabei duvidando de que fosse ela. Logo depois, ela me olhou nos olhos e o sorriso malicioso que ofereceu a mim confirmou sua presença.

Agarrei o braço de Liesl.

— Meu Deus.

— O que houve? O que está acontecendo? Eu fiz merda com o último pedido?

Olhou-me preocupada com os olhos estatelados.

— Não. Ela está aqui. Celia!

Assinalei com um gesto a mulher que ainda tinha os olhos cravados em mim. Liesl seguiu meu olhar.

— A perseguidora? Vou até lá e quebro a cara dela?

— Não.

Embora a ideia de ver a alta amazona que tinha ao meu lado dar uma surra em minha arqui-inimiga fosse, de fato, tentadora.

Liesl semicerrou os olhos enquanto examinava Celia.

— Não se ofenda, mas ela é bonitona. Não que você não seja, mas eu daria uma trepada com ela — disse, enquanto dava um carinhoso empurrãozinho com o ombro. – Mas, claro, com você eu me entusiasmaria mais.

– Não enche. Não posso acreditar que ela está aqui de verdade.

Talvez devesse telefonar para Reynold para que voltasse. No mesmo instante, desisti da ideia. Com tanta gente ao redor, o que ela poderia fazer? Inclusive seu olhar fixo em mim não poderia nada a não ser incomodar-me.

Longas ondas de arrepios aninhavam-se em meus braços, apesar de todos meus esforços para que aquilo não me afetasse. Afinal, eu havia conseguido trabalhar por mais de três horas sem sofrer uma crise emocional. Já era muito, não?

– O que está acontecendo? – perguntou David.

Girei-me e vi que David e Gwen haviam se aproximado de nós. Isso significava que havia chegado o momento de voltar ao trabalho.

– Nada.

Não havia dúvida de que não contaria minha história com Celia para meu ex-namorado e a uma funcionária que mal conhecia. Ao que parece, Liesl tinha uma opinião contrária.

– A garota que está ali é a louca que está perseguindo Laynie.

– Liesl! – disse-lhe, dando um golpe no ombro com o punho.

– Não quero ser a única a saber disso. Talvez você precise de ajuda. E se lhe acontecer algo? Sabe, tipo ela jogar algum tipo de droga no seu copo ou algo parecido.

– Claro, como se eu estivesse bebendo.

Ela era a minha melhor amiga, mas às vezes tinha lacunas no que se referia à inteligência.

Gwen olhou-me, levantando uma sobrancelha.

– Você tem uma mulher que a está perseguindo? Você é mais legal do que eu pensava.

Revirei os olhos.

– Não, é que... Não é nada disso... Nem sequer sei por quê... – suspirei desesperada. – É difícil de explicar. Estarei ali dentro se alguém precisar de mim.

Sem olhar para trás, dirigi-me à sala de empregados que estava atrás do balcão. Ver Celia tinha me deixado desconcertada e, tal como eu me encontrava, aquilo era suficiente para sentir-me arrasada. Dei algumas voltas pela saleta, tentando recuperar a compostura que tinha conseguido manter durante a noite toda.

Gwen e David me seguiram. Pensei em dizer-lhes que queria estar só. Porém, não estava segura de que isso fosse verdade.

– Você está bem, Laynie? – A voz de David soava vacilante e terna.

– Não. Sim. Estou bem. É que...

Neguei com a cabeça, incapaz de terminar a frase. Meu peito estava apertado e eu sentia como se a cabeça fosse explodir.

– Bem... vamos falar sobre ela. Sobre essa perseguidora.

Parecia que Gwen realmente queria ajudar:

– O nome dela. Como você a conheceu. O que seja.

– Chama-se Celia Werner – respondi.

Surpreendi-me diante da minha disposição de falar dela, e mais ainda, de precisar falar sobre isso.

– Da Werner Media? – David sempre se mantinha informado sobre quem era quem no mundo dos negócios. Naturalmente, reconheceu o sobrenome de Celia.

– Isso mesmo – confirmei.

David se aproximou de mim com uma expressão de preocupação.

– Não há por que inquietar-se, David. Ela, simplesmente, não gosta que eu esteja com Hudson.

– Essa mulher é a antiga namorada dele? – perguntou Gwen.

– Sim – respondi, pensando que na terapia eu havia contado porque era mais fácil dizer namorada do que explicar tudo. Agora, depois de ver o vídeo, confirmei, porque pensava que era verdade. – Sim, era sim.

Pela enésima vez, na minha mente apareceram imagens dela e Hudson se beijando. O que mais teriam feito? Será que eles tinham tido uma grande intimidade? Hudson teria dormido com ela? Engoli a bílis que ameaçava subir à minha boca.

– Por isso é que ela agora está tentando assustar-me, aparecendo onde estou, enviando-me mensagens... Coisas assim.

– Você quer que a tiremos daqui? Posso falar com Sorenson, que está na porta.

Diferentemente de Hudson, a disposição de David no que dizia respeito à proteção era mais sutil, e isso se refletia igualmente em seu rosto.

– Ela não vai me causar nenhum dano.

– Tem certeza disso?

David colocou uma de suas mãos em meu ombro.

– Não – respondi, afastando-me casualmente de sua mão. Apesar da inocência de seu gesto, esse contato me parecia como trair Hudson. – Mas não quero que ela ganhe esse jogo.

– Está certo.

Pela sua linguagem corporal, soube que David ficou desconfortável com minha atitude de afastar-me. Outra razão pela qual era preferível que ele fosse embora da boate.

Gwen pegou uma cadeira de plástico, girou-a e sentou-se de pernas abertas.

– É sinistro ver como ela olha para você.

– Como assim?

Eu ainda estava tentando decidir como eu me sentia com o fato de que Gwen conhecesse um pouco de minha vida particular.

– Poderíamos colocar algo em sua bebida.

Isso agora parecia interessante.

– O quê, por exemplo?

– Não sei. Talvez uma escarrada.

Não cheguei a cair na gargalhada, mas consegui rir de verdade. Tudo bem, definitivamente eu gostava de Gwen. E também precisava de mais pessoas na minha vida, em vez de unicamente Hudson e sua família. A conversa telefônica com Brian, correr com Jordan, o tempo que eu havia passado com Liesl... Tudo isso me fazia lembrar de que havia todo um mundo lá fora além daquele em que eu estava vivendo. Um mundo com amigos e interesses dos quais tinha me esquecido ultimamente.

Tivéssemos ou não um futuro juntos, Hudson e eu, eu também tinha que ter um futuro pessoal. Não podia seguir a vida ignorando as pessoas que pertenciam a esse futuro e esperar que continuassem à minha disposição quando precisasse delas. E Gwen agora fazia parte do The Sky Launch. Isso a convertia em um membro da família. E era hora de aceitá-la como tal.

Mas, embora fossem da minha família, isso não significava que tivesse que contar-lhes tudo. Fosse como fosse, falar também não me tranquilizava.

– Sabe o que mais? Não se preocupem por mim – menti. – Vamos de novo para fora, onde eu possa vê-la, pelo menos.

Com Gwen na frente, voltamos para a boate, e as luzes intermitentes e o retumbar da música me invadiram com um bem-estar já conhecido.

Trombei nas costas de Gwen quando a garota se deteve repentinamente.

– Ah – disse ela. – A mulher sabe que estamos falando dela. Está pedindo reforços – acrescentou, apontando com um gesto em direção a Celia. – Está vendo?

Olhei para minha perseguidora e vi que estava com o celular na orelha.

Exatamente nesse momento, Liesl se aproximou de mim com o telefone do bar na mão. O fio estava esticado até sua distância máxima.

– Laynie. Tome. Um telefonema para você.

– Merda. – Gwen arregalou os olhos.

Será que Celia estava me telefonando?

– Deixe que eu atenda – ofereceu-se David.

– O quê? – Neguei firmemente com a cabeça. – Eu atendo.

O que essa vaca poderia dizer-me, afinal? Peguei o aparelho da mão de Liesl e, surpreendentemente, minha mão não estava tremendo.

– Alô?

– Alayna, onde está seu guarda-costas?

A voz do outro lado da linha me surpreendeu mais do que se fosse Celia.

– Hudson – disse seu nome em voz alta, olhando meus companheiros de trabalho para que soubessem de quem se tratava. – Olá para você também.

Uma mistura de decepção e euforia percorreu meu corpo. Quase teria preferido que o telefonema fosse de Celia. Estava desejando, cada vez mais, confrontar-me com ela.

Mas, por outro lado, era Hudson que estava ao telefone. Hudson! Eu fiquei o dia inteiro esperando ouvir sua voz. Nem sequer me importava a razão de seu telefonema. Ele tinha telefonado e isso era o importante.

– Não é ela – disse Gwen. – Foi um alarme falso.

– Creio que o que estava fazendo era escutar suas mensagens – comentou David –, porque eu não a vi mover os lábios.

Voltei a olhar para Celia que, como era de se esperar, estava guardando o telefone no bolso.

– Você pode responder a minha pergunta, por favor?

A voz de Hudson em meu ouvido fez com que eu voltasse a prestar atenção nele. Demorei um minuto para me lembrar do que ele havia me perguntado. Ah, o guarda-costas. Por mais que eu me alegrasse por receber notícias suas, isso não fazia com que as coisas se tornassem mais fáceis.

– Por que você está preocupado?

– Não me fode, Alayna!

Sua voz soou tão forte que tive que afastar o telefone da orelha. Afinal de contas, o que eu poderia esperar? Estava pensando que Reynold não contaria para ele?

– Eu o mandei de volta para casa. Percebi que não precisaria dele aqui na boate.

– Como está lidando com a situação? – perguntou de maneira tal que seu sarcasmo estava impregnado de frustração.

– Estou bem! Com os seguranças, as câmaras, os gorilas na porta...

Demorei um pouco para me dar conta do que ele queria dizer com essa pergunta. Então retruquei:

– Como você sabe que ela está aqui?

– Porque estou na porta.

– Você está aí na porta? Por que está na porta? – perguntei com meu coração disparando. Hudson não somente tinha telefonado, mas estava ali. Tapei o fone com a mão. – Liesl, rápido, me dê o telefone sem fio.

– Felizmente, seu guarda-costas trabalha para mim e não para você – continuou ele. – Você não tem autoridade de mandá-lo para casa.

Como? Eu não tenho autoridade...?

– Jesus!

– E quando ele viu Celia...

Liesl me passou o telefone sem fio.

– Obrigada – sussurrei.

– Alayna, você está me ouvindo?

– Sim. Também estou trabalhando aqui, sabe?

Apertei o botão do telefone sem fio e passei o outro para Liesl.

– Fale.

Em seguida dirigi-me diretamente para a porta da casa noturna. Se Hudson estava ali, queria vê-lo, queria ver seu olhar e qual era a expressão de sua cara. Queria saber se podia encontrar nele os sentimentos que necessitava ver.

– Quando viu que Celia entrava no The Sky Launch, Reynold se colocou em contato comigo, que é o que se supõe que deveria ser feito, e me perguntou se ele deveria entrar, já que você não o queria aí dentro. Eu lhe disse que sim. Portanto, querendo ou não, Reynold estará aí.

– Está bem, então – respondi. A verdade é que não me importava com mais nada. – Que entre.

– Já entrou.

– Claro que já entrou... – respondi. Eu havia quase chegado ao fim da rampa da entrada. A casa estava enchendo para a noite e eu estava caminhando em direção contrária ao fluxo de pessoas.

– Mas, por que você veio? Poderia continuar organizando tudo isso por telefone – perguntei. Será que ele queria tanto me ver, tanto quanto eu queria vê-lo?

Hudson ficou calado por alguns instantes.

– Queria assegurar-me de que você estava bem – respondeu. Seu tom de voz era mais suave. Aquilo me chegou ao coração.

– Estou bem – disse eu. Por fim, levando em conta que Hudson continuava dormindo em outro apartamento, poderia ser que aquela não fosse a expressão adequada. – Pelo menos, estou a salvo.

– Ótimo. – Ele limpou a garganta. – Depois nos falamos.

– Hudson, espere! – pedi.

Eu havia chegado à porta. O ar da noite era frio em comparação com o calor lá dentro. Sem querer que ele me visse, fiquei escondida atrás do porteiro.

– O que houve, Alayna?

Examinei o espaço em frente. Ali estava ele, ao lado de sua Mercedes, com as luzes do pisca alerta acesas, enquanto caminhava pela calçada ao lado do carro. Usava outro terno de três peças. Era tarde da noite, por que continuava vestido com roupa de trabalho? E não era possível que tivesse percorrido todo esse caminho até a boate e agora fosse embora sem sequer ver-me cara a cara?

Com as minhas próximas palavras, jorrou toda a dor que eu carregara comigo o dia inteiro:

– Isso é tudo o que você tem a me dizer?

– Por ora, sim – respondeu ele, passando a mão pelo cabelo. – Você está protegida. É isso que importa neste momento.

Hudson estava preocupado, isso era evidente. Estava com o cabelo desarrumado como se tivesse passado a mão por ele mais de uma vez e sua inquietude se refletia na forma de caminhar.

Não era suficiente, porém. Se ele realmente se importasse, estaria entre meus braços. Ele teria entrado e me procurado lá dentro e não feito o que fez.

– Você já pensou que se contasse para Celia que me deixou, seria provável que ela não continuasse com tudo isso?

Ele negou com a cabeça, mesmo sem ter ideia de que eu podia vê-lo.

– Eu não deixei você.

– Pois eu quero que você saiba que parece que sim.

Hudson apoiou a mão no capô do carro e olhou para a porta da boate.

– É isso que você quer?

– Não. – *Jamais.* – Não. Apenas quero a verdade. Só isso.

O porteiro mudou de lugar e meu esconderijo desapareceu. Os olhos de Hudson se cruzaram com os meus.

Ficamos nos olhando fixamente um ao outro durante vários segundos. Apesar dos metros da calçada que nos separavam, havia eletricidade entre nós. Uma chispa acendeu-se com algo que ia além da química ou do desejo. Foi uma descarga emocional que apareceu desde o mais profundo do meu ser. Estávamos conectados de uma forma tão absoluta que, pela primeira vez desde que ele tinha ido embora da cobertura na noite anterior, senti uma centelha de esperança.

Mas ele foi o primeiro a desviar o olhar. Olhou em direção à janela do carro, como se alguém estivesse falando de dentro através do vidro.

Avancei um passo, semicerrando os olhos para poder ver melhor.

– Meu Deus... Você está? – O estômago revirou. – Hudson, você está com a Norma?

Hudson levantou as mãos para o céu.

– Agora não, Alayna.

Comecei a andar em direção a ele.

– Vá se foder, Hudson, você está brincando comigo? Um dia separados e você já sai com ela?

Ele rodeou o carro e sentou-se atrás do volante.

– É por trabalho! – Bateu a porta.

Eu acelerei o passo, mesmo sabendo que o carro já teria ido embora quando chegasse ao meio-fio.

– A esta hora da noite?

Com terno, os dois sozinhos? Vá se foder! Será que ele pensa que eu sou tão estúpida assim?

– É... Agora não posso falar sobre isto – respondeu. Deu a partida no carro e se foi. – Por que você nunca confia em mim?

– Porque você nunca me diz a verdade!

Observei como as lanternas traseiras do carro se misturavam com o resto do trânsito. Na verdade, era cômico pedir a mim que confiasse nele quando acabava de vê-lo numa situação que só poderia ser descrita como um encontro.

– Tenho que desligar. Não posso falar enquanto estou dirigindo.

Ouvi ao fundo a voz de Norma. Eu queria que ele prestasse atenção em mim e não nela.

– Espere. Não...

– Tchau, Alayna.

– ... desligue – disse eu. O som de linha substituiu a sua voz. – Que merda! – exclamei, jogando o telefone na calçada. Com força. Ele fez-se em pedacinhos. Parecia apropriado, levando em conta que era assim como eu me sentia por dentro.

– Laynie, você está bem?

A voz de David nem me surpreendia e nem me consolava. É óbvio que ele havia saído atrás de mim. Foi um bonito gesto. Mas eu desejava que fosse outra pessoa.

– Sim.

Uma absoluta mentira. Sentia que todo meu corpo estava debilitado. Como se eu fosse cair ali mesmo, na calçada, incapaz de andar ou sequer arrastar-me de novo para o interior da boate.

No entanto, fui forte. Podia ignorar o fato de que algo havia morrido em mim até que eu estivesse a sós, em casa.

– Sim, estou bem – repeti. – Meu telefone quebrou.

Eu abaixei-me para recolher os pedaços do telefone na calçada. David se agachou ao meu lado para ajudar-me.

– Tecnicamente, é o telefone de Pierce.

– Bem, isso faz com que eu me sinta melhor – ligeiramente. – Que curioso, este é o segundo telefone deste homem que eu quebro.

– Talvez isso signifique algo.

– Talvez.

Eu sabia o que David queria dizer. Mas o que eu não queria pensar era o que isso poderia significar para mim.

Quando recolhemos todos os pedaços, David ficou em pé e me ofereceu a mão para ajudar-me a levantar. Relutantemente, eu a agarrei. Porém, ele não me soltou de imediato. E, o pior: nem eu.

David fitou-me com olhos carinhosos.

– Não vou pedir porque sei o que você irá dizer. Simplesmente vou fazê-lo.

– Como? – O que aconteceu em seguida, que eu sei, foi que ele me trouxe para seus braços. – Ah.

– Pareceu-me que viria bem um abraço.

Hesitei por um segundo, depois me entreguei. Para mim era o consolo de um amigo, algo de que eu precisava. Pode ser que para ele significasse algo mais, mas nesse momento priorizei minha necessidade sobre a de David.

Entretanto, ele continuou e me abraçou com mais força. Seus braços para mim eram estranhos e seu cheiro era diferente. Com toda a suavidade que pude, comecei a me separar dele.

– Creio que será melhor...

David soltou-me com os olhos cravados na porta da boate, que ficava atrás de nós.

– Veja, ela está indo embora.

Girei-me para olhar. Era verdade, Celia estava indo embora. Ela nos teria visto abraçando-nos, com certeza. Não me importava. Mesmo que a vaca contasse para Hudson, ele tinha saído com Norma Anders. Tinha certeza de que, no tocante a decepcionar o amante, ele tinha saído vitorioso.

O sorriso de David se tornou mais tenso.

– Não sei nada sobre ela, mas esse sorriso que ela tem é de uma pessoa sacana. Que vaca.

A dor das últimas vinte e quatro horas se agitou nesse momento, deixando em seu rastro um maremoto de raiva. Eu estava furiosa, muito furiosa. Embora boa parte da minha cólera fosse dirigida a Hudson, a maioria ia contra Celia. Sem ela, ele e eu teríamos sido capazes de solucionar nossas diferenças. Mas como íamos conseguir se ela estava sempre perto, recordando nosso passado e suscitando nossa desconfiança?

Minhas mãos se fecharam em punhos.

– Sabe de uma coisa? Pode parecer ridículo. Mas, eu vou falar com ela.

– Laynie, não creio que você deveria fazer isso.

Mas só até aí chegou a intenção de David de deter-me. Já tinha caminhado mais da metade da distância que me separava de Celia quando alguém saiu da boate e bloqueou minha passagem.

– Senhorita Withers – disse Reynold, levantando uma mão suavemente, mas com firmeza para impedir que eu seguisse adiante. – Essa não é uma boa ideia.

Ele tinha razão. Da forma como eu me encontrava alterada, provavelmente teria dado um soco nela. Embora isso fizesse com que eu me sentisse melhor, seria para mim que colocariam uma ordem de restrição, não para Celia.

Apesar disso, perguntei para mim mesma que tipo de instruções teria recebido meu guarda-costas. Hudson queria que eu me mantivesse distanciada de qualquer problema, ou o preocupava que eu falasse com sua ex e ela me contasse coisas que ele não queria que eu soubesse?

– Reynold, uma pergunta: você está me protegendo dela? Ou a protege de mim?

– Não entendo o que quer dizer.

Mesmo que entendesse, ele provavelmente não seria sincero em sua resposta.

– Não tem importância...

Até então, Celia já havia chegado ao meio-fio e estava acenando para um táxi. Decidida a não deixar que escapasse sem marcar alguma vitória, aproximei-me do nosso porteiro.

– Está vendo aquela mulher? Que sua entrada não seja permitida aqui novamente. Ela tem a entrada proibida permanentemente.

O porteiro assentiu.

– Sim, senhora.

– Vou pendurar sua fotografia na saleta lá de trás.

Eu imprimiria alguma foto da internet. Pode ser que não fosse uma boa tática mostrar-lhe que eu tinha ficado afetada com a sua presença, mas, sinceramente, não me importava. Simplesmente queria recuperar minha vida. Escorraçá-la da minha boate era um tremendo primeiro passo.

Já passava das três horas da manhã quando fui para a cama. Embora a cama ainda continuasse sendo, para mim, grande e solitária, confiava que estaria suficientemente esgotada para cair no sono. Pelo menos, valia a pena tentar.

Apesar da minha determinação, quando eram quatro horas continuava me mexendo e dando voltas no colchão. Minha insônia acabou sendo uma bênção. Do contrário, talvez não tivesse ouvido o telefone.

– Alayna, preciso de você.

Aquela dor na voz de Hudson era algo novo para mim. Levantei-me rapidamente da cama.

– O que houve?

– Mira. No hospital. – Ele nem sequer podia articular frases coerentes. – O bebê...

Antes que terminasse, eu já estava colocando a calça de ioga e uma camiseta.

– Vou agora mesmo.

– Jordan já está a caminho para levá-la.

14

Hudson estava me esperando do lado de fora da sala de emergência quando Jordan me deixou no hospital. Ele obviamente se vestira com pressa também. Estava usando jeans e uma polo amassada, que não reconheci.

Embora ele não sorrisse, seus olhos pareceram se iluminar ao me ver.

– Ela não está mais na emergência, mas esta é a única entrada aberta a esta hora da manhã. – Hudson já estava indo em direção ao elevador.

Corri para alcançá-lo.

– Você já a viu? O que está acontecendo exatamente?

– Tudo o que sei é que ela está tendo contrações. Adam ligou quando ela foi internada e me mandou uma mensagem quando eles foram transferidos para a enfermaria. – Ele apertou o botão para subir. – Eu não queria vê-la sem você.

Estendi a mão e agarrei a mão dele, que aceitou sem hesitação.

Ele a soltou, porém, quando o elevador chegou, gesticulando para que eu entrasse primeiro. Então me seguiu e apertou o botão do andar e, em seguida, colocou ambas as mãos nos bolsos. Hudson olhou para mim de lado, e senti a sua vontade de me tocar. Ele ecoou o meu próprio desejo. Ainda assim, não se aproximou de mim novamente.

O elevador começou a se mover.

– Alayna, sobre Norma...

Eu balancei minha cabeça, negando.

– Você não tem que fazer isso agora. – Será que ele não percebia que eu não me importava com isso no momento? Nas últimas semanas, tinha aprendido a amar Mira também. Se alguma coisa acontecesse com ela ou com seu bebê...

Mas Hudson continuou.

– Eu preciso que você saiba, sobre esse negócio. – Dizendo isso, passou a mão pelo cabelo. – É muito importante e eu tive que ser esquivo sobre a coisa toda. Esta noite tinha a ver com isso. Norma foi capaz de organizar o que parecia ser um encontro casual com os vendedores em uma noite de gala de caridade. Quando Reynold ligou e disse que você o mandara embora e que Celia estava na boate... – Parou de falar e eu sabia que ele estava imaginando o pior. – Eu nem sequer pensei em arrumar uma carona para Norma. Eu simplesmente a agarrei e fomos embora.

Uma pontada de culpa percorreu minhas entranhas.

– E o negócio? Estragou tudo?

– Não. E não importaria se tivesse. – Ele se virou para mim e passou o polegar na minha bochecha. – Você está segura, princesa. Isso é tudo o que me interessa.

Fechei os olhos, saboreando sua carícia.

Então a porta do elevador se abriu, e sua mão caiu para o lado do corpo.

Nós seguimos as placas que indicavam a obstetrícia, e finalmente chegamos a um conjunto de portas que se abriam ao toque de uma campainha.

– Será que eles vão nos deixar entrar a esta hora? – perguntei, enquanto esperávamos por uma resposta.

– É a minha impressão de que os bebês nascem vinte e quatro horas por dia – disse Hudson. – E nós estamos na lista de Mira.

Mas Mira estava longe de completar a gestação. Rezei para que o bebê não estivesse vindo tão cedo.

– Posso ajudá-los? – disse uma voz pelo interfone.

– Estamos aqui para ver Mirabelle Sitkin. Hudson Pierce e Alayna Withers.

Em vez de uma resposta, a porta simplesmente se abriu automaticamente.

Sorri levemente.

– Acho que fomos aprovados.

O quarto de Mira foi fácil de identificar porque Adam, Jack, Sophia e Chandler estavam em pé no corredor do lado de fora. Hudson foi direto para Sophia. Ele colocou o braço ao redor dela e se inclinou para beijar seu rosto.

– Mãe.

– Obrigada por estar aqui, Hudson. – A mão de Sophia tremia quando ela abraçou o filho, e não pude deixar de me perguntar se ela estava emocionada sobre Mira ou simplesmente sentia necessidade de uma bebida. De qualquer maneira, ela estava bem o suficiente para lançar um olhar em minha direção. – Você a trouxe? – Era um tom acentuado de desgosto.

– Sim, e você não vai dizer uma palavra sobre isso. – Pelo menos Hudson ainda estava me defendendo de Sophia. Isso tinha que significar alguma coisa.

Jack me deu um sorriso caloroso, estendendo a mão para apertar a minha.

– É bom vê-la, Laynie.

Nem o insulto de Sophia e nem as boas-vindas de Jack foram registrados no meu nível de interesse. Eu só me preocupava com Mira, minha amiga.

Olhei por cima do ombro de Jack pela porta aberta do quarto e encontrei Mira deitada na cama cercada por duas enfermeiras. Elas pareciam calmas o suficiente. Esperei que isso fosse um sinal de que as coisas não eram assim tão terríveis.

Hudson não era do tipo que simplesmente esperava.

– Qual é o seu estado? – perguntou a Adam.

– Ela está bem. Agora. – A expressão de Adam parecia cansada e preocupada, mas suas palavras ainda estavam um pouco tensas. – Quando chegamos aqui, ela estava tendo contrações a cada três minutos. Mas eles a estabilizaram, deram um monte de soro e tudo se acalmou. Mira está sem contrações, já por quase quarenta minutos. Sua pressão arterial ainda está um pouco alta, então eles preferem mantê-la aqui um pouco. Felizmente, não acham que é pré-eclâmpsia, mas vão acompanhar isso durante as consultas.

– Podemos voltar assim que as enfermeiras tiverem feito o trabalho – disse Jack.

Chandler cutucou Hudson com o cotovelo.

– Mira disse que mamãe e o papai a estavam deixando muito tensa. Então, veio pra cá pra dar um tempo e relaxar...

O brilho nos olhos de Adam disse que ele achou a declaração de Chandler tão divertida quanto seu autor.

– É, ela anda um pouco mal-humorada...

Os enfermeiros vieram em seguida. Um deles parou para falar com a gente, ou com Adam, melhor dizendo.

– Ela está melhor, dr. Sitkin. Tenho certeza de que ela vai sair daqui dentro de umas duas horas. Quando voltar para casa, tente manter as coisas leves e descontraídas para sua esposa.

– Obrigado. – Adam fez um gesto em direção à porta. – Depois de você, Laynie. Eu sei que ela vai ficar feliz em vê-la aqui.

Assenti com a cabeça, surpresa e tocada por ele pensar que eu significava tanto para sua esposa. Entrei no quarto, com Hudson perto de mim, mas não tão perto a ponto de nos tocarmos.

– Mira. – Dei-lhe um sorriso caloroso.

– Ei! Vocês vieram! – Ela tentou se chegar para mim, mas a braçadeira a mantinha presa.

– É claro que nós viemos. Não seja boba.

Afastei-me para Hudson se aproximar, ansioso para ter a chance de se conectar com Mira também. Hudson era da família. Eu era apenas a namorada. E talvez não fosse mais nem mesmo isso.

– Hudson. – Mira sorriu para o irmão. – Obrigada por estar aqui.

Ele assentiu com a cabeça e me pareceu que estava muito emocionado para falar. Lembrei-me então como era difícil para esse homem dizer como se sentia, não apenas comigo, mas com todos. Mira certa vez tinha comentado comigo que Hudson nunca falara "eu amo você". Nem mesmo com ela. Mas o olhar em seu rosto não deixava dúvidas sobre isso.

Era esse o jeito que ele olhava para mim? Minha vontade era dizer que sim, mas era difícil ser objetiva.

Hudson acariciou a mão de sua irmã, e em seguida se afastou, virando de costas momentaneamente para ela. Ele estava se recompondo. Mais do que qualquer coisa, minha vontade era ter com ele, para tranquilizá-lo. Mas sua linguagem corporal até agora tinha mostrado que ele não queria isso.

Meus olhos arderam. Mais uma vez, Hudson estava me excluindo. Mesmo em algo tão normal quanto partilhar a preocupação com sua irmã, ele não conseguia me deixar entrar. Diabos, esse homem não fazia ideia de quanto isso me destruía?

Mas este não era o momento de me debruçar sobre isso. Forçando o meu sorriso, fui para perto de Jack e dei a minha atenção a Mira.

– Eu tenho que dizer – falou Mira, para ninguém em particular – que todo esse incidente provou uma coisa: o trabalho de parto vai ser uma tortura. Essas contrações doeram pra caramba e quando eles me ligaram a essa coisa... – apontou para o monitor – ... quase não registraram.

Sophia sentou-se na poltrona ao lado de Mira.

– Será que o que aconteceu, finalmente, fez você mudar de ideia sobre dar à luz pelo método Lamaze? – A condescendência da mulher sugeriu que esta tinha sido uma batalha contínua.

Mira revirou os olhos.

– Mudou minha ideia sobre querer drogas. Eu gostaria que eles injetassem assim que cheguei. – Ela enganchou os olhos em Adam, que tinha escorregado para o outro lado da cama. – Você pode acrescentar isso ao plano de parto, querido?

– Acrescentar? Estou exigindo deles! – Adam afastou o cabelo dela da testa. – Desculpe, mas você não é uma pessoa legal quando está com dor.

Os olhos de Mira queimaram.

– Se continuar assim eu vou excluí-lo da sala de parto. – Adam não estava brincando quando disse que ela estava mal-humorada.

Chandler riu.

– Não acho que ela esteja brincando.

– Antes de qualquer coisa, eles sabem o que causou isso?

A pergunta de Hudson chamou a atenção da sala de volta para ele. Embora estivesse envolvido, agora, na conversa, ele ainda não estava reunido perto da cama, junto conosco.

O olhar de Mira pulou de mim para Hudson.

– Uma combinação de desidratação e estresse. Estresse. Todos vocês ouviram isso? – Ela apertou os olhos e esquadrinhou o quarto. – Então, vocês dois aí... – E apontou para Sophia e Jack. – Vocês precisam resolver sua vida, porque estão me machucando e ao meu bebê.

A boca de Sophia apertou, mas ela se recusou a olhar para Jack, que ficou olhando para ela com ternura. Cara, ele realmente a amava.

– E vocês dois... – Desta vez, Mira apontou para mim e, em seguida, para Hudson. – Não pensem que não percebi como vocês estão distantes. Mal estão olhando um para o outro. E não quero nem saber que diabos está acontecendo com vocês agora. Vão dar um jeito isso. – A braçadeira de Mira começou a clicar. Ela voltou sua atenção para os números na tela ao lado da cama.

Eu fiquei parada, não tinha certeza se ela estava realmente nos mandando embora ou se ela queria que nós resolvêssemos as coisas depois.

Chandler parecia ter ficado com a sensação de que ela queria dizer agora.

– Você está chutando para fora a mãe e o pai também?

– Não. A vida deles é muito confusa para ser resolvida depressa. Mas aqueles dois... – E nos enviou olhares fulminantes. – É melhor para vocês que não se envolvam numa bobagem igual.

– Então eu vou me acomodar. – Chandler sentou-se no sofá e começou a teclar em seu telefone.

Troquei olhares com Hudson. *Merda*. Ele queria ficar com Mira, e ela estava enganada, a nossa bobagem era grande demais para se resolver rapidamente.

Hudson andou em direção a sua irmã.

– Mirabe...

– Eu não estou brincando, Hudson. Vai embora. Eu não quero ver nenhum de vocês até que estejam com aquele brilho feliz novamente. – A máquina ao lado dela piscou com uma leitura. – Está vendo? Minha pressão arterial está subindo. Jesus.

– Mira – disse Adam –, é só respirar fundo. Se acalme. Pare de gritar com todo mundo.

– Não estou gritando com todo mundo. Estou gritando com eles!

Adam se virou para mim e Hudson, sua expressão no rosto era de desculpas.

– Nós estamos indo. – Hudson fez um gesto para que eu seguisse à sua frente. – Mas vamos voltar – disse ele por cima do ombro.

– Felizes e brilhando – Mira gritou atrás de nós.

Caminhamos em silêncio em direção à sala de espera, no final do corredor. A cada passo, o meu coração ficava cada vez mais pesado. Isso estava errado. Eu não deveria estar lá no hospital. Hudson sim, deveria. Quanto a resolver as coisas, seria preciso que alguma coisa o fizesse se abrir. E ele certamente não estava pronto para isso. Sua atitude comigo, desde que eu tinha chegado, provava o meu ponto.

Na sala de espera, Hudson manteve a porta aberta para que eu avançasse primeiro. Era uma sala pequena, completamente mobiliada com vários sofás e um balcão com café. Estava vazia, felizmente. Bebês podem nascer a qualquer hora, mas ninguém estava esperando um no momento. Pelo menos isso nos deu certa privacidade.

Virei-me para encarar Hudson quando ele fechou a porta atrás de si.

– Eu sei que você quer estar lá com sua irmã. Eu posso ir embora. Ou podemos fingir que as coisas estão todas ótimas, se você preferir. Posso...

Hudson me cortou.

– Não vá embora.

Seu desespero me surpreendeu. Isso significava que ele me queria por lá? O homem era um monte de sinais misturados. Deste sinal eu gostava. E me agarraria a ele, se ele me deixasse.

– Tudo bem. Eu vou ficar.

– Por Mira.

Minha esperança despencou.

– Por Mira. Claro. – Não por ele. Hudson não me queria aqui por ele.

De repente, não tinha mais certeza de que poderia continuar fazendo isso, de que poderia manter meu autocontrole perto dele. Eu me virei e caminhei para um sofá. Com os joelhos tremendo, sentei-me.

Sentada era melhor. Isso me fez sentir mais forte do que de fato estava. Pensei sobre a razão pela qual nós estávamos lá, a romântica e alegre Mira no quarto próximo. Sua fé e encorajamento tinham sido fundamentais para me reunir a Hudson. Mesmo que ela não pudesse nos salvar de novo, eu lhe devia.

Levantei meu queixo e encontrei os olhos de Hudson.

– Então, é preciso colocar tudo de lado por agora e dar a Mira nossa cara feliz.

Ele segurou o meu olhar por apenas um segundo.

– Concordo.

Havia muito espaço no sofá perto de mim, mas em vez disso ele se sentou em uma cadeira. Hudson não conseguia nem se sentar ao meu lado. A rejeição me percorreu todo o corpo com uma dor insuportável. Cada movimento que ele fazia, tudo o que ele dizia, magoava.

Eu queria fazer o mesmo com ele. Queria machucá-lo de todas as maneiras como ele me machucara. Meus punhos se fecharam, enquanto eu pensava em como avançar sobre Hudson, dizendo-lhe todas as coisas que estavam mal acomodadas sob a superfície da minha compostura aparente.

Mas, novamente, me lembrei do motivo pelo qual estávamos lá. Mira ficaria chateada se não voltássemos juntos para o quarto. A melhor coisa que eu poderia fazer por ela, e por mim, seria montar um plano e voltar para ela. Voltar para o conforto das pessoas que me faziam me sentir bem, em vez de triste.

Obviamente, isso exigiria alguma atuação. Alguma não, um monte de atuação.

– E então, tem alguma ideia de como dar a Mira uma cara feliz? Porque ela leu corretamente como estávamos, lá dentro.

– Mira é bem sensível. – Hudson se inclinou para frente, com os cotovelos nas coxas, o queixo nas mãos. – Mas eu acho que, se nós esperarmos aqui por um tempo, isso vai dar tempo para que a gente supostamente resolva as coisas, e então se voltarmos lá com sorrisos e... de mãos dadas, ela vai acreditar. – Sua pausa disse que até mesmo as mãos dadas ainda pareciam desconfortáveis para ele. – Mira quer acreditar, então ela vai fazer isso.

Fiz um som áspero na parte de trás da minha garganta.

– Fingir que somos um casal. Como nos velhos tempos.

Sua cabeça girou em minha direção. Ele me prendeu com um olhar penetrante.

– Nós não estamos fingindo que somos um casal. Somos um casal. Estamos fingindo que somos... que nós não estamos... – Ele moveu a mão no ar, enquanto tentava descobrir como terminar a frase.

Quando percebi que Hudson não ia chegar a um fim, ajudei.

– Que não estamos... o quê? Não estamos brigando? Que não estamos completamente confusos e de coração partido? Tristes e mentindo? – Minha voz falhou, mas me recusei a chorar. Mordendo meu lábio, cruzei uma perna sobre a outra e coloquei toda a minha energia em ficar empurrando meu joelho para cima e para baixo. Isso ajudou a deslocar minha dor.

Hudson ficou olhando para a parede em frente a ele, se recusando a responder ou a me olhar.

Eu deveria ter ficado quieta, mas não consegui evitar.

– Não entendo como você pode dizer que somos um casal quando você está vivendo em um lugar e eu em outro. Quando você está saindo com outra mulher.

– Eu lhe contei o que era – respondeu Hudson em voz baixa.

Eu o ignorei.

– Quando você não me deixa tocá-lo, agindo como se meu toque o queimasse. – Balancei a cabeça. Estava ficando muito irritada. – Eu não queria fazer isso aqui... – Embora estivesse fazendo.

Minha vontade era que ele refutasse minhas palavras, queria que ele me explicasse como as coisas realmente eram. Mas ele não fez nada disso. Claro, aqui não era o momento e nem o lugar, claro que eu sabia disso em minha cabeça. Meu coração, por outro lado, não se importava. Eu sentia tanta dor, como ele poderia não sentir? E se Hudson não estivesse sentindo, o que isso significava?

Significa que ele pode compartimentar, respondi a mim mesma. É tudo. Deus, o que eu não daria para acreditar que isso tudo era verdade.

Ficamos em silêncio, o único som era o do tique-taque do ponteiro dos segundos no relógio de parede. Finalmente, Hudson falou, com a voz baixa e sincera.

– Tocar você só queima porque me lembra do quanto eu quero tocá-la mais.

Uma onda de otimismo passou por mim, de modo tão tangível e tão feroz que todo o meu peito estava em chamas.

– Então, me toque mais, H. Venha pra casa.

Ele levantou uma sobrancelha e sua expressão carregava o mesmo ar de esperança que eu sentia.

– E você vai deixar o passado para trás?

Eu queria, com todas as minhas forças, responder que sim. Que sim, que eu viveria com isso. Como quer que fosse. Eu ia encontrar um caminho, uma maneira de deixar o passado. Já tinha dito isso antes, e fora sincera daquela vez. Mas eu estava falando de dentro do desespero. Na verdade eu não poderia. Não havia nenhuma maneira possível de que pudesse esquecer o passado.

Além disso, eu me respeitava mais do que isso. Respeitava a nossa relação mais do que isso. Mesmo que pudesse perdê-lo, eu tinha que me manter firme sobre este assunto.

– Não. Não posso deixar o passado para trás. Mas você pode me contar o que está escondendo.

Com um aceno de cabeça, ele negou.

Lá estávamos nós de novo, em nosso impasse.

– Podemos muito bem ficar separados, Hudson, se você não consegue acreditar que eu o amo para além do que seja esse segredo.

E se realmente nos sentíamos incapazes de superar isso, então por que mesmo estávamos dando um tempo? Nós não estávamos apenas adiando o inevitável?

Isso não era algo que eu poderia enfrentar. Ainda não. Talvez esse nosso "tempo separados" fosse para ajudar a tornar a ideia mais suportável.

Aparentemente, Hudson se sentia da mesma maneira.

– Não vamos discutir aqui.

– Não.

Não vamos discutir em lugar algum. Vamos voltar para onde estávamos há três dias, perdidos e sozinhos nas montanhas. Felizes e brilhando, como Mira colocou.

Não existia nada que eu desejasse mais do que isso.

Mas ficar desejando não nos levaria a lugar algum. Fiquei em pé e andei pela sala.

– Tudo bem. Vamos lá. Vamos sorrir. Vamos dar as mãos. Vamos ser felizes e brilhantes. E Mira nunca vai saber da mentira.

– Sim – disse Hudson. – Obrigado.

– E se ela perguntar qual era o nosso problema?

– Ela não vai fazer isso.

Eu não tinha tanta certeza e a expressão que ofereci a ele disse exatamente isso.

– Se ela perguntar, me deixe lidar com isso.

– Sim, é o que farei. – O veneno que eu estava tentando segurar de volta escorregou pelos meus lábios. – Você é o mestre da manipulação, afinal.

Ele olhou para mim com os olhos tristes. Eu tinha a intenção de machucá-lo, e consegui. Mas ele não discutiu, não se defendeu. Nem sequer brigou comigo. Nem brigou por mim.

Não é o lugar, recordei. O lembrete não alterou a dor oca no meu peito. Eu sabia que sua indiferença se estendia para além dos muros do hospital.

Hudson ficou em pé.

– Você está pronta para voltar? – E enfiou as mãos nos bolsos, obviamente para impedi-las de procurar por mim.

Filho da puta.

Eu não o deixaria saber o quanto esse seu gesto simples me fez sentir como se tivesse levado uma facada na barriga.

– Você acha que ela vai acreditar nisso com o passar do tempo?

– Sim. – Hudson caminhou para a porta e a abriu para mim. – Se nós pudermos convencê-la de que tudo está bem, então ela não vai mais se preocupar, no mínimo. Ela não vai ter nenhuma razão para questionar o que estamos vendendo. – Ele era tão clínico sobre isso. Tão experiente nos passos necessários para se preparar para uma jogada...

E por que não seria?

– Dicas do especialista – disse eu, quando passei por ele.

– Você é muito boa em atacar, princesa. É interessante que eu esteja começando a aprender isso agora. – Ele estava atrás de mim, e falou isso baixinho, mas eu ouvi mesmo assim.

Agarrei-me à sua expressão de carinho – *princesa* – como se fosse ouro. Como se fosse a última gota de água em um deserto. Como se fosse um farol em meio a uma tempestade escura. Ele não poderia me chamar assim sem sentir algo por mim. Poderia?

Corremos de volta ao quarto de Mira, sem falar ou olhar para o outro. Fora de sua porta, Hudson fez uma pausa. Sua mão estava caída ao seu lado agora. Eu coloquei a minha ali automaticamente, como se fosse a coisa mais natural do mundo. Porque era natural. A forma como elas se encaixavam tão perfeitamente, tão perfeitamente a minha na dele. Como se a gente tivesse sido feito para entrelaçar nossos dedos exatamente dessa forma.

Ele olhou para nossas mãos estudando-as por longos segundos. Havia tristeza e saudade em seu tom de voz quando falou:

– Sua mão se encaixa tão bem na minha, não é? Como se pertencesse a ela.

Tive que virar a cabeça para o lado, a fim de lutar contra as lágrimas. Ele estava tão em sintonia comigo. Por quê, por quê, por que estávamos separados?

– Eu não queria dizer isso em voz alta – disse ele. – Peço desculpas. Você ainda pode fazer isso?

Forçando um sorriso no meu rosto, me virei de costas para ele.

– Sim.

– Hora do show, então. – Hudson nos levou, entrando com muito mais entusiasmo do que antes. – Estamos de volta. – Ele foi direto para sua irmã, colocando um beijo terno na sua testa. – E está tudo bem.

Ele era um excelente mentiroso. Eu sabia que tinha que ser. Tinha visto Hudson mentir para sua família sobre mim, antes. Na época, eu me convenci de que sua atuação fora tão boa porque ele realmente sentia algo por mim. Vendo Hudson agora, caindo na farsa tão facilmente, surgiu uma pergunta. Quanto do nosso passado tinha sido uma mentira também?

Mira estreitou os olhos.

— Eu quero ouvir isso de Laynie. Não confio em você. — Ela golpeou o irmão, afastando-o.

Respirando fundo, empurrei a minha dor de cabeça para longe e me lembrei de que isso era para Mira. Eu dei a ela o que temia só poder ser tomado como um sorriso falso e deslizei para mais perto de sua cama.

— Tudo está realmente bem. — Olhei para Hudson, esperando um sinal para deixar a mentira mais fácil. Recebi zero. — Talvez não esteja perfeito, mas as coisas estão definitivamente bem.

Mira franziu a testa com ar de dúvida.

Droga. Eu precisava me recompor.

Antes que pudesse, Hudson entrou em cena para salvar a farsa. Ele passou os braços em volta de mim por trás, uma grande demonstração de afeto público para Hudson.

— Eu não sei do que você está falando. As coisas estão completamente perfeitas.

Ele esfregou seu rosto contra o meu cabelo e eu tremi com um formigamento indesejável dos pés à cabeça. Suspirei. Como não poderia? Isso era o que eu queria, ser segurada por ele, ser amada por ele.

Mas isso era falso. Tinha que ser, ou ele me diria aquilo que eu precisava saber. Certo?

De qualquer maneira, Mira comprou o ato. Ela bateu palmas.

— Ah, está vendo? O feliz e o brilhante estão de volta! Graças a Deus. — E percorreu a sala com os olhos, parando primeiro em sua mãe ao seu lado, então Adam, Chandler e Jack no sofá, então para mim e Hudson na frente dela. — Este é o melhor momento. Agora toda a minha família está aqui.

Eu me mexi, me sentindo um pouco desconfortável com sua declaração. Eu não era da família. E, no momento, tinha certeza de que nunca seria. A farsa estava indo longe demais. Eu abri minha boca para protestar.

Sophia chegou antes de mim.

– Bem, nem todo mundo aqui é da família.

Mira olhou para sua mãe.

– Ela é. E neste momento, eu a colocaria para fora antes de Laynie. Mas uma vez que quero todos aqui, você pode se sentar ali com a boca fechada e fingir que está tremendo porque está com frio. E quando chegar em casa você pode encher a cara com a bebida que gostaria que estivesse naquela garrafa de água.

Todos os olhos correram de Mira para Sophia e para mim. A tensão era tão espessa e palpável. Eu senti que tinha que dizer alguma coisa.

– Eu deveria ir, Mira. O sentimento é bom, mas eu realmente não sou da família.

Jack encontrou meus olhos.

– Sim. Você é.

Hudson apertou suas mãos em volta de mim.

– Concordo.

Assenti com a cabeça, sem me atrever a falar. Minha garganta estava espessa e meus olhos se encheram de lágrimas. Pelo menos, quando Mira olhou para mim, ela pensou que eu estava chorando de felicidade. Porque não tinha ideia de que estava vendo o meu coração se partir ainda mais.

15

Mira teve alta pouco depois das sete horas da manhã, sob ordens estritas de manter a calma e beber mais água. Todos nós saímos juntos, Adam e Jack davam excessiva atenção a Mira enquanto um funcionário a levava de cadeira de rodas até a porta da frente. Enquanto eu esperava e temia que Hudson fosse me levar para casa ele mesmo, Jordan estava esperando quando nós saímos pelas portas principais. Hudson deve tê-lo avisado com uma mensagem de texto enquanto eu não estava olhando.

Os outros tinham que esperar o manobrista trazer seus carros, então eu fui a primeira a me despedir. Inclinei-me para abraçar Mira.

– Cuide-se bem, maninha. Eu não quero estar de volta ao hospital até que você esteja tendo o bebê, e é melhor que seja daqui a meses.

– Eu não poderia concordar mais. Obrigada por vir, Laynie.

– A qualquer hora. – Eu me endireitei. – Bem, meu carro chegou.

Depois de toda a conversa de ser parte da família, ir embora sozinha me deixava com uma sensação de solidão. Meus sentimentos confusos já não estavam tão confusos, eu queria que Hudson me levasse para casa. Desesperadamente.

– Seu carro...? – Mira olhou de mim para Hudson, obviamente questionando os diferentes carros.

– Vamos para lugares separados – respondeu Hudson. – Alayna vai para casa e rastejar para dentro dos lençóis. Eu estou indo para o trabalho. – Sempre preparado com uma resposta, esse Hudson. Exceto quando eu estava fazendo as perguntas.

Mira fez uma careta.

– Você vai ao trabalho sem dormir nada? E depois sou eu com quem gritam por trabalhar demais.

Hudson acenou a mão com desdém.

– Eu consegui dormir o suficiente.

Ele me acompanhou até o Maybach, abrindo a porta de trás para mim.

– Eu deveria lhe dar um beijo de despedida – disse em voz baixa, para que só eu pudesse ouvir.

– Suponho que sim. Você quer fazer isso? – Eu segurei minha respiração, com medo da resposta. Eu mesma não sabia a resposta. Era como o que ele dissera na sala de espera do hospital, beijá-lo só me faria lembrar como eu queria beijá-lo mais. E sabendo que não iria beijá-lo tão cedo, senti lâminas cortando meu peito.

Sua resposta só aumentou a minha dor.

– Eu nunca a beijei apenas para exibição, princesa. E não vou começar agora. – Mas suas ações diziam a coisa de forma diferente quando ele se inclinou para entregar um beijo com a boca parcialmente aberta, sem língua. O tipo de afeto adequado para os espectadores.

Sem permissão dele, minha mão voou para a parte de trás do seu pescoço. Eu o segurei, nossos lábios ficando juntos, e por muito mais tempo do que acredito que ele tivesse a intenção. Quando finalmente me afastei, me certifiquei de dizer a última palavra.

– Isso seria mais fácil de entender se suas ações correspondessem às suas palavras. Mas, deixe-me adivinhar... Não está prestes a começar agora, está?

Escorreguei para dentro do carro e bati a porta antes que ele pudesse responder.

Após cinco horas de sono agitado, acordei com outra dor de cabeça latejante, inchaço nos olhos, e um plano.

Fiz dois telefonemas, logo de cara. Um deles foi produtivo, conseguindo um encontro para o dia seguinte com alguém que, esperava, pudesse lançar alguma luz sobre o comportamento recente de Hudson.

A outra chamada não me levou a lugar nenhum. Mirabelle não foi para o trabalho, é claro, por isso foi Stacy quem respondeu quando liguei para a loja. Isso foi bom. Era com ela que eu queria falar, de qualquer maneira. Mas mesmo que eu implorasse e até colocasse a minha voz mais doce, ela se recusou a falar mais sobre o vídeo que enviara.

– Eu avisei, não quero mais nada com isso – disse ela, e desligou.

Eu me ajoelhei enquanto pensava sobre o que fazer a seguir. Então dei outro telefonema.

– Você pode vir aqui um pouco? Preciso de sua ajuda com uma coisa.

– Hum, com certeza. – Liesl parecia grogue, como se tivesse acabado de acordar. Era apenas pouco depois da uma da tarde, então eu, provavelmente, a tinha acordado. – Eu preciso de tipo vinte minutos... E café.

– Impressionante. Vou mandar meu motorista pegar você. Com Starbucks.

Desliguei o telefone, tomei banho e me vesti em velocidade recorde, e, em seguida, mergulhei em meu projeto. Projetos, eu tinha aprendido na terapia, mesmo aqueles ridiculamente desnecessários, eram excelentes formas de distração. Eles ajudavam a me impedir de fazer as coisas loucas que eu tendia a fazer quando estava sofrendo. Era possível que este projeto em particular fosse tão louco como as coisas que ele me impediria de fazer, mas não tinha certeza.

Mais de uma hora depois, Liesl e eu nos sentamos no chão da biblioteca, cercadas por livros. Livros que Hudson tinha encomendado para mim através de Celia. Enquanto a maioria deles não tinha sido marcada, estávamos separando aqueles que estavam. E eles eram fáceis de encontrar. Todos foram marcados pelo cartão de visitas de Celia Werner. Estava planejando queimar a pilha assim que terminássemos.

– Aqui está mais um. – Liesl leu a citação destacada. – *"Não chore, tenho muita pena de ter mentido tanto, mas as coisas são assim..."* É de *Lolita*.

Eu me encolhi. Nabokov. Um dos meus favoritos.

– Coloque-o na pilha dos descartáveis. – No caderno ao meu lado eu anotei a citação.

Ela empilhou com os outros que tinham sido separados, os livros dos quais planejava me livrar.

– O que você acha que isso significa?

Eu balancei a cabeça e olhei para a lista no meu colo. Havia várias citações dos meus livros favoritos e algumas de livros que eu nunca tinha lido:

"As pessoas poderiam suportar serem mordidas por um lobo, mas o que realmente as irritava era serem mordidas por uma ovelha." James Joyce, *Ulysses*.

"Aquele que controla o passado controla o futuro. Quem controla o presente controla o passado..." – George Orwell, *1984*.

"As pessoas sem culpa são sempre as mais exasperantes..." – George Eliot, *Middlemarch*.

"Uma vez puta, sempre puta, é o que eu sempre digo..." – William Faulkner, *O som e a fúria*.

"Não existe pecado nem virtude. Há apenas o que a gente quer fazer. Tudo faz parte da mesma coisa. Algumas coisas que a gente faz são boas e outras não prestam, mas isso está na cabeça de cada um." – John Steinbeck, *As vinhas da ira*.

"Não é o meu destino desistir, eu sei que não pode ser..." – Henry James, *Retrato de uma senhora*.

"Não há nenhum mal em enganar a sociedade, desde que ela não descubra..." – E.M. Forster, *Passagem para a Índia*.

Havia outras páginas, muito do mesmo. Se havia uma mensagem oculta, não estava conseguindo encontrá-la.

– Estou começando a achar que nenhuma delas quer dizer nada. São simplesmente citações sinistras e ameaçadoras destinadas a mexer com a minha cabeça.

Liesl arrebatou a lista de minha mão. E a examinou rapidamente.

– Eu acho que ela está falando sobre si mesma. Ela não acha que está prejudicando ninguém, não vai desistir, acha que controla as coisas, e é uma vadia. – Depois, jogou o bloco de notas no chão e pegou outro livro. – Então desembucha. Por que você tanto me queria aqui nesta tarefa apenas levemente divertida?

Mordi meus lábios.

– Não foi só para isso, há algo mais. – Depois de inspirar profundamente, contei todo o plano que ocupava a minha mente desde que acordara.

Quando terminei, Liesl se recostou no sofá, a testa franzida.

– Então me deixe ver se entendi, você vai ficar obcecada e perseguir as pessoas de propósito?

– Pesquisa – corrigi. – Pesquisa, caramba! Não vou perseguir ninguém. – Embora a ideia soasse muito melhor na minha cabeça do que quando dissera isso em voz alta.

– Você está obcecada com o passado do seu menino. E quer rastrear as pessoas para pesquisar o que ele está escondendo de você. Certo? Ou eu perdi alguma coisa?

– É exatamente isso. – Assenti com a cabeça com mais entusiasmo do que o necessário. – Isso não é perseguição. Isso é falar com as pessoas. As pessoas que têm informação sobre Hudson. Se ele não vai me dizer o que eu quero saber, então posso perguntar a outras pessoas. Conseguir uma imagem mais clara da situação.

Liesl me lançou um olhar de desaprovação.

– Por que esse não é um plano ideal?

Eu esperava que ela fosse mais receptiva ao meu plano. Especialmente porque partes da ideia já estavam em movimento.

– Porque você tem um histórico de ser, você sabe... – Ela estalou a língua e circulou um dedo no ar ao lado de sua cabeça, o sinal universal para maluca. – Eu só vou dizer isso. Pirada. Você era pirada. E eu não fui a muitas das suas coisinhas de grupo de terapia ou sei lá, mas me lembro de que bisbilhotar, xeretar e investigar coisas das pessoas estão todos na lista de coisas a não fazer.

Fechei meus olhos para que eu não estivesse tentada a rolá-los. Liesl comparecera a alguns dos meus encontros na igreja. Eu não tinha percebido que ela realmente prestava atenção.

– Isso é diferente.

Ela assentiu com a cabeça.

– Sim, é. – Então parou de assentir e levantou uma sobrancelha. – Como exatamente é diferente?

Gemi por dentro. Para mim, a diferença era óbvia.

– Nas outras vezes era uma compulsão. Eu não conseguia evitar. Desta vez, estou escolhendo fazer isso. Isso torna as coisas totalmente diferentes.

– Aham. Totalmente diferentes. – Ela não parecia convencida. – E por que estou aqui? Porque se você quer que eu diga que você não é louca, pode esquecer, isso não vai acontecer.

– Então, certo, muito bem. Pense que eu sou louca. – A versão de Liesl de sanidade não era necessariamente a mesma que se encontra nos livros. – Mas também preciso de sua ajuda.

Seus olhos se iluminaram.

– Você quer que eu cuide daquela Celina, a vadia? – Ela socou um punho na palma da mão algumas vezes.

– *Celia* corrigi. – O que há com você para falar os nomes errados?

– É divertido assistir a você que-sabe-tudo me corrigir. – Ela mascou seu chiclete com um largo sorriso. – Eu realmente vou dar um cacete na srta. Celia Werner se você quiser que eu faça isso. Vou chutar a bunda dela com tanta força que ela vai perder aquele bumbum bonito e redondinho. – Sem qualquer culpa, acrescentou: – Sim, eu a cheguei por trás.

– Hum, não. Sem porrada. Por favor. – Liesl poderia fazê-lo, no entanto. Ela era uma bruta quando queria. E não seria incrível de se ver Celia com seu lindo rostinho machucado e inchado?

Mas não era essa a ajuda que precisava de Liesl. Eu tinha outro plano em mente. Apoiada na mesa de café, ao lado de onde ela estava sentada, no chão, coloquei meus olhos de cachorrinho pidão.

– Eu estava esperando que você pudesse vir comigo para ver alguém.

– Ah, Jesus. Você está tentando me converter a perseguidora também?

– Não há nenhuma perseguição. – Isso não estava no meu plano, de qualquer maneira. – Só preciso falar com uma senhora que não quer falar comigo. E imagino que se eu não estiver sozinha, ela pode ser mais amigável.

Liesl sorriu, obviamente lisonjeada com o pedido.

– Você acha que sou intimidante, não é? Você quer intimidar a mulher.

– Sim. Claro.

O sorriso dela se arregalou.

Em seguida, desapareceu.

– Deus, eu não sei, não sei! – Ela se levantou e começou a andar em círculos. – A coisa toda parece muito divertida. E eu quero ser uma boa amiga. Mas não tenho certeza se eu deveria estar apoiando ou colocando um sinal de PARE em seu caminho. – Dizendo isso, levou as mãos à testa, massageando as têmporas. – O que fazer, o que fazer? Talvez devêssemos chamar Brian.

Eu voei para cima da mesa.

– Você deveria estar *me apoiando*. Por favor! E nós não precisamos chamar Brian.

Soltei uma golfada de ar, tentando me acalmar. Meu plano poderia funcionar sem a ajuda de Liesl, mas eu precisava que ela me entendesse, pelo menos. Precisava dela para perceber como eu estava perto de meu limite, como, pelo menos no que me dizia respeito, esta era a minha última chance. Minha última chance de sanidade.

– Tudo bem. Você pode estar certa, essa pode não ser a mais saudável das ideias. – Esperei até que os olhos de Liesl estivessem nos meus antes de continuar. – Mas o que acontece é que, se eu não assumir algum controle sobre esse estado de limbo em que o meu relacionamento está, então vou acabar fazendo a perseguição e a obsessão e toda essa merda. Estou tentando ser ativa. Tomando uma posição pela primeira vez em vez de deixar um cara passar por cima de mim. Porque, se não for assim, eu só tenho duas outras opções, deixar Hudson e eu ficarmos neste "dando um tempo", o que é estúpido e improdutivo, e realmente me deixa me sentindo como um capacho, ou terminar esse relacionamento. E não estou pronta para perdê-lo. – Meu lábio tremeu com essa crua honestidade. – E não acho que ele esteja pronto para me perder. Senão, ele já teria terminado comigo.

Os olhos de Liesl estavam compassivos. Mas também preocupados.

– Você anda tão cismada com isso, Laynie.

Eu joguei minhas mãos enfaticamente para o lado.

– Não! Não estou. Estou *lutando* pelo cara que eu amo. – Meus olhos ardiam com as lágrimas que pareciam estar sempre presentes, nos últimos tempos. – Sim, estou chateada que ele não esteja lutando por mim, mas talvez ele não saiba como lutar por alguém. Talvez ele precise que eu lhe mostre.

Se Liesl ainda tinha reservas, ela as escondeu.

— Tudo bem, estou dentro. O que mais eu poderia fazer com a minha tarde, de qualquer maneira?

— Sério? Obrigada. Obrigada!

Eu a abracei. Embora sua presença não fosse crucial, eu estava desesperada por isso. Sua presença me ajudava a lidar com a solidão sem fim que ocupava meu coração, desde que Hudson tinha saído pela porta afora.

Quando a soltei, ela encolheu os ombros com desdém.

— Está tudo bem. Além disso, este projeto dos livros está quase pronto.

Olhei para a bagunça. Havia ainda algumas pilhas não marcadas que precisavam ser arquivadas. Isso poderia ser feito mais tarde.

— Então, estou pronta para ir se você estiver.

— Sim. — Ela pegou a mochila do sofá. — Para onde vamos, afinal?

— Greenwich Village.

Eu tinha dito a Jordan que sairia mais tarde. Mandei uma mensagem para ele, agora, e descobri que o homem já estava me esperando na garagem. Depois de pegar a minha bolsa e meu celular, entramos no elevador.

Ficamos ao lado uma da outra, nos apoiando contra a parede do fundo. Liesl cutucou meu ombro.

— Já pensou numa coisa, que você pode não gostar do que descobrirá com tudo isso?

A sensação de vazio no meu peito não foi só por causa da descida do elevador.

— Estou certa de que, seja o que for, vai ser foda. — Essa era a droga dessa situação, Hudson já confessara muita merda. Se ele não conseguia me contar a coisa de Celia, tinha que ser muito ruim.

Então, por que eu estava tão desesperada para descobrir?

Porque essa era quem eu era. E o que quer que fosse, aquilo seria Hudson, também.

– Isso pode me matar, mas eu preciso saber. E então poderei seguir em frente, de preferência com Hudson ao meu lado.

Isso não resolvia o maior problema, o de que Hudson não estava sendo honesto comigo. Mas, talvez, se ele percebesse que eu realmente o amava, não importando o que acontecesse, ele fosse capaz de deixar suas últimas paredes desabarem e poderíamos, finalmente, começar a trabalhar na reconstrução do nosso relacionamento, juntos.

Já que nenhuma de nós tinha comido, paramos para pegar uns espetinhos de um carrinho de comida nas proximidades antes de ir para o Village. No momento em que chegamos à loja de Mirabelle, eram quase quatro horas da tarde. Eu não tinha certeza de que Stacy ainda estaria lá, ou se ela estaria disponível para conversar. Ou que ela atenderia a campainha quando eu a tocasse. Suas clientes só poderiam vir com hora marcada. Se ela não estava esperando ninguém, iria abrir a porta?

Talvez aparecer aqui sem aviso prévio fosse um tiro no escuro, mas quando ela desligou o telefone na minha cara, esta fora a única maneira em que consegui pensar para conseguir algumas respostas.

Na porta, esperando, um flashback repentino da primeira vez que eu tinha estado lá inundou minha memória. Eu estava tão nervosa, ali em pé, esperando com Hudson que sua irmã atendesse... Esse tinha sido o nosso primeiro passeio como um casal, como um casal *de mentira*. O medo que eu tinha de atrapalhar a farsa tinha sido imenso, mas, mais do que isso, a energia borbulhante entre mim e o homem que estava ao meu lado tinha ameaçado me incendiar. Tinha ameaçado me consumir.

No final das contas, *tinha* me consumido mesmo, e era por isso que eu estava ali agora, queimada, cheia de bolhas e despedaçada.

Antes de tocar a campainha, eu me virei para Liesl.

– Aqui é onde preciso de você. Há um olho mágico. Se Stacy olhar através dele e me vir, não tenho certeza se ela vai abrir a porta.

– Legal. Deixa comigo.

Mudei de posição para o lado do prédio e me nivelei junto à parede. Ao meu aceno de cabeça, ela tocou a campainha. A porta se abriu quase que imediatamente.

– Oi. Vanessa Vanderhal? – Stacy perguntou a Liesl.

Ela devia ter estado à espera de uma cliente. Antes que Liesl pudesse responder, apareci à vista.

– Ah, não. Você não. – Stacy começou a fechar a porta.

Mas Liesl enfiou seu ombro na entrada antes da abertura ficar muito estreita.

– Ei, ela só tem algumas perguntas. Nada que vá demorar mais do que alguns minutos. Você é a única a quem ela pode perguntar. Você não pode ajudar uma garota? De mulher pra mulher?

Eu sabia que Liesl poderia ser intimidante. Só não sabia que ela também poderia ser encantadora.

Stacy estreitou os olhos, avaliando. E fazer isso era melhor do que eu esperava, para ser honesta.

Olhei para Liesl, enviando mentalmente sinais para que ela colocasse mais charme, uma vez que parecia estar funcionando.

Mas aparentemente a minha amiga não estava no mesmo comprimento de onda que eu.

– Se você não está interessada em fazer isso da maneira mais fácil, estou disposta a ir por outro caminho. Vou me apresentar, sou Liesl. Eu tenho uma tripla faixa preta em caratê e faço boxe competitivo nas horas vagas. Então, vamos lá. Deixe-nos entrar.

A habilidade de Liesl em lutas marciais era kickboxing em uma academia nas proximidades. Mas Stacy não sabia disso.

Stacy gemeu.

– Ah, tudo bem. Vamos para dentro. Mas que seja rápido. Tenho uma cliente em quinze minutos.

Eu estava mais aliviada do que imaginei que estaria. Havia muitas perguntas sobre o vídeo que só poderiam ser respondidas por três pessoas.

E eu não estava disposta a perguntar para Celia.

– Obrigada, Stacy. Nós vamos entrar e sair. Prometo.

Ela abriu a porta para nós entrarmos.

– Sim, sim – para si mesma, murmurou. – Eu sabia que não haveria um fim nisso. – Tão logo entramos, Stacy deixou a porta bater e cruzou os braços sobre o peito. – O que é que você quer saber? Eu não encenei o vídeo, se for disso que ele a convenceu.

Nós estávamos tendo nossa conversa na entrada da frente da loja, mas pelo menos ela nos deixara entrar.

– Não, ele não fez isso.

Hudson merecia crédito por isso, foi minha suposição. Por não negar que o beijo tinha ocorrido. Ao evitar me dizer qualquer coisa, ele evitou falar uma mentira. Teria sido um esforço para permanecer fiel à nossa promessa de sermos honestos um com o outro? Se assim foi, ele não se deu conta de que ocultar as coisas era apenas outra forma de mentira?

– Na verdade – continuei – ele não me disse nenhuma palavra sobre o vídeo.

– Ah, entendi. – Stacy esfregou seus lábios pintados com gloss. – E então você está me pedindo para falar sobre isso.

O juízo e a superioridade que envolviam as suas palavras me incomodaram totalmente. Eu queria sacudir a mulher por seus ombros delgados e dizer que ela não sabia de nada. Que ela não conseguia entender.

Mas eu estava tentando jogar limpo. E por que ela entenderia, afinal? Minha melhor amiga estava tendo dificuldades para descobrir por que era tão importante para mim descobrir os segredos de Hudson, por que uma mulher que era praticamente uma estranha iria entender?

Ela não faria isso.

Eu cerrei os dentes.

– Sim, isso é exatamente o que estou fazendo. Estou vindo pelas costas dele e lhe pedindo isso. Definitivamente, não é um dos meus melhores momentos.

Stacy olhou para mim fixamente por alguns segundos.

– Bem, nós todas experimentamos alguns desses, eu acho. – Seus ombros relaxaram levemente. – Então ele não sabe que você está aqui?

Neguei, balançando minha cabeça.

– E você não está planejando contar a ele?

– Não.

A culpa passou por mim como um calafrio. Hudson não tinha me pedido para não falar com a Stacy de novo, mas eu tinha prometido ser aberta e honesta com ele. E não contar pareceria guardar um segredo... Claro, ele não estava fazendo jus à sua promessa, e tinha pedido a porra de um tempo... Esses fatos provavelmente me desculpavam se eu não fosse mais tão aberta sobre minhas atitudes. Mas eu disse que tinha acabado com isso de guardar segredos. Ponto. Ou eu cumpria a palavra ou não era digna dele, ponto final. E se eu não era digna de estar com ele, por que esse esquema todo de detetive teria, então, alguma importância?

Eu mudei a minha resposta.

– Na verdade, isso é uma mentira. Eu vou contar. – Se algum dia realmente tiver a chance de falar com ele novamente. – Eu já lhe disse antes, nós estamos trabalhando com honestidade. Eu não posso traí-lo.

Mesmo que Hudson tivesse me traído ao não ser transparente.

Minha transparência tinha provavelmente me custado a cooperação de Stacy, mas a única outra opção era mentir para ela. E isso parecia uma merda também.

Stacy apertou os lábios, os olhos correndo de um lado para outro, entre mim e Liesl. Finalmente, suspirou, se recostando no balcão atrás dela.

– O que você quer saber?

Sabendo que o nosso tempo era curto, fui direto ao ponto.

– Por que você filmou Hudson e Celia se beijando? Quero dizer, o que você pretendia fazer com o vídeo, antes de mais nada?

– Provar que ele estava mentindo – ela respondeu com naturalidade, como se eu fosse entender com apenas isso. Quando percebeu que não entendi, explicou melhor. – Era para eu encontrá-lo naquela noite. Para um café, eu acho que lhe contei isso antes. Conforme ia caminhando, eu o vi com ela. Ele protestou tanto sobre eles serem um casal, eu sabia que ele iria negar novamente. Então, filmei isso. Como prova.

Meu peito ficou apertado. Ah, como a história de protestar sobre formar um casal com Celia me soou familiar. Ainda assim, havia buracos.

– Mas você nunca mostrou o filme a ele.

Ela balançou a cabeça.

– Eu acabei não precisando. Fui até eles logo depois que filmei. Enquanto eles ainda estavam... daquele jeito. – Ela se encolheu, como se a lembrança de vê-los se beijando a machucasse.

Eu sabia como era essa sensação. E doeu duplamente saber que Stacy estava chateada com isso. Ela obviamente tinha algo com ele, mesmo que Hudson negasse. Com quantas mulheres ele tinha estado quando dissera que não tinha? Norma era também mais uma nessa lista?

Bem, isso eu iria descobrir no dia seguinte, se tudo corresse como o planejado.

Stacy afastou uma mecha de cabelo dourado do rosto.

– Eu os filmei caso eles parassem antes de eu chegar lá. No caso de ele negar. Mas ele não fez isso.

Não, negação não era uma coisa de Hudson. Ele era de redirecionar o foco contra você. Era de evitar.

Ou talvez fosse apenas comigo.

– O que ele fez quando viu você?

O nariz de Stacy se enrugou quando ela recordou a cena.

– Ele agiu de modo surpreso, mesmo sabendo que eu deveria encontrá-lo ali. Ou talvez fosse porque tivesse perdido a noção do tempo ou esquecido que ele iria me encontrar. Não sei. Celia pediu desculpas em primeiro lugar, o que era estranho, porque eu não sabia que ela sabia alguma coisa sobre mim. Em seguida, Hudson se desculpou. A maior parte da explicação veio de Celia. Eu acho que ele ficou chocado por ter sido pego ou algo assim. Eu realmente não ouvi muita coisa do que ela disse. Fiquei chocada também. E muito mal por me sentir estúpida.

– Sentir-se estúpida?

Era aqui onde eu precisava de esclarecimentos. Hudson parecia honestamente perplexo quando eu tinha mencionado que Stacy estivera lá para encontrá-lo.

– Sim, estúpida. Ele me fez sentir como se gostasse de mim, sabe? – Ela parecia estar se lembrando de uma dor antiga que não tinha se curado completamente. – E todo o tempo, ele estava com ela. Por que faria uma coisa dessas?

– Por que todos os homens traem suas mulheres? – falou Liesl, e depois voltou a roer a unha que estava roendo desde que tínhamos chegado.

Fiz uma careta. De todos os traços negativos que estava descobrindo sobre o meu amante, eu com certeza não esperava colocar traição nessa lista.

Stacy protestou contra a lógica disso.

– Ele me pediu para encontrá-lo. No entanto, Hudson Pierce não parece o tipo de cara capaz de misturar seus encontros. Se alguém podia lidar com sucesso em um caso, esse seria o homem.

Era exatamente por isso que a presença de Norma me assustava. Mas, como Stacy estava dizendo, se Hudson estava realmente tendo um caso com Celia, ou com Norma, hoje, ele não seria mais competente em cobrir seus passos? Essa era a parte que não fazia sentido.

Talvez Stacy tivesse interpretado mal as suas intenções.

– Como é que ele fez você sentir como se gostasse de você? Pensei que só o tivesse acompanhado ao evento de caridade no ano passado. – Dando um tiro no escuro, acrescentei: – Eu não sabia que vocês estavam juntos.

Stacy baixou os olhos.

– E não estávamos. Não realmente. – Ela passou as mãos ao longo do balcão atrás dela. – Depois do evento de caridade, ele nunca me convidou para sair novamente. Mas nós conversamos muito, por e-mail. Ele flertou comigo. Enviou-me flores um par de vezes. É por isso que pensei que podia ser uma possibilidade. Naquela noite, a do vídeo, foi a primeira vez que ele se ofereceu para me ver em pessoa, novamente.

– Talvez eles estivessem gozando juntos de sua cara. – Liesl limpou a mão "bem cuidada" em seu jeans. – Você sabe como é. Talvez os e-mails não fossem dele.

– Você quer dizer que Celia os enviou? – avaliei essa hipótese. Eu certamente aprendi que Celia não era uma pessoa confiável, que ela manipulava as informações para seu benefício. – Sim, ela poderia ter feito isso. – Gostei mais desse cenário do que de alguns dos outros.

Stacy, por outro lado, não gostou da ideia. Ela se endireitou em toda sua estatura e estreitou os olhos em minha direção.

– Você está dizendo que acha que Hudson não poderia gostar de mim? Isso é muita pretensão de sua parte. Por acaso você acha que eu não sou boa o suficiente para ele?

Cara, essa mulher tinha garras. Não tinha sido nem mesmo eu que havia sugerido a ideia.

Coloquei minhas mãos para cima, na tentativa de acalmá-la.

– Não. Não é nada disso. Há apenas alguns detalhes que não batem. Como você disse, ele parecia surpreso ao vê-la. E quando eu mencionei que você estava lá para encontrá-lo, Hudson não tinha a menor ideia do que eu estava falando. Sabe, quando um animal atravessa a estrada de noite e é pego nos faróis? A mesma cara. Talvez ele estivesse fingindo sua reação, não estou negando que seja uma possibilidade. Mas é exatamente por isso que eu queria falar com você. Estou tentando descobrir as coisas por mim mesma.

Liesl me cutucou com o cotovelo.

– E diga a ela sobre Celia vaca.

Eu ignorei o cutucão, embora interiormente tenha me feito sorrir.

– Essa é a outra coisa, Stacy. Celia tentou dar-me um golpe recentemente. E agora ela está me sacaneando de outras maneiras. Eu posso não ser a primeira dos interesses de Hudson a receber esse tratamento.

A postura de Stacy não se alterou, mas a expressão dela disse que ela estava ponderando as novas informações.

– Então, quando ele me levou para o evento de caridade, eu apareci em seu radar?

– Possivelmente. – Eu esperava que fosse isso. Caso contrário, Hudson estava mentindo para mim sobre seu relacionamento com Stacy. – Mas, provavelmente, não. – Esse era o problema com os segredos, potencialmente qualquer coisa podia ser verdade.

Os olhos de Stacy ficaram gradualmente turvos, como se a ideia de que tudo tinha sido uma farsa a desapontasse mais do que pegar o cara que ela gostava com outra mulher. Eu entendia isso. Ela queria que Hudson Pierce se interessasse por ela. Simplesmente por ser mulher, era como me ver a fim de um cara. E sendo eu, era capaz de entender estar a fim de Hudson. Mas se eu tivesse descoberto que ele tinha brincado comigo... bem, isso teria sido mais horrível do que a atual situação em que me encontrava.

Decidi que a mulher merecia um pouco de compaixão.

– Mas mesmo que não tenha sido Hudson a escrever os e-mails, Celia obviamente pensou que você fosse uma ameaça. Isso tem que significar que ele mostrou algum interesse em você na frente dela.

Stacy soltou o ar.

– Na verdade, é uma teoria interessante. Ela se encaixa em alguns aspectos.

– Desembucha. – Liesl estava tão ansiosa agora pela informação como eu.

– Como eu disse antes, ele agiu de modo estranho quando fui ter com ele. E sempre que vinha na loja, me ignorava. Como se ele não tivesse dito todas as coisas belas que escreveu para mim online. Ele era muito poético. Seus e-mails eram como longas cartas.

– Eu não estou pretendendo saber quem foi o verdadeiro autor – comecei a falar timidamente, com medo de ferir os sentimentos de Stacy ainda mais. – Mas pelo que eu sei de Hudson, ele não é muito de ficar escrevendo cartas. E Celia parece alguém mais confortável ao redor do mundo literário. – As citações que ela tinha escolhido destacar em meus livros indicavam isso, pelo menos.

– Qual foi o endereço de e-mail de que ele enviou? – Ocasionalmente, Liesl vinha com coisas que eu deveria ter perguntado.

Stacy franziu o cenho.

– H.Pierce@gmail.com, eu acho.

Eu já estava balançando a cabeça quando Liesl perguntou:

– Será que esse é o endereço de e-mail dele?

– Eu só conheço sua conta das Indústrias Pierce. Ele a usa para negócios e para e-mail pessoal, mas raramente envia e-mails pessoais. – Ou, se ele fazia isso, nunca estive ciente.

A campainha tocou, anunciando a próxima cliente de Stacy. Ela olhou para a porta, em seguida, de volta para nós, como se ela estivesse dividida sobre o que fazer.

Eu me senti da mesma forma. Havia mais para descobrir, mas eu tinha prometido que estaria entrando e saindo. Além disso, provavelmente não havia nada que eu pudesse saber mais sem ler os tais e-mails, mas isso parecia exigir muito de Stacy, a menos que ela oferecesse.

– Obrigada mais uma vez, por seu tempo e as suas respostas. Eu sei que você está ocupada agora.

Ela assentiu com a cabeça quando cruzou à nossa frente para abrir a porta. Com a mão na maçaneta, Stacy fez uma pausa.

– Eu deveria estar agradecendo também, acho. Você ajudou a esclarecer a situação. – E abriu a porta antes que eu pudesse responder. – Vanessa? Bem-vinda a Mirabelle. Entre.

A cliente de Stacy entrou e nós fomos embora.

– Se eu pensar em algo mais – Stacy me chamou. – Vou contatá-la.

Foi um final esperançoso para aquela conversa. Se ela fosse um pouco parecida comigo, e muito poucas pessoas eram, Stacy iria para casa para reler todos os e-mails enviados por "Hudson" com o novo cenário em mente. Talvez ela encontrasse algo lá e me enviasse um recado.

Mandei uma mensagem para Jordan e descobri que ele tinha encontrado uma vaga logo descendo a quadra. Ele acenou, deixando-nos saber a sua localização.

Liesl prendeu o braço no meu enquanto caminhávamos na direção do Maybach.

– Você acha que aprendeu alguma coisa?

Dei de ombros.

– Eu gostaria de acreditar que foi tudo uma farsa por parte de Celia. Mas isso não responde por que Hudson estava beijando a mulher ou por que ele não quer me contar a verdade sobre isso.

– Talvez eles estejam jogando juntos. Será que ele faria isso? Ou ele esteve nisso o tempo todo.

Mordi o lábio.

– Tudo é possível.

Achei que ele estivesse bem quando nos conhecemos, mas talvez ele ainda estivesse jogando com as pessoas. Era isso que Hudson não queria que eu soubesse? Que ele ainda não estava bem?

Ou era Celia quem ele estava protegendo? Mais uma vez.

A boate já estava aberta ao público quando apareci para trabalhar naquela noite, por isso, em vez de usar a entrada de funcionários, fui pela porta da frente. Se eu não tivesse feito isso, não teria visto Celia esperando na fila. Até parece que ela ficaria entediada com o jogo...

O porteiro perguntou antes que eu tivesse a chance de lembrá-lo.

– Ela não, certo?

– Certo.

Olhei em direção à loira mais uma vez. Foi um pouco reconfortante saber que ela ainda estava interessada em me atormentar. Para minha mente doente, isso provou que ela achava que eu ainda era importante para Hudson. Mesmo que isso não fosse mais verdade, pelo menos Celia ainda não tinha recebido as notícias.

Enquanto eu olhava para ela, a loira acenou.

– Oi, Laynie. – Foi a primeira vez que ela falou comigo desde que tinha começado sua perseguição.

Eu não respondi com palavras, mas sorri antes de entrar na casa noturna. Em cerca de dois minutos, ela ia ser barrada na porta. Isso era definitivamente algo para me fazer sorrir.

Aquela foi a última vez que sorri pelo restante da noite. Meu turno foi cruel e tive que me desdobrar para manter as coisas funcionando naquela multidão, mas a dor constante de perder Hudson me roía por dentro. Em todos os lugares que olhava, eu o via... No escritório, no bar.

Às três da manhã, quando meu turno acabou, a ideia de voltar para a cobertura solitária me deixou em lágrimas. Eu considerei ir para outro lugar, em vez disso, para a casa de Liesl, para um hotel. *Eu poderia ir para o loft e vê-lo.* E ficar com o homem com quem desejava estar.

Mas por que eu ia querer estar com alguém que não queria ficar comigo? Essa foi a prova de que eu não era mais a pessoa que costumava ser, a pessoa que teria ido a qualquer lugar para estar com o homem que ela acreditava amar, quer ele quisesse ou não.

Então, acabei na cobertura. Sozinha. Eu consegui não chorar quando Reynold me levou até lá, mas as lágrimas começaram a cair antes de eu sair do elevador. Elas continuaram enquanto estava me arrumando para ir para a cama, e quando chequei meu telefone que tinha deixado em casa durante a noite. Então, as lágrimas se transformaram em soluços quando li a única mensagem de texto que havia:

"Durma bem, princesa."

Amanhã, pensei, e chorei até dormir, pela quarta vez consecutiva. Talvez amanhã eu vá acordar desse pesadelo horrível.

16

— Jordan, eu preciso ir até as Indústrias Pierce – disse-lhe ao subir no carro no dia seguinte pela tarde. Perguntei-me se deveria dizer-lhe que queria ver Hudson. Em realidade, não era mentira, porque sim, eu queria vê-lo. No entanto, não era bem ele quem eu tinha intenção de visitar.

– Muito bem, senhorita... Laynie – disse ele, retificando antes que eu tivesse que recordá-lo para que me chamasse assim. – Tenho certeza de que ele gostará da surpresa – acrescentou um momento depois.

Eu sorri e assenti quando seus olhos me viram pelo espelho retrovisor. Incomodava-me que Jordan conhecesse tanto da minha vida e de minha agenda cotidiana, o suficiente para saber que Hudson não me esperava. Será que Hudson havia lhe dito que não queria que eu aparecesse por ali? Nesse caso, o mais provável era que não me levasse. Ainda assim, eu conseguiria ir para seu escritório por meus próprios meios. Hudson já devia esperar isso de mim. Quem sabe meu chofer simplesmente estivesse informado. Embora não por mim. Mas, afinal de contas, eu não era prisioneira de Hudson.

Qualquer que fosse a informação que eles dois – ou três, incluindo Reynold – compartilhavam sobre mim, estava convencida de que Hudson sempre sabia por onde eu andava. Provavelmente

Jordan enviaria uma mensagem a Hudson no momento em que eu saísse do carro, para avisá-lo de que eu ia subir.

Não podia pedir ao guarda-costas que não informasse sobre mim. Isso colocaria seu posto de trabalho em perigo. Mas, sim, eu poderia conseguir algum tempo. Quando o carro se deteve diante do edifício das Indústrias Pierce, eu me inclinei sobre o assento dianteiro.

– Dê-me alguns minutos antes de delatar-me, combinado? Não quero estragar a surpresa.

Jordan não disse nada, mas por seu sorriso soube que faria isso por mim.

– Obrigada.

Beijei meu chofer na bochecha, surpreendendo a nós dois por minha mostra de carinho, e saí do carro.

Levando em conta o quão destroçado estava meu coração, eu me encontrava quase bem de ânimo quando apertei o botão do elevador que conduzia ao andar de Hudson. A conversa com Stacy tinha corrido bem, e isso fez com que aumentasse minha confiança de que a reunião seguinte também correria bem. Embora Liesl não me acompanhasse nessa ocasião, sentia-me capaz de conseguir. E se tudo corresse bem, obteria algumas respostas.

Com sorte, não seriam respostas que me destroçariam ainda mais.

Senti pânico por um instante quando o elevador abriu suas portas no andar de Hudson. Espiei pelas paredes de vidro que davam para a sala de espera. À parte ver Trish a sua mesa, a sala estava vazia. A porta do escritório encontrava-se fechada. Podia ser que Jordan já tivesse enviado uma mensagem informando-lhe sobre minha chegada, mas, quem sabe, Hudson não a tivesse lido ainda, ou podia ser que ele não estivesse no edifício. Em qualquer caso, não ter qualquer pessoa ali era uma coisa boa para o que eu pretendia.

Escapuli por um corredor sem ser vista. A sala de Norma Anders era fácil de encontrar. Nesse andar trabalhavam somente dois altos executivos, portanto, não havia muitos lugares onde procurar. Vendo pelo lado de fora, soube que a sala dela era menor que a de Hudson e que não tinha vista para os cantos. Por algum motivo, aquilo fez-me sentir bem. Deus, era verdade que eu estava me comportando como uma cadela rancorosa? Não. Era simplesmente uma mulher traída.

Havia marcado minha visita com o assistente de Norma, assim sendo eu já sabia que encontraria um homem na mesa que estava diante de seu escritório. No entanto, não sabia o quanto atraente ele era. Não atraente no sentido dominante e poderoso como Hudson, mas mais no estilo bem gato e meio nerd que estava na moda ultimamente. Parecia ter mais ou menos a minha idade, talvez fosse um ou dois anos mais velho. Seu cabelo era castanho-claro meio esvoaçado e seus olhos azuis brilhavam, apesar de estarem ocultos atrás de uns óculos com armação escura.

Que sorte tinha Norma de estar rodeada por uns gatos gostosões. Quem sabe eu precisasse ocupar um posto nas Indústrias Pierce para poder desfrutar da vista... Como se eu me importasse com algum homem que não fosse Hudson!

Dei um passo à frente e me apresentei:

– Sou Alayna Withers. Tenho uma hora marcada com Norma Anders.

– Deixe-me avisá-la para saber se já pode recebê-la. Por favor, sente-se.

A ideia de sentar-me me deu vontade de vomitar. Estava nervosa demais.

– Não, eu a esperarei em pé. Obrigada.

Rodeei a pequena sala de espera, fingindo admirar os quadros das paredes enquanto dava uma espiada no interior da sala de Norma. Apesar de a porta estar aberta, não via sua mesa e quanto mais tempo passava ali, mais tinha vontade de sair correndo. Afinal de contas, a reunião com ela poderia ser contraproducente. Talvez não conseguisse convencê-la de que era um assunto de mulher pra mulher. A probabilidade de que chamasse a segurança, ou Hudson, era bem alta. Ambos os cenários pareciam pouco atrativos.

Para o bem ou para o mal, não me acovardei e Norma não me fez esperar.

– Alayna, entre, por favor – disse ela, enquanto jogava o corpo para o lado para que eu pudesse passar e fez um gesto para que me sentasse diante da sua mesa. – Basta, não seja malvado. – Ouvi o que dizia enquanto fechava a porta. Pelo menos, foi isso que parece que eu ouvi.

Virei-me para ela antes de me sentar.

– Como?

– Ah, nada. Eu falava com meu assistente.

Enquanto ela dava a volta para dirigir-se ao outro lado da mesa, contemplei aquele espaço. Não apenas era mais simples e menor do que o escritório de Hudson, mas também não tinha grandes pretensões estéticas. A sala se compunha de uma mesa, três cadeiras, duas estantes e vários arquivos. Ao que parece, eles não haviam contratado Celia Werner para decorar todos os espaços, somente o de Hudson.

Norma limpou a garganta. Como eu não comecei a conversa, parecia que quem faria isso seria ela.

– Surpreendi-me com o seu pedido de marcar uma reunião comigo. Suponho que o tema seja Gwen.

Quando Boyd havia me perguntado sobre o motivo da minha reunião com Norma, simplesmente respondi: "É pessoal. Sou a chefe da irmã dela." A alusão ficou clara. Além do mais, assim eu a despistaria.

Acomodei-me na cadeira. Era mais baixa que a de Norma e supus que aquilo era uma tática para conseguir que seus clientes se sentissem abaixo dela. Eu não ia permitir que isso afetasse a minha confiança.

– Não, não vim para falar sobre Gwen. Ainda que talvez tenha feito seu assistente acreditar que se tratava disso. Sinto por tê-la enganado.

Norma piscou uma vez.

– Agora sim, fiquei mais curiosa. Continue.

Coloquei meus olhos na altura dos olhos dela.

– Vim aqui para perguntar sobre Hudson.

– Sobre Hudson? – Ela deu um verdadeiro pulo na cadeira pela surpresa. – Você não podia ter me desconcertado mais se me dissesse que tinha vindo para falar do papa. Por que você quer me perguntar sobre seu namorado?

Essa estava sendo a conversa mais longa que havíamos tido diretamente. Pensei que eu não sabia absolutamente nada daquela mulher: se era divertida ou séria, compassiva ou má. Sempre tinha agido como se me desaprovasse ou como se não lhe interessasse. Isso se devia simplesmente ao fato de que eu estava com Hudson? Era uma mulher com autoridade, provavelmente havia aprendido com o tempo a ser dura, a ser insensível. Haveria sob aquele exterior uma garota a cujos sentimentos eu poderia apelar com meus ciúmes e minhas inseguranças? Esperava que sim.

— Tenho interesse de saber qual é a sua relação com ele. Com Hudson.

Sua boca se curvou para um lado.

— Pode me chamar de cadela, mas por que você não pergunta para ele?

Eu já a havia chamado de cadela muitas vezes mentalmente, mas reconhecia que esse título ainda não era definitivo. Ainda. Da mesma forma quando Stacy havia me julgado, senti o desejo de colocar-me na defensiva. Mas isso não me levava a parte alguma.

— Eu perguntei a ele. E ele me respondeu. Mas eu gostaria que você esclarecesse isso para mim.

A mulher assentiu, aceitando minha resposta com facilidade.

— Tenho uma relação de trabalho com ele. É meu chefe. E eu sou sua diretora financeira.

— Só profissional?

— Somente profissional.

Tive o temor de que sua resposta não me convencesse e foi isso mesmo que aconteceu. Ele assinava os cheques com seu salário. Só por isso já era de se perguntar por que Norma me revelaria alguma informação? E se Hudson tinha sido seu amante ou se continuava sendo, havia um duplo motivo para que não fosse sincera comigo.

Ainda assim, esperava inteirar-me de algo mais, se é que poderia continuar com a conversa. Talvez ela cometesse um lapso, e eu o notaria em seu rosto, ou me desse qualquer pista.

— Mas é claro que você o acha atraente. Não consegue dissimular quando o vê.

Ela olhava para ele como se estivesse vendo um Adônis. Mas, enfim, ele realmente não era?

Norma deixou escapar uma pequena gargalhada.

– É um homem muito atraente – respondeu ela. *Dããã! Que novidade...* – Entretanto, não estou interessada nele nesse sentido.

Isso não podia ser verdade. Além do mais, além do que eu já havia visto, Hudson já tinha me confirmado o interesse de Norma.

– Ele me contou que você lhe disse que queria ter uma relação com ele.

– Mesmo? – perguntou ela, com os olhos bem abertos.

Por que ele mentiria com respeito a isto? Meu coração rugiu dentro do meu peito.

– Bem, em algum momento eu quis, sim – admitiu Norma. – Faz bastante tempo. Simplesmente me surpreende que isso tenha tido tanto significado que valesse a pena mencionar. A situação agora é diferente.

Inclinei a cabeça, tentando compreender o que ela queria dizer com isso. Bem poucas das minhas relações afetivas haviam desaparecido simplesmente com o passar do tempo. Normalmente, eu precisava de um novo homem para que meu interesse cessasse. Contudo, eu ficava obcecada, portanto eu não era uma referência precisa.

Entretanto, Hudson acreditava que ela ainda gostava dele.

– Parece-me que ele não acredita que a situação tenha mudado.

Ela ficou olhando durante dois longos segundos antes de sorrir com os olhos semicerrados.

– Talvez eu não queira que acredite.

Retorci minhas mãos no colo, decidida a não revidar aquela petulância com uma bofetada, apesar da ideia ser muito tentadora. Em lugar disso, cravei meus olhos sobre ela com a esperança de que minha perseverança servisse de algo.

Depois de uma breve competição para ver quem desviava o olhar primeiro, eu ganhei. Ou algo parecido. Ela me deu uma resposta, embora não de todo satisfatória:

– Ele é meu chefe. Vale a pena adulá-lo.

Apoiei-me às costas na cadeira.

– Há algo mais. O que é que você não está me contando?

Seus olhos piscaram brevemente cheios de raiva, ou pânico. Não tinha certeza de qual das duas coisas era, mas nenhuma ia me dar o que eu queria. Recuei e testei outra tática, a de apelar para sua compaixão:

– Sinto muito. É um assunto meu, eu sei. Mas estou buscando informação desesperadamente. Significaria muito para mim. E agora que Gwen está na boate, pensei que talvez pudéssemos encontrar algum tipo de vínculo.

Então sim, seus olhos mostraram raiva e não foi só um lampejo:

– Você está ameaçando despedir Gwen se eu não responder suas perguntas?

Que merda!

– Não! Por Deus, não. Eu adoro Gwen – disse. Não era precisamente a verdade. – Quer dizer, eu gosto dela. Ela se dá bem no seu trabalho. É perfeita para aquilo que eu estava procurando – continuei. Agora, sim, ela me deixara nervosa. Respirei fundo e me concentrei. – O que eu quero dizer é que eu penso em todos os membros do The Sky Launch como uma família. Gwen está chegando nessa categoria. Embora ela, às vezes, seja muito direta e se mostre excessivamente disposta a dizer o que pensa.

Norma riu.

– Gwen é assim mesmo – respondeu, ao mesmo tempo que inclinava a cabeça e me observava. – Naturalmente, eu lhe agradeço que tenha dado um emprego para ela. Eu fui agradecer a Hudson, mas ele disse que, na realidade, foi você que a contratou. Minha irmã precisava sair do Eighty-Eighth Floor. Em muitos sentidos, estava tão desesperada como você diz que está agora – disse, passando a língua pelos dentes e estreitando os olhos enquanto pensava. – Por esse motivo, pelo que você fez por Gwen, vou lhe contar uma coisa. – Apertou uma tecla do seu telefone. – Boyd, você pode vir até aqui?

– Claro. – A voz de Boyd invadiu a sala.

Norma concentrou sua atenção na porta fechada. Eu me voltei na minha cadeira e fiz o mesmo, curiosa e ansiosa para saber o que seu assistente poderia oferecer para ajudar-me com o meu problema. Ou será que iriam me expulsar do edifício?

Boyd bateu na porta e em seguida a abriu, sem esperar resposta.

– Deseja algo?

Que coisa, seu sorriso era o de um colegial, doce e contagiante.

O sorriso de Norma era quase igual. Definitivamente contagiante.

– Boyd, a senhorita Withers aqui quer saber se eu estou tendo um caso com Hudson Pierce.

Boyd ficou boquiaberto e seus olhos passaram rapidamente de mim para Norma e de Norma para mim. Secou suas mãos na calça, repentinamente nervoso.

– Está tudo bem, querido. Responda sinceramente. Com toda a sinceridade que quiser.

Seu tom de voz sugeria um segredo entre ambos. Será que Boyd agendava encontros para sua chefe? Preparei-me para ouvir a sua resposta.

Após o estímulo de Norma, ele relaxou e me olhou nos olhos.

– Não, ela não está.

Aquela resposta deveria supostamente me trazer consolo. Mas eu era uma garota cética.

– Como você tem tanta certeza disso? Você está junto quando ela se reúne com ele?

– Não. Mas eu sei que eles não têm nenhum caso.

Boyd olhou uma vez mais para Norma para pedir-lhe permissão para continuar falando. Parecendo acreditar que tivesse recebido essa permissão, continuou:

– Ela não faria isso com a pessoa com quem está envolvida – disse, voltando a passar sua atenção de mim para Norma. – Ela é muito leal.

– Obrigada, Boyd. Isso é tudo.

Ele assentiu e foi embora.

A porta ainda não tinha fechado, quando me girei na cadeira e me voltei para Norma.

– Você está saindo com alguém? – perguntei, enquanto o rubor de suas bochechas dizia tudo. – Meu Deus, é com Boyd!

Seu rubor e seu sorriso se acentuaram. Porra, essa mulher estava totalmente apaixonada.

– Agora, você acredita que, de verdade, eu faria alguma bobagem com outra pessoa do escritório quando meu namorado está bem na minha porta?

Fiquei muda.

– Por que Hudson simplesmente não me contou que vocês estão saindo?

Isso teria me tranquilizado. Obviamente, claro que alguma aventura até poderia estar acontecendo, mas se ela tinha um namorado, isso diminuía as probabilidades. Sobretudo sabendo o quão estava apaixonada por Boyd.

Porém, ao mencionar Hudson, o atordoamento de Norma evaporou.

– Hudson não sabe – compreendi. – Por quê? Trata-se de um grande segredo ou algo assim?

– A política da empresa não nos permite sair com pessoas do mesmo departamento. Transfeririam Boyd para outro lugar. E não quero perdê-lo. Ele está há dois anos trabalhando para mim. Estamos juntos a metade desse tempo. Ele é o melhor assistente que eu jamais tive. Em mais de um aspecto.

– Por isso, perpetuar a ideia de que você continua atraída por Hudson serve para que não suspeitem dele. – Tinha demorado um pouco para compreender. – Agora entendo.

Aquela mulher não era nenhuma cadela. Simplesmente estava nervosa que descobrissem seu segredo.

Uma onde de culpa me invadiu por dentro.

– Sinto-me uma idiota. Lamento fazer você passar por isso. Não se preocupe, seu segredo está a salvo comigo.

Ela encolheu os ombros.

– Obrigada. Bem, na verdade acaba sendo divertido contá-lo para alguém – disse ela, enquanto seu sorriso voltava a aparecer.

– Tenho certeza.

A verdadeira natureza da minha relação com Hudson tinha começado com um segredo. E eu sempre quis contar para alguém, para quem quer que fosse, o que acontecia de verdade. Isso fazia com que eu me identificasse com ela.

Além do mais, falar sobre o tema "estar apaixonada" era um dos pontos fortes daquela emoção.

Apesar do meu caráter paranoico, Norma me convenceu que só tinha olhos para seu ajudante. Mas isso não justificava todo o tempo que passava com meu namorado.

– Então, se não há nenhum interesse amoroso, por que você passa tanto tempo com Hudson?

Queria que Norma dissesse que também se tratava de assuntos de trabalho, e se fosse isso, que se explicasse.

– Ele não lhe contou?

Neguei com a cabeça, e então ela ficou pensativa.

– Bem, creio que eu o entendo – respondeu ela, parecendo que estava dizendo mais para si mesma do que para mim. – É uma ideia muito complicada na qual ele está trabalhando. Hudson tem ações de uma companhia, mas quer comprar mais para obter o controle majoritário. No entanto, não quer que os membros do conselho saibam. Assim, ele está comprando outra empresa que possui o mesmo número de ações da primeira para que consiga a maioria quando as juntar com aquelas que ele já tem. Como ele está fazendo tudo escondido, temos que ser sigilosos com a compra. Tem sido todo um jogo. Como uma partida de xadrez. Nós nos movemos e eles se movem. Tive que pesquisar leis financeiras e táticas que eu nunca havia estudado antes. Será um milagre se o negócio sair, mas começo a acreditar em milagres.

Seus olhos se iluminaram ao falar do negócio, e me dei conta de que Hudson não a excitava tanto quanto seu trabalho.

Mas Norma parou de falar, quem sabe pensando que havia se deixado levar.

– As táticas de Hudson têm sido brilhantes – concluiu. – É fascinante ver esse homem em ação.

– É claro que você adora o seu trabalho, Norma. – Esperei enquanto ela assentia. – A mente de Hudson é, sem dúvida, uma das mais criativas que eu já vi. Deve ser muito excitante trabalhar tão perto dele. – Eu adorava quando ele me deixava trabalhar junto. Era um verdadeiro estímulo, tanto em nível mental como físico. – E não estou insinuando nada além disso.

– Entendo ao que você está se referindo. E é isso mesmo – disse, enquanto seu rosto recuperava a seriedade. – Por falar nisso, eu certamente estava falando sério quando disse que você é melhor companheira para ele do que essa tal de Werner. Ela o deixava triste. Com você, ele parece quase feliz.

Já havia escutado, antes, Norma insinuar que Hudson tinha estado com Celia. Hudson desmentiu a sugestão, dizendo que Norma estava tão confusa quanto os demais, e que ele havia se aproveitado desse mal-entendido para evitar que Norma continuasse insistindo.

Agora que tinha visto o filme, perguntei-me se Norma não estaria se referindo a algo mais.

– Por que você acredita que ele estava com Celia? Alguma vez ele disse algo? Ou você chegou a vê-los juntos?

Norma franziu o cenho enquanto recordava.

– Hudson nunca disse que estiveram juntos. Ela o acompanhava em muitos eventos do escritório. Simplesmente supus... Não estavam?

Não respondi à sua pergunta, desejosa de saber mais detalhes.

– Alguma vez você os viu em alguma situação de intimidade? Sabe, andar de mãos dadas, beijarem-se...

– Não, não vi – respondeu. Ficou pensando por um momento, como se percebesse que algo era estranho. – Isso era, em parte, o que fazia parecer que era um casal triste... Eles eram pouco carinhosos quando estavam juntos. Nunca vi aquele brilho em seus olhos como quando está com você. Inclusive ele resplandece quando fala de você.

Isso me surpreendeu.

– Ele fala de mim?

– A todo momento – respondeu Norma, como se fosse a coisa mais natural do mundo. Meu coração deu um pulo.

– Ah. Não sabia disso.

Saí do escritório de Norma sentindo-me mais aliviada que quando havia chegado. Havia apaziguado minhas dúvidas sobre a fidelidade de Hudson e ela, inclusive, havia me dado algumas informações sobre sua relação com Celia. Cada vez mais, tudo parecia ser um teatro, nada mais do que isso.

No caminho para o elevador, meu estado de ânimo elevado se converteu rapidamente em inquietude, quando me lembrei de que tinha que voltar a passar diante da sala de Hudson. Se Jordan houvesse mesmo enviado alguma mensagem, ele estaria em alerta para ver se me via. Não sabia com certeza se queria encontrar-me com ele ou não. Se eu o visse, teria que explicar-lhe por que estava ali.

Mas certamente eu o veria. E isso me parecia tão maravilhoso como doloroso.

Avancei cautelosamente pelo corredor, fazendo o possível para que meu sapato de salto alto não fizesse barulho sobre o chão de mármore, e o tempo todo com o olhar cravado na porta fechada de seu escritório. Por isso, não percebi que Hudson estava diante de mim até que tropecei nele.

– Alayna.

Aí estava o som que eu mais adorava, mais que qualquer outro, meu nome na boca do homem que eu amava. Sua forma de dizê-lo, com reverência, como se fosse um hino, como uma canção de ninar... Isso fez com que despertassem as emoções que eu estava tentando enterrar muito fundo. A pele dos meus braços ficou arrepiada e senti uma pressão no peito. Muita pressão, quase a ponto de arrebentar.

Comecei a dizer-lhe algo, mas havia ficado sem voz.

Hudson me envolveu em seus braços.

– Vamos conversar em particular, combinado? – disse e me levou para sua sala. – Não me passe chamadas telefônicas – acrescentou ele a Trish, antes de entrar.

Quando nós entramos na sala, fechou a porta com chave. Se as circunstâncias fossem outras, toda essa atitude de macho dominante se tornaria atraente para mim. Tudo bem, ele continuava atraente qualquer que fosse a circunstância. E eu havia sido uma garota má, indo falar com sua funcionária pelas costas. Talvez, se tivesse sorte, ele me colocasse sobre seus joelhos e me desse uns tapas no bumbum...

Será que não estava sendo otimista demais?

– Er... Olá, H.

Ele soltou meu braço.

– O que você está fazendo aqui, Alayna?

Hudson parecia cansado, e sua voz também. Ele estava com os olhos avermelhados e rodeados por círculos escuros. Estaria dormindo mal por minha causa? Ou será que seu aspecto se devia ao trabalho, e à cama com que não estava acostumado?

Apesar das olheiras, continuava lindíssimo. Eu me perguntara muitas vezes se, em algum momento, eu me cansaria de seu aspecto tão irresistível. Se isso acontecesse alguma vez, não seria nesse dia. Sua simples presença me afetava... Excitava-me, me deixava nervosa. Enfurecia-me. A mistura de atração, frustração e desespero me deixava de mau humor, um cruzamento entre paquera e guerra com uma boa dose de amargura em cima de tudo.

– O que eu faço em seu escritório? Foi você que acabou de me arrastar até aqui? Não se lembra mais?

Distanciei-me dele e passei a mão pelo encosto do sofá.

– Não seja tão espertinha – disse ele, embora eu tenha notado um sorriso atrás de sua expressão de homem sério. – Refiro-me ao que você faz neste edifício.

Girei a cabeça para olhá-lo.

– Quem sabe eu tenha vindo para vê-lo. Tenho uma tendência a perseguir os homens quando sinto que me rejeitam.

Era uma possibilidade. Já acontecera antes. Inclusive com ele.

Hudson deixou escapar um suspiro.

– Você não veio até aqui para ver-me. Você chegou a este andar há mais de meia hora e não veio para minha sala até agora.

Voltei-me totalmente para ele.

– Que porra é essa de você saber de tudo o que eu faço? Você sabe por Jordan? Pelas suas câmeras de segurança?

Sabia que tinha sido meu guarda-costas quem o avisara, mas queria que ele confirmasse. Ao dizer isso em voz alta, me dei conta do muito que me irritava aquela situação. Já que ele observava todos os meus movimentos, eu nem me sentiria tão mal por rebuscar sua vida. E quanto a comportamentos esquisitos, parecia que nós dois estávamos empatados, pelo menos no meu ponto de vista.

– Não vou sentir culpa pelas medidas que tomo para proteger o que é meu.

Cruzou os braços sobre o peito, e seus ombros, já por si largos, se expandiram.

No entanto, não passei por alto em relação as suas palavras. Embora tenha lambido os lábios.

– Alayna!

Afastei os olhos dele, interrompendo o transe hipnótico em que eu acabara de cair.

– Aquilo que é "seu"? Hein? Ah, não me faça rir.

Aparentemente, eu tinha voltado à fase raivosa da minha dilacerante dor interna. Aquilo me parecia uma mudança interessante e excitante em relação à dor constante que vinha sofrendo.

Minha raiva estimulou a de Hudson.

– Deus meu, quantas vezes tenho que explicar para você?

– Não sei – respondi, encolhendo os ombros de forma exagerada. – Pode ser que mais umas duzentas vezes. Porque está claro que não o entendo.

Hudson se virou de costas para mim e passou a mão pelo cabelo. Quando voltou a olhar-me, estava relativamente mais tranquilo.

– Por que... você... veio... aqui?

Pensei em dizer a verdade ou guardá-la para mim, somente para irritá-lo. Meu lado perverso votava por continuar irritando-o.

Mas eu estava lutando *por* ele, não contra ele. A sinceridade ganhou.

– Vim até aqui para ver a Norma.

Olhou-me surpreso.

– Para falar de Gwen?

Cobri meu rosto com as mãos e, em seguida, as deixei cair.

– Para falar sobre você, seu estúpido. Nada que não seja você importa merda nenhuma – disse, sentindo que a minha garganta fechava com a sinceridade das minhas palavras. – Deus meu, quantas vezes tenho que explicar para você? – exclamei, devolvendo-lhe as suas próprias palavras, e percebendo que estava conseguindo irritá-lo com minhas palavras. Isso me ajudou a conter as lágrimas.

– Você veio até aqui para falar com *minha* funcionária sobre *mim*?

Vi seu olho pulsar e a mandíbula se apertar. Por experiência, eu sabia que isso significava que ele estava irritado. Aliás, muito mais do que irritado.

Em contrapartida, comecei a ficar romântica. Devolvi-lhe outra vez suas próprias palavras:

– Não vou sentir culpa pelas medidas que tomo para proteger o que é meu.

Seus olhos faiscavam e tremiam. Aquelas palavras o afetaram... No bom sentido, ainda bem. De uma forma que eu não sabia que poderia ser capaz de fazer, ainda. Como se ele estivesse comovido por minha atitude possessiva.

Aproveitei sua surpresa para suavizar o tom:

– Queria apenas comprovar com meus próprios olhos que ela estava interessada em você. Que você tinha algo com ela.

A amargura voltou a marcar sua presença.

– E não se atreva a falar sobre confiança, porque você sabe que tenho ciúmes dela e você não está ao meu lado para tranquilizar-me – disse, ameaçando-o com o dedo apontado.

De cada duas palavras que dizia, uma era incisiva e áspera. Odiava estar tão perturbada. Aquele novo temperamento não era nem um pouco melhor, mas pelo menos eu estava expressando meus sentimentos. Era como se estivesse trocando a pele e debaixo não houvesse nada mais que emoção, nua e crua.

Hudson apoiou o quadril no sofá e me observou com mais atenção. Quando falou, o fez tranquilamente, mantendo o controle. Como sempre.

– Bem, já conseguiu o que você veio buscar?

– Sim.

– E?

Mordi meu lábio. Não queria ceder terreno. Com cautela e muito a contragosto, respondi:

– Ela pensa muito em você. Ela o respeita, admira e reconhece que você é fisicamente atraente. Que isso não suba a sua cabeça.

– Mas...

– Mas não está apaixonada por você. *Vejo* em seus olhos.

Essa era uma boa maneira de não revelar o segredo de Norma. Além disso, era verdade que havia visto isso em seus olhos.

– Está bem. Então você acredita no que eu lhe disse.

Hudson parecia satisfeito.

– O problema nunca é o que você me diz, senão o que você não me diz.

– Não são assuntos que você deva saber – espetou ele.

O pouco autocontrole que eu vinha mantendo desapareceu num instante.

– O que foi que você disse? – Eu estava furiosa, raivosa, enlouquecida pela exasperação. – Eu deveria dizer o mesmo sobre você. Me espionando, fuçando a minha vida antes mesmo de me conhecer... Talvez eu pense que são assuntos que você não deveria conhecer. No entanto, você fez e continua fazendo o que lhe dá vontade, sem respeitar os limites nem o espaço pessoal. – Endireitei os ombros e o olhei de frente. – Enquanto isso continuar assim, deixa eu lhe dizer uma coisa: como você não consegue me explicar nada, vou tratar de averiguar por minha própria conta.

Houve uma faísca de preocupação em seus olhos. Isso me animou. Queria mesmo desconcertá-lo. Queria deixá-lo como ele sempre me deixava, confusa e hesitante.

– Portanto, provavelmente você já sabe, mas andei revisando todos os livros que Celia enviou e estive falando com Stacy e com Norma. Estou recompilando meus próprios dados. Você não acha que seria preferível que me contasse seus segredos, em vez de eu ter que descobrir tudo por minha própria conta?

– Alayna, pare de fuçar – disse Hudson com uma voz tranquila, porém tensa, enquanto avançava um passo em minha direção.

Por quê? Por quê? Por que esse cara não me contava tudo de uma vez, as coisas que eu acabaria descobrindo?

– Você está protegendo Celia outra vez, não é verdade?

– Não é Celia quem eu estou protegendo.

– Quem então? Você mesmo? – eu começara a gritar, sem preocupar-me se as portas eram sólidas o suficiente para absorver o som. – A mim?

Ele estendeu a mão para mim e agarrou meu cotovelo.

– Você tem que ir embora. Agora.

Com estas seis palavras, desapareceu toda a raiva e a dor regressou com toda a sua força. Senti uma pressão no peito. Os meus olhos se encheram de lágrimas de repente. Hudson queria que eu fosse embora, queria que eu ficasse longe. E a última coisa que eu desejava agora era partir.

Estávamos em completo desacordo. Ultimamente, a única coisa que havia entre nós era briga. Não havia nenhum progresso.

Limpei a lágrima furtiva que escorria pelo meu rosto.

– Você continua se fechando. Como sempre faz. Você se esconde por detrás de suas grossas muralhas. Que sentido faz que eu continue lutando por você se nunca, jamais, vai deixar-me entrar? Quem você protege, Hudson? Quem?

Ele apertou sua mão sobre mim.

– Sim, caralho! Estou protegendo alguém. Estou protegendo você. Sempre você.

Antes que desse tempo para piscar, sua boca estava sobre a minha, amassando-se sobre meus lábios, acariciando-me com seu beijo abrasador. Notei nele o sabor da mesma necessidade que eu sentia, no mais profundo do meu ventre, o gosto do desespero e da solidão. De desejo e carinho, e que estavam por muito tempo represados.

Parei de chorar e minhas mãos voaram em direção a sua gola, para atraí-lo para mim. Levantei a perna ao redor da sua e a minha saia subiu acima das minhas coxas. Apertando-me contra ele, coloquei de lado meu quadril para esfregar meu sexo contra sua ereção. Ele soltou um gemido de frustração e eu repeti o mesmo som, pois desejava tê-lo ainda mais perto, não conseguia estar suficientemente grudada a ele.

Em meio àquela névoa de excitação, ele me levou para o sofá. Eu me agarrei no encosto e tirei minha calcinha. Hudson gemeu quando seus dedos se meteram na minha boceta e viu que estava úmida, encharcada. Em seguida, escutei o som de seu cinto se abrindo e depois o zíper. Ele colocou as mãos sobre a minha bunda. Então, penetrou muito dentro de mim, até o fundo, com força, uma e outra vez. Grunhia com cada investida e suas bolas batiam contra minha bunda, e seus dedos agarravam meu quadril como uma prensa.

Ele estava me fodendo inclinada sobre seu sofá, e eu estava gostando muito e sentia uma enorme necessidade de tê-lo assim.

Mas não podia ver seu rosto, não nessa posição. Não podia olhar em seus olhos. Sabia que ele estava fazendo isso de propósito, pois tentava evitar esse nível adicional de intimidade e esperava que aquele ato fosse somente sexual, e nada mais.

Mas com ele, nunca se tratava somente de sexo. Sempre havia algo mais, uma união absoluta e total sobre nós dois, na qual nós nos sentíamos plenos, curados e resplandecentes. Não podia permitir a Hudson que transformasse isso em algo inferior.

Girei o torso e voltei a levantar a mão para seu peito, para agarrar sua camisa. Hudson estava com os olhos fechados, mas quando o agarrei, os olhos se abriram de repente. Cravei meu olhar no seu. Com o contato dos meus olhos, suas investidas se tornaram mais regulares. Ainda rápidas, mas não frenéticas como antes. Era a conexão que eu necessitava. Apertei a boceta e comecei minha subida. A fricção se incrementou enquanto eu me comprimia ao redor dele, mas Hudson continuou atravessando aquela tensão com seu ritmo constante, até que começou a gozar em uma longa investida dentro de mim, enquanto pronunciava meu nome com um profundo gemido.

Enquanto seu orgasmo lhe atravessava o corpo, isso estimulava o meu e o fazia elevar-se até as alturas, até que minha cabeça começou a dar voltas e a minha visão se tornou turva. Caí sobre o sofá, ofegante e eufórica. Hudson caiu em cima de mim, agarrando-me com força durante uns lindos segundos, enquanto nossa respiração recuperava o seu ritmo.

E quando ele se afastou e saiu de mim, eu me ergui e me atirei entre seus braços. Ele me recebeu, levando minha boca à sua. Prendeu meus lábios com um forte beijo, imobilizando-me com uma mão atrás da minha cabeça. Era um beijo diferente de qualquer outro que tivéssemos compartilhado antes. Nossas bocas não se moviam, nossos corpos se mantinham juntos em uma união desesperada, enquanto inalávamos e expulsávamos o ar.

Quando finalmente nos separamos, rodeei fortemente seu pescoço com minhas mãos e o beijei no rosto.

– Deus, como eu sinto a sua falta. Eu sinto muito a sua falta.

– *Princesse... mon amour... ma chérie...*

Ele passou as mãos no meu rosto, acariciando minha pele com suaves varridas do seu dedo polegar. Comportava-se com ternura, de forma perfeita. Embora eu temesse interromper aquele momento, temia mais ainda perder o poder de nossa união. Com pouco mais que um suspiro, perguntei o que necessitava saber com tanto desespero:

– Quando você vai voltar para casa?

Hudson apoiou sua testa na minha com um suspiro, e pôs as mãos no meu pescoço.

– Tenho que passar o fim de semana em Los Angeles – disse, enquanto girava o pulso para olhar o seu relógio. – De fato, tenho que partir dentro de uns vinte minutos.

Se fosse possível sentir-me entusiasmada e decepcionada ao mesmo tempo, era exatamente isso que estava acontecendo comigo agora. Ele não estava me afastando, como tinha feito nos últimos dias, porém, se ia voltar, não seria nessa noite.

Continuei com cautela, insistindo para que ele me deixasse entrar sem afugentá-lo:

– Faz parte do seu grande negócio? Com Norma?

Não me incomodava que ele fosse com Norma. Bom, não tanto como teria me incomodado antes de ter falado com ela, eu apenas precisava saber a resposta.

Hudson acariciou o meu nariz com a ponta do seu.

– Sim, com Norma. E depois disso, se tudo for bem, teremos terminado.

Fechei os olhos para sentir seu cheiro. Tão perto... Estávamos tão perto de solucionar tudo... Eu o sentia em meu coração, o sentia em meus ossos. Íamos colocar tudo a perder porque ele tinha que sair nesse momento?

Desejei que ele me convidasse para ir junto, que dissesse "vem comigo". Mas ele não falou.

Com o que pareceu ser um enorme esforço, Hudson se afastou de mim. Colocou a camisa para dentro da calça, subiu o zíper da calça e me olhou, com o punho apoiado no quadril, como se tentasse decidir o que fazer com um problema que tinha surgido de forma inesperada.

Surpreendeu-me notar que isso me doía ainda mais. Não havia um limite em que a dor se tornasse insuportável e minha alma simplesmente deixasse de seguir adiante? Se existia esse umbral, ainda não havia chegado a ele, porque aquele olhar em seu rosto me afundou mais ainda no inferno em que eu já me encontrava. Aquilo me destroçou.

Eu não queria ser seu problema. Queria ser sua vida. Afinal de contas, Hudson já era a minha.

Então, de repente tudo mudou. Ele deixou cair a mão e sua expressão se abrandou, se transformou, e pela primeira vez em vários dias a expressão dos seus olhos me dizia que eu voltava a ser o centro do seu mundo. O ponto essencial do seu universo. O núcleo de sua existência.

Estendeu a mão para mim e, um instante depois, eu voltei a estar entre seus braços. Ele apertou-me com força, com uma enérgica devoção.

– Deus, Alayna, não posso mais continuar assim – disse ele. Era quase um soluço. – Não suporto estar longe de você. Sinto muito a sua falta.

– Verdade? – perguntei, inclinando-me para trás para olhar em seus olhos para ver se expressavam o mesmo que suas palavras.

Hudson colocou a mão em meu queixo e, com o polegar, acariciou meu lábio inferior.

– Claro que é, princesa. – Seu tom de voz era irregular, mas sincero. – Você é tudo para mim. Amo você. Amo muito.

Meu coração ressoava com batidas surdas nos meus ouvidos e o mundo que me rodeava se fechou, como se só existíssemos Hudson e eu, nada mais.

Ele disse. Disse duas vezes. Tinha dito e falava de verdade. Senti sua sinceridade em cada célula de meu corpo.

Somente com aquelas duas palavras, a obscuridade se dispersou e o céu se iluminou. O pesar que me envolvia desde os últimos dias desapareceu e, em troca, eu me sentia nova e linda. Fora ele quem finalmente havia dado o passo, quem havia sofrido a metamorfose para me dar o que eu necessitava ouvir, mas tinha sido eu quem havia se transformado em borboleta... Era eu quem, por fim, podia voar.

Ainda assim, enquanto voava, eu precisava estar segura.

– O q-q-quê?

Seus lábios relaxaram num sorriso.

– Você me escutou.

– Quero ouvir uma vez mais.

Contive a respiração, temerosa de que, se mexesse demais em tudo aquilo, o feitiço se romperia mostrando que tudo aquilo fora um sonho, e eu ficaria sozinha em nossa cama na cobertura.

Mas não era um sonho. Não estava sozinha. Encontrava-me nos braços do homem que estava dizendo-me outra vez:

– Eu amo você.

– Você me ama?

Hudson acariciou meus lábios com os seus.

– Eu amo, princesa. Sempre amei. Desde a primeira vez que eu a vi. Creio que eu soube disso antes que você. – Ele inclinou meu queixo para olhar-me nos olhos. – Porém, há coisas... coisas do meu passado... que me impediram de dizer-lhe isso. Agora... tenho que ocupar-me disto... deste assunto. Terminar esse negócio. Depois, quando eu voltar, conversaremos.

– Conversaremos?

Eu mais parecia um papagaio repetindo suas últimas palavras, mas estava alucinando e estava com a mente confusa de tanta felicidade. Aquilo era a única coisa que eu conseguia dizer.

– Eu lhe contarei tudo o que quiser saber. E se ainda me quiser ao seu lado, voltarei para casa.

Ele escondeu uma mecha do meu cabelo atrás da orelha. Parecia que precisava continuar me tocando, tanto como eu necessitava que ele fizesse isso.

Deus meu, como é bobo!

– Sim, quero que você volte para casa. Claro que eu quero. Nós nos pertencemos um ao outro. Nada do que você possa dizer impedirá que eu continue amando-o. *Nada*. Eu sou uma daquelas que grudam, lembra?

Hudson suspirou.

– Ah, princesa. Espero que seja verdade.

– É, sim.

Era a verdade mais absoluta que eu conhecia, da mesma forma que o sol sabe que deve subir pela manhã, do mesmo jeito que os botões de rosa sabem que devem florescer na primavera. Estava nas minhas veias, no canto mais oculto do meu coração e da minha alma. Eu o amaria até a morte, inclusive além da morte. Além do fogo e do inferno. Eu o amaria por toda a eternidade.

E agora eu acreditava que ele também poderia me amar do mesmo modo.

Afundei os dedos em seu paletó e lhe dei uma pequena sacudida.

– Diga uma vez mais.

– Você é uma menina muito mimada – disse ele, tocando meu nariz com o seu em pequenos círculos. – E eu quero... mimar você.

Joguei-me para trás e lhe dei um tapinha no peito.

– E eu amo você.

Hudson me puxou de volta até sua boca:

– Amo. Amo. Amo você.

17

Hudson e eu nos beijamos e nos abraçamos até o momento em que ele deveria partir, nenhum de nós queria acabar com o nosso reencontro. De mãos dadas, saímos do prédio juntos. Ele me convidou para ir com ele, na limusine, até o aeroporto. Cheguei a avaliar isso, mas Norma o acompanhava, e o olhar de Hudson dizia que ele continuaria a me pegar, sem se importar com quem estivesse presente.

Nós conseguimos uma chance para um beijo de despedida.

– Eu vou sentir sua falta – murmurou ele contra meus lábios.

Se ele não tivesse dito, eu o faria.

– Você poderia me pedir para ir a L. A.

– Alguém me lembrou que há uma casa noturna que deve ser dirigida... – Ele passou a mão pelo meu braço nu, dando arrepios na minha espinha. – E vou estar ocupado. Embora adorasse ter você lá, iria ser ignorada.

Rapidamente me perguntei se ele tinha um motivo oculto para não querer que eu fosse junto, mas não deixei o pensamento ficar. Hudson estava certo. Eu tinha responsabilidades em casa. Seu reconhecimento de minha importância no trabalho foi, para mim, um grande passo.

Mas fiz beicinho do mesmo jeito.

Hudson beijou minha testa.

– Não faça beicinho. Fique aqui, vá à festa de despedida de David no domingo, e estarei de volta na segunda-feira.

– De volta para a cobertura?

Eu queria sua garantia mais uma vez. Porque poderia suportar mais alguns dias se ele voltasse para casa.

– De volta a nossa casa, sim. – Ele deu mais um beijo em meus lábios, em seguida, entrou na limusine e foi embora.

Embora Hudson e eu ainda estivéssemos separados, no sentido literal, o fato de que éramos um casal novamente fez toda a diferença, apesar da distância. Finalmente, estávamos felizes e apaixonados. Felizes e apaixonados como nunca tínhamos estado antes. Flutuei em meu trabalho durante todo o turno, como se tivesse asas. Gwen brincou se apresentando para mim, alegando que ainda não conhecia aquela mulher. David, por outro lado, passou a noite toda afundado na tristeza. Ele culpou a sua transferência iminente, mas eu sabia que era eu. David estava esperando que Hudson e eu tivéssemos terminado. Graças a Deus que não.

Mesmo com toda a distância, Hudson me mostrou que as coisas estavam diferentes. Ele tinha enviado flores para meu trabalho, um buquê de flores silvestres que parecia exatamente como aquelas que tínhamos visto nas Poconos. Ele também me mandou mensagens, algo que raramente fazia. Quando fui ver meu telefone, havia um monte de linhas enviadas:

"Acabo de desembarcar em L. A. Recebeu as minhas flores? Eu vou enviar para o meu quarto também, para que possa pensar em você. Você está me evitando agora?"

Eu ri de sua repetição do que eu tinha dito, quando ele não tinha respondido às minhas mensagens. Então mandei:

"Não estou evitando, trabalhando. Obrigada pelas flores. Mantenha as mensagens. Vou ler cada uma."

Sua mensagem seguinte veio imediatamente, como se ele tivesse sentado com seu telefone na mão, à espera dele zumbir.

"Desafio aceito."

Hudson continuou enviando mensagens de texto durante toda a noite. Eu respondia quando possível, por causa do trabalho movimentado de sexta-feira. Nossas mensagens variavam de românticas para sexuais, doces e engraçadas. Agíamos como um casal naquela fase do "não consigo ficar longe de você" que acontece no início dos relacionamentos. Com o nosso início não tradicional, realmente nunca tínhamos experimentado isso. Então tínhamos muitos obstáculos, que agora foram todos derrubados. Ou quase todos.

No sábado, mais flores chegaram à cobertura. Em seguida, no final da tarde, ele fez mais do que enviar mensagens de texto. Ele ligou.

Eu respondi no segundo toque.

– Não posso acreditar que você está me ligando. – Hudson ligava raramente, assim como pouco enviava mensagens. Ele era o tipo de cara que não gostava dessas baboseiras. Para ele, o bate-papo era uma perda de tempo.

Agora, porém, ele não agia como se eu fosse nada além de um desperdício de tempo.

– Eu queria ouvir sua voz. Textos digitais não são suficientes.

Olha isso, o desejo de ouvir minha voz...

Seu tom baixo de tenor agitou as borboletas, fazendo-as dançar no meu estômago.

– Eu amo ouvir você também. – Me estiquei no chão do quarto, com as pernas levantadas para descansá-las contra a cama. – Você dormiu bem na noite passada?

– Não. Dormi horrivelmente todas as noites em que não adormeci dentro de você.

Não conseguia esconder o sorriso na minha voz.

– Então você está com tesão.

– Não, Alayna. Se eu estivesse simplesmente com tesão, poderia cuidar de mim mesmo.

Isso seria algo que eu não me importaria de ver.

– Não tem nada a ver com sexo... – Fez uma pausa. – Bem, tem alguma coisa a ver com sexo, sim. É de me conectar com você que sinto falta.

Droga, agora eu estava com tesão.

– Eu entendo. E sinto o mesmo. Quando você voltar, vamos nos conectar por horas, que tal? – Com Hudson, seriam literalmente horas. Tínhamos muito que reconectar.

– Parece maravilhoso, princesa. – Seu tom ficou sério. – Mas nós ainda temos que conversar.

– Nós vamos conversar. Podemos nos conectar primeiro e depois conversar. E, em seguida, conectar um pouco mais. – Balancei minha cabeça enquanto ouvia a mim mesma. Normalmente era Hudson que falava tudo sobre o sexo.

– Você é insaciável. – Ele não parecia se importar. – Você esquece que pode não querer se conectar depois de conversarmos.

Levantei as sobrancelhas, embora ele não pudesse me ver.

– Outra razão para nos conectarmos antes. Mas não estou preocupada com isso. Apenas a sua vontade de falar já é o suficiente. – Isso não era bem verdade. – Certo, não exatamente o suficiente, mas isso me agrada. Muito. – E mesmo que ainda não soubesse o que ele tinha a dizer, o que, provavelmente, seria complicado, eu tinha certeza de que nós dois superaríamos isso.

Hudson ainda não acreditava.

– Hum... – disse, e eu sabia que ele duvidava da força do meu amor.

Parte de mim queria que Hudson tivesse falado seus segredos agora, por telefone. Eu estava ansiosa para ouvir o que ele tinha a dizer, mas, mais do que isso, estava ansiosa para colocá-lo à vontade, para provar que eu ficaria por aqui.

Mas eu tinha que começar a me preparar para o trabalho. Não havia tempo. E eu tinha a sensação de que teríamos a necessidade de nos conectar depois de sua revelação, fosse ela qual fosse.

Sentei-me em silêncio por alguns segundos, e eu me preocupei por ele estar inquieto.

– O que você está pensando, H?

– Em você. Debruçada sobre o sofá no meu escritório.

Eu ri.

– Não, você não está.

– Na verdade, estou. Os sons que você fez... O jeito como você olhou para mim... Seus olhos quando a fiz gozar... Deus, Alayna, tem alguma ideia de como você é bonita e sexy?

Meu rosto esquentou e os dedos dos pés ficaram enrolados no edredom. Como esse homem conseguia me fazer corar por telefone?

– Se eu sou desse jeito, é porque você me faz dessa maneira.

– Isso é uma mentira. Eu nunca mais quero ouvir você dizer que eu sou responsável por sua beleza. Não posso ter um pingo de crédito por sua perfeição.

– Mas você pode aceitar cada grama de crédito pela minha felicidade, e isso é muito mais importante para mim do que a beleza.

Ele ficou em silêncio de novo, e temi que eu o tivesse assustado.

— O que é, Hudson?

— Eu só estava me perguntando o que fiz para merecer a responsabilidade de sua felicidade. Espero que possa estar à altura dessa honra.

Talvez tivesse sido uma observação inoportuna desde que ele me fizera infeliz tão recentemente. Mas isso era um fato: Hudson tinha o poder de me levantar a alturas que eu nunca tinha imaginado existir, e isso significava que ele também tinha a capacidade de me arrasar absolutamente.

Talvez tenha sido uma grande pressão, mas era parte do pacote de um relacionamento romântico.

— Você merece a honra apenas por me amar — retruquei suavemente.

— E a amo, sim. — Ele quase não deixou passar um segundo antes de mudar de assunto. — O que você está vestindo?

— Calcinha rendada preta e uma camisola. — Tirei o telefone do meu rosto para verificar a hora. *Merda*, eu precisava terminar de falar logo. — Eu estava prestes a pular no chuveiro quando você ligou — fiquei de joelhos e me levantei.

As palavras seguintes de Hudson foram um comando áspero.

— Tire sua calcinha.

— Ah, meu Deus, Hudson, não tenho tempo para isso agora. — Embora já estivesse tirando. Para o chuveiro, não para ele.

— Você tem que se despir, de qualquer maneira.

Esse era um cara sensato.

— Por isso mesmo já tirei. E agora preciso desligar o telefone. Você está muito perturbador para mim no momento. — Caminhei até o banheiro enquanto falava.

— Tudo bem — ternamente, ele acrescentou. — Sinto sua falta.

– Eu sinto sua falta, eu amo você.

– Eu amo você primeiro.

Eu me agarrei à maçaneta da porta do boxe e fechei os olhos, saboreando suas palavras, respirando-as.

– Eu *falei* primeiro – provoquei.

– Mas eu quis dizer isso primeiro – respondeu Hudson com determinação. – Entre no chuveiro. E não se toque, a não ser que esteja pensando em mim.

– Em quem mais eu poderia pensar, seu bobo? – Meus mamilos já estavam completamente eriçados, e mesmo que eu estivesse nua, não era pelo frio. – E vou lhe avisar desde já que pretendo mandar textos durante toda a noite. Sacanas e cheios de coisas pervertidas. Você vai estar desesperado por mim quando voltar.

– Estou desesperado por você agora – gemeu ele. – Vai, antes que eu faça você gozar comigo ao telefone.

Com um suspiro relutante, me despedi, desliguei, e olhei meu rosto no espelho. A mulher que vi foi um contraste com a que tinha estado ali em pé no dia anterior. E seria apenas mais um dia, talvez dois, antes que Hudson estivesse em casa. Eu não podia esperar para ver a mulher no espelho de então.

No final da tarde de domingo, eu estava ficando louca. Os minutos passavam tão devagar quanto como se estivessem presos em melado. Toda vez que eu olhava para o relógio, parecia que o tempo não tinha passado. Normalmente nestas situações, eu poderia me entreter com um filme ou um livro. Mas agora estava muito ansiosa, muito pronta para quando Hudson estivesse em casa. Seus textos e chamadas tinham ocupado meus dias até agora, mas ele mandara uma mensagem enquanto eu estava dormindo, avisando que estaria em reuniões o dia inteiro e, portanto, inacessível.

Eu já tinha feito uma corrida na esteira, e embora considerasse sair de casa para fazer algumas compras, era Reynold quem estava de plantão e ele não era meu companheiro favorito. Às cinco da tarde, já estava completamente pronta para a festa de despedida do David, duas horas mais cedo, e não conseguia pensar em uma única coisa para me distrair do meu tédio.

Finalmente decidi. Dane-se.

Pegando minha bolsa do laptop, defini o alarme para *fora de casa* e fui para o *lobby* do prédio. Eu sabia que uma mensagem de texto iria para meus guarda-costas quando o alarme fosse colocado no modo *em casa*, mas não tinha certeza se ele faria alguma coisa quando eu saísse. Então, fiquei do lado de fora do prédio por vários minutos, esperando para ver se Reynold aparecia ou mandava uma mensagem. Ele não o fez. Olhei para meu entorno. Não vendo nenhuma loira incômoda à espreita, parti para a padaria francesa na esquina do quarteirão.

Estar por minha conta me fazia sentir absolutamente incrível. Não que eu me importasse com o Jordan e Reynold vindo a reboque; é que era muito chato ter que organizar passeios e saídas em que a espontaneidade havia perdido seu lugar. Toda a necessidade de ser protegida era uma ideia de Hudson, de qualquer maneira. Celia não me assustava.

Tudo bem, ela me assustava sim, mas não havia nenhuma razão para que devesse. Que diabos ela poderia fazer contra mim, de qualquer maneira?

A padaria tinha poucos clientes quando cheguei. Embora eu gostasse de me sentar a uma das mesas ao ar livre, peguei meu chá gelado e um *panini al pesto*, sentando-me a uma mesa perto da porta lateral. Se eu não estava com o meu guarda-costas, então deveria pelo menos tomar algumas precauções adicionais. Sentar-me na parte de dentro da padaria foi a minha versão de tomada de precaução.

Depois de terminar de comer, liguei meu computador e abri o meu e-mail. Havia alguns itens referentes à boate, um e-card do meu irmão, e uma mensagem não lida de Stacy. Ignorando tudo o mais, abri o e-mail de Stacy e o examinei.

"Ainda não tenho certeza de quem escreveu os e-mails. Talvez se você olhar um, isso ajudaria. Aqui está um dos mais longos."

Abaixo de sua curta nota havia uma mensagem encaminhada a partir do e-mail de H.Pierce sobre o qual ela me falara. Outras mulheres poderiam ter decidido que a leitura da mensagem não era necessária já que Hudson estava planejando contar-me tudo.

Eu nunca fui como as outras mulheres. E li avidamente.

Antes de terminar o primeiro parágrafo, já estava convencida de que a mensagem não era de Hudson. Era tudo muito poético, muito florido. Hudson era um cara que evitava analogias e linguagem figurada. Mesmo quando ele estava romântico – uma coisa que Hudson jurava não ser –, todas as suas frases eram diretas ao ponto.

Essa mensagem, por outro lado, era composta por tudo o que Hudson não era. Havia referências à natureza, à música popular e aos parentes. O autor falou de sua mãe como "a rocha que sustentava a família" e de seu pai como "um patriarca compassivo". Definitivamente, não eram os Pierce que eu conhecia.

E mais ou menos no meio da carta havia uma passagem que confirmou sem sombra de dúvida que o e-mail não fora escrito por Hudson. O parágrafo era assim:

"Eu estudei e aprendi sobre o mundo dos livros e sobre pacotes turísticos organizados por e para os ricos descontentes, mas prefiro um dia deixar toda a minha vida e responsabilidades para trás e viajar pelo mundo por capricho. Neste momento, posso dizer que adoro Paris e Viena, mas o que eu realmente sei dessas cidades, quando não vivi nelas, não participei de sua cultura? Palavras sem experiência não têm sentido."

Eu li a última linha novamente. "Palavras sem experiência não têm sentido." Era uma citação de *Lolita*. Havia outras frases que pareciam familiares, certamente mais citações de outros clássicos literários. Hudson Pierce não leu os clássicos. Sua biblioteca não tinha livros antes que eu tivesse me mudado para lá, mas Celia, por outro lado...

Um sinal de movimento fora da janela chamou minha atenção.

Eu olhei para fora para descobrir que um casal sentado do outro lado do vidro estava saindo. Mas o que atraiu a minha atenção foi a mulher na mesa atrás deles.

Porra, falando do diabo.

Quando nossos olhares se encontraram, Celia sorriu, o mesmo sorriso mal-intencionado que ela sempre mostrava.

Mordi meu lábio, decidindo o que fazer. Eu poderia continuar sentada na padaria e mandar um texto para Reynold vir me buscar. Ou poderia sair e ver se ela iria me seguir.

Ou eu poderia falar com ela.

Não havia nada que eu quisesse dizer para a mulher. Eu sabia que qualquer pedido que fizesse para ser deixada em paz só resultaria em mais assédio. E perguntar quais eram as razões para suas ações não iria me levar a lugar nenhum. Qualquer coisa que ela me dissesse não seria confiável, então, para que ir conversar com Celia?

A questão era que eu estava curiosa. Curiosa para saber do que ela iria tentar me convencer, curiosa para saber o que sua linguagem corporal iria denunciar.

Antes que eu pudesse me convencer do contrário, joguei minha bolsa no ombro, peguei o computador e saí para o pátio.

Para seu crédito, Celia não piscou quando me sentei em frente a ela.

— Por favor, Laynie, sente-se – disse ela, seu tom de voz agradável, condescendente e um pouco ansioso, como se estivesse louca por um confronto. Ela provavelmente estava.

Sem qualquer preâmbulo, liguei meu laptop e coloquei de frente para ela, apontando para o e-mail ainda na tela.

— Isso é você, não é?

Ela examinou algumas linhas, o reconhecimento piscando em seus olhos.

— Não sei do que você está falando, Laynie.

Ela gostava muito de dizer o meu nome, o que era um truque que aprendi na faculdade. Quando dito no tom certo, isso fazia com que a pessoa que fala adquirisse um ar de superioridade. Celia certamente conhecia as ferramentas básicas de manipulação.

Mas eu também conhecia.

— Esse e-mail, Celia. Você é a pessoa que o enviou para Stacy. Eu reconheço a sua escolha de citações literárias.

— Ora, isso é loucura. – Sua inflexão foi exagerada. – Aí diz que foi enviado por Hudson. Você invadiu o e-mail dele? Ouvi dizer que é típico das mulheres com a sua doença. Na verdade, Laynie, você deveria realmente estar aqui sentada comigo? Eu ainda posso apresentar uma ordem de restrição contra você.

Inclinei a cabeça, estudando-a. Ela queria que eu a ameaçasse de volta com uma ordem de restrição. Mas nós iríamos ter essa conversa em meus termos, não nos dela.

– O que eu não entendo é como você chegou a convencer Hudson para entrar nisso.

– Nisso o quê? – Celia piscou inocentemente.

– O beijo. – Virei a tela de volta para mim e coloquei o vídeo. Então, virei de novo na direção dela. – Este.

Ela assistiu em silêncio, sem deixar nada transparecer. Quando o vídeo terminou, ela ergueu os olhos para encontrar os meus, sua expressão subitamente séria.

– Então você descobriu o nosso segredo.

Celia queria que eu assumisse que o beijo fora real. Eu não acreditava que fosse.

– Que vocês jogaram juntos? Sim.

Ela riu.

– Foi isso o que ele disse? Acho que ele não iria querer que você soubesse o que significamos um para o outro.

– Ha, ha. Eu não acredito.

– Que eu era amante de Hudson? Fique à vontade. – A loira apertou os lábios. – Durou muito além disso, sabe. Por que você acha que eu tinha uma chave da casa dele? E quando eu o peguei nos Hamptons, não havia viagem de negócios coisa nenhuma.

Mentiras, mentiras, mentiras.

Eu não tinha dúvida de que cada palavra daquelas era para me provocar.

– Você fodeu comigo muitas vezes para eu acreditar em qualquer coisa que saia da sua boca.

Fechei o meu computador e comecei a colocá-lo na minha bolsa. Não havia nada a descobrir com ela, afinal.

Celia deu de ombros.

– Eu poderia dar-lhe provas, se eu quisesse. Eu conheço todos os seus movimentos no quarto. Será que ele a domina completamente? Será que ele tem um apelido para você? *Princesa*, talvez?

Sem querer, meus olhos arregalaram ao ouvir o apelido que Hudson tinha me dado. Como diabos ela sabia sobre isso? Hudson tinha me prometido que era uma coisa particular, só entre nós...

Celia pegou minha reação.

– Foi isso, não é? Você não sabe que ele chama todas as suas amantes de princesa? Que cara é essa, achou que era exclusividade sua? Hudson me chamou assim quando me comeu muitas vezes em cima de sua mesa de escritório: "Minha princesa, minha princesa", ficava falando. Tenho certeza que ele simplesmente diz isso agora por força do hábito.

Não importava se ela estava dizendo a verdade ou mentindo. De qualquer maneira, Celia contaminou algo sagrado. Algo que significou muito para mim. Isso, combinado com toda a outra merda que ela disse, por acaso daria para suportar?

Eu não suportei.

– Talvez aquilo não fosse só para mim. Mas isso é só para você.

Minha mão estava fechada e um punho voou para seu rosto antes que ela pudesse vê-lo chegando. Tendo em vista o estalo que acompanhou meu soco, imaginei que seu nariz estava quebrado.

– Sua vaca de merda! – gritou ela, com as mãos segurando o nariz.

– Eu estava pensando o mesmo sobre você. Embora puta tivesse sido a minha escolha para a palavra feia.

O sangue escorria por entre as mãos de Celia.

– Você quer palavras feias, é isso? Tente *ação judicial.*

Essa foi a última coisa que ouvi antes de correr para fora do portão do pátio. Com medo de que Celia encontrasse alguém para vir atrás de mim, fui direto para o metrô.

Ação judicial, não é? Bem, pelo menos valeu a pena.

18

Pulei no primeiro trem que estava disponível e encontrei um lugar vazio na parte de trás, com minhas mãos tremendo e meu coração batendo.

Deus, o que eu tinha feito?

Não conseguia decidir se eu estava com medo ou alegre pelo acontecido. Provavelmente, uma combinação de ambos em medidas iguais. Porque, *porra*... Eu tinha socado Celia Werner. E, provavelmente, quebrara o nariz bonitinho dela. Isso certamente iria levar um ou dois policiais a baterem em minha porta. E, com seu poder e dinheiro, eles levariam a sério a acusação contra mim. Eu tivera problemas com a lei no passado. Ter outro incidente na minha ficha não era algo pelo qual estava ansiosa.

Por outro lado, socara a *vaca* da Celia Werner, cacete. E me sentia bem.

Eu tinha que fazer alguma coisa, contar a alguém. E considerei as minhas opções – Brian sempre foi a pessoa que me tirava de situações difíceis e a quem sempre recorria. Isso tinha sido difícil para a nossa relação, e agora que estávamos nos dando bem, envolver meu irmão não era a minha escolha ideal.

Isso colocou Hudson no topo da minha lista. Ele era mais adequado para ir contra os Werner. Enquanto eu tinha certeza de que ele me apoiaria cem por cento e cuidaria de tudo que eu precisasse, ligar para ele para dar essa notícia prometia ser embaraçoso. Especialmente porque eu tinha despistado o meu guarda-costas. Hudson não ficaria nada satisfeito com isso.

O serviço de celular no metrô era complicado, mas consegui fazer a ligação. Infelizmente, fui dar em seu correio de voz. Eu tentei um par de vezes com o mesmo resultado. Hudson disse que ele teria reuniões durante todo o dia. Eu tinha certeza de que era o lugar onde estava agora. Optei por não deixar uma mensagem de voz. Em vez disso, escrevi uma mensagem para ele me ligar o mais rápido possível e esperei, por Deus, que eu chegasse a ele antes de Celia.

Porque ela iria tentar entrar em contato com Hudson também. Disso eu tinha certeza.

E o que dizer sobre o que ela havia me contado? Por mais que eu não quisesse deixá-la me envenenar, não pude evitar pensar sobre as coisas que tinha falado. Não acreditei automaticamente nela, claro. Por que deveria? Mas a prova que ela mostrou...

Afastei a ideia. De alguma forma, ela descobriu sobre o nome que Hudson tinha dado para mim. Tinha que ser isso. Não havia nenhuma maneira de que ele a chamasse assim também. E, sim, ele era um cara dominador na cama, mas qualquer um que o conhecesse iria deduzir isso.

A única razão pela qual continuei a deixar que essas coisas me importunassem era porque ainda não tinha ouvido a confissão de Hudson. Era isso que ele queria me contar? Que tinha ficado com Celia? Que tinha transado com ela enquanto estava comigo?

Não, não devia ser isso. Eu não queria que fosse isso. Era muito fácil, muito previsível. Hudson nunca fora uma pessoa previsível.

Mas, se não era isso...

A possibilidade alternativa que tinha começado a se formar em minha mente era muito pior do que o que Celia tinha sugerido. Muito pior. Tipo, uma coisa para sacudir meu mundo se eu descobrisse que era verdade. Não consegui manter essa ideia por muito tempo na mente para analisá-la, nem mesmo para tentar descartá-la.

Então, não pensei mais nisso. Enterrei aquilo até que tivesse que lidar com a hipótese. *Se* eu realmente tivesse que lidar com isso.

Nesse meio-tempo, eu precisava de alguém para me dar alguns conselhos. Além de Brian, quem saberia como a polícia lida com essas acusações? Eu considerei David e Liesl. Até mesmo Mira e Jack eram possibilidades. Finalmente, me fixei em alguém que eu tinha certeza de que seria capaz de lidar com a situação melhor que todos eles.

Jordan respondeu ao primeiro toque.

— Ei, eu sei que o seu turno não começa até mais tarde, mas estou meio que em uma situação complicada e preciso de sua ajuda.

— Eu posso estar na cobertura em vinte e cinco minutos.

Ele já estava prestes a desligar quando eu o interrompi.

— Na verdade, não estou lá. Estou saindo do metrô na Grand Central.

Houve uma pequena pausa antes que ele perguntasse:

— Reynold não está com você?

— Não. — Eu deveria estar mais arrependida, mas não estava. — Vou explicar assim que conversarmos. Pode vir me encontrar?

— Sim. Na verdade, se você estiver na Grand Central, posso estar aí em dez minutos.

Nós combinamos um lugar para nos encontrar. Então desliguei e esperei que ele aparecesse.

Fiel à sua palavra, Jordan estava de fato lá em apenas dez minutos. Ele devia morar nas proximidades. Engraçado como eu sabia pouco sobre o homem.

Encontramos um banco vazio e conversamos sem sair da estação. Eu o informei de tudo rapidamente, sem deixar nada de fora. Bem, deixei muito pouco de fora. Eu não mencionei o que foi exatamente que Celia tinha dito e que fez meu punho voar.

Jordan não parecia sequer surpreso, e nem pareceu estar julgando a minha história.

– Você ligou para Hudson?

– Eu tentei. Mas dá caixa postal. – Eu tentara de novo, enquanto esperava Jordan, com o mesmo resultado.

– Tudo bem. Não é realmente urgente. Aqui está o que provavelmente vai acontecer: Celia, certamente, deve ter ido ao pronto-socorro. Por causa de quem ela é e da força que ela tem, suponho que vá chamar a polícia para fazer sua queixa lá. Como foi apenas um golpe e sem maiores consequências, os policiais, muitas vezes, esquecem a coisa toda. Mas eles não vão fazer isso porque ela é uma Werner.

– Eu poderia ser presa?

Era a questão mais premente na minha mente.

Jordan balançou a cabeça.

– Eles vão procurá-la e dar-lhe uma data para a audiência. Não há fiança, nenhuma prisão. Haverá tempo de sobra para o sr. Pierce fazer a coisa toda sumir. E ele fará. Você sabe disso, né?

– Sim. – Torci minhas mãos no meu colo. – Pelo menos, acho que sei. Eu também me sinto uma merda sobre ser um fardo desse jeito.

Jordan riu. Eu nunca o ouvira rir abertamente. Ele era quase tão sério e ligado em suas tarefas quanto Hudson.

– Aquele homem jamais poderia pensar em você como um fardo, Laynie. Ele moveu montanhas até ver desaparecida completamente a última queixa contra você na polícia. E o acordo em que ele está trabalhando agora tem sido muito mais problemático do que será para ele se livrar de qualquer acusação de Celia.

Eu soube que Hudson tinha enterrado minha acusação sobre ter violado a ordem de restrição do juiz. Mas as últimas palavras de Jordan eram novidade para mim.

– O que o negócio em que ele está trabalhando agora tem a ver comigo?

Jordan me estudou com cuidado.

– Eu sinto muito, Laynie. Isso vai ter que vir de Hudson. Meu ponto é que você não é o fardo dele. Você é a razão de viver dele.

Eu saboreava as palavras de Jordan. E precisava delas hoje. Especialmente com Hudson fora do meu alcance, eu precisava do lembrete de que ele ainda estava lá para cuidar de mim.

– Obrigada, Jordan. Eu aprecio isso mais do que você pode entender. Você sabe quando ele estará de volta?

A boca de Jordan se apertou, e eu sabia que ele estava sendo cuidadoso com o quanto responderia:

– Depende de como forem as reuniões de hoje.

Por que eu sentia que todo mundo sabia de um grande segredo sobre esse negócio que eu não sabia? Hudson, Norma, até mesmo Jordan. Pelo que eu tinha entendido, não era nada de ruim. Então, por que eu não podia saber?

Hudson tinha me prometido que eu poderia saber qualquer coisa que quisesse quando conversássemos. Este assunto estaria definitivamente na lista. Eu preferia ouvir coisas dele do que do meu guarda-costas, de qualquer maneira, então não o pressionei.

Olhei o relógio no meu telefone. Faltava apenas um pouco mais de uma hora para a festa de David. Talvez eu devesse ir lá. A não ser que pudesse ser um problema.

– A boate está fechada aos domingos, mas estamos dando uma festa para o meu colega de trabalho que está indo embora. Você acha que a polícia vai aparecer por lá? Eu não quero estragar tudo.

– Não acho. Eles ou vão aparecer na cobertura, ou esperar até o horário normal para encontrá-la no trabalho. Você vai ficar bem.

– Eu sei que tenho que enfrentá-los, cedo ou tarde, mas prefiro que não seja hoje. Merda, eu sou uma covarde.

Se Jordan concordou com a minha avaliação de mim mesma, guardou sua opinião para si.

– Vamos fazer o seguinte, podemos pegar o metrô de volta para a cidade. Eu vou deixá-la no The Sky Launch, e não acho que a srta. Werner irá aparecer por lá e incomodar você esta noite.

– Não. Não é provável.

Embora eu não me importasse de ver o estrago que tinha causado... Só pensar nisso trouxe um sorriso ao meu rosto.

– O carro está estacionado na cobertura. Vou buscá-lo e voltar para a boate. Então, podemos sair de lá quando você quiser. – Jordan casualmente ficou olhando os passageiros do metrô, enquanto caminhavam por nós. Ou parecia casual. Quanto mais eu aprendia sobre ele, mais percebia que nada do que esse homem fazia era casual.

E ele estava sempre pensando.

– Eu aposto que a polícia vai aparecer amanhã de manhã, Laynie. Se você preferir ficar longe deles até que o sr. Pierce volte, eu poderia levá-la para o loft esta noite, depois da festa.

– Essa não é uma má ideia. Vou pensar.

Só esperava que quando finalmente Hudson chegasse, ele cuidaria das coisas para mim, então eu não teria mais que ficar me escondendo.

Mas mesmo que Hudson pudesse me livrar de uma acusação de agressão, não poderia nos proteger para sempre. Ele não tinha sido capaz de detê-la nessa coisa de perseguição. Certamente agora ela iria elevar o nível de seu jogo. Pensei no que Jack falara durante o nosso almoço, "deixei que Celia pensasse que tinha ganhado". Mas dar um soco definitivamente não iria fazê-la pensar que conseguira uma vitória. Será que, ao atingi-la, eu tinha feito a pior jogada possível?

Mais do que nunca, temia que Celia Werner fosse um elemento permanente em meu futuro. Poderia Hudson e eu sobrevivermos a isso?

O problema com o The Sky Launch era que eu não estava com vontade de estar lá. Felizmente, não tive que fazer nada para a festa, exceto abrir as portas para os fornecedores. Hudson tinha arranjado a coisa toda, incluindo um bar com bebidas à vontade. Foi, além de generoso de sua parte, provavelmente a sua maneira de pedir desculpas pelas circunstâncias em que David estava saindo.

Todos na equipe tinham sido convidados e podiam trazer um acompanhante. Com os amigos de David e os poucos frequentadores habituais que tinham sido convidados, a lista total de convidados somava cerca de cem pessoas. Foi uma verdadeira festa. A coisa toda poderia ter sido divertida se meu acompanhante estivesse ali. Mas não estava. E pelas dez horas da noite, ainda não tinha recebido notícias dele.

– Desligue a porra do telefone e venha se divertir comigo – Liesl insistiu.

Eu tinha contado a ela sobre os eventos do dia quando chegou. Sua ideia era que, se eu ia enfrentar policiais amanhã, devia festejar mais esta noite.

Ela e eu éramos pessoas definitivamente diferentes.

– Laynie, eu a amo e eu estou sempre ao seu lado se realmente precisar de mim. Mas você parece ficar se lastimando e prefere ficar chorando sozinha, então vou deixá-la e me divertir. – Ela puxou uma mecha do meu cabelo. – Me desculpa?

– Totalmente perdoada. Vá. Divirta-se.

Ela me deu um selinho na boca e se juntou a um grupo estridente no meio da pista. Tentei não me sentir abandonada. Não era Liesl que eu queria, de qualquer maneira.

Determinada a não estragar a noite de nenhuma outra pessoa, me sentei enrolada em um dos sofás que ladeavam o piso principal e tomei meu champanhe, enquanto observava a multidão dançar e se misturar na minha frente. Foi provavelmente uma boa ideia eu ficar de fora, de qualquer maneira. A maioria deles era meus funcionários, afinal. Devia haver um nível de separação e respeito entre nós.

Perguntei-me quanto de respeito eu ia manter se todos eles me vissem ser arrastada e algemada para fora da boate, no dia seguinte...

Pare com isso, eu me repreendi. Jordan disse que não haveria prisões e Hudson iria consertar tudo antes que as coisas de fato ficassem piores, embora não me surpreendesse se Celia já tivesse relatado o meu ataque aos meios de comunicação.

Deus, a mídia!

Fechei os olhos, estremecendo com o pensamento. *Por favor, Hudson, me ligue. Por favor!*

– Você se importa se eu me juntar a você? – uma voz gritou por cima da batida pulsante que rolava na pista de dança.

Abrindo os olhos, encontrei Gwen bem na minha frente.

Ela já estava tomando seu lugar ao meu lado antes de eu responder.

– Mas é claro, por favor... – Olhei para o ambiente novamente. Embora nem todo mundo estivesse dançando, eu parecia ser a única solitária. Fora por isso que Gwen tinha vindo falar comigo?

Foda-se, esperava que não. Eu não estava com vontade de ser paparicada. E muito menos deixar que ela soubesse disso.

– Por que não está lá dançando?

Talvez ela entendesse o recado e se juntasse à multidão na pista de dança.

Gwen franziu a testa e percebi que a bebida em sua mão não tinha sido sua primeira. Se ela não estava bêbada, estava a caminho.

– Eu realmente não estou a fim... – E parou de falar, como se esquecesse do que estava dizendo.

Eu terminei para ela.

– De dançar?

– Na verdade, eu ia dizer das pessoas. – E acrescentou uma emenda. – Além disso, eles são nossos funcionários. Não parece certo que eu festeje demais com eles esta noite, quando poderia estar demitindo-os amanhã.

Caramba, ela era uma boa gerente.

– Gwen? Estou começando a gostar de você. O que tem a dizer sobre isso?

Ela quase riu.

– Eu tenho certeza de que isso não vai durar. Dê um tempo. – Suas palavras eram pesadas, como se ela tivesse uma história triste para apoiá-las. Ou talvez ela fosse simplesmente uma bêbada daquelas que ficam sombrias...

Bem, se a garota não estava com intenção de compartilhar sua história, não seria eu quem iria pedir que o fizesse. Já tinha meus próprios problemas. Pela décima vez em quinze minutos, olhei a tela do meu telefone, verificando se havia uma mensagem de texto ou chamada não atendida.

Nada.

Jordan já tinha voltado com o carro e agora estava lá na sala de empregados assistindo a algo na PBS. Eu envie-lhe uma mensagem:

"Alguma notícia do Hudson?"

Sua resposta veio rápida.

"Não... Na costa oeste são três horas de diferença. Apenas seis da tarde *lá. Dê-lhe* tempo."

Já haviam se passado cinco horas desde que eu mandara uma mensagem para Hudson me telefonar. De quanto tempo ele precisava?

Gwen interrompeu meus pensamentos.

– Você está sempre verificando essa coisa. Você está esperando uma oferta melhor?

Com um suspiro, coloquei o meu telefone no sutiã.

– Apenas esperando Hudson chamar. Ele está em L. A. por alguns dias. Eu não tinha percebido que tinha sido tão óbvia.

Ela gemeu.

– Deus, você é tão apaixonada, é desagradável.

Inclinei a cabeça para ela.

– Você não me aprova estar com Hudson?

Gwen deu de ombros.

– Eu não dou a mínima sobre você e Hudson. É o amor que eu não aprovo. Já tive o suficiente de Nor... – Ela parou, se detendo antes de terminar o nome da irmã. – De qualquer maneira, parece que há amor por toda parte. Já estou cheia disso.

Ela não sabia que eu já estava ciente do caso de Norma com Boyd. E não me preocupei em contar. Foi sua atitude antirromance que me intrigou. Será que ela se sentia abandonada por sua irmã desde que Norma começara a sair com seu assistente? Sabendo quase nada sobre Gwen, era difícil dizer.

Então, a coisa me bateu.

– Ah, Gwen você tem uma história de coração partido... – As coisas estavam se encaixando no lugar. Pela primeira vez naquela noite, me senti um pouco interessada em algo diferente da minha história. – É por isso que você estava tão ansiosa para sair do Eighty-Eighth Floor?

Seus olhos estavam nublados, fosse pelo álcool ou pelas lembranças, eu não tinha como dizer. Gwen abriu a boca para dizer alguma coisa. Em seguida, sua atenção voltou.

– Boa tentativa. Estou bêbada, mas não tão bêbada assim. – Ela tomou outro gole de seu Wild Turkey e olhou para a minha taça de champanhe meio cheia. – Falando nisso, por que você não se junta a mim na bebedeira?

– Não sou muito de beber. – Com a minha baixa tolerância, eu já estava me sentindo um pouco tonta, e planejava estar sóbria quando falasse com Hudson.

– Hum. – Ela me olhou como se me avaliando. Em seguida, sua atenção foi para a multidão se acabando na pista de dança.

E tomou outro gole de sua bebida. – Eu ouvi você dizer algo sobre adicção para Liesl. Você é uma ex-alcoólatra?

Eu ri. Gwen estava tão curiosa sobre mim quanto eu estava sobre ela. Talvez, se eu lhe contasse a minha história, ela contasse a dela. Exceto que, no momento, fazer esse tipo de conexão com ela não estava exatamente na minha lista de prioridades.

– Sem chance. Não vai acontecer. Você tem seus segredos, eu tenho os meus.

Gwen sorriu.

– Tudo bem para mim.

– Então, este é o lugar onde está a festa. – David se inclinou sobre o encosto do sofá entre nossas cabeças.

– Ha, ha. Sarcasmo. Legal.

Gwen acabou sua bebida e colocou o copo sobre a mesa ao lado dela.

David ignorou Gwen e voltou sua atenção para mim.

– Esta noite é supostamente a minha última chance com minhas pessoas favoritas. E a mais favorita de todas está aqui deprimida. O que está acontecendo?

Sua referência a mim como a favorita me deixou apenas um pouco tensa. Ele estava prestes a se mudar da cidade. Não havia necessidade de me preocupar com as suas intenções.

E ele estava certo. Esta noite era sobre ele, não sobre mim.

– Que merda, eu sinto muito, David. Isto devia ser uma festa, e eu estou estragando tudo com o meu mau humor.

Ele cruzou pela frente do sofá e sentou-se à mesa baixa, em frente de nós.

– Por que você está de mau humor, afinal? Você estava tão... *energizada*... nos últimos dois dias. – Suas sobrancelhas estavam levantadas e ele me olhou, esperançoso. – Problemas no paraíso?

Era uma graça como ele nunca parava de tentar.

– Odeio desapontá-lo, mas não acho. – Embora quando eu contasse a Hudson sobre o meu lapso de autocontrole, tudo isso pudesse se alterar.

E por que Hudson não tinha telefonado ainda? E Jordan realmente sabia como o sistema jurídico de Nova York funcionava?

Mordi o lábio com preocupação.

– É o fato de que eu poderei ser presa em breve. – Era mais fácil deixar escapar informações para David do que para Gwen.

David olhou interrogativamente para ela.

– Não olhe para mim – disse Gwen com um encolher de ombros. – Ela não me contou porra nenhuma.

Ele passou as mãos em torno da borda da mesa.

– Bem, acho que preciso ouvir mais.

Por meio segundo, considerei derramar tudo. Mas isso não era justo com David. Ele tinha sido um bom gerente e um bom amigo. Isso seria uma boa maneira de me despedir?

– Não, você realmente não precisa ouvir mais nada. Esqueça o que eu disse. Por favor. Estou sendo melodramática. – *Tomara.*

– Deixe-me saber se posso fazer alguma coisa? – Esse era o David. Nunca o tipo de pressionar ou intrometer-se. Houve um dia em que me enganei ao pensar que ele poderia ser o bastante para mim. Que com ele estaria mais segura. Que ele era o cara que iria me manter sã.

Agora eu entendia as coisas de forma diferente. Embora Hudson pressionasse, se intrometesse e me deixasse louca, ele era a coisa mais próxima da clareza que eu conhecia.

Era por isso que eu precisava dele desesperadamente no momento.

Mas sentada aqui, lamentando a sua ausência, não ia trazê-lo para mim. E essa estava sendo uma porra de uma maneira ruim de dizer adeus ao meu amigo.

Mostrei o rosto mais feliz que poderia simular, e coloquei minha taça na mesinha.

– Você sabe o que pode fazer, David? Você pode me animar. – Levantei-me e acenei com a cabeça em direção à pista. – Vamos dançar, que tal?

– Achei que nunca iria pedir!

Em vez de nos juntarmos ao resto da multidão no centro da pista, ficamos em um canto mais vazio. Alguns poucos minutos dançando "Titanium", de David Guetta, e eu já me sentia melhor. Fazia um século desde a última vez que tinha me soltado, parado de me preocupar e apenas vivido o momento. Fechei os olhos e deixei a batida tomar conta de mim, deixei meus pés e quadris se moverem como eles gostavam. O suor molhou minha testa e minha respiração ficou entrecortada, mas eu estava viva – viva da maneira que só a boate me deixava. Logo minha ansiedade foi dissolvida e tudo em que eu estava pensando era o presente, a música, as luzes piscando ao redor de nós, o meu amigo em pé na minha frente. Era exatamente do que eu precisava.

Não sei muito bem por quanto tempo tinha ficado dançando ou quantas músicas tinham tocado antes de o DJ mudar para uma música lenta. A boate nunca tocou músicas lentas. Olhei para David, minha sobrancelha levantada.

– Alguém deve ter pedido isso. – Ele estendeu a mão para mim. – Não vamos desperdiçá-la, não é?

A voz na minha cabeça me incomodava e dizia que era uma má ideia.

Se David tivesse pedido para a música ser tocada – e eu tinha certeza que sim –, então essa música era para mim. Porque ele queria que ela fosse um meio para me pegar em seus braços. Isso era errado, eu tinha um namorado que eu amava com todo o meu ser. Hudson não iria gostar, e isso era motivo suficiente para não me envolver desse jeito. Cada impulso no meu corpo dizia para eu me afastar.

Mas houve um lampejo de emoção no meu peito que eu não podia ignorar, era uma necessidade de encerramento daquela história, talvez, ou um toque de melancolia pelo que já foi ou o que poderia ter sido. Ou talvez fosse simplesmente o álcool, a adrenalina e a necessidade de alguém para me abraçar depois de todo o estresse e da ansiedade do dia.

E Hudson não estava lá, então que mal poderia fazer apenas uma dança?

Sem pensar de novo, peguei a mão de David e deixei que ele me puxasse para seus braços. Ele estava quente de uma forma que eu tinha me esquecido. Como se fosse um urso de pelúcia gigante. Ele não era tão bonito ou tão em forma quanto Hudson, mas ele era forte e fácil de se gostar.

Eu descansei minha cabeça em seu ombro, enquanto dançávamos. Fechando os olhos, ouvia as palavras da canção e relaxei em nosso abraço final. O cantor era familiar, mas eu não conseguia me lembrar de seu nome. Ele cantava para o seu amor, dizendo-lhe que ela estava em suas veias, que ele não conseguia tirá-la de lá.

Eram palavras que me fizeram pensar em Hudson. Ele estava tão profundamente impresso em mim que penetrava em minha pele e em minhas veias. Hudson era a minha força vital, cada pulsar do meu coração mandava outro choque de amor pelo meu corpo.

Era assim que David se sentia em relação a mim?

Uma estranha mistura de pânico e tristeza e um pouco de contentamento tomaram conta de mim quando percebi que era exatamente assim que David se sentia por mim. Se eu tinha alguma dúvida, ela foi respondida quando ele começou a cantar as palavras no meu ouvido.

– "Eu não consigo tirá-la de mim."

Parei de me mover com ele e me inclinei para trás para olhar seus olhos. Ele sabia, certo? Sabia que isso estava errado? Que eu não sentia o mesmo por ele?

Se ele sabia, não se importava. Ele seguiu em frente, levando seus lábios aos meus antes que eu percebesse o que estava acontecendo. Seu beijo era chocante e indesejável. Imediatamente, eu o empurrei.

A tristeza nos olhos de David perfurou-me. Eu sabia a profundidade da dor em seu coração. E me arrasou saber que eu era a causa disso.

Não havia nada que eu pudesse fazer, exceto balançar a cabeça e esconder as lágrimas.

David começou a falar, pedir desculpas, talvez, ou tentar me convencer a dar uma chance a ele. Não sei... Antes de dizer qualquer coisa, porém, seus olhos se moveram para cima, para um ponto atrás de mim, sua expressão transformada por um puro alarme.

Eu sabia, sem precisar olhar, quem estava lá atrás. Não foi a maneira filha da puta do destino se vingar de mim pela merda que eu tinha feito em toda a minha vida? Colocar a pessoa que eu mais amava na situação em que eu menos queria que estivesse? Era por isso que ele não havia retornado a minha chamada, era por isso que não tinha conseguido falar com ele... Hudson estava voltando para casa.

Lentamente, eu me virei para ele. Estava sem paletó, a camisa amarrotada da viagem. Ele tinha frouxado a gravata e seu rosto tinha uma camada de barba do fim do dia. Mas foi em sua expressão que me concentrei, no entanto. A dor nos olhos de David não era nada comparada à que eu encontrei em Hudson. A angústia era insuportável, sua expressão cheia de tanta dor que eu me perguntava se poderia haver algum bálsamo para mitigá-la.

Pela segunda vez naquela noite eu me perguntei: *Deus, o que foi que eu fiz?*

19

Contive o pânico que invadiu meu corpo. Eu podia consertar a situação. Tinha que ser capaz de ajeitar tudo.

– Hudson – dei um passo em direção a ele – não é o que parece.

Na verdade, eu não sabia com o que aquilo se parecia, porque não tinha ideia por quanto tempo Hudson tinha estado ali. Será que ele vira como eu me havia afastado de David?

Sua expressão era fria como uma pedra.

– Talvez devêssemos falar sobre isso em um lugar com mais privacidade.

– Certo.

Foi mais um chiado do que uma palavra. Contudo, dirigi-me à sala dos empregados e supus que ele me seguiria.

E assim foi.

Subimos a escada sem falar. Não senti seus olhos sobre minhas costas enquanto caminhávamos. Ele nem sequer queria me olhar. O desespero percorreu meu corpo. Eu tinha estado tão desesperada para vê-lo e agora tinha estragado tudo. Outra vez.

Não me voltei para olhá-lo de novo até que Hudson tivesse fechado a porta da sala depois de entrar. Quando fiz isso, quase me arrependi. A desolação de seus olhos era maior do que havia parecido lá embaixo. Será que teria algo que eu pudesse dizer para apagar tudo aquilo?

Tentei com uma justificativa muito débil:

– Quem me beijou foi *ele*, Hudson. Não fui eu. E quando fez isso, eu o empurrei.

Era verdade. Se ele tinha estado ali o tempo suficiente, teria visto.

– Para começar, por que você estava em seus braços?

Falava em voz baixa e com tom de seriedade. Em sua voz havia mais emoção do que ele demonstrava habitualmente, e isso me fez em pedaços.

Uma lágrima escorreu pelo meu rosto.

– Estávamos dançando. Era uma festa.

Hudson lançou-me um olhar furioso.

– Você estava em seus braços, Alayna. Nos braços de alguém que não esconde o que sente por você. O que você pensou que ele faria?

Ele tinha toda razão. Eu sabia que era um problema, sabia que aquele abraço estava errado desde o momento em que David me rodeara em seus braços.

No entanto, não havia sido a *minha* intenção de lhe dar falsas esperanças. Era um baile de despedida. Meu pensamento estava em Hudson o tempo todo.

– Foi algo inocente – insisti. – Eu precisava de alguém. Ele estava ali. E você não.

Recordar a inquietude que me havia arrastado aos braços de David provocou um amargor ainda maior em minhas lágrimas.

– Além disso, onde você estava hoje quando eu precisei de você?

Ele me falou ainda com mais amargura:

– Do que é que você precisava, Alayna? Alguém que lhe desse calor?

Apertei os lábios com a esperança de reprimir o choro que estava ameaçando sair.

– Isso doeu.

– O que eu acabo de presenciar também doeu.

Claro, mas ainda assim, ouvi-lo dizer retorceu o meu coração. Eu havia sofrido a mesma dor... Quando o vi beijar Celia no vídeo e também nesse mesmo dia, quando ela havia sugerido que os dois tinham tido uma aventura. Talvez não fosse justo comparar as possíveis mentiras de Celia com o que Hudson havia presenciado em pessoa, mas ele tinha que saber o que havia acontecido comigo.

– Sim, sei o que se sente.

– É mesmo?

Esta diminuta pergunta continha veneno suficiente para magoar-me. Isso instigou ainda mais o meu sarcasmo.

– Sim, claro que eu sei. Deixe-me ver se posso explicar. Você sente como se as entranhas saíssem pelo corpo. Pelo menos isso foi o que eu senti quando Celia me contou que vocês estiveram trepando durante quase todo o tempo em que estamos juntos.

– O quê?

Hudson parecia realmente surpreso e não no sentido "me pegaram", mas no sentido "de que porra ela está falando?". Era a mesma expressão que teve quando mencionei que ele havia tido uma relação com Stacy.

– Quando ela lhe disse isso?

– Hoje – respondi resmungando, quase arrependida de ter trazido o assunto Celia.

– Você a viu hoje? – perguntou, com os olhos semicerrados. – Tem algo a ver com a mensagem que ela me deixou?

– Eu sabia que ela telefonaria para você! – Mas se ela o tinha feito, por que Hudson não me telefonou? – O que foi que ela lhe disse?

Ele negou com a cabeça e disse com desdém:

– Falou coisas sem sentido. Algo sobre você e o advogado dela. Achei que eram as bobagens de sempre e acabei apagando.

Hudson avançou um passo em minha direção e vi que seu olhar havia suavizado. No lugar da antiga dor, agora havia, sobretudo, preocupação.

– O que houve com ela desta vez? Ela andou perseguindo-a de novo? O que ela fez? Por que Reynold não me telefonou?

Apoiei-me na mesa que estava atrás de mim.

– Ele não sabia.

O sentimento de culpa oprimia meu peito, não apenas por ter-me separado de meu guarda-costas, como também pela atitude de Hudson. Ele havia deixado de lado sua dor para preocupar-se comigo. A expressão de seu rosto acentuou meu remorso.

– Por favor, não me olhe assim. Sinto muito. Eu estava ansiosa, então peguei o computador e fui tomar um café. Pensei que, quando ligasse o alarme *ao sair da cobertura*, Reynold saberia, mas suponho que não funciona assim.

Hudson apertou os lábios.

– O alarme só envia mensagem quando está no modo "em casa".

Surpreendeu-me um pouco que Hudson não houvesse configurado o sistema para controlar todas minhas idas e vindas. Não era próprio dele. Em um momento mais oportuno, tentaria recordar que isso me causou uma impressão positiva.

– Enfim, fui apenas até a padaria que está na mesma rua. E Celia apareceu. E como eu já estava farta disso, então fui até ela.

– *Foi você* que se aproximou *dela?*

Os olhos dele começaram a piscar e o queixo ficou tenso, e sua mão também tremia. Eu nunca o havia visto assim. Isso tudo era raiva?

– Sim, foi uma estupidez. Contudo, Stacy havia me enviado um dos e-mails que supostamente você teria enviado a ela, e pelo que eu li tenho certeza de que não era seu. Reconheci uma das citações dos livros que Celia tinha sublinhado, e cheguei à conclusão de que o e-mail tinha sido enviado por ela. Assim, confrontei a vaca. Sobre ela ter escrito o e-mail.

Eu estava contando toda a história, balbuciando, mas nem sequer tinha certeza de que Hudson estava me entendendo.

Ao que parece, estava.

– E foi nesse momento que ela disse que eu estava com ela? Assim, sem mais nem menos, do nada?

Encolhi-me. Ele não ia gostar do que eu ia dizer a seguir, mas era melhor contar tudo de uma vez.

– Primeiro, eu mostrei o filme de Stacy. – Após observar sua reação, que eu não soube interpretar, continuei: – Então ela me disse que vocês estavam juntos. Que vocês dois eram um casal. Que você trepou com ela naquela noite e que não havia sido a primeira vez, e nem a última.

Se Hudson ficasse um pouco mais vermelho, sairia fumaça pelas orelhas.

– E você acreditou nela?

Eu me aprumei.

– Ela me deixou tão furiosa que dei um soco nela.

Sim, tenho que admitir, aquilo me deixou orgulhosa.

– Você *deu um soco* nela?

Aí estava a fumaça. E essa não era a reação que eu esperava.

– Sabe o que mais? Isso está parecendo um interrogatório, assim sendo, vou embora.

Hudson dava voltas pela sala enquanto mexia no cabelo com as mãos. Quando se deteve para voltar a olhar nos meus olhos, ele tinha recuperado parte do seu controle, embora os ombros e a voz refletissem tensão.

– Sinto muito se pareço um pouco tenso, Alayna. Eu lhe asseguro que é apenas porque me preocupo com você.

Fiquei olhando para ele por vários segundos. Hudson estava inquieto. Eu via agora. Tinha os olhos cravados em mim e seu tremor não era de raiva. Era de medo. Medo por mim. A magnitude de sua preocupação por mim não tinha limites. Estava tão claro como a cor dos seus olhos.

Dar-me conta disso me tranquilizou. Desfiz-me até a última gota de sarcasmo e veneno e, desta vez, respondi com absoluta sinceridade:

– Sim, eu dei um soco nela. Acho que quebrei o seu nariz. Assim sendo, é provável que eu receba algum tipo de denúncia por agressão. *Por isso* eu precisava de você.

– Alayna – seus olhos irradiavam amor –, por que você não me telefonou?

– Eu telefonei! Você estava com o celular desligado. Eu poderia ter deixado uma mensagem, mas não podia contar tudo isso numa mensagem de voz e tampouco desejava interromper sua reunião, porque sabia que era importante.

– Não tão importante como você – respondeu ele.

Hudson queria se aproximar de mim, sua necessidade era palpável. Mas ainda alguma coisa se interpunha entre nós dois... Aquele momento em que ele havia chegado... Assim, ele sentou-se no braço do sofá enquanto suas mãos brincavam com o tecido apertado de sua calça.

– A polícia já entrou em contato?

Neguei com a cabeça.

– Fiquei com medo de voltar para casa, então vim para cá para esperar que você me telefonasse.

Ele estava com o olhar fixo em seus sapatos.

– Recebi sua mensagem de texto quando já estava voando. Não telefonei para você porque sabia que terminaria contando que vinha para casa e queria lhe fazer uma surpresa e depois – deu um riso rouco – acabei tirando uma soneca. Eu deveria ter lhe telefonado.

Agora eram meus olhos que se prendiam no chão.

– Eu deveria ter me controlado.

– Deixe que eu me encarregue de tudo. Não se preocupe com mais nada disso. Ela não voltará a incomodar você.

Hudson disse isso com tanta convicção que não tive outro remédio senão acreditar nele. Ele encontraria um modo de me proteger da Celia. Eu simplesmente teria que cumprir os parâmetros que ele estabeleceria para me manter a salvo. Se tivesse feito isso desde o princípio, ela não teria tido a oportunidade de me provocar e Hudson não se veria obrigado a me tirar daquela confusão.

A gratidão e o alívio me invadiram, junto com uma pontada de culpa.

– Obrigada.

Em seguida, aquele sentimento de culpa se intensificou. Se eu não tivesse dado um soco em Celia, eu teria terminado nos braços de David? Algo me dizia que provavelmente não. Em qualquer caso, o que Hudson havia visto pesava muito.

– Hudson – disse minha voz trêmula. – Eu sinto muito.

– Não se sinta assim. A verdade é que você fez bem. Ela merece mais do que isso.

Hudson até conseguiu sorrir quando disse a última frase. Eu tentei sorrir também, mas não pude. Ainda não.

– Digo que sinto muito no que se refere a David.

Seu rosto voltou àquela expressão de seriedade e de dor de antes. Suas palavras seguintes eram cautelosas e precisas e cheias de dor.

– Diga-me uma coisa, você ainda sente algo por ele?

– Não. Não. Nada. Eu já lhe disse isso e estava falando sério, embora tenha certeza de que não parece, depois de você nos ter visto esta noite. Durante todo o tempo em que ele estava me abraçando, eu me senti muito mal. A única coisa que eu conseguia pensar era em você. Estava com saudades. Muita. E não refleti sobre o que estava fazendo. Sou uma, uma...

Mas ele lançou-se na minha direção antes que eu pudesse terminar a frase e me envolveu em seus braços.

Sim, era isso o que eu devia sentir. Aí estava do que eu sentia falta.

Hudson enterrou seu rosto no meu cabelo.

– Eu também senti muito sua falta, princesa. Precisava de você. Estava tentando voltar para cá...

– E eu estraguei a surpresa – disse eu, acariciando seu peito com meu nariz. – Sinto muito.

– Não me importa. Isso me machucou, mas o que eu fiz também lhe doeu. E desde que você me prometa que ele não significa nada para você...

– Nada. Eu lhe juro com cada célula do meu corpo. É só você – respondi, enquanto levantava o rosto para lhe dar um beijo em seu queixo. – E você... – a pergunta ameaçava cravar-se na minha garganta, então eu a obriguei que saísse – continua sentindo algo por Celia?

O corpo dele ficou tenso de novo. Afastando-se para olhar nos meus olhos, disse:

– Alayna... – falava em voz baixa – nunca senti nada por Celia.

– Quer dizer que tudo foi apenas sexo? – Eram coisas que eu tinha que perguntar, embora as respostas já estivessem claras.

Devagar, Hudson negou com a cabeça.

– Jamais estive com ela.

– Então ela mentiu para mim. – Aquilo não era uma pergunta. Eu já havia suspeitado que fosse tudo invenção.

Ele confirmou, mesmo assim:

– Ela mentiu para você.

– Isso que eu pensava.

Aquilo devia me deixar aliviada, mas por que a minha aceitação só me trouxe uma ponta de medo?

Se não era isso o que Hudson ia confessar sobre o vídeo, era porque ainda restava uma verdade por descobrir. Algo me dizia que eu já sabia. A outra explicação, que antes eu havia conseguido afastar, voltava a preocupar-me. E desta vez eu não a deixaria até que a explorasse a fundo.

Suavemente, a contragosto, me afastei de seus braços.

– Mas a questão é que... eu quase desejava que fosse verdade.

Ele me olhou confuso.

– Não que você estivesse dormindo com ela enquanto nós já estávamos juntos. Essa parte não. Mas o resto, sim. Que realmente estava com ela quando Stacy viu vocês. Se isso fosse verdade, eu até poderia aceitar. Não me interprete mal... A ideia de você com ela, trepando... isso me atormenta. De verdade. – A ideia até fazia a bile subir à minha boca. – Porém acho que sempre soube que você nunca esteve com ela. Está em seus olhos, tanto agora quanto naquele vídeo.

O pomo de adão de Hudson se movia enquanto ele estava engolindo saliva.

– Nunca estive com ela. Nunca.

Continuei olhando seu pescoço. Era mais fácil que olhá-lo nos olhos, onde começava a se formar uma obscura tormenta.

– Isso significa que o assunto com Stacy foi uma tramoia. Claro que sim. Eu queria acreditar que tinha sido coisa da Celia. Porém, você já disse que não, mas foi adiante a ponto de fingir aquele beijo. Quer dizer que você fazia parte da tramoia.

Fiz uma pausa para deixar que o que eu havia dito penetrasse na minha consciência, saboreando a verdade das palavras que ainda estavam presentes na minha boca.

– Por um momento, pensei que esse seria o seu segredo. Mas não é. Quero dizer, fazer isso com a garota já seria muito ruim, porém eu sabia que tinha feito coisas parecidas no passado. E você *sabia* que eu sabia. Se isso fosse tudo o que restasse a explicar sobre o vídeo, então você já o tinha feito. Tem que ter algo mais e que está me ocultando.

Finalmente, com um grande esforço, levantei meus olhos aos deles.

– É pela noite em que aquilo aconteceu, a noite do simpósio, não é verdade? Considerei que você não queria que eu soubesse que continuava manipulando as pessoas por diversão até uma época tão recente, mas agora não acredito que se trate somente disso.

– Alayna...

Embora fosse apenas um sussurro, essa única palavra tinha um enorme peso. Era cautelosa, quase que suplicante. Queria dizer: "Não vá por aí". Mesmo que a gente sempre tivesse ido nessa direção, desde o momento em que ele pôs seus olhos sobre mim pela primeira vez. Estava escrito que chegaríamos a este ponto e, mesmo se decidíssemos não encarar, de todas as formas, aí estava.

– Não se trata do vídeo em si, senão do que aconteceu depois.

Falei como se isso tivesse vindo à minha mente naquele instante, mas em realidade sempre estivera ali, enterrado em meu subconsciente, onde eu não teria que enfrentar. Eu sabia. Sempre soube do que agora me sentia capaz de admitir.

Hudson repetiu meu nome para que eu olhasse para ele, porém eu já não prestava mais atenção.

– Se Celia estava ali com você fora do simpósio, não é lógico supor que ela tivesse ido até ali com você? E se ela foi com você, estava presente na primeira vez em que me viu. E se você continuava brincando com as pessoas...

A minha pele se arrepiou enquanto um calafrio percorria minhas costas, e uma onda de náuseas me invadia o corpo. Comecei a sentir um som de apito nos ouvidos, mas em algum lugar distante pude ouvir que Hudson continuava falando.

– Eu ia contar pra você. – Pareceu-me que era isso que ele dizia. – Voltei para contar-lhe.

Olhei para o rosto dele atentamente, mal ouvindo sua explicação fragmentada enquanto a verdade pousava sobre mim.

– Foi o meu pior erro, Alayna. – Ele avançou um passo na minha direção com o rosto retorcido pela angústia e a voz cheia de desespero. – É o pior erro, o mais terrível de tudo o que eu já fiz. Do que eu mais me arrependo, embora graças a isso eu tenha lhe conhecido e só por isso estarei eternamente agradecido. Contudo, eu não sabia o que sentiria por você. Não imaginava que podia machucá-la tanto e nem que isso fosse se tornar importante para mim. Por favor, Alayna, você tem que entender.

Eu estava começando a entendê-lo. Com uma impressionante claridade.

– Era isso que eu era, certo? – Eu não estava perguntando para ninguém. – Um jogo. Seu jogo. Dos dois. – Minhas pernas tremeram e caí no chão. – Meu Deus. Meu Deus. Meu Deus.

– Alayna... – disse Hudson, enquanto caía de joelhos e estendia os braços para mim.

Eu me afastei e todo o meu corpo começou a tremer.

– Não me toque! – gritei.

Não saberia dizer se ele deixou de se aproximar de mim ou não. Minha visão ficou nublada pela fúria e pela dor. Meu estômago revirou como se fosse vomitar e a cabeça... Minha cabeça não podia processar nada, não conseguia pensar.

Não ajudou nada o fato de que Hudson se negasse a conceder-me um minuto sequer para escutar o que diziam meus próprios pensamentos.

– Não foi isso que você acredita que seja, Alayna. Sim, começou como um jogo. Como um jogo de Celia. Mas eu só me deixei levar porque se tratava de você. Porque eu me sentia muito atraído por você.

Eu fiquei olhando para ele e pisquei até que minha vista voltasse a ficar clara. Depois, foi como se estivesse vendo aquele homem pela primeira vez. Sabia que aquele era seu *modus operandi*. Como havia deixado de perceber que essa situação era uma possibilidade? Nosso início de relacionamento tinha sido estranho, nada comum. Ele tinha comprado a boate. Depois, havia me contratado para romper seu compromisso, um noivado que nem sequer era real. Por que eu não havia me questionado antes pela bizarrice da situação?

E agora ele estava tentando raciocinar comigo. Notei que o meu estômago retorcia ainda mais e comecei a sentir ânsia de vômito.

– Alayna, deixe que...

Levantei a mão para impedi-lo de se aproximar mais.

– Não quero a sua ajuda – disse eu, quando as náuseas diminuíram. Com o dorso da mão, limpei a saliva da boca. – Quero respostas, seu merda.

– Todas elas. Já lhe disse que contaria tudo. – Suas palavras saíam aos borbotões, como se ele pensasse que essas respostas o beneficiariam.

Eu já sabia que nada que ele dissesse poderia ajeitar aquilo. Cada resposta seria provavelmente mais dolorosa que a anterior, mas ainda assim eu tinha que saber de tudo. Puxei uma almofada com os dedos, tentando me segurar em algo que me desse força.

– Você se sentia atraído por mim? – Essa frase tinha me deixado com um gosto azedo na boca. – Então, você decidiu me foder?

– Não. – Ele sentou-se de cócoras e passou as mãos pelo cabelo. – Não. Queria me aproximar de você e o plano de Celia foi a desculpa.

– E qual era o plano dela? "Essa garota que está fazendo sua apresentação agora: faça com que ela se apaixone por você..." E daí, o que mais?

Ele negou com a cabeça com firmeza, categoricamente.

– Não, não foi assim. Não foi assim que aconteceu.

Dei um murro contra o chão.

– Então, como foi? Diga-me!

Hudson titubeava, buscando palavras. Eu nunca o tinha visto tão perdido, tão desequilibrado, tão triste.

– Eu vi você, como eu já lhe disse, e me senti atraído por você. Completamente atraído por você. Nunca menti para você sobre isso.

– Você se sentiu atraído por mim e decidiu me destruir.

Tinha funcionado, não? Porque era assim que eu estava, completamente destroçada.

Hudson voltou a negar com a cabeça.

– Não era assim que eu queria lhe contar. As coisas não estão saindo direito.

– Quer dizer que, se você me contasse de outro modo, poderia manipular as coisas para que soasse melhor. – Eu tremia tanto que os dentes batiam enquanto eu falava.

Ele fez uma expressão de dor, como se eu tivesse dado uma bofetada em sua cara.

– Eu mereço. Mas não era isso o que queria dizer. – Hudson se aproximou alguns centímetros e logo ficou imóvel, quando se deu conta, pela minha expressão, de que não deveria se aproximar mais. – Deixe-me lhe contar como foi. Por favor. Não será melhor. Será ainda repulsivo, mas será mais exato.

Apoiei as costas na mesa. Não queria ouvir mais. Mas precisava ouvir tudo.

– Estou esperando.

Hudson passou a língua pelos lábios.

– Eu vi você. Creio que Celia percebeu. Notou que eu havia me interessado por você. Uns dias depois, ela veio com alguma informação sobre você.

– Ela veio com informação sobre mim?

Minha interrupção o tirou do que eu supunha ser um roteiro memorizado. Muito mal, aquilo. Não estava disposta a facilitar nenhuma parte dessa história para ele.

– Sim. Celia havia investigado você. Não fui eu. Tinha seus antecedentes criminais e a ordem de restrição; além disso, trouxe uma cópia de seu histórico de problemas emocionais.

Outra onda de náuseas atravessou meu corpo quando me inteirei de que Celia havia sido a pessoa que tinha trazido à luz todos os meus segredos. Eu a imaginei correndo para informar Hudson de meus piores pecados.

Pareceu a mim que Hudson notou meu ar de nojo, e que iria tentar suavizá-lo.

– Era totalmente o contrário do que eu havia visto em você, Alayna. O que ela compilou... Não mostrava a mulher forte e segura que havíamos visto no simpósio. Estava claro que aqueles dados faziam parte do passado. Você estava melhor. Eu vi isso.

– Eu estava melhor – repliquei em tom desafiador, embora fosse exatamente o que ele acabava de dizer. – Estava.

– Claro que estava. Era evidente. – Ele respirou fundo. – Mas a teoria de Celia era que você podia ser inutilizada de novo. – Seus olhos se iluminaram. – *Eu não pensava o mesmo.*

Ele deixou que suas palavras flutuassem no ar, esperando que eu as assimilasse.

Mas, o que ele esperava que eu fizesse? Que eu me levantasse e lhe desse uma puta medalha por ter apostado em mim? Por ter acreditado que ele não conseguiria me destroçar?

E ainda assim, ele tentara!

De qualquer modo, ele estava equivocado. Hudson tinha feito mais do que me destroçar. Havia me deixado em pedaços.

Ele continuou falando, mas meu cérebro mal processava suas palavras.

– Essa foi a aposta. Ela inventou toda aquela história de contratar você para romper nosso noivado inexistente. Um tempo depois, logicamente, eu tinha que terminar com você. Explicar que aquela farsa já não era mais necessária. Então esperaríamos para ver o que acontecia. – Ele fez uma pausa enquanto tentava encontrar as palavras adequadas. – Mas eu jamais pensei...

– Tudo foi pura mentira – interrompi. – Tudo o que houve entre nós foi uma mentira. – Meu discurso se articulava com dificuldade, expulsando palavras que eu nunca havia imaginado que diria.

– Não! – retrucou ele de forma apaixonada. – Nem sequer no princípio. Nunca foi um jogo. Não para mim. Eu não tinha que seduzir você. Supunha-se que eu não deveria me apaixonar por você. Porém eu fiz as duas coisas, antes mesmo de você entrar no jogo.

Levantei o queixo, o único desafio que pude demonstrar além das minhas palavras, que chispavam fogo.

– Mas você não se apaixonou por mim. É impossível. Porque as pessoas que amam não fazem essas putarias!

– Eu nunca tinha me apaixonado, Alayna. Não compreendia o que eu sentia. A única coisa que eu sabia era que tinha que estar com você e essa era a forma de conseguir. – A voz ficou embargada. – Não estou justificando o que eu fiz com você. Eu lhe suplico que tente... que tente...

– Tentar o quê? Ver a questão sob seu ponto de vista? Perdoá-lo? – Eu destilava amargura. Não havia mais nada dentro de mim. Nem sequer podia chorar.

Pus a minha cabeça de lado e o olhei nos olhos, para assegurar-me de que Hudson entendia minhas palavras seguintes, embora estivesse gaguejando ao pronunciá-las:

– Isso é imperdoável, Hudson! Não podemos continuar depois disto.

– Não diga isso. Não diga isso nunca. – Seu tom era insistente, cheio de arrependimento. De dor.

Não me importava porra nenhuma. Que ele sofresse. Fiquei contente por isso, se é que era assim que ele se sentia. Eu o machucaria mais, se pudesse. Tentei fazer isso por todos os meios.

– O que é exatamente o que você não quer ouvir, Hudson? Que não posso perdoá-lo? Não posso. Não posso perdoar isso. Nunca.

– Alayna, por favor!

Ele tentou se aproximar de mim novamente. Eu lhe dei um chute que atingiu seu braço.

– Nós terminamos. Fim! Não está entendendo? Não há mais nem uma mínima chance de voltar a confiar em você depois disso!

Ele voltou a sentar-se. Hudson teria facilmente me dominado se continuasse tentando. Embora eu estivesse irritada e cheia de adrenalina, ele era mais forte. Mas não lhe agradeci por isso. Ele me devia. Devia-me mais do que isso.

Não confiei que ele não voltasse a tentar, mas a última coisa que eu queria naquele momento era que ele me tocasse. De fato, nem sequer podia olhar aquele homem. Eu tinha que ir embora. Coloquei uma das minhas mãos diante de mim e comecei a levantar-me.

– Agora eu vou embora. Não tente deter-me. Não venha atrás de mim. – Precisei de um grande esforço, mas consegui me levantar. – Está tudo acabado entre nós.

Hudson se levantou em seguida.

– Não. Nós não terminamos, Alayna. Isto não acabou. Vínhamos reconstruindo nossa confiança depois que você rompeu...

Voltei-me para ele.

– Não se atreva a comparar o que eu fiz com isto, vá se foder! Meus erros nem sequer se encaixam na mesma categoria. Isto é pior. *O pior* que poderia... Nem sequer posso... Não consigo respirar...

Joguei o corpo para frente e apoiei as mãos sobre as pernas, tentando puxar um pouco de ar para meus pulmões.

Ele colocou sua mão nas minhas costas e se agachou para comprovar se eu estava respirando.

Eu o afastei com um movimento de ombros.

– Não – bradei furiosa, com o pouco ar que pude reunir. – Não volte a tentar. Não me toque. Não me telefone. Não tente entrar em contato comigo. Está tudo acabado entre nós, Hudson! *Terminado!* Não posso continuar vendo você.

Antes eu havia ficado paralisada, mas agora estava vulcânica, explosiva. Tudo o que tinha dentro, eu queria jogar para fora. Queria vomitar até a última gota de sentimento que tivesse por Hudson, quer fosse boa ou má. Desejava livrar-me de tudo aquilo.

No entanto, aquela sensação continuava ali. Infinita, profunda e insuportável.

– Não diga isso, Alayna. Explique-me como posso ajeitar isso. Por favor. – O desespero de Hudson era uma repetição do meu. – Farei o que for necessário. Tem que ter alguma forma.

Estiquei a mão à mesa para apoiar-me.

– Como? Diga-me como é possível que exista um modo de que possamos continuar juntos depois disto.

Eu nem sequer estava segura de que pudesse continuar vivendo depois de tudo o que acontecera.

– Ainda não tenho todas as respostas. Mas podemos solucionar isso juntos. Podemos curar um ao outro, lembra? – Hudson fechou as mãos, abriu e depois voltou a fechar. – Eu amo você, Alayna. Amo... Isso tem que significar alguma coisa.

Tinha esperado tanto tempo para ouvi-lo falar sobre seu amor. Agora que ele dizia isso abertamente, me parecia que ele estava brincando com aquilo que ansiara tanto para que ele expressasse.

– A verdade é que não.

– Por favor. Você não pode estar falando sério.

Hudson voltou a estender a mão para mim e seus dedos rodearam meu pulso.

Com um grito, afastei o braço, sacudindo-o.

– Afasta suas mãos de merda de mim!

Ele levantou as mãos ao ar em sinal de rendição. Depois, as deixou cair ao lado do corpo. E deu um passo para trás.

– Você me disse... – Fez uma pausa. – Você me disse que poderia me amar apesar de tudo...

Eu estava esperando que ele fosse jogar isso na minha cara. Sinceramente, surpreendia-me que não tivesse feito isso antes.

– Tendo em vista que tudo o que você disse é mentira, não me sinto obrigada a continuar mantendo minha promessa.

Querendo ou não, sim, eu continuava a amá-lo. Se isso não fosse a verdade, não estaria me sentindo desse jeito. Cada molécula do meu corpo não estaria sendo consumida pelo desespero. Isso era o mais gracioso de tudo. Eu continuava mantendo minha promessa. Continuava amando-o, apesar dessa coisa terrível que Hudson tinha feito comigo.

Mas não me importava. Já não importava mais. Não quando tudo aquilo em que meu amor se baseava era uma farsa.

Bateram suavemente à porta do escritório e, em seguida, ela se abriu. David apontou a cabeça.

– Está tudo bem, Laynie?

Ele teria ouvido quando gritei, em algum momento? Ou simplesmente pensava que havia passado tempo suficiente, e decidiu chegar ali e ver como eu estava? Em qualquer caso, nunca havia me sentido tão feliz de vê-lo.

– Não, não estou bem.

David moveu os olhos de mim para Hudson, sem saber bem o que fazer. Hudson tentou uma vez mais:

– Alayna...

Já não tinha mais o que dizer. Não restava mais nada por falar, nada. Simplesmente neguei com a cabeça uma vez. Havia terminado, isso era tudo.

Ele continuou suplicando com o olhar durante alguns longos segundos. Depois, baixou a cabeça.

– Estou indo embora. – Hudson olhou para David. – Desculpe ter estragado a sua festa. Obrigado por cuidar dela.

Hudson virou o corpo para olhar-me pela última vez, com uma expressão carregada de tristeza, arrependimento e desejo. Certamente pensava que eu correria para os braços de David assim que ele partisse, e essa ideia lhe doía ainda mais. Ele estava fazendo um enorme sacrifício ao me deixar a sós com David.

Mas seu sacrifício era o exemplo clássico de "tarde demais".

Ele estava dolorido? Que pena! Eu estava destroçada.

Dei-lhe as costas, incapaz de continuar olhando-o. Soube que tinha ido embora quando David me tomou em seus braços. Deixei que ele me abraçasse por um momento, mas, ao contrário do que Hudson pensava, não estava nem um pouco interessada em buscar consolo em David. A única coisa que eu queria era sair dali e ir para algum lugar onde pudesse chorar até que a dor do meu coração, da minha cabeça e dos meus ossos deixasse de me afundar ainda mais.

Nem tinha muita certeza de que aquilo fosse possível. Porque suspeitava de que eu iria sofrer, e muito, durante muitíssimo tempo.

– O que eu posso fazer por você? – perguntou-me David, quando me afastei dele.

Limpei o rio de lágrimas que escorria sobre meu rosto.

– Chame a Liesl, por favor.

20

Liesl era um anjo.

Ela me acalmou o suficiente para me tirar do prédio sem chamar a atenção dos funcionários. Eu mal tinha forças para andar e ela me deixou apoiar nela quando fomos para a calçada e entramos no táxi que David tinha chamado para nós. Ela não fez nenhum comentário sobre ser tirada mais cedo da festa, nem tentou me fazer contar sobre o que tinha acontecido. Em vez disso, deitou a minha cabeça no seu colo e alisou meu cabelo, enquanto eu chorava todo o caminho até seu apartamento no Brooklyn.

Uma vez dentro de sua casa, Liesl me enfiou em sua cama com um copo de tequila pura. Embora tivesse um *futon* na sala de estar, eu fiquei no quarto. Ela aconchegou-se atrás de mim, e quando eu acordava dos pequenos momentos de sono que conseguia ter, sua presença cálida acalmava os meus gritos e os transformava em soluços. Eu não tinha sofrido e chorado tanto assim desde a morte de meus pais. Mas mesmo nessa altura, não tinha conhecido o nível de traição que sentia agora.

Essa foi a pior parte, a traição. Se eu tivesse ouvido a história antes, no ponto em que o nosso relacionamento estava, eu não teria arriscado tudo e poderia ter sido capaz de sobreviver. Eu ainda o teria deixado, claro que não poderia continuar com ele depois disso, mas teria sido muito mais fácil sobreviver. Deixar as coisas chegarem a este ponto, especialmente depois de conversarmos tanto sobre honestidade e transparência, essa foi a pior traição. Esse foi o corte mais profundo.

Mas a perda do homem que eu amava tão desesperadamente, isso veio como o segundo golpe mais profundo.

Os dois primeiros dias foram um borrão completo. Liesl cozinhou para mim e forçou a comida a entrar na minha garganta. Ela ouvia a minha história enquanto eu a contava em soluços, e juntava as peças o melhor que podia, mais uma vez sem pressionar. Ao longo de tudo isso, ela enchia o meu copo a qualquer hora que eu pedisse. Num raro momento em que consegui me concentrar em uma coisa que fosse diferente da minha dor, me ocorreu se fora por isso que o meu pai tinha passado a vida bebendo. Será que ele estaria tentando bloquear algum tipo de dor? O que o teria magoado a esse ponto? Não era triste que eu nunca saberia a resposta?

O restante dos meus pensamentos eram divergências entre as lembranças e a realidade. As lembranças doces ficaram amargas com a nova informação. Eu revivi dúzias de vezes todas as conversas que tive com Hudson. Às vezes, tudo o que eu podia fazer era chorar. Em outros momentos, ficava com raiva. Quebrei mais de um copo, jogando-o com raiva na parede.

Pelo menos uma vez, fiquei pensando se não deveria pegar um caco de vidro e fazer um corte na minha pele. Talvez não muito profundo.

Ou talvez muito profundo.

Felizmente, Liesl estava lá para limpar os pedaços quebrados, antes de eu conseguir roubar um. Além disso, na verdade, não queria pôr um fim na minha vida, queria pôr um fim na dor.

Finalmente, comecei a tentar colocar as coisas em ordem. Tentei descobrir o que era real e o que não era. Imaginando como e onde Celia entrara no meu relacionamento com Hudson. Como ele tolerara meus ciúmes, o jeito que ele apoiara minha bisbilhotice. "Encoraje a sua obsessão", imaginei Celia dizendo. "Não fique bravo ou chateado se ela mostrar alguns de seus traços de loucura."

E a maneira como ela soube lançar o apelido amoroso na minha cara. Será que isso tinha sido ideia dela também? "Dê a ela um apelido carinhoso. Algo como anjo ou princesa."

Lembrei-me do aniversário de Sophia, Hudson tinha falado com Celia então, e quando chegamos em casa ele tinha estado distante. Nessa altura, será que ela o lembrara do jogo que ambos tinham combinado? O que ele deveria estar fazendo comigo?

Para seu crédito, Hudson não tinha mentido. Suas palavras exatas voltaram para mim com toda a força: "Estarei dizendo e fazendo coisas, talvez coisas românticas, que não são verdadeiras. Eu preciso que você se lembre disso. Fora dos olhos do público, eu vou seduzi-la. Isso vai ser genuíno, mas nunca poderá ser interpretado como amor."

Quando isso mudou? Quando a sua falsa sedução se tornou realidade?

Alguma vez se tornou realidade, pensando bem? Neste momento, Hudson estaria comemorando com a sua parceira de crime, brindando à destruição total e absoluta da minha alma?

Essa era a questão mais importante de toda a minha dor, e eu nunca saberia a resposta. Não havia nada para recordar com carinho, porque a autenticidade de cada momento que passamos juntos em nosso relacionamento era agora questionável. Eu não podia acreditar em qualquer coisa que ele disse ou fez. Hudson administrou tão habilmente a sua manipulação que era impossível ver a verdadeira história por baixo daquela que foi criada.

Essa verdade pura e absoluta foi o que me manteve enchendo o meu copo.

Na terça-feira à noite, eu estava sóbria o bastante para reconhecer algumas das minhas responsabilidades. Eu me apoiei contra a cabeceira da cama de Liesl e a chamei da cozinha, pedindo que viesse ao quarto.

– A boate, eu... – comecei a dizer.

Ela encostou a cabeça no batente da porta.

– Eu já informei que você está doente.

Deus, ela era incrível.

Mas tinha dito a verdade. Eu mal conseguia sair da cama, muito menos sair do apartamento. E chorei tanto que eu tinha vomitado mais de uma vez. Isso tinha que contar como estar doente.

Sabendo que esse problema estava resolvido, avaliei a ideia de voltar a beber e a dormir. Mas minha cabeça coçava, percebi que o meu cabelo estava emaranhado e sujo, e que realmente precisava de um banho. E de uma muda de roupa. Isso me importava? Sim, quase podia dizer que sim. Isso já era um avanço, não?

No entanto, não tinha nada meu no apartamento de Liesl.

– Você tem algo que eu possa vestir depois de tomar banho?

– Tudo o que há no guarda-roupa é seu.

A questão de tomar banho era tanto por mim como por ela. Eu já estava cheirando mal.

A ducha me doeu quase tanto como me reconfortou. Embora tivesse feito sentir-me melhor, o banho aclarou minha mente o suficiente para me preocupar com meu futuro. Onde eu iria morar? Onde iria trabalhar? Poderia voltar ao The Sky Launch? Eu já estava na boate antes de Hudson entrar em minha vida. Não queria deixá-la. Entretanto, mesmo que ele me deixasse continuar a trabalhar ali, eu conseguiria seguir adiante nisso?

Talvez. Ou talvez não.

Mas eu tinha que colocar uma ordem e priorizar as coisas. Não podia refugiar-me no quarto de Liesl. Essa noite eu iria para o *futon*.

– Minha cama é sua, querida – disse ela, enquanto eu colocava o *futon* mais esticado.

Estive tentada a aceitar seu convite. Mas, surpreendentemente, mantive-me firme.

– Eu já me sinto bastante mal por invadir sua casa. Além disso, preciso começar a fazer as coisas funcionarem por minha conta. Embora isso signifique somente não dormir na sua cama.

– Como você preferir – disse ela, enquanto lançava um travesseiro de seu armário. – Aqui você será bem-vinda pelo tempo que quiser.

Abracei o travesseiro e me deixei cair no colchão.

– Acho que será por um bom tempo, Liesl. Você tem certeza do que está oferecendo para mim?

– Sim.

Pelo menos com isso, eu tinha solucionado por um tempo a questão de onde morar. Em algum momento, teria que me organizar para apanhar minhas coisas na cobertura. Não tinha muito, mas precisava da minha roupa. Não o que ele havia comprado para mim, isso eu não queria, mas apenas o resto das minhas coisas.

Além disso, precisava de um telefone novo. O atual, quem tinha me dado de presente fora Hudson. Não queria ter nada que ver com tudo aquilo. Já o havia dado de presente para Liesl e havia pedido que ela ficasse com ele. Se Hudson decidisse não dar bola para o que eu pedi e me telefonasse, não queria nem ficar sabendo. Não queria saber de nada.

E então, a possível queixa policial de Celia...

Fiquei em pé.

– A polícia veio aqui para procurar-me?

Hudson tinha prometido que ele se encarregaria disso, mas eu não confiava mais em nenhuma palavra dele.

Liesl sentou-se aos pés do *futon*.

– Não. Nem virão – disse ela. E respondeu ao meu olhar de curiosidade: – Hudson me telefonou ontem pela manhã no celular. Queria que contasse para você que conseguiu que anulassem todas as denúncias por agressão.

Então, ele sabe onde estou. Claro que sabe. Não era muito difícil averiguar para onde eu poderia ir. Além disso, eu tinha a sensação de que Hudson não era o tipo de homem de quem alguém possa se esconder assim tão facilmente.

Não tinha como evitar. Tinha que saber mais.

– Ele disse algo mais?

– Muitas coisas. Mas eu decidi que nenhuma delas lhe interessaria.

– Bem pensado, não me interessavam mesmo. – Apoiei-me sobre os cotovelos. – Mas agora sim. O que ele disse?

– Que quer respeitar seu espaço, mas que está ansioso para conversar com você quando... se... você quiser. Que fará o que você quiser com a boate, mesmo que isso seja não fazer nada. Que seria bem-vinda se quisesses voltar à cobertura, que ele está ficando em sua outra casa.

– No *loft*.

A oferta da cobertura era perda de tempo. Não desejava em absoluto estar em nenhum lugar onde houvesse estado com ele. Exceto, quem sabe, na boate. Ainda assim, eu não tinha tomado uma decisão a respeito.

– Sim, no *loft* – disse ela, e abaixou o olhar. – Também insistiu que eu dissesse para você que ele a ama.

– Não quero ouvir isso.

Mesmo sabendo que era mentira, isso continuava me afetando. Senti meu estômago se apertar e meus olhos se encheram de lágrimas. Em algum estúpido e pequeno ponto do meu peito, notei que acendeu uma faísca de... não sei... talvez esperança? Aquilo me surpreendeu. Indignou-me. Depois de tudo o que eu estava passando, como podia continuar a existir uma parte em mim que ainda quisesse que seu amor fosse real?

Liesl sorriu.

– Isso foi o que eu disse a ele. – Sua boca se converteu numa linha reta. – E ele respondeu que isso não fazia com que não fosse a pura verdade.

Nessa noite, chorei até dormir, mas não foi pela traição, senão pela solidão, essa foi a causa de as lágrimas brotarem sem parar. Meus lábios ardiam de desejo pela boca de Hudson, meus seios ardiam por suas carícias, todo o meu corpo vibrava por causa da separação. Em lugar de desejar não ter conhecido nunca esse homem, não ter jamais escutado seu nome, eu desejava não ter sabido nunca a verdade. A ignorância, foi o que descobri, podia mesmo ser uma bênção.

– Já disse que isso é uma merda – soltou Gwen quando telefonei quarta-feira para dizer-lhe que estava doente.

Não entendi.

– O que é uma merda?

Deveria ter pedido a Liesl que telefonasse para mim, isso de ter que falar com as pessoas era mais duro do que eu imaginava.

Gwen me respondeu com uma vozinha cantante:

– O amor, querida. A-m-o-r. Amor. É o pior que existe.

Suponho que não a convenci com a minha desculpa de que estava com gripe.

– Sim. É mesmo uma merda.

Na quinta-feira, eu quase parecia uma pessoa de verdade novamente. Uma pessoa quebrada e consternada, mas isso era melhor do que a massa soluçante que eu havia sido nos dias anteriores. Agora pelo menos podia comer e inclusive conseguia beber algo que não fosse álcool.

Liesl pensou que eu já estava preparada para dar um passo a mais.

– Você está precisando se distrair. Alguma alegria. Algo como mimar a si mesma, dar uma mimada na sua xoxota. Posso deixar meu vibrador enquanto estou no trabalho esta noite.

– Er... Não, obrigada – respondi, morta de vergonha.

– Então poderíamos ir a Atlantic City neste fim de semana para ver o novo local onde David está trabalhando. Bem, você sabe, ele treparia com você até arrebentar se você pedir.

– Em primeiro lugar, David não fode ninguém até que se arrebente. – Embora nunca tivesse transado com ele, eu havia me relacionado com ele o suficiente no aspecto sexual para saber que era um verdadeiro filhote manso. – E em segundo lugar, nem sequer desejo voltar a ter sexo com ninguém.

Hudson havia detonado a minha vida sexual. Nunca encontraria ninguém melhor, ninguém mais a fim de servir, nem mais exigente, e nem que me satisfizesse como ele. Esse havia sido o lugar onde tudo havia sido real para nós. Inclusive agora, apesar de todas aquelas mentiras, ainda acreditava nisso. Qualquer um que tentasse entrar na minha vida depois dele sofreria uma vexatória comparação.

E havia uma terceira razão. O sábado era o dia da grande reabertura da loja de Mira. Eu não podia ir, claro. Era ridículo só de pensar. Mas seria difícil de explicar. Como já era quinta-feira, provavelmente não deveria retardar mais essa comunicação.

Respirei fundo e estendi a mão para Liesl.

– E por falar em fim de semana, você pode me emprestar seu telefone? Tenho que telefonar para Mira.

Ela me passou seu telefone celular. Procurei o número da butique de Mirabelle e liguei. Aquilo seria uma autêntica prova de fortaleza. Mira havia se mostrado tão partidária do casal Alayna e Hudson que provavelmente ficaria tão destroçada quanto eu. Bem, nem tanto, quase tanto talvez. Além disso, conhecendo-a, com sua atitude de "o amor pode tudo", provavelmente ela tentaria me convencer de que poderíamos solucionar a nossa desavença.

Talvez, no final das contas, eu nem quisesse mesmo telefonar-lhe.

– Butique Mirabelle. Mira falando.

Tarde demais para desligar.

– Olá, Mira.

– Layne! – exclamou, com seu costumeiro jeito jovial e alegre. – Eu estava mesmo para telefonar para você. Telepatia. Já arrumei seu vestido, já está pronto. Você passa aqui para pegá-lo ou você se troca aqui mesmo no sábado? Mas, eu também posso mandar entregar.

Que merda! Hudson não lhe dera a notícia da nossa separação. Que caralho ele estava pensando?

Evidentemente, não queria ser eu a pessoa a contar. Mas agora eu tinha que fazer isso.

– Bem... Mira... – Custava-me encontrar as palavras adequadas. Decidi começar por outro lado. – Não posso participar de seu evento. Sinto muito. Estou telefonando justamente para cancelar. – Depois engoli em seco e continuei: – Hudson e eu... Nós nos separamos.

Por que me doía tanto dizer isso em voz alta? Voltei a tragar saliva e me preparei para a reação de Mira.

– Estou sabendo – respondeu ela em voz baixa. Imediatamente, voltou a animar-se. – Por isso que o proibi que venha à loja no sábado. Não me importa bosta nenhuma que ele esteja na minha festa. Mas você, Laynie, você tem que vir. Por favor, diga-me que virá. Significaria muito para mim.

Minha boca ficou seca. Não estava emocionalmente preparada para surpresas. Nem que alguém se portasse amavelmente comigo.

– Não, Mira – respondi com dificuldade. – Isto não está certo. Você não pode afastar seu próprio irmão de um dia tão especial para você.

– Claro que posso – insistiu ela. – Ele não gosta de nada relacionado com moda. Ele entenderia. E ele se importa com você.

Aí estava a Mira que eu esperava.

Fechei os olhos com força para controlar um novo rio de lágrimas.

– Por favor, não diga isso. Não quero saber nada das supostas emoções dele.

– Tudo bem, tudo bem. Não queria me intrometer. Simplesmente tentava explicar para você que ele já tinha se oferecido a não vir antes que eu o proibisse de aparecer. Disse que queria que você e eu estivéssemos felizes, assim estava saindo fora. É verdade que eu preferiria que vocês dois viessem à festa. Claro que sim. Mas se eu tenho que escolher entre você e ele, definitivamente prefiro você. Você é uma das minhas modelos e, o que é mais importante, é minha amiga. Você é como uma irmã, Laynie.

Pensei nas opções que tinha. Não poderia estar ali com ele, na mesma sala. Seria impossível atuar como modelo nessas circunstâncias. Mas depois de todos os argumentos de Mira...

Havíamos nos tornado amigas e eu havia desejado que, algum dia, nós chegássemos a ser irmãs. Ela havia feito muitas coisas por mim e por Hudson, mas também era verdade que havia feito coisas somente por mim. Além disso, fazer isso por ela talvez me ajudasse a fechar o círculo.

– Combinado, eu irei. – *Minha nossa, sério que eu acabara de dizer isso?* – Mas você tem que jurar que ele não estará aí. E que isto não é uma artimanha para nos juntar de novo.

– Eu prometo a você que não virá. Juro pelo meu bebê. – Mira fez uma pausa. – Embora essa ideia de uma artimanha para unir vocês...

– Mira...

– É uma brincadeira. – Seu sorriso era evidente em seu tom de voz. – Está bem! Obrigada, Laynie.

– De nada. – Bem, nem tanto. – Mas não espere que eu exerça o papel de uma modelo alegre e feliz.

– Pode desempenhar a versão séria e lúgubre na boa. Não farei objeção alguma. – Baixou a voz. – E só para constar, não sei o que esse safado fez para perder você, mas ele está pior do que um lixo. O que eu quero dizer é que ele está absolutamente destroçado.

Durante meio segundo, me senti verdadeiramente animada. Seria por que eu me sentia contente que aquele idiota estivesse tão infeliz quanto eu, ou por que acreditava que sua tristeza refletia o que ele sentia por mim?

Eu morreria se continuasse me perguntando sobre a autenticidade de suas emoções. Tinha que deixar de pensar nisso.

– Mira, se você vai continuar falando para mim sobre ele, terei que cancelar minha presença.

– Não! Não faça isso – disse ela, parecendo que estava a ponto de entrar em um ataque de pânico. – Sinto muito, mas eu tinha que dizer isso. Bem, já acabei, pronto!

– Tudo bem, mas não continue. – *Por favor, não continue*. Respirei fundo outra vez. – Eu trocarei de roupa aí mesmo no sábado.

Ela deu um grito.

– Estou muito feliz! Vejo você no sábado.

Quase sorri ao desligar.

– Olha só, mas quem diria – disse Liesl quando eu lhe devolvi o telefone. – Você tem até um pouco de cor no rosto!

– Isso não é possível.

Esfreguei o rosto com as mãos. Deus, aquela dor me deixava exausta. E toda a choradeira foi absolutamente cansativa. Tinha que encontrar um modo de seguir em frente. O evento de Mira era uma boa maneira de começar. Mas eu tinha que dar mais alguns outros passos.

Como, por exemplo, decidir o que fazer com o resto da minha vida.

Só de pensar, já entrava em agonia. Uma lágrima caiu sobre minha face. Isso é sério? Que saco! Eu já não havia chorado o suficiente?

Isso tinha que terminar. Peguei um lenço de papel e enxuguei os olhos com leves toques.

– Er... Eu preciso ir trabalhar.

Liesl limpou a garganta.

– Você tem certeza?

Provavelmente, minhas lágrimas a haviam convencido do contrário.

– Esta noite não, mas amanhã sim. Tenho que averiguar se sou capaz de estar ali. Não creio que possa tomar uma boa decisão sobre meu futuro na boate sem testar trabalhar um turno inteiro.

Ao longo de toda a luta que eu tinha mantido contra minha adicção obsessiva ao amor, o The Sky Launch me havia proporcionado um pouco de sanidade psíquica. Tinha sido a única coisa que havia me ajudado a colocar meus pés no chão quando estava caindo aos pedaços. Agora que estava voltando a cair, não poderia ser, de novo, isso o que me salvaria?

Se não fosse assim, eu teria que encontrar algo que pudesse fazer. Mas já começava a notar essa sensação de inquietude na boca do estômago, essa desagradável cócega nos nervos que me marcava como adicta, por mais sã que eu estivesse. Esse era outro sinal de que havia chegado o momento de começar a decidir meu futuro.

Quando Liesl saiu para trabalhar à noite, me obriguei a procurar algo que fazer que não fosse dormir e chorar. Algo que não me levasse a recordar. Abri o Spotify e depois procurei alguma coisa para baixar no Kindle, já que Liesl não tinha nenhum livro em seu apartamento.

Contudo, nenhum romance me pegou. E não encontrei nada mais na internet, nem na televisão, que me servisse para ocupar minha mente. Não podia deixar de pensar, e enquanto eu começava a passar pelo processo da dor, meus pensamentos se convertiam em ideias obsessivas, como acontecia sempre que me encontrava com uma dor emocional. Alguns desses pensamentos não estavam nem mesmo completamente formados, eram apenas alguns impulsos instintivos. A necessidade de vê-lo, por exemplo. Não de falar com ele, mas de vê-lo a distância. A necessidade de sentir seu cheiro de novo. A necessidade de escutar sua voz.

Esse desejo estava me deixando louca.

E me irritava.

Porque eu era mais forte que tudo isso. Era mais forte que Hudson Pierce e Celia Werner. Não deixaria que eles me arrastassem de novo para voltar a ser a pessoa que fora antes.

Ela pensava que poderia me destruir?

Que fosse à merda. Eu já sobrevivera à tristeza antes. Podia conseguir isso novamente.

A adrenalina percorria meu corpo e, de repente, me senti invencível. Ou pelo menos mais capaz. Invencível seria ir um pouco longe demais. Então a canção "Roar" de Katy Perry apareceu na lista de reprodução e comecei a dar saltos pela sala, cantando a plenos pulmões.

Senti-me bem. Foi estimulante. Aquilo me deu energia.

Na sequência, tocou "So easy", de Phillip Phillips, e na hora as forças me abandonaram. "Você faz com que seja tão fácil...", cantava ele. A única coisa que eu podia escutar era Hudson dizendo isso para mim.

E tudo tinha sido uma mentira.

Eu me dissolvi em uma massa de lágrimas e soluços. Bem, outra noite de choradeira não seria a pior coisa do mundo. Sempre haveria um amanhã para ser forte.

21

No dia seguinte não me sentia mais forte, porém, mais decidida.

Planejar o futuro continuava parecendo para mim algo esmagador, mas eu poderia enfrentar o presente. *Passos de bebê*. Era o que eu tinha aprendido durante a terapia. E era algo que eu sabia fazer.

Peguei o lápis e papel e detalhei cada hora. Ver tudo por escrito me ajudaria, e desse modo não pensaria que as coisas seriam piores do que realmente eram. Comecei pela parte inferior da página, pois eu já tinha decidido ir à boate.

"Das oito da noite até às três da manhã, trabalho", escrevi.

Antes disso iria a uma sessão de grupo da terapia. Procurei na internet e encontrei uma às seis da tarde. Perfeito. Anotei na linha acima do horário de trabalho.

Na parte superior da página escrevi: "Tomar café da manhã, tomar banho e me vestir."

Depois: "Entrar às escondidas na cobertura e pegar alguma roupa."

Até escrever este último item tinha sido difícil. Dizer que parecia intimidante e assustador era eufemismo. Aquela cobertura fora o lugar onde Hudson e eu tínhamos começado, de verdade, a compartilhar nossa vida. Estaria cheio de lembranças dolorosas.

Porém, repassar as lembranças e enfrentá-las – isso fazia parte da cura.

Seguir a primeira linha de tarefas do dia foi mais fácil do que eu esperava. Consegui não vomitar o café da manhã. Encontrei uns shorts com cordão ajustável, na gaveta de Liesl, que não caíam da cintura.

– Quer que eu vá com você? – ofereceu-se Liesl, enquanto beliscava um bolo.

– Não. Eu tenho que ir sozinha. – Prendi o cabelo ainda úmido e fiz um rabo de cavalo. – Eu precisarei de você na próxima vez, quando eu for pegar todas as minhas coisas. Mas agora vou entrar correndo e preparar uma sacola que sirva para alguns dias. Vou me sentir bem quando puder colocar as minhas calcinhas outra vez. – Fiquei em pé e olhei para meus pés descalços. – Merda. Só tenho os sapatos de salto alto da festa.

– Eu lhe empresto alguns sapatos.

– Não calçamos o mesmo número.

Liesl era muito mais alta do que eu e mais corpulenta. Se não fosse pelo cordão, aquele short já estaria caindo.

Ela chutou para mim os chinelos que usava.

– Pode usar estes. Servem para vários tamanhos, é como tamanho único.

– Legal. – Deslizei os pés para dentro. Serviam. – Ótimo. E lá vou eu. Deseje-me sorte.

– Você não precisa de sorte. Você precisa disto. – Trouxe-me para perto dela e me deu um abraço. – Tem certeza de que ele não estará lá?

– Tenho.

Eu tinha telefonado para Norma para perguntar. Ela conversara com a secretária de Hudson e depois me dissera que ele estaria em reunião em seu escritório a tarde toda. Além disso, ele mesmo dissera para Liesl que não estava ficando na cobertura. Se fosse para acreditar de verdade, coisa que eu não iria fazer necessariamente, Hudson não iria para a cobertura de forma nenhuma. Bem, possivelmente nem sequer teria voltado para lá desde que chegara de Los Angeles. Mas isso eu descobriria em breve.

Como ainda era cedo, dei um tempo antes de ir para a cobertura. Apanhei o metrô em vez de táxi e não corri para o outro trem quando fiz a baldeação. Contudo, apesar de me esforçar em levar todo o tempo que pude, cheguei ao meu destino.

As lembranças apareceram antes de entrar no edifício. Fiquei do lado de fora, observando o nome do prédio nas letras gravadas na pedra em cima da porta principal. *The Bowery*. Em muitos aspectos, era como na primeira vez em que estive nesse lugar, quando me sentia nervosa e inquieta e não sabia o que me esperava ali dentro. Na época, meu estômago estava como se estivessem rodopiando milhares de borboletas. Agora, ele estava cheio de pedras. Embora nas duas ocasiões estivesse com um frio na barriga, havia uma clara diferença na gravidade. Uma sensação me levantava o ânimo. A outra, a de hoje, me afundava e me cravava à minha triste realidade.

Após tomar um pouco mais de ar fresco, entrei.

Enquanto subia no elevador, decidi ser prática no que tinha que fazer. E quando abri a porta da cobertura, me dirigi diretamente para meu armário. Coloquei minha roupa de baixo, um vestido e uns sapatos adequados para trabalhar. Depois, preparei uma bolsa de viagem com algumas peças de roupa para passar a semana. Tinha terminado tudo e estava pronta para sair em menos de quinze minutos.

No entanto, uma repentina onda de nostalgia me impediu de sair dali sem dar uma última olhada. Disse para mim mesma que era o melhor a fazer, assim veria algo que talvez estivesse esquecendo e deveria levar.

Isso mesmo. O melhor a fazer era isso.

Estava tudo quase exatamente da mesma forma como eu tinha deixado, salvo que a mulher da limpeza havia passado por ali. A lixeira e o lava-louças estavam vazios. O único sinal de desordem encontrava-se nos livros que eu tinha tirado da biblioteca. Tudo estava limpo e imaculado. O apartamento parecia vazio, abandonado. Solitário. O ambiente cálido que o havia preenchido em outro tempo tinha desaparecido. Parecia um cenário. Como se fosse um apartamento mobiliado que se vê nos lançamentos de prédios, onde, na realidade, ninguém vive. Como se ali não houvesse acontecido nada de especial nem maravilhoso.

Poderia ser a casa de qualquer um. Nada nos refletia. Como é que eu nunca havia me dado conta disso?

Supus que essa sensação de vazio era adequada ao meu humor atual.

No entanto, fez com que minha tristeza aumentasse. Eu havia me preparado para entrar e me encontrar com os fantasmas do nosso passado. O fato de que esses fantasmas não estivessem ali é que me surpreendeu.

De repente, senti o desespero de procurar algum tipo de vestígio nosso, onde quer que fosse. Deixei a bolsa no chão e corri de novo para nosso quarto. Lancei-me sobre a cama feita e enterrei a cara em um travesseiro. Parecia limpo. Tinham trocado os lençóis desde a última vez que tínhamos dormido ali, juntos. No armário de Hudson, vi apenas alguns cabides com roupas limpas e um cesto vazio. Finalmente, no banheiro, encontrei um pote com o gel de banho que ele usava. Eu o abri e senti o cheiro.

Meus joelhos tremiam. Deus, era ele, mas ao mesmo tempo não era. Aquele cheiro penetrou na minha pele e voltou a acordar a lembrança dele, reavivando sensações que eu queria esquecer.

Mas neste momento, eu não queria esquecer. Queria abraçar-me a tudo o que me restava dele. E aquele cheiro não era suficiente. Faltava o mais importante. Queria mais, queria tudo. E não podia encontrar o que eu desejava ali.

Reconheci imediatamente aquela sensação, a necessidade desesperada. Eu podia fazer com que ela desaparecesse se eu me esforçasse, se me centrasse, se me concentrasse de novo na minha lista de tarefas.

Mas eu não queria fazer isso. Queria seguir naquele desejo, deixar que me levasse aonde eu precisava ir. Por uma vez, apenas, quis ceder em lugar de enfrentar constantemente esse impulso. Queria cair no conforto dos velhos hábitos e deixar-me ser tragada por eles.

Talvez, somente por um dia, somente hoje, eu pudesse me deixar levar. Poderia ir ao *loft*, entrar às escondidas enquanto Hudson estava em suas reuniões e senti-lo na casa onde estava vivendo. Buscar pelos traços de sua existência. Cheirá-lo, senti-lo.

Não era nem um pouco saudável, mas seria apenas uma vez. Apenas uma vez não iria destruir-me. E, depois, eu poderia virar a página, iria para a minha sessão de terapia de grupo e voltaria a entrar nos eixos. Assim minha nova vida, minha vida sem Hudson, poderia começar de verdade.

Isso me parecia estupendo. Como se fosse um prazer inconfessável, daqueles cheios de culpa. Não era pior do que comer um sorvete inteiro de chocolate diretamente do pote. Sem pensar duas vezes, decidi fazer isso. Então, saí do prédio e parei um táxi, e fui para o edifício das Indústrias Pierce antes que pudesse mudar de ideia.

Menos mal que Norma havia me contado sobre a reunião de Hudson pela tarde. Assim, a probabilidade de me encontrar com ele não seria um problema. Ele estaria imerso em seu trabalho sem saber que eu estava justamente lá em cima. Isso deixava tudo mais atraente.

E quando abri a porta do *loft*, percebi. Exatamente o que eu sentia falta. A presença de Hudson. Ela flutuava no ar, mas não era somente seu cheiro, era também o seu calor. Os pelos dos meus braços se arrepiaram e senti um formigamento na pele. Era exatamente isso que eu estava desejando.

Deixei a bolsa de viagem ao lado da porta e explorei ainda mais o espaço, recordando o lugar em que tínhamos compartilhado nossa primeira vez, deslizando a mão pelo respaldar de seu sofá de couro ao passar. Depois, passei a outra mão pelos papéis de sua mesa enquanto explorava o *loft*. Na parte de trás, encontrei o elevador privado, que levava apenas a um lugar. Para seu escritório. Eu estava tão perto de Hudson. Coloquei a mão sobre o metal frio.

Tão perto. Tão longe.

Na cozinha, detive-me ao lado de uma caneca de café vazia que estava no balcão. Ele bebeu seu café aqui. Seus lábios tinham tocado a borda. Levantei a caneca até meu rosto. Apertei-a contra meu rosto. Estava fria, mas eu podia imaginá-la quente. Eu o imaginei tomando seu café nela, suavemente e com cuidado.

Sabia que estava me comportando como uma louca, mas não me importava com isso. Não poderia deixar de fazê-lo, nem mesmo se quisesse.

Em seguida, fui para o quarto. O quarto onde ele me teve pela primeira vez. Ele parecia tão incrível e, ao mesmo tempo, assustador. Eu achava que aquele homem estava fora do meu alcance e, no entanto, não pude evitar tentar me encaixar em seu mundo do modo como ele queria.

Meus olhos se fixaram no banheiro. Se eu entrasse agora, será que ainda continuaria presente o aroma de Hudson de sua ducha pela manhã? Eu iria lá depois.

Primeiro, a cama...

Joguei-me sobre o colchão, e desta vez, quando aspirei, eu o encontrei presente de forma evidente. Abracei com força o travesseiro e fechei os olhos, aspirando, exalando e aspirando-o de novo. E exalando-o. Aquele cheiro me tranquilizou, me acalmou. A dor em meu peito se aliviou um pouco. A tensão que eu sentia atrás das têmporas reduziu. E, pela primeira vez em vários dias, eu me senti bem.

Fechei os olhos e deixei que a fantasia me invadisse. Permiti-me esquecer da dor e da traição e fingi que Hudson e eu poderíamos voltar a estar juntos em todos os aspectos que havíamos estado até então. Imaginei seus lábios sobre mim, beijos imaginários ao longo dos meus cabelos e de meu torso, que me provocavam arrepios nas costas e que faziam com que os dedos dos meus pés se dobrassem. Adorando-me fisicamente, mas com tal concentração e atenção que esse esforço tinha que vir do amor puro e verdadeiro que ele sentia por mim.

Eu continuava deitada na cama, perdida nos meus sonhos, quando o elevador privado chegou ao hall ao lado.

Abri os olhos de repente. O quê? Era minha imaginação?

Então a voz de Hudson invadiu o ar.

Puta merda!

Ele estava falando com alguém. Ele não subiu sozinho.

Levantei-me da cama como pude e me agachei no chão enquanto pensava no que fazer. Parecia como se ele estivesse na parte de trás do apartamento, perto da cozinha. Fui de gatinhas até a parede ao lado da porta. Daquele lugar, eu poderia espiar para ter uma ideia da situação sem que eles me vissem da sala de estar. Enquanto não entrassem no quarto, não aconteceria nada de mau.

Mas se entrassem no quarto...

Juntando um pouco de coragem, estiquei o pescoço e vi Hudson em pé diante da geladeira aberta. Ele pegou uma garrafa de água e se voltou para a pessoa que o acompanhava, em minha direção.

Escondi a cabeça atrás da parede. *Será que ele tinha me visto?* Não, eu achava que não.

Merda, merda, merda. A única coisa que eu podia fazer era falar palavrões. E, além disso, rezar.

E escutar às escondidas.

– Fazia tempo que não vinha aqui. – Não tive a oportunidade de ver o rosto da visita, mas soube imediatamente quem era por sua voz. – Tinha esquecido o bom trabalho que realizei nesta casa.

– *Celia Werner.*

Senti meu peito apertado e meus olhos começarem a se encher de lágrimas.

Eu o havia deixado há apenas uma semana e ele já estava levando essa mulher ao *loft*? Por quê? Para celebrar minha destruição? Para planejar a próxima caça?

Para *conectar*?

Cada uma destas possibilidades era pior do que a anterior. Era um coração partido em cima de coração partido. Era como jogar sal sobre a ferida. Uma lição que me ensinaria a não voltar a deixar-me levar pelos meus desejos.

O salto alto de Celia soou sobre o piso de cimento.

Aonde ela vai?

Contive a respiração enquanto o meu coração batia com toda a velocidade. Talvez eu devesse me esconder no banheiro. Eles não iriam me ver caso viessem nesta direção. No entanto, eu não poderia ouvir o que diriam. Além do mais, se os dois fossem usar a cama...

Deus, eu não podia pensar nisso.

– Você se lembra de que eu tive que convencê-lo para que se decidisse pelo sofá de couro? – perguntou ela.

Ela estava na sala de estar. Se eles ficassem ali, eu poderia sair dessa.

– Não viemos aqui para recordar os velhos tempos. – A voz de Hudson soava fria.

Os passos dela se detiveram.

– *Para que viemos* aqui, então?

Sim, Hudson, fale. Embora eu não estivesse segura de querer saber...

– Porque temos que falar sobre alguns assuntos. E não é apropriado tratar disso em meu escritório.

– Bem, então não posso evitar pensar nos velhos tempos. Em outras conversas que não eram apropriadas em seu escritório.

Os saltos altos voltaram a clicar no piso e depois pararam. E então, o couro do sofá chiou quando ela se sentou.

Eu deixei escapar o ar de meus pulmões que estava segurando há algum tempo.

Agora eram os sapatos de Hudson que soavam no chão.

– Se quiser reviver aquela época, faça isso sozinha. – Sua voz se ouvia mais perto.

Merda, merda, merda! Ele estava vindo na minha direção.

Então, ouvi o tilintar do gelo no copo. Devagar, girei a cabeça. Ali estava Hudson, nem a três metros, preparando uma bebida no balcão para si mesmo. Se ele olhasse para baixo, me veria.

Fiquei imóvel, sem pestanejar, sem sequer respirar. Desejava fundir-me com a parede. O coração palpitava com tanta força que tinha quase certeza de que Hudson poderia ouvi-lo.

Mas não ouviu. Terminou de preparar a bebida e, a seguir, se voltou para Celia.

– Ora, vamos lá, Huds. – Seu tom de voz era brincalhão, bem ao contrário dele. – Você está se comportando como se nunca tivéssemos tido nossos bons momentos.

– Isso já faz uma eternidade, Celia. – Embora continuasse a apenas alguns passos de distância, sua voz soava longe. – É hora de virar a página.

Celia riu.

– Por causa dela?

– Por quem? Por Alayna? – Um arrepio percorreu meu corpo. Deus, quando ele pronunciava meu nome, embora falasse com outra pessoa, tinha o mesmo efeito como se ele estivesse dizendo para mim. – Sim. E não. – E fez uma pausa. – Já não estamos mais juntos.

Ouvi-lo dizer isso foi tão doloroso como quando eu o havia confessado para Mira. A verbalização fazia tudo ficar mais real. Mais definitivo.

Celia pareceu encantada com a notícia.

– E você acha que eu devo ficar triste?

– Por que eu deveria esperar por isso? Afinal de contas, isso era o que você queria.

Hudson caminhou em frente e desapareceu da minha vista. Então, houve outro ruído de móveis. Supus que ele havia se sentado na poltrona que estava bem em frente à Celia.

Esforcei-me para escutar o que os dois diziam, enquanto minha mente dava voltas. Será que eu deveria passar correndo para o outro lado do batente da porta? Se ele voltasse para o balcão do bar, seria melhor que eu estivesse mais escondida. Mas se algum deles fosse para o banheiro social, ficaria mais fácil me verem.

– Não – disse Celia. – O que eu queria era que ela ficasse louca depois do rompimento de vocês, e regressasse ao seu transtorno obsessivo.

Decidi ficar quieta.

– Pois isso não vai acontecer. Ela é mais forte do que você pensava.

Sim, isso era o que ele pensava, e aqui estava eu, escondida, porque havia feito exatamente o que ela havia predito e me havia tornado novamente uma perseguidora. Foi esmagador comprovar que Hudson pensava o contrário de Celia, que ele não soubesse que podia me destroçar dessa maneira. Hudson não sabia o quanto significava para mim?

Se Hudson não sabia, Celia sabia. Talvez fosse uma coisa de mulher, não sei.

– Pode ser. Não acredito muito. Quanto tempo faz que vocês romperam?

– Poucos dias.

– Ah! Dê tempo ao tempo. Ela vai voltar. Essa garota estava loucamente apaixonada por você. Não vai desaparecer tão facilmente. Ela não é desse tipo.

Senti uma tremenda vergonha ao notar a precisão com que ela me descrevia. Decidi que isso me serviria de estímulo para permanecer forte, do contrário, ela ganharia. Se bem que, tecnicamente, ela já havia ganhado. Afinal de contas, eu estava ali. Mas se ela não ficasse sabendo, então Celia não poderia cantar vitória, certo?

– Celia, já basta.

A brusca ordem de Hudson atraiu minha atenção.

– Você ainda continua insistindo em dizer que está apaixonado por ela?

Aquela pergunta me deixou com o cabelo em pé. Ele contou para ela que me amava...? Isso poderia significar que, no fundo, haveria algo de verdadeiro em toda a história?

Hudson não respondeu com palavras, mas deve ter afirmado com um gesto de cabeça, porque Celia zombou:

– Isso é ridículo, Hudson. Você nunca se apaixonou por ninguém. Não está em sua natureza. O que sente por ela é fascinação, e sabe lá Deus o motivo. Mas isso não é amor.

– E o que você sabe sobre amor?

Ele nunca havia falado num tom tão severo na minha presença. Celia voltou a rir.

– Tudo o que você me ensinou... Que é uma emoção fugaz que pode ser manipulada e inventada. Não é real. Nunca é.

– Já está na hora então de procurar outro professor. Não acredito em mais nada disso.

Encolhi as pernas contra o peito. Hudson agora acreditava no amor... Por minha causa? Essa descoberta me chegou ao coração e me suplicou que reconsiderasse o estado de nossa relação. Ah, o quanto eu gostaria de entregar-me ao seu amor! Queria convertê-lo em uma nova oportunidade para que voltássemos a ficar juntos.

Mas não podia. Ele tinha me enganado demais. Não importava que estivesse apaixonado. Ele merecia. Era a justa recompensa pelo que tinha feito comigo. Seu carma.

– Quem sabe deveria ser eu a professora durante algum tempo – sugeriu Celia. – Seja como for, já está na hora de mudar o jogo.

Ouviu-se o tilintar dos cubos de gelo. Talvez Hudson estivesse agitando seu copo. Depois uma pausa, enquanto bebia.

– Eu não quero mais continuar jogando, Celia.

– Você disse o mesmo com Stacy. E acabou mordendo a isca outra vez.

– Esse jogo foi coisa sua. Eu concordei em fingir por um tempo. Isso foi tudo. E não foi por você. Foi por ela. Não sei até que ponto você tinha jogado com a garota, mas havia chegado o momento de que parasse. Eu sabia que com aquele beijo tudo terminaria.

– Você está tentando me convencer que também sentia algo por Stacy?

– Você estava usando meu nome para ferrar a assistente da minha irmã. Isso terminaria voltando-se contra mim, cedo ou tarde. E ela era uma boa garota. Não merecia isso.

Eles conversavam rapidamente, uma declaração em cima da outra.

Então fizeram uma pausa, talvez porque Hudson estivesse dando outro gole em sua bebida.

– Foi por isso que eu o beijei naquela ocasião – concluiu depois.

Suas palavras ficaram flutuando no ar. Foram caindo sobre mim vagarosamente. E me irritaram. Eu não queria pensar que ele fosse o herói daquela situação, em nenhuma situação. Então, ele havia participado daquela farsa do beijo para ajudar Stacy? Ele poderia ter ajudado a moça de muitas outras formas. Isso não era suficiente para redimi-lo.

Ouvi o rangido do sofá. Talvez fosse somente Celia inclinando-se para frente, mas fiquei tensa, temendo que ela voltasse a se levantar.

No entanto, não se ouviu nenhum passo, somente a voz dela:

– E por que você aceitou participar no jogo com Alayna? Não venha me dizer que foi uma desculpa para ficar com ela.

Hudson deve ter assentido, porque Celia disse em seguida:

– Mentira. Você é você. Hudson Pierce. E teria encontrado qualquer outra maneira para ficar com ela.

– Enquanto eu mostrasse algum interesse por ela, você também o faria. Participar do seu jogo era o único modo de protegê-la.

– Até parece. – Celia repetiu o que eu estava pensando. – Se é verdade que você pensava que seu interesse por ela me atrairia, o melhor modo de protegê-la seria fugir dela. Para longe e a toda a velocidade. Não acredito nisso. Sim, você queria manter o jogo.

Eu odiava admitir que ela e eu tivéssemos a mesma opinião, mas era isso mesmo.

O que me surpreendeu foi a resposta de Hudson:

– Tem razão. Tinha que ter saído correndo. Não pude. Assim, escolhi a segunda opção, a melhor.

Recordei a primeira vez que tinha visto Hudson, no balcão da boate. Então soube na hora que se tratava de alguém de quem eu tinha que fugir. Inclusive as palavras "para longe e a toda a velocidade" me passaram pela cabeça naquele momento. Apesar do que meu instinto me dizia, embora conhecesse meus defeitos e meus pontos frágeis, eu fui atrás dele de qualquer maneira.

Será que eu poderia culpá-lo de ter feito o mesmo?

– Eu não queria jogar com ela – insistiu Hudson. – E não quero jogar nunca mais.

Mais movimentos. Então, Hudson voltou para a bancada do bar.

Eu devia ter saído daqui! Eu tinha que ter saído daqui! A minha pulsação acelerou e, de novo, contive a respiração.

– Hudson, você não está falando sério.

Celia também ficou em pé, seu salto a delatou.

Deus, por favor, não deixe que ela venha para o lado dele. Pelo menos Hudson estava concentrado em seu copo. Certamente, ela me veria se ficasse ali, em pé.

Mas, por sorte, Celia permaneceu onde estava.

– Você se lembra da sensação? – perguntou ela. – O pico de adrenalina. Planejar uma cena, sabendo exatamente como vai transcorrer, porque já estudou tão bem os personagens que sabe o que eles irão fazer no minuto seguinte. Não há nada igual.

– Você está destruindo a vida dessas pessoas!

– *Você* me ensinou a fazer isso!

– Então aprenda bem a lição: eu estava errado. Eu estava... totalmente errado.

As palavras deles iam e vinham. Meu coração seguiu batendo forte no meu peito enquanto discutiam. Eu estava excitada, vendo como Hudson enfrentava Celia.

Isso significava que eu a considerava uma inimiga mais perigosa do que ele? Por que eu queria que ele vencesse a disputa?

Até essa mesma tarde, eu pensava nos dois como sendo um casal. Um feito para o outro. Mas, neste momento, meus sentimentos estavam mudando um pouco.

Hudson voltou-se outra vez para olhar para ela.

– Celia, de todas as vidas que eu destruí, do que eu mais me arrependo foi o que fiz com a sua. Mas não posso mais continuar me responsabilizando por isso. Você tem que decidir quem você quer ser. Porque eu não quero mais ser assim.

As malditas lágrimas apareceram de novo em meus olhos. Não queria me mexer enquanto os dois continuassem em meu campo de visão, assim deixei que elas caíssem livremente. Se isso era verdade... Se Hudson realmente tinha parado com os jogos... Bem, isso me fazia sentir-me muito orgulhosa.

O que não sabia era por que isso me importava.

– Então, já que você quer, você está fora – respondeu Celia, resignada. – Muito bem. Mas eu não. Além disso, ainda não terminei meu experimento com Alayna Withers.

Meu estômago revirou. Meu rompimento com Hudson deveria ter-me concedido um indulto naquela porra de jogos. Eu nunca me livraria dessa mulher, não era verdade?

Hudson pensava que sim.

– Ah, sim, você terminou com Alayna. – Ele deu um passo adiante, e de novo se colocou fora de meu campo de visão. – E não me venha com a sua história de que você só joga para ganhar. Eu me lembro muito bem de algumas ocasiões nas quais você perdeu. Aliás, perdeu de goleada, se bem me recordo.

– Isso é crueldade.

Celia pareceu ter ficado magoada. Para mim era surpresa que essa cadela tivesse sentimentos.

– No entanto, não é esse um dos requisitos para jogar esse jogo, a crueldade? – Seu tom de voz era horrível e cáustico, e me deixou admirada e assustada. Fiquei com medo de saber que Hudson tinha isso dentro dele, mas, ao mesmo tempo, era um prazer que o usasse contra a minha arqui-inimiga.

– Diga-me, estou curioso – disse Hudson. – Qual era exatamente o seu plano com Alayna, afinal? Depois que eu desisti de romper com ela, você criou seu estratagema de ser amiguinha dela... Mas quando isso falhou, o que veio a seguir? Os livros com os recados, a perseguição por todos os lugares... O que você conseguiria com isso?

Eu poderia jurar que conseguia ouvir Celia encolher os ombros.

— Não sei. Levá-la ao limite. Conseguir que ela duvidasse de você. Afastá-lo dela.

Hudson riu.

— Isso me parece mais andar às cegas. Especular, adivinhar... Não era assim que jogávamos.

— Bem, funcionou, não é verdade? Vocês já não estão mais juntos.

Como eu desejava arrancar esse tom de alegria da voz dela com um chute no traseiro. Essa era outra das piores consequências de ter rompido com Hudson: Celia considerava isso uma vitória.

Mas ele não deixaria que ela levasse esse crédito.

— Embora você possa não acreditar, não tem nada a ver com o que você fez.

— Sério? Pois eu podia jurar que quando contei a ela que éramos amantes, esse foi o último prego no caixão. Sobretudo quando eu lhe dei provas.

— Que provas você daria de uma coisa que nunca aconteceu?

Embora ele houvesse me assegurado de que os dois nunca estiveram juntos, eu ainda continuava tendo minhas dúvidas. Sua palavra já não significava mais nada. Mas nesse momento... Nesse momento, eu soube que era verdade. Aqueles dois nunca haviam tido nenhuma relação amorosa. Pelo menos, isso era verdade.

– Eu contei a ela que você usava comigo o mesmo apelido carinhoso que usava com ela. Isso a deixou em pedacinhos...

– Pelo jeito, quem ficou em pedacinhos foi você.

– Cicatrizes de guerra – respondeu Celia com desdém.

A cara dela! Quase ia me esquecendo. Que droga, bem que eu queria ver os estragos do meu soco.

– A que apelido carinhoso você se refere?

Somente por essa pergunta, compreendi que ele nunca havia dito nada para Celia. Girei a cabeça em direção à sala, ansiosa por ouvir o que viria em seguir.

– "Princesa" – respondeu ela.

– Como caralhos você sabia disso? – Hudson estava furioso.

Então isso *tinha* sido só entre nós, afinal. Demorou, mas finalmente eu tinha algo onde me agarrar. Isso, a maneira como ele me chamava, seria a recordação que eu levaria como autêntica e verdadeira.

– Eu lhe pedi o celular um dia quando estávamos almoçando juntas. Vi algumas mensagens que vocês haviam trocado. Você a chamava de "princesa".

Mas que filha da puta! Eu queria me levantar dali e gritar com ela do outro lado da sala. Quase valeria a pena sair do meu esconderijo.

Quase.

A expressão no rosto de Hudson deve ter indicado que ele não gostara nada daquilo, a julgar pelo que Celia disse depois:

– Ah, vamos. Foi uma ótima jogada. Uma jogada muito boa, reconheça. E você está dizendo que não teve nada a ver com o rompimento entre vocês?

– Não. Sinceramente, acho que ela poderia ter sobrevivido a isso. – Sim, poderíamos ter sobrevivido a isso. – Foi a verdade que nos destroçou.

– A verdade? Você contou para ela?

Hudson a cortou:

– Contei tudo.

– Mas isso é contra as regr...

– Não há mais merda de regra nenhuma, Celia – interrompeu ele, de novo. – Acabou! Não vou jogar mais. E não vou mais discutir sobre Alayna com você, nem mais um minuto. – Seu tom de voz era definitivo.

Imaginei como seria seu aspecto neste momento: os ombros largos e retos, o rosto severo e impassível. Não havia modo de contrariá-lo quando ele ficava assim.

O salto alto dela voltou a soar.

Fiquei tensa.

Depois, o chiado do sofá de couro preencheu o ar.

– Mas, então, foi por isso que você me trouxe até aqui? Para dizer que vai parar de jogar? – Embora Celia tentasse aparentar enfado, notei por sua voz que ela estava decepcionada com a notícia.

– Você sabe que nem sequer joguei de verdade em todos esses anos. Exceto para bancar o seu peão... – Ouvi os passos de Hudson e, em seguida, o ruído dele sentando-se em sua poltrona. – Mas não, não é por isso que você está aqui. O que eu quero dizer é que *você vai* parar de fazer isso. Terminou, Celia. Nenhum jogo mais.

– Você está brincando comigo, não? Imagina, ninguém pode tomar essa decisão por mim.

Embora eu apreciasse que Hudson acreditasse poder convencer Celia a não continuar com sua atitude, também tive que reconhecer a coragem dela. Ela não era daquelas mulheres que se rendiam facilmente. Mesmo que Hudson pedisse com educação.

– Você tem razão quando acha que não posso controlar cada aspecto de sua vida – disse ele. – Tampouco essa é minha intenção. Mas o que eu posso lhe assegurar é que você não vai mais continuar incomodando nem a mim, nem a minha família, nem meus empregados e muito menos Alayna.

Lá estava, outra vez. O som do meu nome em seus lábios. Ele o pronunciava com cuidado, com grande reverência, como se tratasse de algo frágil e precioso... Ah... "princesa". Seu carinho por mim era... era profundo. Isso eu não podia negar.

Dar-me conta disso só me fazia sentir mais dor.

A resposta de Celia evitou que eu desmoronasse numa espiral de soluços e lágrimas.

– Acaba sendo hilário que você pense que pode exercer algum tipo de controle sobre mim. E o que você diz não faz mais do que me levar a provar o quanto você está errado. Além do mais, embora tenha aceitado não apresentar a denúncia, eu já disse que não terminei meu jogo com Alayna.

– Sim. Você terminou sim, Celia. – Novamente Hudson falou com autoridade. – Embora esperasse que você fosse abrir mão dessa coisa em nome de nossa amizade, ou do que quer que um dia tivemos, eu tinha um pressentimento de que você não cederia. Então, tomei algumas medidas de segurança.

– Você me deixa intrigada.

E a mim também.

– Permita-me falar da empresa que acabo de comprar. – O tom de Hudson possuía uma vitalidade pouco habitual. – Para falar a verdade, vou fazer melhor, vou lhe apresentar a documentação.

Uma vez mais, o meu coração começou a bater com toda a velocidade quando Hudson levantou-se e começou a andar. Porém, parecia que ele estava se distanciando. Depois, ouvi ruído de papéis. Ele estava em seu escritório. Logo em seguida, regressou para onde estava antes. Uma vez mais, escutei o chiado de sua poltrona. Ouvi mais ruídos de papéis e depois o som de um movimento único, como se alguém estivesse passando um monte de folhas e, logo, um silêncio periódico, a cada vez que a pessoa parava para ler. Eu conseguia até ver a cena, as unhas francesinhas de Celia, recém-saídas da manicure, virando página por página. Uma após a outra.

O que seria aquilo? Eu estava ansiosa por saber. Embora não fosse possível que eu espiasse o que Celia estava lendo, já não estava suportando mais – eu tinha que dar um jeito de olhar. Se os dois estivessem enterrados na papelada, eles não me veriam. Por isso, fui me arrastando de joelhos e olhei pela porta.

Ela estava sentada, como eu havia imaginado, no sofá, com uma pasta de papelão marrom na mão e com o cenho franzido. Estava com o cabelo preso, como era seu costume, e estava com um curativo no nariz. Contusões pretas e azuis projetavam-se por baixo da gaze.

Não pude evitar de sorrir ao vê-la machucada daquele jeito.

Ela arregalou os olhos e de repente levantou a cabeça para olhar Hudson, que estava de costas para mim. Rapidamente me encolhi, porque não queria que ela me descobrisse.

– Como você fez...? – perguntou Celia.

– Com muito sigilo. – Ele estava orgulhoso. Dava para perceber isso pelo tom de voz de Hudson, embora tranquilo. – Tenho que admitir, não foi fácil. Tive que convencer uma outra companhia para que comprassem parte das ações e, depois, eu comprei essa companhia. Você não quer mesmo saber os detalhes, quer?

O negócio em que ele estava trabalhando... Então, ele tinha a ver com a Celia?

– Os contratos já estão assinados, agora – resumiu ele. – Isso é o que importa, na verdade. Oficialmente, sou o sócio majoritário da Werner Media Corporation.

Afoguei um grito e, na sequência, levei a mão à boca talvez tarde demais. *Porra!* Será que eles me ouviram engasgar com o grito? Ou ouviram o tapa que dei na boca? Agora meu coração batia com mais força do que durante todo o tempo em que havia estado escondida. Certamente eles ouviriam isso...

Porém, se ouviram, não deram nenhuma indicação.

– E você acaba de me dizer que parou de jogar – falou Celia com voz baixa e com seriedade.

– Sim, mas eu tinha que fazer um último movimento – respondeu ele.

E que movimento foi esse! E que jogada! Werner Media Corporation, a empresa da família de Celia. Hudson a havia comprado? Aquilo era... aquilo era *muito grande*.

Ela deixou escapar um longo e lento suspiro... Achei que tinha sido ela, embora não pudesse ver.

– Então isso quer dizer... Um xeque-mate, certo?

– Você é quem deve saber. – Notava-se um tom triunfal na voz de Hudson.

– Quais são seus planos para a Werner Media?

Ela iria lutar até o final. Muitas pessoas ficariam impressionadas por seu empenho.

Imaginei que, há algum tempo, Hudson fora exatamente assim.

E quanto a mim, Hudson havia me deixado impressionada.

— No momento, não tenho planos. A empresa vai bem como está. Warren Werner é sem dúvida o homem indicado para dirigi-la. No entanto, se houvesse alguma razão pela qual sua presença não fosse mais necessária... – Hudson deixou sua ameaça flutuando no ar.

— Isso acabaria com ele – disse Celia em voz baixa.

— Imagino que apenas pelo fato de ficar sabendo que já não tem a participação majoritária e o controle da empresa, ele se sentiria destruído. Por agora, a verdade está oculta. Ele não tem nem ideia de que já não está no comando. Você gostaria que isso mudasse?

— Não – respondeu ela.

— Você tem alguma ideia, ou pretende fazer alguma coisa, que me obrigue a mudar meu atual plano de negócios?

Sua derrota ficou refletida na simples resposta de uma única palavra:

— Não.

— Então, sim: isso foi um xeque-mate.

Todos nós ficamos em silêncio durante vários minutos depois que ele declarou que o jogo tinha terminado. Eu sentia um formigueiro na pele enquanto a vitória de Hudson se assentava ao meu redor. Um sorriso enfeitava meus lábios e uma mescla de muitas emoções me invadia, poucas delas suficientemente claras para que se estabelecessem por mais tempo. Algumas, sim, eu consegui identificar imediatamente: surpresa, gratidão, alívio e triunfo. Outras... essas eram mais difíceis de distinguir através do manto da dor que ainda me cobria da cabeça aos pés. Existia algum sentimento de perdão dirigido a Hudson no meio de tudo isso? Existia algum toque de esperança, talvez?

Amor, havia amor. Sempre havia amor.

– Suponho que já esteja na hora de ir-me embora – disse Celia, por fim.

– Sim. Eu a acompanho até a porta.

Eles não iam voltar pelo escritório. Dar-me conta disso me fez sentir uma pontada de pânico. Hudson não ia descer. E minha bolsa de viagem... Ela estava ao lado da porta.

Uma vez mais, contive a respiração enquanto eles atravessavam a sala. Eu ouvi a porta se abrir. Na entrada, os dois estariam de costas para mim. Eu tinha que ver o que estava acontecendo.

Voltei a ficar de joelhos e olhei pelo vão da porta. Hudson manteve a porta aberta para que Celia passasse. Ele começou a fechá-la depois que ela saiu – *puta merda, ele ia ficar aqui!* – e então, seu olhar pousou sobre minha bolsa.

Hudson ficou ali durante meio segundo. Depois, ele levantou os olhos para vasculhar o ambiente.

Eu não me mexi. Eu queria que ele me encontrasse?

Ele conseguiu.

Nossos olhos se olharam e a intensidade de sua expressão... foi, não sei... devoradora? Talvez eu não soubesse interpretar todas as emoções que estava sentindo, mas em seu olhar eu vi três com clareza: surpresa, euforia e... tão claro como o dia, amor.

Se ele se aproximasse de mim nesse momento, tinha certeza de que eu me deixaria abraçar por ele.

Mas não foi isso que ele fez.

– Segure o elevador – disse Hudson a Celia, sem afastar os olhos de mim.

Seu lábio se curvou levemente para dedicar-me um meio sorriso. Depois saiu, e fechou a porta atrás dele.

22

Nove da manhã chegou muito cedo, depois de ter trabalhado até às três da madrugada. Olhei por debaixo das minhas pálpebras para o sol, que de repente encheu a sala.

– Ei – gemi. – Eu mantive as cortinas fechadas por uma razão.

– Azar. Você já dormiu o suficiente. – Liesl cutucou meu pé, que estava fora da parte inferior do colchão. – Levanta.

– Mas, mãe, eu não quero. – Esfreguei os olhos e me sentei. Olhei para o relógio. Na verdade, já era depois das nove. Devo ter apertado o botão de soneca no despertador um bocado de vezes. – Por que você está acordada a essa hora, afinal?

Eu fizera um turno mais curto, mas Liesl tinha ficado até o fim. Isso significava que ela, provavelmente, só estava em casa há duas horas. Engraçado, ela não me acordou quando entrou.

Então eu percebi, eu *tinha* acordado agora porque ela estava chegando em casa.

– Fiz um passeio com um dos frequentadores regulares. – Ela balançou as sobrancelhas. – E quando eu digo passeio, não quero dizer num carro.

O sexo ficava bem em Liesl. Suas bochechas estavam rosadas e os olhos mais brilhantes. Uma parte de mim sempre teve ciúmes de sua capacidade de dormir com pessoas aleatórias e não se apegar a nenhuma delas. Só que, nesta manhã, pensar em sexo só me deixou mais triste.

Meu rosto deve ter demonstrado os meus pensamentos, porque sem que eu percebesse direito o que estava acontecendo, Liesl se arrastou para a cama e colocou os braços em volta de mim, num abraço gigante de amiga.

Suspirei em seu abraço. Era tão bom ser tocada, ser cuidada por alguém que se importasse...

Ela beijou minha testa.

– Você vai ficar bem hoje?

Dei de ombros contra seus braços.

– Hudson não deverá estar na reinauguração da loja da irmã. Então, acho que sim. – Dizer o nome dele fez meu coração saltar e afundar, tudo ao mesmo tempo.

Depois que Hudson saiu do *loft*, eu esperava que ele fosse para a boate durante o meu turno. Ou que ligasse. Ou que me procurasse de algum jeito, porque havia muito o que dizer, depois de tudo o que eu tinha testemunhado. Mas talvez ele não estivesse interessado.

Liesl me soltou e bateu levemente no meu nariz com o dedo.

– O que é essa carranca, então? Você queria que ele fosse na reinauguração da loja, não é?

Será que era isso que eu queria?

– Eu não sei. – Apesar de não querer vê-lo, eu desejava que ele quisesse me ver, se é que isso fazia algum sentido.

Abracei meus joelhos contra o meu peito.

– Por que você acha que ele não tentou falar comigo?

– Talvez ele esteja respeitando o seu espaço.

As lembranças tomaram conta de mim; o tempo em que Hudson tinha forçado o seu caminho em minha vida, todas as vezes quando eu tinha tentado afastá-lo...

– Hudson nunca foi de respeitar meu espaço. – Talvez aquele não tivesse sido o verdadeiro Hudson Pierce. Era preferível pensar isso a começar a acreditar que ele realmente tinha desistido de mim tão facilmente. – Acho que pensei que ele fosse lutar por mim. Especialmente depois do que ele fez ontem. Depois que ele me viu.

Liesl inclinou a cabeça.

– Quer ouvir o que eu acho?

– Provavelmente não, mas eu tenho certeza de que você vai me dizer, de qualquer maneira.

– Pois vou, mesmo. – Ela colocou as pernas sob o corpo. – Eu acho que, muito provavelmente, ainda é muito cedo para descobrir se ele vai lutar por você, ou se você pelo menos vai querer que ele faça isso.

– Eu não sei se quero o Hudson lutando por mim. – Mas eu meio que queria.

Ela sacudiu um dedo para mim.

– Não, não. Ainda é muito cedo...

Talvez ela estivesse certa. Uma miríade de emoções tinha me engolfado na semana passada. Qual delas iria perdurar? Num mês a partir de agora, qual dos sentimentos iria me dominar? E em um ano? Traição? Mágoa? Ou seria o amor?

Liesl estava certa. Era muito cedo para saber.

Ela estendeu a mão para apertar a minha.

– Estou orgulhosa de você, Laynie. Você conseguiu passar por esta semana. Depois, se aguentou no trabalho na noite passada. E ainda vai ao evento da irmã dele... E só teve um colapso obsessivo. Eu acho que você se aguentou muito bem.

Era incrível como ela fazia o mero fato de viver se parecer com uma realização extraordinária. Mas, na verdade, aquilo que eu tinha feito parecia mesmo um sucesso. Um pouco de orgulho encheu o meu peito.

Mas aquela dor sempre presente não foi embora. Mordi o lábio.

– Eu sinto falta dele.

Liesl se inclinou e beijou o meu cabelo.

– Eu sei. E isso pode piorar antes de melhorar.

– Sim.

A butique de Mirabelle estava enlouquecida quando cheguei, apesar do evento não estar previsto para começar senão dentro de duas horas. A loja fervilhava com floristas e modelos e garçons e novos funcionários. Levei um tempo para encontrar alguém que eu conhecesse no meio da multidão, mas finalmente consegui localizar Adam provando – ou roubando, mesmo – um morango com cobertura de chocolate de uma bandeja de comida.

Ele fez uma pausa para terminar de mastigar antes de falar comigo.

– Laynie, é bom ver você.

O rapaz me deu um abraço, o que foi um pouco estranho, já que ele nunca tinha sido tão dado comigo.

– Estou tão feliz por você estar aqui. Por favor, fale com Mira para ela parar de correr, tudo bem? Ela precisa sentar e colocar os pés para cima. Eu juro por Deus que, depois de hoje, se ela não começar a dar um tempo e se acalmar, eu vou acorrentá-la à cama.

– Isso parece um pouco pessoal – provoquei. – Onde ela está agora?

Adam me levou para a oficina que ficava na parte dos fundos. Lá encontrei ainda mais modelos, mais funcionários e Mira, orientando todos.

– Você está aqui! – exclamou ela quando me viu. Apesar de sua expressão e do sorriso serem brilhantes, as bolsas sob os olhos mostravam sua exaustão. – Eu tinha medo de que você desistisse no último minuto.

Eu tinha tido um pouco de medo da mesma coisa.

– Não. Eu estou aqui. Você tem tempo para me mostrar tudo? – Talvez, se eu conseguisse distraí-la, isso mantivesse sua pressão arterial estável, enquanto ela se preocupava com os detalhes do evento. – Ou você prefere que eu me vista primeiro? – Eu não gostaria que ela se estressasse sobre isso também

– Vista-se primeiro e depois nós vamos.

O vestido que ela havia escolhido para mim estava deslumbrante, especialmente com as alterações que tinha feito. Olhando-me no espelho do provador, não pude evitar de me lembrar do dia em que o provara pela primeira vez. Foi o dia em que Stacy me enviou o vídeo. Aquele foi o começo do fim, não foi? Se eu não tivesse deixado a minha curiosidade tomar conta de mim...

Balancei a cabeça, jogando o pensamento de lado. Hoje, eu não ficaria triste. O dia era de Mira, e eu não poderia me permitir estragar tudo. Mesmo que eu tivesse passado rímel à prova d'água, chorar não ia bem com maquiagem.

Além disso, eu não poderia desejar que nada fosse diferente do que estava sendo. Claro, eu tinha sido muito feliz com Hudson, mas aquilo tinha sido uma mentira. A verdade teria aparecido, cedo ou tarde. Melhor agora do que mais tarde.

Quando já estava vestida, encontrei Mira, desta vez sentada numa cadeira, enquanto gritava com as pessoas, dando ordens a torto e a direito. Adam deve ter obrigado a mulher a se sentar.

Ela se levantou quando me viu, porém, com os olhos arregalados.

– Ah meu Deus, você é tão bonita! Definitivamente, vai ser a última, o *grand finale* do dia. Droga, como eu queria que Hudson pudesse vê-la. – E bateu a mão sobre a boca, antes que eu pudesse repreendê-la. – Desculpe. Escorregou. Vai demorar um pouco para eu me acostumar com a nova situação.

– Sim, eu entendo isso.

Eu mesma ainda estava me ajustando.

Mira passou o braço em torno do meu.

– Deixe-me lhe mostrar o meu bebê. Bem, um dos meus filhotinhos. – A modificação na loja ficara bonita, mas simples. Havia mais espaço para exibir as roupas, mais alguns provadores, uma oficina e ateliê maiores para os funcionários e uma pequena passarela.

– Essa passarela é onde vamos fazer o desfile de hoje. No futuro, será para as coleções particulares – explicou Mira quando terminamos a visita. – Algumas dessas ricaças têm muita preguiça para experimentar suas próprias roupas, por isso temos modelos contratadas para fazer isso por elas.

Eu ri. Mira era uma Pierce, e era provavelmente mais rica do que qualquer uma de suas clientes, mas ela não era nem preguiçosa, nem indolente. No entanto, eu certamente podia ver sua mãe como uma das mulheres às quais estava se referindo.

– Falando nisso – comentei, olhando ao redor da loja para ver se conseguia encontrá-la. – Onde está Sophia? Ela não virá?

– Hum, não. – Ela se inclinou para pegar um pedaço de fiapo de tecido da minha saia. – Eu a bani daqui, junto com Hudson.

– O quê?

Não é que eu estivesse desapontada com a ausência de Sophia. Do jeito que a tinha visto da última vez em uma situação pública, tão bêbada e descontrolada, era provavelmente uma boa ideia ela não estar aqui hoje.

Mira se endireitou, mas manteve os olhos baixos.

– Segui o seu conselho. Nós organizamos uma intervenção.

– Ah, meu Deus, Mira! – Cheguei a minha mão mais perto para tocar seu braço.

Em vez disso, ela deslizou a mão dela na minha.

– Foi difícil, mas Hudson, Chandler, Adam e até papai estavam todos lá. Nós nos sentamos juntos dela e dissemos que ela precisava de ajuda. – Mira olhou nos meus olhos e deu um sorriso um tanto forçado.

Eu apertei sua mão.

– Quando isso aconteceu?

E como Hudson está lidando com isso?

– Na noite passada. Ela não queria ouvir, é claro. Mas quando eu disse que ela não poderia mais fazer parte da minha vida se não procurasse ajuda, ela concordou. Mamãe deu entrada nesta manhã numa clínica de desintoxicação no norte do estado. Hudson, papai e Chandler a levaram para lá.

– Uau.

Meu peito doía de uma maneira que era diferente dos últimos dias. Em vez de sofrer por causa de Hudson, eu sofria por ele.

– Sabe, eu nunca vi minha mãe sóbria, então ela até pode ser mesmo uma cadela. Mas, pelo menos, posso confiar em que ela não vai derrubar o meu bebê.

Empurrei os pensamentos em Hudson para fora da minha mente, mais uma vez, e estudei aquela mulher bonita na minha frente. Embora eu tivesse 26 e ela 24 anos de idade, Mira me parecia a pessoa mais genuína e madura que eu conhecia. Uma contradição com seu irmão. Uma contradição comigo mesma.

Ela corou sob o meu olhar.

– O que foi?

– Nada... Eu só estou realmente impressionada com você. Isso é difícil de aguentar... Você apoiar desse jeito alguém que ama, e hoje ainda tem esse evento... Como você está lidando com tudo isso?

– Honestamente, exceto por estar cansada, me sinto muito bem. – Era a sua vez de apertar a minha mão. – As únicas coisas que me preocupam agora são você e meu irmão.

Eu puxei minha mão da dela.

– Já estou me sentindo péssima o suficiente sem o sentimento de culpa, obrigada. – Fiquei estudando os meus sapatos, com medo de que mais alguma demonstração de emoção pudesse me derrubar ali mesmo.

– Ele nos contou o que fez com você.

Meus olhos voaram de volta ao encontro dela.

– O quê?

– Durante a conversa sobre a intervenção da mamãe. Hudson disse que, se quiséssemos manter alguma esperança de ser uma família, então precisávamos enfrentar nossas falhas e assumir nossos erros. Ele voltou para a terapia, nesta semana, e eu acho que o seu médico o encorajou a ser aberto com a gente. Então ele assumiu a cachorrada que aprontou. – Sua expressão ficou séria e triste. – Eu sinto muito que ele tenha feito isso com você, Laynie. Realmente, sinto muito. Saiba que não vou defendê-lo. Mas preciso dizer que Hudson está cheio de remorso.

– Eu... – Minha garganta se apertou. – Droga, Mira, você está me fazendo chorar.

Ela agarrou meus braços.

– Não chore! Senão, vou chorar junto e isso vai ser um desastre. Sem mais conversas sérias, então, a não ser para dizer que eu amo você. Obrigada por estar aqui.

– Eu não perderia isso por nada no mundo.

Havia um pouco mais nessa coisa de ser modelo do que ficar em pé e sorridente. Eu também tive que descer aquela curta passarela, fazer uma pose e retornar. Apesar de o lugar parecer estar cheio de modelos, havia apenas sete de nós no show. Fomos capazes de andar na passarela muitas vezes no ensaio, de forma que, quando o evento real começou, eu não estava tão nervosa a ponto de pensar que não conseguiria desfilar.

Francamente, eu estava feliz por ter uma emoção diferente da dor. Agarrei-me a ela. E a envolvi em torno de mim como se fosse um cobertor.

Às duas horas, as portas foram abertas e o evento começou. Não foi um grande alvoroço como o desfile de moda de caridade em que Sophia Pierce foi a anfitriã, mas era elegante e importante à sua própria maneira. Mira era como uma bela ave, flutuando ao redor do salão, conversando com grandes estilistas e com os principais clientes que tinham sido convidados.

Depois havia a imprensa, eles podiam entrar apenas com o convite e foram todos colocados numa área perto da passarela, o que os tornava menos intimidadores – ao menos, para mim. Não cheguei perto o suficiente para que eles me perseguissem com suas perguntas. Se quisessem saber sobre mim e Hudson, os repórteres teriam que perguntar a ele.

Será que eles ainda perguntariam? Quando a próxima garota aparecesse pendurada no braço dele, debaixo dos holofotes, será que os repórteres iriam perguntar a ela o que havia acontecido com a gerente da boate, da mesma forma que perguntaram sobre Celia na minha frente?

Havia tantas coisas horríveis sobre essa ideia, que eu tive que bloqueá-la com uma taça de champanhe.

Às 14:45, eu me alinhei com as outras modelos ao longo da passarela. Era aqui que deveríamos ficar enquanto cada modelo desfilasse. Minha colocação, como a última do desfile, me fez desejar que já estivéssemos andando para fora da passarela, em vez de ter de esperar lá o tempo todo. Parecia que eram horas que eu teria que ficar lá parada e sorrindo, enquanto as outras mulheres caminhavam e posavam. Stacy descrevia cada item dando crédito ao designer e, em seguida, explicando as alterações individuais feitas pela butique para fazer com que a roupa ficasse perfeita para a cliente.

Finalmente chegou a minha vez. Caminhei até o final da passarela com um sorriso que foi surpreendentemente autêntico. Sentia um frio na barriga enquanto ficava lá, parada na outra ponta, ao mesmo tempo em que Stacy falava sobre meu vestido. Fotógrafos estavam piscando lâmpadas de flash em cima de mim, mas o ambiente não estava escuro como num desfile de moda típico, e eu podia realmente ver o rosto dos espectadores quando lancei meu olhar ao redor das pessoas no salão.

Por isso avistei Hudson tão facilmente.

Lá, na parte de trás da sala, encostado contra a parede. Seu cabelo estava despenteado e ele estava vestido de modo simples, numa camiseta e jeans. Seus olhos estavam presos em mim... Caramba, o foco todo da sala estava em mim, mas eram dele os únicos olhos que eu sentia. Mesmo com toda a distância que existia entre nós dois, eu podia sentir aquela corrente elétrica me fazendo ferver, agitando as borboletas que dançavam freneticamente em minha barriga.

Nossos olhares se encontraram e, mesmo tentando evitar que isso acontecesse, meu sorriso se ampliou.

Deus, era muito bom vê-lo.

Então, Stacy terminou seu discurso, a multidão aplaudiu e era hora de me virar e caminhar de volta para o meu lugar, no fundo da passarela, junto com as outras meninas. Com as minhas costas voltadas para ele, a euforia momentânea desapareceu, e toda a dor abateu-se sobre mim, como se fosse um caminhão me atropelando. A farsa, a mágoa, todo aquele lixo... E ele supostamente não deveria estar lá!

Embora eu fosse a última modelo a desfilar, teria que permanecer na passarela enquanto Stacy apresentava Mira, e, então, enquanto a anfitriã falava das reformas e fazia seus agradecimentos, eu ainda estava sob as luzes, mas não conseguia parar de me remexer, limpando a palma das mãos suadas nos lados da minha saia.

Ele estava aqui, ele estava aqui. O que eu faria?

Eu tentei manter minha atenção em Mira, mas meus olhos continuavam disparando de volta para Hudson. E, toda vez, ele estava olhando para mim. Não seria fácil escapar dali. Especialmente porque eu não podia simplesmente sair sem minha bolsa e meus pertences que ainda estavam no ateliê. Eu poderia deixar a minha roupa, mas precisava de dinheiro para um táxi ou o meu cartão do metrô. Hudson estava do outro lado do salão, que estava cheio de gente, então talvez eu conseguisse escapulir antes que ele me alcançasse.

No minuto em que os aplausos finais começaram, fugi. O mais discretamente possível, desci da passarela e fui para a sala dos fundos, na esperança de que Hudson não me visse e não me seguisse.

Ou esperando que ele me seguisse. Não conseguia decidir direito...

Claro que as minhas coisas estavam no último provador, no corredor, mas consegui chegar lá sem ninguém atrás de mim. Minhas mãos tremiam enquanto eu juntava minhas roupas do chão onde eu as tinha deixado. Olhando em volta, percebi que não tinha nada para carregá-las, nenhuma sacola, nada. *Merda.*

Eu poderia me trocar. Ou levá-las mais tarde.

Mais tarde.

Eu deveria ter, no mínimo, dobrado a roupa, mas não havia tempo para isso. Então, coloquei todas sobre a cadeira do provador, peguei minha bolsa no canto da sala onde eu a tinha guardado e me virei para ir embora.

Mas lá estava ele, ocupando toda a moldura da porta.

Meus ombros caíram, mas meu coração estúpido fez uma pequena dança.

Droga, os sentimentos estavam confusos.

Ele parecia ainda mais lindo de perto. Seria possível que ele tenha ficado mais atraente durante o tempo em que ficamos separados? Sua camiseta azul-cinza abraçava os seus músculos, que pareciam mais pronunciados do que eu me lembrava. Seu jeans escuro desbotado se pendurava em torno de seus quadris estreitos. Os olhos eram suaves e tristes, com bolsas debaixo deles que combinavam com as de sua irmã. Combinavam com as minhas...

E a maneira como ele olhou para mim... Como se eu fosse mais do que uma garota de coração partido, boba e emotiva. Como se eu fosse alguém com quem ele realmente se importasse. Como se eu fosse alguém que ele amava.

– Ei – disse ele suavemente.

Sua voz parecia como o flautista de Hamelin, chamando os arrepios à superfície da minha pele com apenas uma palavra. Será que ele de algum jeito sabia que tinha esse efeito sobre mim?

A maneira como suas mãos estavam nos bolsos, elas faziam com que aquele homem parecesse tão pueril e inocente, então de fato eu tinha que pensar que ele não fazia ideia, mesmo.

Exceto que, não importando como ele estava, Hudson não era inocente. Nem um pouco. A forma como ele aparecera aqui, era totalmente manipuladora.

Eu cruzei os braços sobre o peito, como se isso pudesse me proteger de seu olhar penetrante.

– Você não deveria estar aqui, Hudson. Mira me prometeu que não estaria.

Ele franziu os lábios.

– Mira não teve nada a ver com a minha vinda.

Eu comecei a dizer algo sarcástico, e, em seguida, suavizei meu tom quando me lembrei de onde ele deveria estar.

– Você não estava levando Sophia para a reabilitação?

Deus, essa foi contundente.

Eu queria dizer algo mais reconfortante, algo para deixá-lo saber que eu estava solidária com ele, mas fiquei com medo de que minha compaixão pudesse ser interpretada como algo mais. Então deixei por isso mesmo.

– Isso já foi feito. Então, apressei-me em voltar. – Ele deu um passo para dentro da sala. – Assim, eu poderia conversar com você.

Seu tom de voz era tão calmo, não se parecia em nada com o Hudson que eu conhecia, e isso me deixou fora de equilíbrio.

A sua presença, em geral, me deixava fora de equilíbrio.

Eu suspirei, balançando de um pé para o outro. Eu deveria sair. Ir embora daqui. Mas havia coisas que eu queria ouvi-lo dizer, podendo ou não acreditar nelas.

– Se você queria tanto falar comigo, por que foi embora ontem rapidamente?

– Eu tinha que estar com os meus pais para propor a intervenção. Se eu ficasse, não teria sido capaz de ir embora. Já foi bastante difícil deixar as coisas como estavam. – Ele inclinou a cabeça. – E eu pensei que talvez fosse melhor deixar que você tivesse seu espaço.

Se ele não parasse de dizer as coisas certas, eu estava ferrada.

Mas o que eu estou dizendo? Estou ferrada de qualquer maneira.

Encostei-me contra a parede atrás de mim.

– Mas você está aqui agora. – *Quando ele tinha prometido que não estaria.* – Como é que isso é me deixar ter meu espaço?

Será que eu realmente queria espaço? Era difícil responder a essa pergunta. Por um lado, as paredes do provador pareciam que estavam se fechando em torno de mim. Por outro lado, a distância entre Hudson e mim parecia maior do que o Mississippi.

– Eu não conseguia mais ficar longe... – Por mais longe que Hudson estivesse, suas palavras encontraram o seu destino, e penetraram através do gelo que recobria o meu coração. – Por que você estava no *loft*?

Eu não conseguia mais ficar longe.

– Porque eu sou mais fraca do que você pensa.

Ele olhou para a parede em branco que estava ao nosso lado, enquanto coçava a parte de trás do pescoço.

– Eu estava esperando que não fosse fraqueza, mas um sinal de que você ainda se importava.

Seus olhos viraram de volta para mim, em busca de minha reação.

Eu quase ri.

– Claro que eu ainda me importo, seu idiota. Eu estou apaixonada por você. Você esfacelou a porra do meu coração.

Seus olhos se fecharam em um longo piscar.

– Alayna, deixe-me consertar isso.

– Você não pode mais.

– Deixe-me tentar.

– Como? – Era uma pergunta retórica, porque não havia resposta para ela. – Mesmo que eu seja capaz de descobrir uma maneira de perdoar você, não posso mais confiar... Entende? Eu nunca poderia acreditar que você realmente estaria comigo por outra razão qualquer que não fosse para continuar o seu jogo doentio.

Ele se encolheu apenas ligeiramente.

– Eu larguei tudo isso. Você me ouviu.

Mas eu dei de ombros.

– Talvez tenha sido tudo uma encenação. Talvez você soubesse que eu estava lá o tempo todo.

Ele não sabia que eu estava lá, porque percebi que sua expressão de surpresa quando ele me viu era genuína. Mas ainda havia toneladas de amargura dentro de mim que eu tinha que expurgar.

– Você não acredita nisso.

Eu fiz um som de desaprovação na parte de trás da minha garganta.

– É difícil de acreditar em qualquer coisa depois de ter sido totalmente enganada.

– Para seu esclarecimento – e Hudson se inclinou para pegar os meus olhos com os dele – eu não mentiria para você sobre nós. Tudo o que eu sempre disse e fiz com você foi honesto.

– Toda a circunstância que envolvia aquela coisa de "vamos fingir que você é minha namorada" era uma mentira.

– Sim, mas só foi isso. Cada toque, cada beijo, cada momento entre você e mim, princesa... nada disso era fingimento. Eu não *queria* fingir com você. Eu queria que cada experiência com você, cada momento, que cada instante fossem completamente genuínos. Você é a primeira pessoa que eu já deixei entrar, a primeira pessoa que já viu o meu verdadeiro eu através de todas as besteiras. – Sua voz diminuiu até quase sumir. – Você é a primeira pessoa que eu amo, Alayna. E eu sei que vai ser a última.

Suas palavras me feriram. Elas eram tudo o que eu sempre quisera ouvir dele, e muito mais. Mas como era mesmo o ditado? *Errar uma vez é humano, errar duas vezes é burrice.*

– Eu não sei. – Pressionei meus dedos na minha testa. – Eu não sei, eu não sei. Eu não sei como posso acreditar que você realmente se sente da maneira que você diz.

Hudson deu mais um passo em minha direção.

– Tenho certeza de que isso é verdade. Mas eu pensei em uma maneira de provar que sou dedicado a você. – Outro passo, e agora estávamos apenas a uns centímetros de distância. – Alayna, case comigo.

Meu olhar voltou-se para cima.

– O quê?

– Case-se comigo. Agora. Meu avião já está pronto e à espera na pista. Tudo o que você tem a fazer é dizer sim e estaremos a caminho de Las Vegas.

– O quê? – Eu estava em estado de choque, era demais, e eu não conseguia dizer qualquer outra coisa.

– Eu sei que você merece um longo noivado e um casamento adequado e podemos fazer isso de novo, sempre que quiser, mas eu sei que agora você precisa ter a certeza.

Suas mãos estavam se mexendo enquanto ele falava, totalmente fora do personagem. Ele estava bêbado? Nervoso? Insano?

– Você precisa de uma confirmação de que estou comprometido com você, Alayna, e não há melhor maneira que eu possa pensar de lhe mostrar isso, do que me casando com você. Para declarar num contrato escrito que eu sou seu e que eu prometo amá-la para sempre.

Eu optei pela loucura, entre todas as opções.

– Hudson, você está louco.

– E nenhum acordo pré-nupcial, também. – Ele limpou as mãos em seu jeans. Ele estava suando? Tenho certeza de que eu estava. – Estou pronto para lhe dar tudo o que tenho, pronto para me tornar vulnerável, assim como você fez para mim, vezes sem conta.

– Nenhum acordo pré-nupcial? Agora, eu definitivamente sei que você está louco. – E eu estava louca por simplesmente continuar com essa conversa.

– Eu estou louco. Louco sem você na minha vida. – Ele passou as mãos pelos cabelos. – Você é a única pessoa que me fez melhor. E você me tem pelas bolas agora, Alayna, de tantas maneiras diferentes. Porque se você disser não, se você me mandar embora, então eu perdi tudo o que significa alguma coisa na minha vida patética. Mas se você disser que sim, eu tenho que ser aquele a confiar *em você*. Você poderia me enganar, se quisesse. Você poderia simplesmente se casar comigo agora, divorciar-se mais tarde e metade de tudo que eu tenho ia ser seu.

Como se o dinheiro dele significasse alguma coisa para mim.

– Eu não tenho interesse em seu...

Hudson me cortou.

– Eu sei. Eu sei que você nunca iria se aproveitar de mim assim. Mas o ponto é que você poderia fazer isso, se quisesse. – Ele andou pela sala. – Esta é a única maneira que eu posso pensar de mostrar-lhe que estou disposto a ficar vulnerável perante você. Que eu confio em você. – Ele se virou para mim novamente. – E que, mesmo que eu não mereça isso, estou determinado a lutar para ganhar de volta *a sua* confiança. Mesmo que leve o resto da minha vida.

Eu estava em choque. Tantos pensamentos e emoções me invadiram naquele momento que eu não tinha ideia do que sentir ou pensar. Da infinidade de reações possíveis, eu escolhi uma aleatoriamente.

– Que proposta romântica: "Case-se comigo para que eu possa provar que você pode confiar em mim."

– Não, Alayna. – A voz dele se aprofundou. – Case-se comigo porque eu a amo. Mais do que a própria vida. – Ele se endireitou e ficou de frente. – Case-se comigo *hoje*, para que eu possa provar que estou falando a verdade.

– Hudson, isso é loucura. – Ele não tinha sequer uma aliança. – Você destruiu tudo que passamos juntos. E agora não pode corrigir isso simplesmente me pedindo para casar com você, assim do nada.

– Por que não? – Hudson estava desesperado, tanto o seu tom de voz como a sua linguagem corporal demonstravam isso. – Por que não? – Ele balançou as mãos na sua frente para dar ênfase. – Nós pertencemos um ao outro. Mesmo com todos os erros que fizemos, com todos os erros que eu cometi, você não pode negar que nós fazemos bem um ao outro. – Ele mudou o peso para outra perna. – Você admite que me ama. E eu a amo. O que está nos mantendo separados? O fato de que nós magoamos um ao outro? Você pode honestamente dizer que se sente menos magoada sem mim por perto? Você foi até o *loft*, Alayna. Eu sei que ainda está pensando em mim. – Ele colocou as mãos juntas, colocando os dedos indicadores na forma de um triângulo. – A única razão lógica que você pode dar para não estar comigo é não confiar que eu esteja realmente nesta por amor. Case-se comigo e você não terá nenhuma dúvida.

Sua voz baixou enquanto ele pedia mais uma vez, seus olhos implorando.

– Por favor, case-se comigo.

Eu já tinha pensado nisso. Mais de uma vez. Tinha pensado em como seria viver para sempre com Hudson Pierce. E ele já tinha sugerido isso antes também. Se eu realmente acreditasse que a maior parte de nosso relacionamento tinha sido verdadeira, então a sua proposta não tinha saído assim do nada.

E eu acreditava que a maior parte tinha sido verdadeira. Não apenas porque eu queria acreditar nisso, mas porque tinha sido para mim. O jeito que eu o amava não acontecia numa relação unilateral. Isso tinha sido a falsa atração pelos homens que sentira no passado, eu conhecia a diferença entre uma coisa e outra. Não, esse tipo de amor só crescia da reciprocidade. O que quer que houvesse de falsidade entre nós, o nosso amor não estava entre estas coisas.

Mas, apesar do que eu pensava e do que sentíamos um pelo outro, havia mais coisas entre nós que não tinham tido tempo de acomodar, coisas que ainda não tinham cicatrizado. E entrar em algo com Hudson de novo, e nada menos do que um casamento – *um casamento!* –, seria como ficar torrando na praia quando ainda se está recuperando de uma queimadura solar.

Dar *passos de bebê*.

O casamento não era definitivamente dar passos de bebê. E, sinceramente, eu não sabia ainda se os passos que eu queria dar iam nessa direção. Na direção dele.

Hudson ainda estava esperando pela minha resposta.

Eu dei a ele.

– Não.

– Não?

Sua expressão era mais de confusão do que de desapontamento.

Hudson raramente ouviu a palavra não. Provavelmente, foi chocante demais ouvi-la quando o que ele queria mesmo era uma resposta diferente.

– Não – repeti. – Não. – Eu endireitei o corpo. – Você acha que pode resolver tudo entre nós me pedindo para fugir com você? É muito difícil para mim neste momento até olhar sua cara. Por que então acha que eu consideraria me casar com você?

Ele abriu a boca e eu coloquei minha mão no ar para que se calasse.

– Não fale. Eu fiz uma pergunta, mas não quero uma resposta. Preciso dizer algumas coisas. Sim, eu fui para o *loft*, porque senti sua falta. Senti sua falta desesperadamente. Mas se eu tivesse alguma ideia de que você estaria lá, teria encontrado uma maneira de resistir. Eu fiquei feliz por ter ido lá porque descobri algumas coisas que precisava muito saber. Sou grata pelo que você fez. Mas isso não muda o que aconteceu entre nós. Apenas torna mais fácil para mim, talvez um dia, encontrar algum fim para isto.

– Não diga fim, Alay... – Ele parou, percebendo que eu não tinha terminado. – Desculpe. Vá em frente.

A sua disposição para se submeter a mim quase me convenceu. Era difícil para ele me dar todo esse protagonismo. Hudson ganhou um ponto por isso.

Mas ele estava tão atrás na pontuação que um mísero ponto fazia pouca diferença.

Tomei fôlego e continuei.

– Mesmo que eu pudesse confiar em você, Hudson, eu não quero me casar com um cara só porque ele me enganou e agora ele se sente mal. E não em Vegas. Eu quero que estejam presentes o meu irmão, e Mira e Adam e Jack. E até mesmo Sophia.

A expressão dele ficou esperançosa.

– Você quer a minha família no seu casamento? Isso significa que eu tenho uma chance de ser o noivo?

– Uma vez, você teve. Mas agora... – *Ah, isso era difícil de dizer.* – Agora, eu não consigo ver como.

Apesar de me ter ferido dizer essas palavras, era Hudson que parecia triturado... Ele fechou os olhos, e sua mandíbula se contraiu, enquanto todo o seu corpo amoleceu. Foi um choque perceber que a mesa tinha virado completamente, e nós estávamos em posições diferentes. Não era geralmente Hudson aquele que tinha sempre o controle emocional, enquanto eu ficava me debatendo? Ele que era o assertivo e o forte, enquanto eu era a frágil desmiolada?

Estranhamente, eu não me sentia melhor por estar deste lado. Porque, apesar de parecer que eu estava no controle, por dentro eu estava uma bagunça.

Era isto o que se sentia ao ser Hudson Pierce?

Eu não podia continuar a pensar sobre isto. Nada disto. Era hora de pular dessa montanha-russa emocional e avançar, porra.

Não havia nenhuma maneira de chegar até a porta senão passando por ele.

– Eu tenho que sair agora, Hudson.

Ele não fez nenhum esforço para se mover.

– Alayna, vamos falar mais sobre isto. Se não for sobre este plano, talvez possamos falar de outra coisa. Ou de nenhum plano. Só falar com você já é bom.

– Eu não posso. Eu preciso ir. – Para mim, a conversa já tinha terminado.

– Alayna...

– Por favor. – Minha voz falhou. – Me deixe ir.

Lentamente, com relutância, ele saiu do meu caminho. Mas, assim que eu estava prestes a passar pela porta, ele deslizou para a minha frente. Colocando as mãos em cada lado do batente, não me tocando, mas bloqueando meu caminho.

– Não, eu nunca vou deixar você ir. – Suas palavras estavam ásperas com a emoção. – Eu vou deixar você sair daqui agora, mas não vou desistir de você. Eu vou persegui-la como nunca persegui alguma coisa na minha vida. Eu vou lutar até que você não tenha escolha, a não ser acreditar que eu a amo com tudo o que sou.

Ele estava tão perto. Eu podia sentir o cheiro dele, respirá-lo da mesma maneira que eu tinha feito no travesseiro, no *loft*. Mas isto era muito melhor, porque era Hudson de verdade. Havia um calor se desprendendo dele, me chamando para seus braços. Se eu simplesmente me inclinasse para frente, cairia neles.

E as coisas que ele estava dizendo... Sua promessa de lutar por mim... Era muito difícil de resistir.

Então, o conselho de Liesl daquela manhã voltou para mim no exato instante. Era muito cedo. Eu precisava de mais tempo.

– Hudson. – Mantive meus olhos para baixo, incapaz de encontrar o olhar dele. – Deixe-me ir.

Ele esperou um pouco, mas depois deu um passo para trás, e eu deslizei, passando rapidamente, com cuidado para não tocá-lo, apesar de todas as células do meu corpo ansiarem por fazer exatamente isso.

Consegui manter minha cabeça erguida enquanto me afastava de Hudson, mesmo quando ele me chamou.

– Eu nunca vou desistir, Alayna. Eu vou mostrar. Você vai ver.

23

Eu fui para o trabalho naquela noite para encontrar um pacote com o meu nome me esperando no escritório.

– O que é isto? – perguntei a Gwen.

– Não sei. Um mensageiro deixou para você, cerca de meia hora atrás. Nenhuma mensagem.

Ela voltou a contar o dinheiro no cofre.

Não havia como saber o que era aquilo a não ser que abrisse o pacote. Lá dentro, eu encontrei um Kindle novo. Eu nunca tinha tido um e-reader antes, mas vinha usando o aplicativo do Kindle no meu computador. Eu o liguei e encontrei o dispositivo cheio de livros. Folheando-os, reconheci os títulos dos livros que estavam nas minhas estantes na biblioteca de Hudson. Peguei o embrulho, vasculhei em busca de um cartão e finalmente encontrei uma nota simples, escrita à mão:

"No caso de você estar sentindo falta dos seus livros tanto quanto estou sentindo a sua falta. – H."

Olhei para o cartão por alguns minutos, enquanto tentava acalmar minha pulsação. Ele vai realmente lutar por mim, então. A percepção disso me emocionou. No entanto, presentes não eram o melhor caminho. Eu não dava a mínima para itens materiais. Mas o bilhete... isso eu adorei.

Gwen fechou a porta do cofre e veio olhar por cima do meu ombro.

– Ah, então o namoradinho está tentando conquistá-la de volta.

– É o que parece. – Enfiei o cartão no meu sutiã, e esperei por seu tradicional discurso de que o amor é uma merda.

Ele não veio.

– Poderia haver coisas piores – disse ela, com mais do que um toque de melancolia.

Era possível que ela estivesse certa.

No domingo, um serviço de entrega apareceu na casa de Liesl, trazendo um novo *futon*, muito mais grosso e de mais qualidade que o antigo. O cartão desta vez dizia:

"Você deve dormir bem, embora eu não esteja *aí*. – H."

Eu olhei para Liesl.

– Como é que ele sabe que eu estou dormindo num *futon*?

Ela encolheu os ombros.

– Talvez eu tenha dito algo sobre isso em um de nossos textos.

– Você está trocando mensagens de texto com ele? – Liesl não deveria estar do meu lado?

– Ele entregou o seu carregador de celular na boate, numa noite dessas. Acho que ele pensou que era por isso que você não tinha respondido as mensagens dele. Então, eu liguei o negócio e, santo Jesus, Laynie, aquela coisa estava cheia de textos. – Ela puxou o longo cabelo sobre o ombro. – Alguns deles me deixaram com um pouco de pena do cara. Eu mandei uma mensagem para ele de volta.

Dei um soco em seu ombro, ou melhor, empurrei.

– Que porra é essa?

– Eu disse a ele que era eu e não você. – Como se essa fosse a razão pela qual eu estava chateada.

– Isso é coisa particular, Liesl.

Mais uma vez, ela deu de ombros.

– Alguém tinha que ler todas aquelas mensagens, é só isso que eu estou dizendo. – Ela se virou para o entregador, que havia se aproximado de nós com sua prancheta, à procura de alguém que assinasse. Liesl assinou, em seguida, olhou para mim. – O celular está ligado em cima da geladeira, se você estiver interessada...

Bem mais tarde, e eu não conseguia dormir, apesar do meu novo e confortável *futon*, então puxei meu celular de seu esconderijo. Havia mais de cem mensagens de texto não lidas, além de um punhado que tinha sido marcado como lidas e que eu não tinha visto. Aparentemente, Liesl só tinha fuçado em algumas das mensagens.

Eu me enrolei sobre o novo *futon* e comecei a ler. Tal como as notas que Hudson havia enviado, a maioria era fofa, mas algumas eram sensuais, outras desesperadas. Levei um tempo absorvendo cada uma, de forma intermitente chorando e sorrindo, e às vezes até gargalhando.

Mesmo eu não tendo respondido a nenhuma delas até agora, cada mensagem foi escrita como se eu tivesse respondido à mensagem anterior. Desci os olhos para uma que tinha sido enviada hoje, mais cedo.

"Eu comprei um *futon* para mim também. Talvez dormir sobre ele me faça sentir mais perto de você."

E mais tarde, depois das 11 horas da noite, ele enviou várias consecutivas:

"Deus, isto é uma merda. Eu não estava dormindo antes, mas, pelo menos, estava confortável."

"No entanto, eu vou continuar a me esforçar... Se é assim que você está dormindo, eu vou dormir também."

"Você sabe, nós poderíamos ambos estar juntos na cama, no apartamento da cobertura. Se bem me lembro, nossa falta de sono nada tinha a ver com o desconforto do colchão. ;)"

Antes que eu pudesse me impedir, eu enviei um texto de resposta:

"Hudson Pierce usando um *emoticon*... As maravilhas nunca cessam?"

Eram duas da manhã e ele respondeu imediatamente. Ele realmente não estava dormindo.

"Eu estou esperando que elas não cessem. Se eu tiver você em meus braços novamente, isso certamente vai ser uma maravilha. Boa-noite, princesa."

Naquela noite, eu dormi com o telefone ao meu lado. Embora eu não respondesse muitas vezes, li todos os textos que ele enviou a partir de então. Cada um deles.

Os presentes continuaram ao longo da semana, como joias, ingressos para um concerto e um novo laptop. Nos dias em que eu trabalhava na boate, os pacotes estavam lá, esperando por mim. Obviamente, Hudson ainda estava monitorando minha agenda, o que era, ao mesmo tempo, irritante e uma coisa que me deixava meio que excitada.

No entanto, na quinta-feira, não havia nada na minha mesa quando eu cheguei. Então, disse a mim mesma que era bobagem ficar desapontada. Hudson não tinha que ficar me dando presentes todos os dias só para provar que estava pensando em mim. E eu não queria que ele pensasse em mim o tempo todo, não é mesmo?

Eu ainda estava ponderando esta questão, ainda pensando *nele*, quando a boate abriu para a noite. Como um dos *bartenders* tinha ligado avisando que estava doente, decidi entrar em cena para ajudar no bar no andar de cima. Nós estávamos fervendo de pessoas antes mesmo do relógio bater as 11 da noite, por isso estava um pouco distraída, concentrada nos pedidos, quando Liesl se inclinou perto de mim.

– Você viu o figurão de terno no final do bar?

– Não – respondi com uma carranca. Se ela pensava que eu estaria interessada em ficar xavecando algum bonitão, estava totalmente enganada.

Ela piscou.

– Bem, olhe mesmo assim.

Eu terminei de encher a caneca de cerveja que tinha na mão e, contra meu melhor julgamento, lancei um olhar para a ponta do balcão.

Ele estava sentado na mesma cadeira onde tinha estado na primeira vez em que o vira, vestindo o mesmo terno, se eu não estava enganada.

E a maneira como ele olhou para mim? Seus olhos tinham o mesmo calor daquela noite antes da minha formatura. Essa chama era mais do que luxúria, mais do que desejo, era um olhar de posse.

Era errado eu ter sorrido para ele?

Quando finalmente consegui me afastar do olhar magnético de Hudson, preparei um uísque, puro, e entreguei a ele.

– O serviço aqui é excelente – comentou ele, quando eu lhe entreguei o copo. Quando Hudson o pegou de mim, tocou seus dedos nos meus.

Ou teria sido eu que tinha feito isso?

De qualquer forma, aquele contato deu arrepios que desceram pelos meus braços e o calor se espalhou pelo meu peito. Fazia muito tempo que eu não o tocava de nenhuma maneira. Meu corpo ansiava por mais, enquanto minha cabeça mandava sinais de alerta para que eu saísse dali: corra, corra, corra.

E meu coração decidiu ficar neutro em toda essa transação, decidindo não deixar claros os seus desejos.

Com essa guerra acontecendo dentro de mim, eu não sabia o que fazer ou dizer. E fiquei congelada ali, meu olhar fixo no dele. Aquilo era tão bom, era *tão certo* não fazer nada, a não ser me perder nos seus olhos cinzentos. Será que não seria possível encontrar uma maneira de fazer isso todos os dias da minha vida?

– Pedido! – Uma garçonete me chamou do lado oposto de onde eu estava.

Pisquei algumas vezes, me recuperando do transe que Hudson provocara.

– Eu tenho que ir. – Fui boba em querer me explicar. Eu não lhe devia nada. – Hum, você vai querer outro quando terminar?

– Não, apenas um. Mas eu poderia ficar sentado aqui por um tempo, se você não se importar. – Seus olhos desceram pelo meu corpo. – A vista é deslumbrante.

Eu me virei antes que ele pudesse ver o rubor nas minhas bochechas.

Quando ele saiu, uma hora mais tarde, pagou a sua conta com Liesl. Eu só percebi que ele estava saindo quando ela me entregou um envelope.

– Isto é do cara do terno.

Abri o envelope, e encontrei uma nota de cem dólares e um certificado para o seu spa em Poughkeepsie, os mesmos presentes que ele me dera naquela noite, em maio passado.

– Liesl, eu vou... Hum, eu já volto.

Talvez fosse porque eu estivesse desapontada ao vê-lo partir, mas, de qualquer modo, arranjei uma desculpa para correr atrás dele.

– Hudson!

Gritei quando eu o encontrei lá fora, indo na direção do estacionamento.

Ele parou, e esperou que eu recuperasse o fôlego.

Então, segurei o envelope na direção dele.

– Não posso aceitar isto. Eu estou na gerência geral aqui. E não posso sair por uma semana para ir a um spa.

De repente, me ocorreu que eu não tinha conversado com Hudson sobre o meu trabalho desde a nossa separação.

– A menos que você prefira que eu não esteja trabalhando aqui.

– Nem pense nisso. – Seu tom de voz era firme, definitivo. – Se você achar que não pode trabalhar comigo sendo eu o seu chefe, então lhe darei a casa.

Ele faria isso, eu conhecia esse homem.

E este, definitivamente, não era um presente que eu poderia aceitar.

– Só quero manter o meu trabalho, muito obrigada pela oferta.

Hudson suavizou a voz.

– É seu, enquanto você quiser. – Ele empurrou a minha mão, que ainda segurava o envelope, de volta para mim. – E esse certificado do spa, guarde-o. Você pode usá-lo quando quiser. Não há prazo de validade. – Seus dedos pousaram nos meus.

Era a isto a que nós estávamos reduzidos? Ficar roubando toques na mão e nos dedos sempre que surgisse uma oportunidade? Inventando motivos para conversar?

Eu puxei minha mão e o envelope para longe dele.

– Tudo bem. Assim seja.

Um arrepio percorreu meu corpo, mesmo que a noite estivesse quente.

Fiquei ali, parada na frente de Hudson, procurando freneticamente alguma outra coisa para dizer.

– Eu... preciso dizer algo... – Respirei fundo, porque isso era realmente algo que eu estava evitando. – Eu preciso pegar minhas coisas do apartamento da cobertura.

A boca de Hudson se apertou.

– Eu gostaria que você não fizesse isso.

Eu ignorei o comentário. Era a maneira mais fácil de lidar com declarações como essa. Especialmente quando gostara tanto do modo como as palavras soaram em seus lábios.

– Eu quero ir pegar o resto das minhas coisas na segunda-feira.

– Posso mandar embalar tudo e enviar para você, se quiser.

– Prefiro embalar eu mesma.

Se Hudson fizesse isso, eu ia acabar com todos os tipos de coisas que não pertenciam a mim, coisas que ele tinha me dado. Por mais gentil que isso pudesse ser, eu não queria os seus presentes. Eu também não tinha nenhum lugar para eles, no apartamento onde morava com Liesl. Mesmo que nós nos mudássemos para um lugar de dois quartos, como vínhamos discutindo fazer, nós não teríamos como pagar um apartamento grande o suficiente para caber tudo o que viria.

– Pelo menos, deixe-me arranjar uma picape. – Seu tom era insistente, mas seus olhos estavam implorando. Era difícil resistir.

Então, não resisti.

– Tudo bem. Isso eu aceito. – Só porque era complicado fazer isso sozinha. E ele me devia.

– Feito. – Seus lábios se curvaram nas pontas. – Mas isso não significa que eu desisti de conquistar você de volta.

– Bem, não pensei nisso nem por um segundo. – Embora eu tenha escondido um sorriso, o meu prazer em ouvir a sua declaração apareceu na minha voz.

Hudson inclinou a cabeça para me estudar.

– Você diz isso como se estivesse gostando de me assistir rastejando.

Revirei os olhos, e me virei para voltar à boate, acenando para ele. Mas não deu para resistir chamá-lo de volta por cima do meu ombro.

– Não posso responder a isso, H. Porque realmente ainda não vi você rastejar.

Sexta e sábado foram dias em que mais presentes foram entregues, um livro de fotos de Poconos e alguns ingressos para o show de Phillip Phillips.

– Ele está, tipo, recordando todo o seu relacionamento com essas coisas, não é? – disse Liesl no domingo, quando abri a caixa que tinha chegado naquela manhã. – Eu odeio dizer isso, mas ele é meio que bom no que faz.

Amassei o papel da embalagem marrom da caixa e atirei nela.

– Cale a boca.

– O que é isso?

– Ainda não sei.

Eu retirei o CD de John Legend que encontrei dentro da caixa, e li as músicas que estavam listadas no verso da embalagem. Eu conhecia o artista, mas nunca tinha ouvido nada de sua música.

Como a embalagem do CD não estava selada, então a abri facilmente e encontrei o bilhete de Hudson.

"Esta é a música que me faz pensar em você. Faixa seis. – H."

R & B. Hum. Hudson raramente ouvia música perto de mim. Quando ele fazia isso, deixava que eu escolhesse. Eu nem sei, sequer, o estilo de que ele gostava. Era esse estilo?

Olhei de volta para a lista de músicas, e encontrei a faixa seis.

– "All of me". – Eu li em voz alta. – Não conheço essa. E você?

– Nunca ouvi falar. Vamos tocar. – Ela sorriu.

Balançando a cabeça para ela, peguei meu novo laptop, coloquei o disco e escolhi a canção que Hudson tinha indicado. Então, inclinei minha cabeça para trás apoiada no *futon*, e escutei.

A música começou com uma linha de piano inquietante. Em seguida, uma voz forte cantou sobre uma bela mulher, sarcástica e inteligente, que deixava o cantor distraído e maluco. Ele estava se sentindo uma bagunça, mas estava tudo bem, pois não importava o quanto ela o deixava louco, essa mulher ainda era tudo para ele.

Foi o coro que me provocou lágrimas, quando cantou que "tudo em mim" ama "tudo em você" e se oferecia para se dar totalmente a ela em troca da mesma coisa da parte dela.

Claro, isso era apenas uma canção, mas se ela realmente transmitia a mensagem que Hudson queria que eu ouvisse, bem, eu não poderia deixar de ouvi-la alto e bom som. Se ele pudesse, realmente, dar tudo de si para mim, não haveria mais muros, não haveria mais segredos, então o que nos separava? O passado?

Mas a minha própria história era imperfeita. Eu até havia mostrado as minhas falhas a Hudson em mais de uma ocasião. E ele tinha me perdoado e ficou comigo. Tratou de mim, me encontrou e me fez completa.

E agora...

Sem dizer uma palavra, repeti a música, queria ouvi-la de novo, Liesl se sentou ao meu lado, e me puxou para o seu ombro.

– Liesl, eu não me importo mais. – Estava soluçando em sua camisa. – Mesmo que eu não devesse mais estar com ele, não consigo mais viver sem esse homem. Ele me faz sentir melhor sobre mim. Eu não me importo mais com o que ele fez no passado. Só me importo que ele esteja por perto, no meu futuro.

Ela me balançou para trás e para frente.

– Ninguém aqui está dizendo o que você deve ou não deve fazer. De qualquer maneira, você tem o meu apoio. Sempre.

– Ótimo, porque acho que vou dar-lhe outra chance. – Eu não tinha certeza de como faria para lhe dar essa chance. Um jantar? Um encontro? Muitos encontros?

Essa era uma decisão para amanhã.

Embora eu não tivesse um monte de coisas para arrumar na cobertura, eu queria começar a fazer isso logo no início do dia, para estar bem longe antes que Hudson chegasse em casa do trabalho. Mas conseguir fazer com que Liesl fosse a qualquer lugar antes do meio-dia, no entanto, revelara-se mais difícil do que eu pensava.

– Talvez eu pudesse me juntar a você mais tarde... – disse ela, enterrando a cabeça em seu travesseiro, na minha primeira tentativa de arrastá-la para fora da cama.

– Mas eu preciso de você o tempo todo – gemi. – Por favor?

A súplica funcionou, mas ela tentou fugir de novo quando estávamos entrando no táxi. Então, na frente do prédio de apartamentos, ela sugeriu ir comprar café e se juntar a mim mais tarde.

– Há uma bela cafeteira lá dentro. O melhor café do mundo. Eu vou fazer quantas canecas você quiser. – Talvez Liesl não fosse tão boa assim em empacotar as coisas...

– Tudo bem.

Foi muito mais fácil entrar no prédio com Liesl junto. Enquanto subia no elevador, enrolei meu braço em torno dela, muito grata pelo apoio. Apesar de eu não estar morando lá há duas semanas, mudar-me da cobertura era um grande passo. Isso cheirava a dar um fim... E com a minha recente decisão de deixar Hudson voltar à minha vida de alguma forma, estava claro que eu não estava procurando um fim... Eu precisava de Liesl para me convencer de não fazer alguma coisa estúpida.

Tipo, deixar minhas coisas lá, e não sair do apartamento.

Quando a porta do elevador se abriu para o apartamento, eu esperei por Liesl, para que ela saísse primeiro. Ela não se moveu, então fui à sua frente. Eu me virei, e coloquei minha mão de lado para manter o elevador aberto.

– Você não vem?

– Hã... – Seus olhos se arregalaram. Então ela empurrou meu braço para longe da porta, e apertou um botão no painel de chamada. – Não me odeie! – gritou, quando as portas fecharam.

Que porra é essa? Bufei e fechei os olhos. Ou Liesl tinha outro lugar aonde ela precisava ir, ou tinha algo na manga. E se fosse isso, não havia dúvida de que Hudson estaria envolvido.

Bem, era melhor eu descobrir o que estava acontecendo.

Abri os olhos e olhei ao redor, vasculhando o hall de entrada em direção à sala de estar. Estava vazio. Não apenas vazio no sentido de que Hudson não estava lá, mas vazio porque não havia nenhuma mobília. Nenhuma. Entrei na sala para ter certeza de que eu não estava ficando louca.

Bem, se eu estivesse louca, a ilusão que eu estava tendo era a de um apartamento sem mobília. Olhei para a sala de jantar. Também vazia. Estranhamente, o lugar não parecia mais frio e solitário do que quando eu tinha estado lá pela última vez. Mas aquele vazio me deprimiu. Eu não conseguia entender o que significava. As minhas coisas também tinham sumido?

Eu andei mais adiante e abri a porta para a biblioteca. Esta sala estava apenas parcialmente vazia. O sofá, a mesa e todo o resto dos móveis tinham ido embora, mas as prateleiras ainda continuam todos os meus livros e filmes. Os livros que eu tinha separado porque a Celia os tinha marcado, esses tinham desaparecido do chão, mas várias caixas estavam empilhadas contra a parede.

Caminhei em direção à pilha de caixas com a intenção de espiar e ver se os livros estavam lá, mas as caixas estavam fechadas com fitas.

– Esses são novos livros.

Ah, aí estava ele.

Eu virei um pouco o corpo, para encontrar Hudson apoiando-se no batente da porta. Mais uma vez, ele estava vestindo calça jeans e uma camiseta. Droga, ele não tinha planejado ir para o trabalho, se estava vestido desse jeito. E ele estava muito gostoso. De alguma forma, Hudson havia planejado isso também, eu tinha certeza.

Ele acenou novamente com a cabeça para a caixa que eu ainda estava tocando.

– Eles são para você. Para substituir aqueles que foram danificados.

– Ah... – respondi.

Então fiz uma careta.

– O que significa essa cara?

– Eu não tenho nenhum lugar para colocar tudo isso.

Realmente, não tinha a intenção de levá-los. Eles eram lindos e eu os amava, mas em Nova York, tantos livros assim eram um luxo.

Hudson suspirou baixinho, e eu podia ver a dor que a rejeição aos presentes lhe causara, não importava por qual motivo. Mas tudo o que ele disse foi:

– Eu vou guardá-los pelo tempo que você quiser que os guarde.

– Obrigada.

Eu me peguei analisando o seu corpo. Era impossível não fazer isso. Hudson era tão bonito, e eu sentia muitas saudades. Embora tivesse planejado fazer a minha mudança em um dia em que ele não estivesse por perto, não podia negar que estava feliz em vê-lo. Estava exultante, na verdade.

E me perguntava se ele podia ver isso no meu sorriso.

– Eu não esperava que você estivesse aqui. – Estou tão feliz que você esteja.

– Você não disse que eu não podia estar.

– Estava implícito – provoquei.

Ele pegou meus olhos com os dele.

– Você não parece terrivelmente chateada em me ver.

Deus, as borboletas estavam se agitando em minha barriga. Não era aquele puxão de ansiedade que costumava me fazer agir como uma louca, mas os arrepios que eu sentia apenas com Hudson. Estas sensações tinham me confundido, quando as sentira meses atrás, mas agora eu as reconhecia por aquilo que eram, uma combinação de nervosismo, emoção, atração e antecipação. Era um sentimento tão gloriosamente delicioso.

Surpreendentemente, isso eclipsou as feridas ainda frescas de sua traição.

Mas ainda assim, eu estava com medo. E não sabia o que ele estava aprontando. As suas coisas tinham desaparecido do apartamento. Eu não gostava do que isso poderia significar. O que... O que isso *significava*?

– Onde estão todas as coisas?

Seus lábios se apertaram.

– As suas ainda estão todas aqui, não se preocupe.

– Mas onde estão as suas coisas?

Com outro suspiro profundo, Hudson desviou os olhos para a janela, mas logo depois os trouxe de volta para mim.

– Eu não posso viver aqui sem você, Alayna.

– Então você está se mudando? – Eu não sabia como me sentia com relação a essa notícia.

Bobagem, eu sabia, sim. E não gostava nem um pouco. Nada mesmo. A cobertura era o lugar onde a nossa verdadeira relação tinha ocorrido. Eu odiava a ideia de alguém ocupar esse nosso espaço.

E Hudson estava se mudando porque eu não estava lá, o que significava que ele não acreditava que eu estaria de volta.

Era tarde demais. Hudson estava desistindo de mim.

Mas as palavras seguintes jogaram tudo para o ar novamente.

– Na verdade, eu espero me mudar para cá.

As voltas e reviravoltas dessa interação tinham me perturbado e enervado. Era preciso fazer uma pausa emocional antes que eu desmoronasse ali mesmo.

– H, você me confunde mesmo quando sequer está tentando ser confuso. Será que seria capaz de me dizer algo que eu pudesse entender?

– Eu confundi você? – Seus olhos brilhavam de satisfação.

– Isso é uma surpresa, por acaso?

Ele deu de ombros.

– Então, você está se mudando para cá? – perguntei. Droga, por que esse cara tinha que ser tão difícil?

Sentindo que eu estava no meu limite da paciência, Hudson respondeu.

– Um dia. Assim espero. – Ele umedeceu os lábios, ah, e como eu sentia saudades daqueles lábios doces. – Mas, por agora, eu quero que você more aqui.

– O quê?

Um dia, uma proposta de casamento, no outro, *venha morar na minha cobertura de milhões de dólares sem mim*. O homem certamente sabia como me manter ansiosa.

Ele também não tinha ideia do que eu realmente queria ou precisava.

A expressão de Hudson ficou séria novamente.

– Veja, não posso viver aqui sem você, princesa. – Suas palavras eram suaves e em tom bastante baixo, mas eu podia ouvi-lo claramente. – Mas eu não quero vender, porque adoro estar aqui com você. Algum dia, você e eu estaremos morando aqui novamente. Enquanto eu estiver esperando por você... Não, apague isso... Enquanto eu estiver rastejando e pedindo pelo seu perdão, é uma pena deixar o apartamento vazio. Você e Liesl devem se mudar para cá.

– Não posso aceitar, H. – Senti os meus olhos se encherem de lágrimas. Mas, pelo menos, ele disse que não estava desistindo de mim.

– Eu tinha a sensação de que você ia dizer isso – Hudson suspirou, desistindo muito mais facilmente da discussão do que era característico dele. – Então, vai ficar vazio.

Eu segurei a vontade de dizer que poderíamos viver aqui juntos e fiz uma sugestão.

– Você pode alugar.

Suas sobrancelhas se levantaram.

– Eu poderia alugar para você.

Eu ri.

– Melhor aluguel na cidade, vai somente lhe custar um jantar semanal com o proprietário – retrucou.

– Pare com isso. – Eu ainda estava sorrindo.

– Quinzenal então. Podemos negociar, sou bom nisso.

– Hudson.

Ele não tinha ideia de que já tinha me vencido. Não na mudança, mas nos encontros.

– Tudo bem, mensal então. Vou aceitar todas as migalhas que você estiver disposta a me dar. – Ele me estudou. – Você está pensando em me dar migalhas agora, não é?

– Talvez.

Droga. Como esse homem podia me ler assim tão facilmente? E por que era tão fácil estar com ele, mesmo depois de me magoar tão profundamente?

A pergunta me assustou, então contornei o assunto, tentando não deixar que ele percebesse.

– Agora, falando sério, onde estão todas as suas coisas? Você arrumou um outro lugar para morar?

Todos aqueles móveis não caberiam no *loft*.

Hudson balançou a cabeça, negando.

– Eu doei tudo para um bazar de caridade.

– Coisa dos ricos e famosos...

Mas eu não poderia dizer que sentia falta de qualquer um daqueles móveis. Eles eram bonitos, mas fora Celia quem os tinha escolhido, por isso fiquei muito feliz com o pensamento de que os menos favorecidos iriam se beneficiar deles.

Parecia que Hudson sentia o mesmo.

– Eu não tinha nenhuma conexão com nada daquilo. – Ele se endireitou e entrou na sala, apontando para o espaço vazio. – Todo esse apartamento foi perfeitamente projetado para atender ao meu gosto e ao meu estilo, mas nunca me senti em casa. – Ele parou a alguns passos de mim. – Não, até você chegar, Alayna. Você deu vida a este lugar. As coisas que estavam aqui, elas foram escolhidas para mim por alguém que desejo remover completamente da minha vida. Agora, as coisas que ainda estão aqui são as únicas que fizeram desta casa um lugar onde quero viver. São as suas coisas. Você.

– Eu... – Minha garganta estava muito apertada para falar.

– E quando eu voltar a morar aqui, poderemos redecorar este lugar a partir do zero. Juntos. Você e eu.

Minha respiração estava entrecortada.

– Você está tão certo de que um dia eu vou aceitá-lo de volta... – A perspectiva de que isso fosse acontecer estava ficando cada dia maior.

– Estou esperançoso, sim. – Ele sorriu maliciosamente. – Você gostaria de ver quão esperançoso eu estou?

– Claro.

Na verdade, tudo o que eu queria agora era que ele me puxasse para os seus braços. Eu tinha quase certeza de que era ali onde nós iríamos acabar. Mas o jogo que estávamos jogando até chegar lá estava intrigante.

Hudson enfiou a mão no bolso e tirou algo, pequeno e prateado.

– Eu comprei isto.

Ele segurou o objeto de maneira que eu não conseguia enxergá-lo por inteiro, mas quando percebi o que era, minha respiração ficou presa na garganta. Porque era uma aliança. *A aliança.*

Ele a deixou cair na minha mão para que pudesse examiná-la. Não era de prata, era de platina, se eu não estava errada. E a joia estava cercada por duas pedras menores que conduziam os olhos a um diamante arredondado e brilhante no centro da peça. Tinha, pelo menos, dois quilates e meio, talvez três. Talvez até mesmo quatro, pelo que eu sabia.

Lágrimas se reuniram em meus olhos e a perplexidade confundiu o meu cérebro. Ele entregou essa aliança a mim... Não era uma proposta. O que era isto, então? Uma maneira de mexer comigo?

– Há uma inscrição – disse Hudson suavemente, como se ele pudesse ler a minha confusão.

Pisquei, para limpar minha visão o suficiente para ler: "Eu lhe dou tudo de mim."

Então, Hudson se abaixou sobre um joelho.

Afinal, era uma proposta.

Eu não conseguia falar, não conseguia pensar, não conseguia nem respirar.

– Eu percebi uma coisa da última vez que fiz isso – disse Hudson, ajoelhado no chão em minha frente. – Fiz tudo errado. Em primeiro lugar, eu não tinha um anel e, em segundo lugar, deveria ter me ajoelhado. Mas o pior foi que não lhe dei a coisa certa. Eu ofereci tudo o que tinha, pensando que essa era a maneira de ganhar seu coração. Não era isso que você queria. A única coisa que você nunca pediu, a única coisa que eu nunca pensei em lhe dar, era eu.

Um soluço escapou da minha garganta, mas pela primeira vez em muitos dias, não era um soluço de tristeza.

– Mas agora eu dou. – Hudson abriu os braços completamente. – Aqui estou eu, princesa. Eu me dou livremente. Tudo de mim, Alayna. Não há mais paredes ou segredos, ou jogos ou mentiras. Eu lhe dou tudo de mim, honestamente. Para sempre, se você aceitar...

Ele pegou o anel da minha mão. Com suas mãos, que estavam tão estáveis em relação às minhas que não paravam de tremer, ele o colocou no meu dedo.

Olhei para o anel, reluzindo brilhantemente na minha mão, como um farol naquela escuridão em que eu estava vivendo. Será que ele estava realmente me pedindo para me casar com ele? Não para fugir, mas para casar? Isto era realmente algo que eu poderia mesmo considerar?

O meu plano para deixá-lo voltar à minha vida era muito mais simples e menos dramático, tipo um jantar e um cinema, ou algo parecido. Não uma proposta de casamento...

Mas Hudson era assim. Ele se movia rápido e furiosamente, e, quando realmente queria alguma coisa, mergulhava e se empenhava com tudo o que tinha. Se eu dissesse que não, se eu recusasse sua proposta agora, eu sabia, sem dúvida, que ele pediria novamente e novamente. E mais uma vez.

Mas essa não era uma razão para aceitar uma proposta de casamento.

A razão para aceitar era porque eu amava Hudson Pierce com cada fibra do meu ser. Mesmo os seus defeitos e imperfeições me atraíam para esse homem. Eles o faziam ser como ele era. E eu queria tudo dele. Eu queria dar-lhe tudo de mim.

E Hudson tinha muitas coisas pelas quais tinha que me compensar. Acho que a única maneira pela qual ele conseguiria se redimir seria ficar comigo para sempre.

– Alayna, eu amo você. – Ele atraiu o meu olhar do anel para os seus olhos, seus olhos intensos, loucamente apaixonados que estavam mais brilhantes do que o diamante na minha mão. – Quer se casar comigo? Não hoje, e não em Las Vegas, mas numa igreja, se você quiser, ou em Mabel Shores, nos Hamptons...

De alguma forma, não sei ainda como, encontrei a minha voz.

– Ou no Jardim Botânico do Brooklyn durante a temporada de flor de cerejeira?

– Sim, lá. – Seus olhos se arregalaram. – Isso é um...

– Sim – assenti. – É um sim.

Hudson me puxou para o seu joelho e para os seus braços, mais rápido do que eu consegui piscar.

– Diga isso de novo.

– Sim – sussurrei, colocando minha mão em seu rosto. – Sim, eu vou me casar com você.

Seus lábios encontraram os meus, e foi como um primeiro beijo, suave e hesitante. Então, as nossas bocas se abriram e as nossas línguas se encontraram, e o beijo passou de uma brisa frágil para uma grande tempestade. Uma de suas mãos se enfiou no meu cabelo, a outra segurou o meu rosto, me segurando como se temesse que eu não fosse ficar, como se eu pudesse desaparecer de repente.

E eu o segurei do mesmo jeito. Passei meus braços ao redor de seu pescoço, agarrando esse homem com todas as minhas forças. Quando o nosso beijo começou a se transformar em algo maior, algo que exigia que os nossos corpos fossem cada vez mais acariciados, e tivessem menos roupas, ele colocou a sua mão ao redor da minha coxa, levantando-a ao redor da sua cintura, enquanto ficava em pé. Eu joguei minha outra perna em volta dele, prendendo os tornozelos juntos nas costas de Hudson e empurrei meus quadris, esfregando-me contra sua virilha.

Porra, eu tinha sentido saudades disto. Saudades dele, de tudo dele. Seu toque era escaldante, seu beijo me queimava até o fundo. E a solidez de seu corpo, seus braços fortes, seu peito musculoso, ele era a minha base, meu alicerce. Resistente e fixo. Permanente.

Permanentemente meu.

Estávamos no meio do corredor, os nossos lábios ainda colados, quando percebi que não tinha ideia para onde ele estava me levando. Se a casa estava vazia, que importância tinha que nós fôssemos para o quarto?

Perguntar, no entanto, exigiria deixar sua boca, e o rugido que ele fazia enquanto eu o beijava fez com esta opção não fosse digna de se considerar.

Mas recebi minha resposta e não demorou muito. Hudson nos levou para o nosso quarto e, com a minha visão periférica, eu vi nosso colchão no chão, sem a estrutura da cama e nem o estrado.

Ele tirou os sapatos com os pés e, em seguida, caiu comigo na cama.

– Você deixou o colchão? – perguntei, enquanto ele puxava a minha blusa sobre a minha cabeça.

Depois, a camisa dele desapareceu rapidamente.

– Eu o escolhi pessoalmente. Além disso, não podia suportar me separar dele. Tem muitas lembranças boas.

Sim, ele tem.

E mais para serem feitas. Uma vida inteira, na verdade. *Ah, meu Deus, uma vida com Hudson.*

Ele se inclinou para beliscar meu peito através do meu sutiã, me trazendo bruscamente de volta ao presente.

Eu gemia ofegante.

– Tem certeza de que não estava simplesmente... – gemi de novo quando ele mordeu meu outro seio. – ... se preparando para quando eu dissesse sim?

A boca dele voltou para a minha.

– Pode ter havido um pouco disso... – respondeu em meus lábios, suas mãos chegando atrás de mim para abrir o fecho do meu sutiã.

– Você me conhece tão bem, não é?

Ele sorriu e baixou o olhar para os meus seios recém-libertados.

– E quero conhecê-la melhor. – Ele lambeu ao redor de um mamilo empinado. – Quero conhecê-la melhor agora. Deus, eu senti tantas saudades do seu corpo lindo.

E como eu tinha sentido falta das coisas que ele fazia com o meu corpo. Será que havia em algum lugar um manual intitulado *Como satisfazer Alayna*? Se existisse esse manual, certamente Hudson teria memorizado a coisa inteira. O mais provável é que ele o tivesse escrito. Hudson sabia como me agradar melhor do que eu mesma.

Enquanto ele brincava e provocava meus seios, me deixando tonta de desejo, eu abaixei minha mão para alcançar sua ereção através do jeans. O calor de seu pau, sua dureza, que eu podia sentir mesmo através do tecido grosso, fazia sair um gêiser da minha calcinha.

Eu acariciava ao longo do comprimento de seu pênis preso.

– Eu me lembro disso.

– Aham. Mas, primeiro, estamos prestando atenção em você. – Ele já tinha uma de suas mãos viajando abaixo da cintura da minha calça de ioga, determinado a provar seu argumento.

– Mas eu gosto dele. – Acariciei novamente. – Você me deve, definitivamente, um pouco disto...

– Ah, haverá um monte disto depois. – Hudson torceu-se com o movimento de minha mão e depois voltou sua atenção para o que a sua mão estava fazendo. O que sua mão estava fazendo tão bem. Seu polegar se instalou no meu clitóris, mexendo-o com uma pressão de especialista.

Eu me mexia debaixo dele, desejando estar nua, e que ele estivesse nu, e que estivéssemos indo para a próxima parte, onde ele estaria dentro de mim. Eu estava desesperada por isso.

Mas Hudson me fez esperar. Ele mergulhou um dedo dentro de mim e me fez engasgar.

– Ah, Alayna. Você está tão molhada. Você sabe como isso fica difícil para mim? Você está tão molhada e suculenta que estou tentado a lamber você inteirinha. Mas estou muito ansioso, e sentindo sua falta, por isso preciso do meu pau dentro de você o mais breve possível. Saborear seu corpo vai ter que esperar até à próxima rodada.

– Próxima rodada?

Eu já estava um pouco delirante com a grandiosidade desta primeira rodada.

Hudson acrescentou um segundo dedo, dobrando-os para que se esfregassem contra aquele ponto mágico que só ele sabia como encontrar. Rapidamente, a minha barriga se apertou e as minhas pernas começaram a tremer.

– Você está tão excitada, que estou achando que vai gozar rápido, não é, princesa?

Essa foi a gota d'água. O gozo tomou conta de mim numa onda imensa e eu deixei escapar um gemido, enterrando meus dedos em suas costas enquanto ele continuava a me esfregar com o dedo até o último espasmo, que tremeu através de mim.

Hudson sugou o lóbulo da minha orelha e, em seguida, me elogiou.

– Boa menina. Você é tão sexy quando goza e me deixa tão excitado que meu pau até lateja.

Puta merda, até o que ele falava podia me fazer gozar de novo.

Hudson tirou a mão da minha boceta, e arrancou minha calça e minha calcinha.

– Lembra-se da nossa primeira noite em Hamptons? Quando eu fiz amor com você tantas vezes, que acabou ficando toda dolorida no dia seguinte?

– Como eu poderia esquecer?

Eu assisti numa névoa de prazer quando ele tirou a calça jeans e a cueca. Seu pênis saltou livre, mais duro e mais grosso do que eu jamais me lembrava dele ser.

Hudson Pierce nu.

Tive que engolir. Duas vezes. Não havia qualquer paisagem na Terra que se comparasse com a delícia de dar água na boca que estava na minha frente.

E era tudo meu. *Para sempre.*

Hudson pulou em cima de mim, me cobrindo com seu corpo.

– Aquela noite não vai ser nada em comparação com a de hoje, princesa. Hoje, eu vou fazer amor com você doce e ternamente. Então, eu vou te foder tão demoradamente e tantas vezes que sua bela boceta vai ficar dolorida. Você não vai conseguir ficar em pé, muito menos andar. Depois disso, eu vou para baixo de você, até que comece a tremer e goze na minha boca. E, então, nós vamos fazer tudo de novo.

Minha boceta apertou com as promessas que estavam sendo feitas.

— Você é um grande fanfarrão.

— Espero que isso não seja um desafio — disse ele, se estabelecendo entre as minhas coxas. — Porque, se for, o jogo começou.

Esse era um jogo que eu não importava que ele jogasse.

Envolvi as minhas pernas em volta de Hudson, pronta para ele penetrar em mim. Mas ele fez uma pausa, sua ponta esfregando na minha abertura.

— Rápido. — Inclinei meus quadris para cima, cutucando o pau. — Eu quero você aqui dentro.

Hudson passou a mão pelo meu cabelo e deu um beijo na ponta do meu nariz.

— Paciência, princesa. Temos tempo e eu preciso sentir você.

Ele deslizou para dentro de mim em seguida, lentamente e com grande paciência. Gritei por causa daquela doçura agonizante, enquanto ele me preenchia, me alargava e enterrava seu pênis dentro de mim. Quando eu pensei que ele não poderia ir mais longe, Hudson inclinou minhas coxas para cima, em direção ao meu peito, e empurrou mais fundo.

Ah, ele estava mesmo latejando. Eu podia senti-lo pulsar contra as minhas paredes, quando metia cada vez mais profundamente.

— Você é tão gostosa, princesa. — Ele puxou um pouco, bem devagar, e empurrou de volta com um giro de seus quadris. — Forte, devagar, como você quer?

— Você está me dando uma opção? — Pisquei para ele.

Seus lábios se curvaram ligeiramente nas bordas.

– Desta vez, sim.

Eu amava todas as maneiras como ele se dava para mim. A única coisa que importava era que ele o fizesse.

– Você decide. Confio em você.

E eu confiava nele. Talvez não no nível que eu poderia confiar ou que confiara uma vez no passado, mas nós estávamos reconstruindo um relacionamento. Tínhamos tempo.

Ele pareceu gostar da resposta. Seus olhos se derreteram e seu rosto se suavizou. Enquanto se movia dentro de mim, Hudson apertou minhas mãos e encostou a testa na minha.

– Eu amo você, Alayna. Minha princesa. Meu amor.

Nós dançamos juntos, curtindo um ao outro, amando um ao outro, levando um ao outro a cada vez mais prazeres. Agradando um ao outro do jeito que tínhamos aprendido no passado, e agora de novas maneiras também. A maneira como estávamos fazendo amor agora não era exatamente doce e não era exatamente rude, e não era exatamente frenética, ou apaixonada, ou mesmo terna, mas era tudo isso, enrolado junto. Era tudo. E era exatamente perfeita.

Epílogo

*A*bril

Ela é a noiva mais linda que já enfeitou o Jardim Botânico do Brooklyn. Cara, ela é a noiva mais linda que já enfeitou a Terra. Eu não consigo tirar os olhos dessa mulher. O vestido abraça os seus lindos seios e seus quadris delgados, e depois desce atrás dela. E aquele espartilho nas costas é um tesão. Não vejo a hora de despir essa gata mais tarde. Se bem que, quando finalmente tiver a chance de fazer isso, tenho a impressão de que esses laços serão mais frustrantes do que sexy.

Embora, às vezes, a frustração se torne metade da diversão.

E ela é necessária. "Sem luta, não há progresso", Alayna adora me dizer. É uma citação que ela aprendeu na terapia, que ela sente que serve para nós com bastante frequência. Ela já disse isso tantas vezes, nos últimos nove meses, que eu estou meio surpreso por a frase não estar bordada nos nossos guardanapos de casamento.

Falando sério, a verdade que existe nessa simples declaração é espantosa. Embora eu seja um homem de assumir os compromissos, um homem que não foge de um desafio, eu sou o primeiro a admitir que a jornada, desde que ficamos noivos até o nosso casamento, foi pavimentada com pedras e buracos. Apesar de ela ter dito que sim, naquele dia em agosto, houve muitas vezes que tenho certeza de que Alayna esteve tentada a acabar comigo. Nos momentos em que me fechei e me esqueci o que deveria fazer para deixá-la entrar. Nos dias quando a afastei porque eu acreditava que nunca poderia ser digno de seu amor.

E ainda havia o maior problema de todos, confiança. Eu tinha feito em migalhas cada grama de confiança que existia entre nós, e reconstruí-la levou muito tempo. E terapia. Não só para mim, mas para nós, como um casal. Eu pensava que resolver os meus próprios problemas já era difícil. Adicionar outra pessoa a essa mistura acabou por acrescentar toda uma nova dimensão de lutas e batalhas.

Havia muita cura a ser feita, inúmeras feridas que ameaçavam nunca mais cicatrizar. Aceitar as tendências obsessivas de Alayna foi natural para mim, mas eu tive que aprender a não me ligar excessivamente aos seus ciúmes e inseguranças. Pode chegar a ser motivador e excitante saber que ela precisa de mim, mas eu a amo ainda mais quando ela está completamente por conta própria. Quando ela está forte e confiante.

A minha cura não foi muito mais leve. Abandonar o jogo que eu tinha jogado por toda a vida provou ser a parte mais fácil. Com Alayna na minha vida, eu não tenho mais nenhum desejo de ser novamente cruel e sem coração como fui daquelas vezes. Mas a minha inclinação para manipular e dominar é muito mais profunda. Eu nem sequer reconheço quando estou moldando uma situação aos meus caprichos. Alayna, mulher gentil e indulgente que ela é, muitas vezes não diz nada quando estou manipulando e sendo dominador. Na maioria das vezes, ela até gosta disso. Mas ela também não quer dar poder demais aos meus pontos fracos. Então, me avisa várias vezes e eu, então, tento abrir mão. Deixo as coisas seguirem o seu curso natural.

Essa tem sido a parte mais difícil para mim, o componente mais difícil da minha recuperação.

Mas o progresso tem sido incrível. Nós não estaríamos aqui hoje se não fosse pelos passos que demos juntos para fortalecer nossa relação. E apesar de eu ter a certeza de que a luta não acabou, simplesmente porque coloquei uma aliança no dedo de minha mulher, sabemos que vale a pena lutar por nós.

Ela vale essa luta.

Basta olhar para a minha recompensa. Mesmo sem os votos de casamento, ela é minha. E eu sou dela. Completa e absolutamente.

A cerimônia foi simples, era assim que ela queria, e seu desejo é uma ordem para mim. Mirabelle, Liesl e Gwen, que surpreendentemente se tornou uma boa amiga de Alayna, são suas madrinhas. Os vestidos cor-de-rosa pálido combinam exatamente com as flores sobre o véu de Alayna, e com as espalhadas no jardim. Como Mirabelle conseguiu fazer isso, eu nunca vou saber. Mas vou agradecer a ela mais tarde pelas suas contribuições para o dia da minha esposa.

Minha esposa.

E nunca me vou cansar de dizer isso – *esposa*. Quem teria acreditado que um dia Hudson Pierce teria uma dessas? Eu nunca fui um homem que pretendesse se casar. Minha mãe e meu pai nunca apresentaram uma imagem positiva do matrimônio e eu não tinha a compreensão do conceito de amor romântico. Foi preciso que Alayna viesse ensiná-lo para mim. Ela tem sido a melhor professora possível, paciente e tolerante para muito além do que mereço.

Ela detesta quando falo isso sobre mim, que sou indigno do amor dela, e suponho que eu me sinta da mesma forma quando ela fala destrutivamente sobre o seu próprio passado. A diferença, claro, é que suas fraquezas e imperfeições não nos levaram até quase a destruição, como as minhas fizeram. Há dias em que é difícil viver comigo mesmo por causa da mentira em que a envolvi. Mas ela me acalma então, me curando com o seu amor. *"Nós nunca teríamos nos encontrado se não fosse pelo seu jogo"*, ela me diz.

No entanto, não acredito nisso. Eu sempre a encontraria.

Sempre. Sem a mínima dúvida.

Não é um exagero quando digo que me apaixonei por ela à primeira vista. Na verdade, estou até minimizando o que ocorreu. Não de propósito. O efeito que Alayna teve sobre mim é simplesmente maior que as palavras, e quando tento expressar isso, a verdadeira experiência torna-se sintética e reduzida. Com toda a honestidade, a mulher que estava no palco naquele dia me deixou sem palavras. Suas ideias de negócios eram apenas parte disso. Elas eram sólidas e inovadoras, mas, na verdade, havia ideias inteligentes e brilhantes por todos os cantos naquela tarde. Não, isso foi além. Não sei identificar se foram seus maneirismos, ou seu modo de falar, ou a profundidade chocante dos seus olhos cor de chocolate. Seja o que for, houve um reconhecimento definitivo da sua alma por parte da minha. Uma consciência de algo maior que nós, que nos atou um ao outro desde o primeiro contato. Como se uma parte de mim sempre soubesse que ela estava lá, uma parte que estava esperando que ela viesse e me acordasse para a vida.

Levei algum tempo para rotular isso como amor. No início, eu não sabia o que era. E agora que eu sei, ainda hesito em chamá-lo assim, porque essa palavra não consegue expressar a forma multidimensional como me sinto por ela. Mas é a palavra mais próxima que eu tenho, e agora digo isso a ela sempre que posso. Então, tento explicar a Alayna o que eu realmente quero dizer com essa palavra simples de quatro letras. Que o que eu sinto não apenas faz meu mundo girar em torno dela, mas que faz dela o meu mundo. Que ela não é só a minha razão para respirar, ela é o próprio ar. Que ela é o significado por trás de cada um dos meus pensamentos, cada pulsação de meu coração, cada sussurro da minha consciência. Ela é tudo para mim. É tão simples e tão complexo como isso.

Nem sei se um dia ela vai entender, mas eu vou passar alegremente a minha vida toda tentando explicar a ela.

Eu olho ao redor, passando os olhos pela multidão de pessoas que apareceu para celebrar nosso dia tão especial, e acho que é engraçado como, agora que eu sei o que significa amar e ser amado, vejo isso em todos os lugares. Na forma como Adam cuida do bebê e segue Mirabelle, enquanto ela pula de uma pessoa para outra. No jeito como meu pai segurava a mão de minha mãe durante a cerimônia. No olhar terno que Brian tinha para sua irmã mais nova, quando ele a entregou a mim. Houve sempre todo esse amor no mundo? Como é que eu nunca vira isso antes de Alayna Withers aparecer na minha vida?

Alayna Pierce agora. Tem um belo som, hein?

Ela está vindo para mim agora, e meu sorriso se alarga. Eu não parei de sorrir desde que ela veio caminhando pelo corredor. Tenho certeza de que pareci ridículo.

– Ei, bonitão – diz Alayna com aquela voz sensual dela, que faz o meu pau se contorcer. – É hora da primeira dança.

Eu deixei me levar ao centro da esplanada. Foi impressionante a rapidez da equipe que contratamos em mudar os arranjos da cerimônia para uma área de recepção aos convidados. Poderíamos ter ido todos para o átrio ou outro local, como o organizador de casamentos sugeriu, mas Alayna queria todo o evento ao ar livre, entre as flores. Foi uma boa decisão. A Sociedade Botânica do Brooklyn não costuma alugar todo o jardim para casamentos. É incrível o que eles fazem em troca de uma grande doação.

O mestre de cerimônias anuncia a nossa primeira dança enquanto eu puxo minha esposa em meus braços.

– Qual vai ser nossa primeira dança, sra. Pierce?

Eu não sei de nada do que ela planejou para a recepção. Alayna cuidou de todos os detalhes do casamento. Eu me ofereci para ajudar, mas ela preferiu me surpreender. Isso será diferente quando a levar no avião para o nosso destino de lua de mel. Ela não tem ideia de que vamos ficar em uma cabana particular nas ilhas Maldivas por três semanas. Eu tinha considerado a Itália ou a Grécia, ambos os locais que Alayna mencionou que gostaria de conhecer, mas, sendo egoísta, escolhi um cenário tropical. Será mais fácil mantê-la nua em uma praia particular do que em uma antiga ruína ou num museu.

– Paciência, sr. Pierce. – Ela é sempre tão boa em jogar minhas próprias frases de volta para mim.

A música começa e eu sorrio. "All of me". Claro.

Ela se aconchega em meus braços, e eu enterro a minha cabeça no seu pescoço, respirando o cheiro dela. O seu creme com aroma de cereja se mistura com as flores no ar, mas nada disso pode cobrir completamente o delicioso perfume da pele de Alayna, uma combinação de sal e doce que não consigo descrever, mas reconheceria em qualquer lugar.

Apesar de querer abraçar e desfrutar da minha esposa nesta terna primeira dança como um casal, eu sinto que tive tão pouca chance de falar com ela hoje que não consigo parar de fazer isso agora.

– É um belo casamento, Alayna. Você fez um excelente trabalho. Eu sinto sua bochecha se mexer num sorriso no meu ombro.

– Obrigada. Eu tive muita ajuda, graças ao seu dinheiro.

– *Nosso* dinheiro – corrijo. Como eu tinha prometido na primeira vez que pedi a ela para se casar comigo, não exigi nenhum acordo pré-nupcial. O que é meu é dela, de forma aberta e sem questionar. Eu me pergunto se ela vai se acostumar com isso algum dia.

– *Nosso* dinheiro – admite. – E isso está indo bem, eu acho.

– Muito bem. – *Muito bem, na verdade.*

– Você notou que Chandler tem seguido Gwen como um cachorrinho perdido?

Eu tinha notado. Embora houvesse muita luxúria nos olhos dele para eu entender a comparação com um cachorrinho.

– Ela não pareceu se importar. – O olhar de Gwen também possui um pouco de desejo. Será que Alayna tinha visto isso?

– Não, não mesmo. – Alayna olhou. *Então ela viu.* – E todo mundo parece feliz.

– Todo mundo está feliz, mesmo. – *E sou o mais feliz de todos.*

Ela dá um beijo no meu pescoço que envia um choque elétrico para o meu pau.

– Mesmo sua mãe conseguiu se manter educada.

A menção de minha mãe me fez perder o passo na dança.

– Ela parece um pouco mais no controle de si mesma, agora que está sóbria. – Sophia estava em casa desde janeiro, vinda do norte do estado. Ela perdeu o nascimento do bebê de Mirabelle, algo que acredito que ela lamenta profundamente, mas está melhor agora do que estava, e acho que mesmo ela percebe que o sacrifício valeu a pena. – Ela ainda é uma velha desagradável, não é?

Alayna ri, seu cabelo faz cócegas no meu pescoço com o movimento, o som faz cócegas no meu coração com a sua pureza.

– Você que disse isso, não eu.

Eu a abraço mais apertado e beijo sua têmpora. Isso é tudo que eu sempre precisei e nunca soube que queria, e embrulhado no mais belo dos pacotes. Bem, não exatamente tudo. Ainda há uma coisa na lista.

Eu abordo o assunto que tenho evitado de uma forma passiva. Talvez seja um jeito manipulador, mas isso é quem eu sou.

– Eu vi você com Arin Marise, mais cedo. Você é tão boa com ela.

Arin Marise Sitkin é o bebê de Adam e Mirabelle. Minha irmã insiste que ela deu a sua filha um nome que não poderia ser encurtado. Mas eu a tenho chamado de Arin Marise apenas para irritá-la. A menina tem cinco meses e meio de idade, agora, toda bochechas e sorrisos. A Arin é pequena como sua mãe, mas mal-humorada. Você só percebe sua pequena estatura em comparação a Braden, o sobrinho de Alayna, que está apenas com quatro meses de idade, mas é quase duas vezes maior que Arin.

Alayna e eu nunca falamos sobre crianças... Bem, não sobre os nossos filhos, de qualquer maneira. Eu a vi com Arin e Braden e caí de amores por ela, mais uma vez, ao ver o cuidado e a delicadeza que ela lhes dá. No entanto, nunca puxei esse assunto. Talvez porque antes fosse um tema que me assustasse, mas não me assusta agora. Não agora, que eu sei que ela é minha, verdadeiramente e profundamente minha, não importa como a conversa se encaminhe.

Afastei-me um pouco em nosso abraço, para olhar em seus olhos, pensando que provavelmente deveria adiar esse assunto para um momento mais apropriado, mas incapaz de esperar mais um segundo para perguntar.

– Você... – começo a falar, paro, depois começo de novo. – Você já pensou em ter seus próprios filhos?

Ela se inclina para frente para beijar minha garganta, em seguida, com os olhos baixos, diz timidamente:

– Eu provavelmente vou estragar tudo neles...

Esse sempre foi o meu medo, e se isso for algo que vai pesar demais nela, vou abandonar a ideia. Eu beijo sua cabeça de novo e, em seguida, pergunto diretamente.

– Você gostaria de estragar seus filhos comigo?

Ela ri novamente, e encontra o meu olhar, com os olhos enevoados e sua face brilhando.

– Sim – responde, sem qualquer hesitação ou traço de dúvida. – Eu adoraria.

– Ótimo. – Eu a puxei para mais perto e a girei nos meus braços. – Podemos começar hoje à noite no avião. Ou, agora, se você preferir. Eu vi um grande carvalho num dos jardins menores. Tenho quase certeza de que poderíamos nos esconder lá, mesmo com este seu vestidão.

– Eu adoraria ver como você pretende chegar a mim, com todo este tecido no meio do caminho.

Mordisquei a ponta da orelha.

– Ah, princesa, eu sou muito engenhoso. Preciso lembrá-la de que sou um homem que consegue o que quer? – Mais uma vez, eu me inclino para trás para olhar em seus olhos. – E quem duvidou disso alguma vez, só precisa olhar para mim agora para saber que é verdade. Tudo o que eu quero está aqui, nos meus braços.

– Eu amo você – ela murmura.

– Quero você em primeiro lugar. – *E por último. E em tudo o mais.*

Eu a beijo docemente, castamente o suficiente para os nossos espectadores, mas com uma mordida discreta nos lábios para que ela saiba o que eu pretendo, mais tarde. Então, a nossa dança acaba, e é hora dela dançar com seu irmão. E eu com Sophia.

Relutantemente, eu a deixo ir. Mas posso suportar estes poucos minutos de intervalo. Eu a tenho por toda a minha vida.

FIM

Agradecimentos

Aqui estamos na parte mais difícil. Sério, escrever mais de cem mil palavras é fácil comparado às duas mil e poucas que compõem meus agradecimentos a todos. Eu sei que vou deixar várias pessoas de fora. Por favor, não pensem que isso significa que as tenha esquecido em meu coração, mas é que meus miolos estão meio fritos depois de escrever tanto.

Em primeiro lugar, como sempre, agradeço ao meu marido, Tom – eu o amo em primeiro lugar, e por último, e por tudo o mais.

Aos meus filhos, que pensavam que o fato de sua mãe passar a escrever em tempo integral significaria que eles me veriam mais, muito obrigado pela sua paciência e compreensão. Eu amo e adoro vocês, mesmo quando estou gritando com vocês para pararem de fazer bagunça no meu escritório.

À minha mãe, obrigada por me criar para ser uma pessoa que vai atrás de seus sonhos e ainda pensa sobre os outros. Eu também espero não mudar.

A Gennifer Albin por fazer minhas capas, e por me compreender de maneira que muitas pessoas nunca o farão. Com certeza, 2014 é o seu ano.

A Bethany Taylor por editar, pelas feiras de livros, e até mesmo por ficar se lamentando e reclamando, porque me faz sentir melhor sobre a quantidade de tempo que eu gasto me lamentando. E por me ensinar tanto sobre a bondade e sobre a perseverança (sim, eu falei, viu, sua falsa mulher cruel!)

A Kayti McGee, por ser minha parceira de enredo e por ser uma excelente ouvinte. Reconheço plenamente que dominei todas as nossas conversas. Muito obrigada por me ouvir e por todas as suas sugestões. Eu vou de carro para Longmont, em Boulder, para vê-la, embora as leis tenham mudado. Eu juro!

Aos meus parceiros de crítica e aos leitores beta. Meu Deus! Eu não teria conseguido fazer tudo isso sem vocês, especialmente quando eu estava tão para trás. Obrigada a todos pela leitura e pelas sugestões, tão rapidamente. Especificamente, obrigada a Lisa Otto por arrumar tempo para mim em sua agenda lotada e me dizer como são as coisas. A Tristina Wright, por conhecer meus personagens melhor do que eu e corrigir o comportamento deles. A Jackie Felger, por sempre fazer-me sentir como se eu fosse uma escritora melhor do que sou, enquanto pegava mais erros no uso das vírgulas do que uma pessoa seria capaz de pegar. A Melissa B. King, por sempre me deixar saber que as cenas sensuais estavam funcionando. A Jenna Tyler, por edições de última hora, mesmo quando eu não pedia – você é um achado surpreendente de amiga. A Angela McLain, por sua paixão e por seu apoio, você é uma pessoa linda de se conhecer. A Lisa Mauer por seu entusiasmo e por seu amor genuíno pela minha série; às vezes, eu sentia como se estivesse escrevendo mais para você do que para qualquer outra pessoa. A Beta Goddess, você sabe quem é, mas nunca vai entender o quanto sou grata por ter "consertado" o meu livro. Eu ficava esperando as suas observações com uma mistura de ansiedade e emoção, porque eu sempre soube que seria dura, e que isso deixaria a história melhor. Obrigada!!

Agradeço às pessoas que fazem as coisas acontecerem para mim: o meu agente, Bob DiForio; minha formatadora, Caitlin Greer; Julie do AToMR Book Blog Tours; meus divulgadores na Inkslinger, Shanyn Day e K.P. Simmons – ambos são incríveis; Melanie Lowery e Jolinda Bivins por me deixarem incrivelmente elegante; às minhas "outras" editoras, Holly Atkinson, que me ensinou a ser consciente do uso da vírgula, e Eileen Rothschild, que apoia todas as minhas obras e não apenas a que ela comprou.

Para meus assistentes fantásticos, Lisa Otto, Amy McAvoy e Taryn Maj. Como cheguei a ser tão sortuda de ter todos vocês trabalhando comigo no ano passado? De muitas maneiras, acho que essa foi a melhor parte do trabalho.

Para minhas almas gêmeas e companheiras de banda, The NAturals – Sierra, Gennifer, Melanie, Kayti e Tamara. Eu honestamente não sei o que faria sem vocês, mulheres. Vocês amam quem eu amo, odeiam quem eu odeio – vocês são os meus alicerces. Acho que a Mel já disse isto antes, mas estou roubando: se alguém tivesse me dito há três anos que eu poderia amar pessoas que conheci na internet mais do que as pessoas que eu conhecia na vida real, eu nunca iria acreditar. Mas, então, conheci vocês. Muito amor a vocês, sempre.

A Joe, o ano passado foi o nosso ano. Então, como será que vai estar o frio, por esta altura, no ano que vem?

Para os escritores que contribuíram tanto com a novata, e que me inspiraram com seus lindos escritos e seus inestimáveis conselhos, especialmente Kristen Proby, Lauren Blakely e Gennifer Albin. Estou muito honrada por conhecer todos vocês. Obrigada por compartilhar suas palavras e sabedoria.

Para os WrAHMs e as Babes of the Scribes, eu não posso esperar para encontrar vocês na WrAHMpage e abraçar todos vocês.

Aos blogueiros do Book Bloggers e comentaristas que tão entusiasticamente compartilharam meus livros. Jamais serei capaz de mencionar todos vocês, mas aqui estão alguns que não posso ousar esquecer: Aestas do Aestas Book Blog; Amy, Jesse e Tricia do Schmexy Girls; The Rock Stars of Romance; Angie do Angie's Dreamy Reads; Lisa e Brooke do True Story Book Blog; Kari e Cara do A Book Whore's Obsession; Angie e Jenna do Fan Girl Book Blog; Jennifer Wolfel do Wolfel's World of Books. Embora tenhamos uma relação de trabalho simbiótica, eu também penso em vocês como amigas. Obrigada por seu amor e apoio.

E aos leitores – que tornam possível que eu trabalhe em tempo integral como escritora e cuide da minha família com o que eu ganho. Estou tão agradecida a todos vocês que fico emocionada só de pensar nisso. Eu sei que vocês têm tantas opções quando se trata de escolher um livro nas estantes das livrarias – muito, muito obrigada por escolherem o meu.

Agradeço ao meu Criador, que me deu mais do que eu mereço – que eu seja capaz de continuar a entender qual é o Seu objetivo para mim, nesta vida, e aceite-o com humildade.

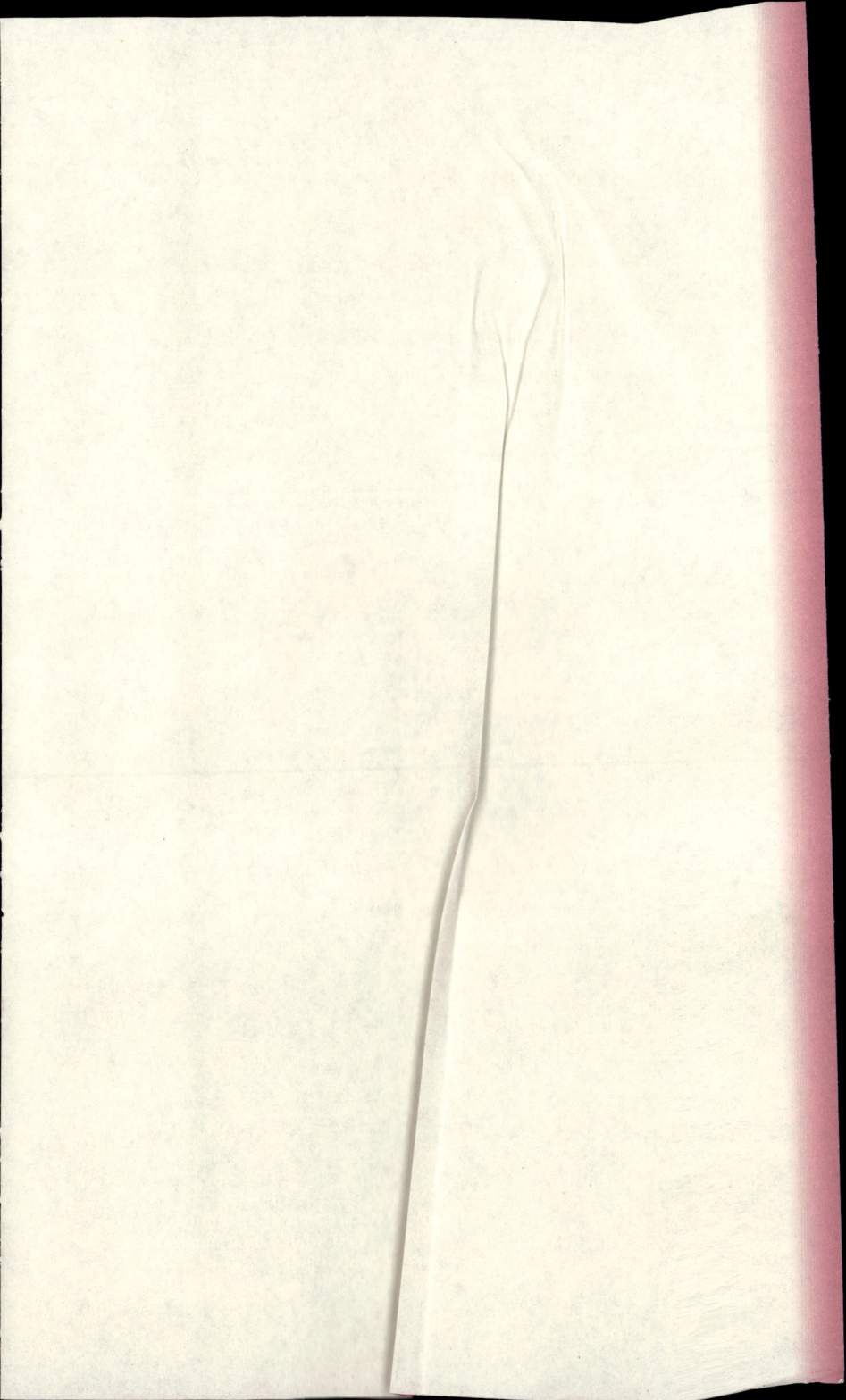

Este livro foi imp. na Intergraf Ind. Gráfica Eireli,
a André Rosa C., 90 – São Bernardo do Campo – SP
p. ditora Rocco Ltda.